Une riche héritière

HARPER
ST. GEORGE

JEUNES FILLES À MARIER – 1

Une riche héritière

Traduit de l'anglais (États-Unis)
par Agathe Nabet

J'AI LU

Si vous souhaitez être informée en avant-première
de nos parutions et tout savoir sur vos auteures préférées,
retrouvez-nous ici :

www.jailu.com

Abonnez-vous à notre newsletter
et rejoignez-nous sur Facebook !

Titre original
THE HEIRESS GETS A DUKE

Éditeur original
A Jove Book, an imprint of Penguin Random House LLC

À la fille de treize ans que j'ai été,
qui ne pensait pas que ce serait possible un jour.
Mais surtout, à toutes les filles d'aujourd'hui
qui se demandent si c'est possible pour elles.
Oui, vous aussi, vous pouvez le faire.

Prologue

Je suis certaine qu'aucune jeune fille n'avancerait jusqu'à l'autel si elle savait ce qui l'attend.

La reine Victoria

New York, septembre 1874

Une lamentation féminine flotta à travers la salle de bal bondée de la toute nouvelle résidence des Bridwell, sur la Cinquième Avenue. Le long sanglot se mêla aux notes de la valse en dépit des efforts d'une armée de musiciens pour le couvrir. Il se répandit, telle une brume de désespoir, sur cette soirée prestigieuse, la drapant d'un voile de mélancolie. Augusta Crenshaw frissonna comme si des doigts glacés avaient glissé le long de son dos.

Sous ses yeux, la fête de fiançailles se déroulait sans que personne se soucie de l'absence de la principale intéressée. L'ambiance festive n'accusa qu'un très léger contretemps – une courte pause dans les conversations, une infime hésitation dans le pas des couples qui tournoyaient sur la piste de danse –, mais rien ne s'interrompit véritablement. Personne ne semblait prêt à admettre l'existence de cette lamentation. Les invités parurent même plus enjoués, comme pour dissimuler la tristesse qui dévastait l'étage supérieur.

Augusta leva les yeux vers la fresque au plafond, comme si elle avait pu voir Camille dans sa chambre, mais un chérubin à l'œil vif lui retourna son regard, témoin silencieux du drame en cours. Le champagne n'avait plus de goût tout à coup. Personne ne se souciait des réticences de Camille, telle était la triste vérité. La société new-yorkaise prospérait au gré des unions financières et sociales obtenues par mariage, et les larmes d'une fiancée rétive n'y changeraient rien.

L'estomac noué, Augusta posa sa coupe encore pleine sur le plateau d'un valet qui passait. Cette scène avait quelque chose d'indiciblement dérangeant. Elle se sentit gagnée par le besoin de faire quelque chose pour empêcher le pire de se produire, mais un rire sonore brisa son élan. Le fiancé de Camille, Robert Emerson, les favoris impeccablement taillés, se tenait devant les portes ouvertes du balcon, une coupe de champagne à la main. Il avait les pommettes roses et riait à un bon mot du père de Camille.

Les deux hommes semblaient s'entendre comme larrons en foire. Le duc désargenté allait redorer son blason en se mariant avec la fille de M. Bridwell, tandis que celui-ci gagnait un allié social dont il avait grand besoin. Le bruit courait que le duc recevrait cent mille dollars à l'occasion du mariage, ainsi qu'une annuité de dix mille dollars. Il n'était donc guère surprenant qu'il soit d'aussi belle humeur. Il n'avait sans doute même pas remarqué que sa fiancée n'était toujours pas descendue – elle était l'aspect le moins important de leur accord. Camille était la seule à souffrir de cet arrangement. Elle était aussi la seule qui n'avait pas eu voix au chapitre. L'angoisse que reflétait sa plainte était criante.

Tournant le dos à cette scène navrante, Augusta se fraya un chemin parmi la foule. Tandis qu'elle traversait le hall, une espèce de panique la gagna, l'incitant à presser le pas, presque au point de courir. Parvenue devant l'élégante porte d'entrée, elle bifurqua, empoigna ses jupes d'une main, et gravit les marches du grand escalier de marbre.

La porte de la chambre de Camille s'ouvrit alors qu'elle atteignait le palier, révélant une débutante en tenue de soirée. Elle était superbe dans sa robe de soie rose pâle rehaussée de broderies dorées. Ses boucles blondes, relevées en chignon, étaient retenues par des peignes incrustés de diamants, quelques mèches retombaient sur son épaule à demi nue. Son cou et ses doigts étaient surchargés de diamants, lui conférant ainsi l'allure de la princesse américaine que ses parents voulaient qu'elle incarne. Mais la comparaison s'arrêtait là. À en juger par ses yeux rougis et son teint blafard, il était évident qu'elle avait pleuré pendant des heures... peut-être même des jours.

C'était insensé.

Augusta ouvrait la bouche pour parler lorsque Mme Bridwell apparut derrière sa fille, la mine sombre et rébarbative. Trois femmes de chambre et la sœur cadette d'Augusta, Violet, sortirent de la chambre et se déployèrent sur le palier pour arranger les plis de la robe de Camille. Celle-ci semblait ne tenir debout que par la force de son corset, de ses rubans et d'une froide détermination. Augusta craignait, si elle prononçait le moindre mot, de rompre ce fragile équilibre.

— Allons, ma chérie, dit sa mère. Rends-moi fière ce soir, et demain nous irons chez Tiffany acheter cette émeraude qui te plaît tant.

Comme si une émeraude pouvait racheter le fait de vendre sa fille à un homme qui n'offrait en retour que son rang social.

— Camille..., commença Augusta, incapable de se taire plus longtemps.

Mme Bridwell lui décocha un regard si sévère qu'elle n'alla pas plus loin.

Mouchée, elle s'écarta pour les laisser passer. Camille ne lui adressa pas un regard. Elle avança telle une statue de pierre, le dos rigide, les yeux fixés droit devant elle. Violet emboîta le pas à leur amie de toujours, les mains tendues comme pour la retenir.

— Augusta ? murmura-t-elle en s'arrêtant en haut des marches, le teint cendreux et le regard soucieux, alors que la mère et la fille descendaient l'escalier.

— Mascarade, répondit tout bas Augusta.

Elle entoura du bras la taille de Violet et toutes deux regardèrent Camille glisser vers son destin. Elle n'avait pas dix-neuf ans, mais son avenir était scellé. Elle vivrait confinée dans quelque domaine de la campagne anglaise, loin de sa famille, de ses amis, et de tout ce qu'elle connaissait.

Les femmes de chambre s'étaient alignées le long de la rampe pour regarder leur maîtresse. Augusta croisa le regard de l'une d'elles. Elle ne devait guère être plus âgée que Camille, mais ses yeux reflétaient la pitié. Une domestique obligée de travailler pour vivre les plaignait, elles et leurs mariages arrangés. Augusta détourna la tête, gênée.

— C'est affreux, mais je ne peux m'empêcher d'éprouver de la gratitude envers nos parents qui ne nous imposeraient jamais cela, chuchota Violet alors que Camille atteignait le bas des marches.

Augusta resserra le bras autour de la taille de sa sœur, incapable d'oublier ce regard de pitié. Elle jeta un coup d'œil discret à la jeune servante, mais elle avait disparu.

Elle avait beau se dire que cette jeune fille n'avait aucune raison de les plaindre, un doute irritant s'était logé dans son esprit. Leur grand-père, Augustus Crenshaw, avait bâti la fortune familiale dans les chemins de fer et l'industrie de l'acier. Les besoins de sa famille étaient couverts pour plusieurs générations à venir, aussi ne seraient-elles jamais forcées de se marier pour des questions d'argent. Le statut social était toutefois distinct de la fortune financière. Socialement, l'argent des chemins de fer représentait de l'argent récemment acquis et fermait plus de portes qu'il n'en ouvrait.

Les Crenshaw, comme les Bridwell, n'avaient jamais mis les pieds dans la salle de bal de lady Astor, seule personnalité qui importât aux yeux des descendants des premiers colons, communément désignés sous le nom de « Knickerbockers » à New York. Quelle que soit la richesse d'une famille, l'argent récemment acquis était considéré comme sale et n'était pas le bienvenu dans ces cercles bien établis. Et la réputation d'Augustus n'avait fait que confirmer le statut de paria de sa famille. Le vieux Crenshaw, son grand-père, avait eu une réputation de séducteur et d'ivrogne. Le plus connu de ses faits d'armes incluait une troupe itinérante de danseuses françaises, qui se produisaient vêtues de leurs seuls jupons. Après cela, s'il y avait encore eu une lueur d'espoir pour les Crenshaw d'accéder à la respectabilité, le vieux Crenshaw l'avait définitivement étouffée en épousant une des danseuses.

Seule une alliance avec un duc de la noblesse anglaise pourrait leur ouvrir des portes restées obstinément closes depuis des décennies. Mme Bridwell leur avait fait part la semaine passée de la visite surprise de lady Astor, qui avait discrètement laissé entendre qu'elle accepterait une invitation au bal de fiançailles. De fait, elle était au nombre des invités qui se trouvaient au rez-de-chaussée, ignorant béatement l'atrocité dont Camille faisait les frais – après tout, un duc présidait rarement un bal de la Cinquième Avenue. Quoi qu'il en soit, cette révélation avait allumé une lueur d'intérêt dans les yeux de sa mère, qu'Augusta ne parvenait pas à oublier.

De là à imaginer que leur mère puisse leur infliger *cela*, marier l'une de ses filles à un étranger de l'âge de leur père, il y avait un pas. Augusta ne connaissait pas grand-chose à l'aristocratie anglaise, mais elle savait qu'on n'y trouvait que fort peu de ducs. Il était donc probable que tous soient aussi âgés que Hereford, voire plus.

Elle jeta un coup d'œil à Violet, sachant que si l'une d'elles devait être contrainte d'affronter un tel destin, ce serait elle. Elle était tout ce qu'Augusta n'était pas : charmante, gracieuse, docile... une vraie lady.

Troublée par l'absence de commentaire de sa sœur, Violet se tourna vers elle.

— Nos parents ne feraient jamais cela... n'est-ce pas ?

Pour la première fois de sa vie, Augusta mentit à sa sœur.

— Les Crenshaw n'ont que faire d'un duc dans la famille.

Si elle le disait avec assez de conviction, cela deviendrait forcément vrai.

1

Le bonheur réside dans l'indépendance.

SUSAN B. ANTHONY

Londres, avril 1875

Sortir en cachette, à la nuit tombée, ne figurait pas au programme des activités londoniennes d'Augusta. Elle se retrouvait pourtant dans une voiture de louage lancée à vive allure à travers les rues sombres de la capitale, à minuit passé.

— Quitte cet air contrarié… s'il te plaît.

Camille s'efforça d'adopter une mine contrite qui n'apaisa pas tout à fait la colère d'Augusta.

Comment Camille pouvait-elle s'attendre qu'elle ne soit pas fâchée ? Elle était arrivée à l'improviste dans la maison que louaient les Crenshaw à Grosvenor Square à peine un quart d'heure plus tôt, l'air désolé, pour supplier Augusta de venir avec elle. Elle avait obstinément refusé de lui dire où elles iraient, se contentant d'affirmer qu'il était impératif qu'Augusta l'accompagne. La pauvre Camille semblait si malheureuse et abattue qu'Augusta avait accepté d'abandonner les rapports financiers qu'elle était en train d'étudier. Tout cela pour se retrouver à sillonner à une vitesse folle les rues d'une ville qu'elle connaissait à peine en croisant les doigts.

— Tu m'en demandes beaucoup, répondit-elle.

Camille la gratifia d'un sourire si éclatant qu'il troua la pénombre du fiacre.

— Mais tu le feras parce que tu es la meilleure des amies.

Augusta leva les yeux au ciel et s'adossa à la banquette inconfortable. Les rues semblaient de plus en plus sombres et les élégants becs de gaz bordant les allées de Mayfair avaient depuis longtemps disparu, remplacés par des réverbères plus espacés dont la plupart ne fonctionnaient pas. Les immeubles qu'elles dépassaient semblaient se décomposer sous ses yeux. Pire, au fond des ruelles entre les bâtiments, elle apercevait des braseros autour desquels se pressaient des ombres. Où qu'elles aillent, ce n'était pas dans un beau quartier. Elle avait été naïve d'imaginer que Camille ne l'emmènerait jamais dans un endroit dangereux.

— Très bien, soupira-t-elle. Mais dis-moi au moins où nous allons. Et pourquoi je dois porter ceci ?

Camille lui avait tendu une cape noire, semblable à la sienne, quand elle l'avait guidée vers la porte de service. Augusta avait cru que c'était pour se dissimuler le temps de sortir ; elle se demandait à présent si c'était la seule raison.

— Pas question, répliqua son amie.

Son sourire espiègle rappela à Augusta la fillette que Camille était encore sous bien des aspects, et malgré ses appréhensions, elle fut heureuse de la voir sourire.

Quand les Crenshaw avaient reçu l'invitation de Camille, désormais duchesse de Hereford, à venir passer quelques semaines à Londres, Violet et

Augusta avaient vu cela comme un appel à l'aide. Elles ne s'étaient pas trompées. Camille se sentait seule depuis son mariage en novembre, elle avait besoin de s'entourer de ses amies pour la Saison. À leur arrivée, elles l'avaient trouvée amaigrie et plus pâle qu'à New York. Le mariage ne lui réussissait visiblement pas. Elle se retrouvait sans amis dans un pays étranger, avec un époux qui semblait passer le plus clair de son temps dehors – ce qui valait sans doute mieux. Les rares fois où Augusta l'avait rencontré, il ne lui avait pas semblé d'aimable compagnie. Dieu merci, l'humeur de Camille s'était améliorée au fil de la quinzaine de jours qui s'était écoulée depuis leur arrivée. Ce soir, c'était la première fois que son tempérament malicieux d'antan se manifestait, aussi Augusta résolut-elle de lui faire plaisir.

— Tu seras bien obligée de me le dire à un moment ou à un autre. Où sommes-nous, là ?

— Près de Whitechapel, répondit Camille avec l'enthousiasme d'un enfant qui ne voit que l'aventure et oublie le danger.

— Whitechapel !

— Crois-moi, Augusta, tu ne seras pas déçue.

— Ce n'est pas ma déception qui me préoccupe.

Elle se félicita d'avoir accompagné son amie. Quelqu'un devait l'empêcher de faire des bêtises.

— J'ai emmené un valet pour nous protéger, précisa Camille.

Pas du tout rassurée, Augusta tendit la main vers la trappe de communication pour ordonner au cocher de faire demi-tour, mais le véhicule s'immobilisa avant qu'elle en ait le temps. Elles étaient dans une rue sombre, cernée de bâtiments obscurs. Un immense entrepôt se dressait de l'autre côté de la route. Sa porte grande ouverte révélait une foule de gens sous un épais nuage de fumée de cigarettes. La plupart des hommes avaient les manches de chemise roulées au-dessus du coude, comme s'ils étaient venus là après leur journée de travail, et les quelques femmes qu'elle repéra portaient des robes inconvenantes. Elle devina qu'elles étaient arrivées à destination.

— Tu as perdu l'esprit ? Nous pourrions nous faire tuer dans cette foule !

Camille secoua la tête.

— Tout ira bien. Tu as une existence protégée depuis trop longtemps. De plus, j'ai dit *près* de Whitechapel, ajouta-t-elle avant de s'esclaffer face à l'expression stupéfaite d'Augusta. Dans ce quartier, je ne suis plus une duchesse et tu n'es plus l'héritière Crenshaw. Nous sommes anonymes. Tu peux choisir de t'appeler comme tu veux – personnellement, j'ai un faible pour Delilah. Je te demande juste de ne pas choisir un prénom ennuyeux, comme Anne, Mary ou Sarah.

Augusta n'avait pas l'intention de prendre une nouvelle identité. Si cette escapade venait à être connue, sa réputation serait ruinée. Non qu'elle s'en soucie outre mesure – elle ne prévoyait pas de se marier dans un avenir proche –, mais les Chemins de fer et Aciéries Crenshaw risquaient d'en souffrir. Toutefois, avant qu'elle ait pu répondre, le valet de Camille ouvrit la portière du fiacre. Svelte, vêtu d'un costume sombre, l'homme avait des épaules larges, un visage aimable et des cheveux châtain clair. Il les avait aidées à monter dans la voiture à Mayfair, avant de s'installer à son poste. Son regard s'adoucit quand il se posa sur Camille, dont le visage s'illumina. L'échange se prolongea quand elle prit la main qu'il lui tendait. Il la regardait comme s'il n'existait qu'elle au monde, et Augusta réalisa qu'il était amoureux d'elle. Elle éprouva un pincement d'envie, malgré l'inconvenance de la situation. Personne ne l'avait jamais regardée ainsi. Personne ne le ferait sans doute jamais.

Une fois qu'il eut aidé Camille à descendre de voiture, le valet offrit sa main à Augusta. D'âcres odeurs de poisson, de terre humide et de putrescence signalaient la proximité du fleuve. C'était une très mauvaise idée, mais puisqu'elles étaient là et que Camille refuserait de se laisser dissuader... Augusta soupira et descendit à son tour.

— Tu es déjà venue ici ? demanda-t-elle à son amie.

Camille secoua la tête et se hissa sur la pointe des pieds comme si elle cherchait à voir l'intérieur du grand entrepôt de l'autre côté de la route.

— Non, mais c'est excitant, tu ne trouves pas ?

Augusta ne trouvait pas cela excitant du tout. Dans le cadre de son travail pour l'entreprise familiale, il lui incombait souvent d'évaluer les éventuels retours sur investissement et son flair était très sûr quand il s'agissait d'identifier les risques – et là, la situation était clairement dangereuse. Si ç'avait été un projet d'affaires, elle aurait inscrit sur le dossier *R-E-J-E-T-É* en lettres capitales et l'aurait souligné deux fois.

Le valet sortit une petite bourse de son manteau pour payer le cocher. Augusta en profita pour se pencher vers Camille.

— Il y a... quelque chose entre vous deux ? murmura-t-elle.

L'idée semblait saugrenue, mais l'échange de regards dont elle venait d'être témoin l'avait intriguée.

Camille eut un rire sans joie et couva la silhouette athlétique du valet d'un regard admiratif.

— Avec Henry ? Pas au sens où tu l'entends, non. Hereford m'a clairement fait comprendre que je dois lui donner un fils avant qu'il puisse tolérer quoi que ce soit de ce genre.

Augusta en resta bouche bée.

— Tu as parlé de cela avec le *duc* ?

— Non, c'est *lui* qui m'en a parlé, le jour de notre arrivée à Londres, après m'avoir informée qu'il avait l'intention de continuer à voir sa maîtresse. Il a ajouté que je serais libre d'en faire autant, à condition de rester discrète, une fois que je lui aurais donné un fils.

Comme Augusta la dévisageait d'un air interdit, Camille haussa les épaules.

— C'est ainsi que cela se passe ici.

Augusta eut un mouvement de recul, choquée, non pas tant par les paroles de son amie que par son amertume. Le duc et elle ne s'étaient pas mariés par amour, cela avait été clair dès le départ, mais un tel mépris de ses sentiments l'avait forcément meurtrie. Augusta comprit soudain ce qui poussait Camille à faire cette sortie. C'était sa façon de se rebeller contre l'injustice de son sort. Un acte irresponsable et dangereux, mais elle n'avait pas d'autre moyen de se révolter.

Cette révélation renforça l'opinion qu'Augusta avait du mariage. Renoncer à son indépendance pour une vie pareille ? Elle n'en voyait pas l'intérêt. Avec son père et son frère, elle gérait les aciéries Crenshaw et ne s'imaginait pas abandonner son travail pour ce que Camille venait de décrire. D'autant qu'elle savait qu'aucun époux sur terre ne serait disposé à la laisser travailler à sa guise.

— Je suis navrée, Camille. Cela me semble affreux.

— Ce n'est pas si terrible, répondit son amie en agitant la main avant de reporter les yeux sur l'entrepôt. Jusqu'ici, il n'a réussi à accomplir l'acte qu'une poignée de fois. Et c'était rapide.

Augusta en demeura bouche bée. Personne n'avait encore évoqué aussi ouvertement l'acte sexuel devant elle. Une poignée de fois : était-ce trop peu ? Elle en avait l'impression – le couple était marié depuis plus de cinq mois –, mais en toute honnêteté, elle n'en était pas certaine. Son frère, Max, dînait avec sa maîtresse tous les jeudis, et elle ne tenait pas à savoir ce qui se passait au cours de ces dîners...

— Je... Seulement une poignée de fois ?

Camille sourit et se pencha pour lui chuchoter à l'oreille.

— Il a essayé plus souvent que cela, c'est juste que... il a du mal à... la garder debout, gloussa-t-elle. Il paraît que c'est lié à son âge, moi, je crois plutôt que c'est lié à la quantité de whisky qu'il ingurgite.

Augusta ne sut que répondre. Si être mariée de force était pénible, l'être avec un homme âgé, c'était pire que tout. Alors qu'elle cherchait des paroles de réconfort à adresser à Camille, celle-ci désigna l'entrepôt du menton.

— Dis que tu acceptes de m'accompagner à l'intérieur. S'il te plaît, Augusta ?

Sachant à quel point son amie avait besoin de distraction, Augusta se sentit incapable de refuser. Elles ne risquaient pas d'être reconnues – elle imaginait mal les aristocrates qu'elle avait rencontrés jusqu'ici fréquenter un tel endroit. Ses parents et Violet ne rentreraient pas avant plusieurs heures – qu'elle ait refusé de les accompagner pour passer une soirée tranquille était on ne peut plus ironique.

— D'accord. Nous resterons un quart d'heure.

— Mais c'est bien trop court ! se lamenta Camille. Le combat n'aura même pas commencé.

— Le combat ? Où diable nous as-tu emmenées ?

Camille ne lui répondit pas car Henry venait de les rejoindre et lui offrit son bras. Tous deux se dirigèrent vers le bâtiment surpeuplé comme s'ils formaient un couple, laissant Augusta libre de les suivre si elle le désirait. Le cocher lança un cri à l'intention de son cheval et le fiacre s'ébranla. Augusta n'eut d'autre choix que de les suivre le long du chemin mal pavé et de franchir l'entrée dans leur sillage.

L'endroit renfermait une masse de corps suants, hommes et femmes tentant d'approcher un point invisible, situé au centre de la vaste salle de plain-pied. Des odeurs de gin, de transpiration et de tabac bon marché imprégnaient l'air. Des gens criaient pour se faire entendre au-dessus du vacarme. Des piliers de brique divisaient la salle en trois parties et des caisses de bois empilées jusqu'au plafond indiquaient que l'entrepôt fonctionnait – du moins pendant la journée.

— Henry ! Je commençais à me demander si tu allais venir ! s'exclama l'homme robuste, à l'accent populaire, qui les arrêta à l'entrée.

Il portait un manteau de laine qui avait connu des jours meilleurs et des souliers éculés. Son visage était creusé de rides d'expression, qu'accentuaient les nombreuses cicatrices qui boursouflaient ses sourcils.

— Salut, Jim, j'ai dû faire un arrêt supplémentaire.

Henry s'était exprimé avec un accent qui disparaissait complètement lorsqu'il portait la livrée du duc de Hereford.

Le regard de l'autre homme passa de Camille à Augusta – qui était apparemment la raison de l'arrêt supplémentaire.

— Bonsoir, dit-elle avec un sourire forcé.

Une lueur amusée s'alluma dans les yeux délavés de Jim et il porta la main à la visière de sa casquette plate.

— Une Américaine, hein ?

Il l'inspecta du regard, comme s'il cherchait à deviner qui elle était. Augusta éprouva un instant de panique à l'idée qu'il ne serait peut-être pas aussi simple qu'elle avait cru de cacher son identité. Elle resserra son capuchon autour de son visage.

— Allez, venez, dit finalement l'homme. Il y a de la place pour vous sur l'estrade.

Augusta les suivit tandis qu'ils longeaient le pourtour de la salle. Sans même le regarder, la foule semblait percevoir l'arrivée du mystérieux Jim et s'écartait spontanément pour leur céder le passage. Les rares fois où elle tardait à bouger, il n'hésitait pas à jouer des coudes. Leur petit groupe s'arrêta près d'une estrade de bois sur laquelle se pressait déjà beaucoup de monde. Contrairement à la foule massée sur le sol de terre battue, ces gens-là portaient des manteaux bien taillés, quelques robes du soir de couleurs vives tranchant ici ou là sur le noir. Ils formaient un groupe plus élégant que le reste de la foule, visiblement composée de manœuvres et d'ouvriers d'usines. Henry grimpa sur l'estrade avant d'aider Camille, puis Augusta à faire de même.

— Un mot de mise en garde, mademoiselle, dit Jim en se tournant vers elle. C'est tentant de s'approcher pour regarder de plus près, mais mieux vaut garder vos distances. Si vous voulez pas que votre jolie robe soit éclaboussée de sang, précisa-t-il, histoire de s'assurer qu'elle avait bien compris.

Augusta suivit son regard et découvrit que les pans de sa cape s'étaient écartés, révélant sa jupe. Jim s'éloigna en gloussant et elle referma sa cape en se demandant s'il s'agissait d'une véritable mise en garde ou s'il s'était contenté de jouer avec elle. Un combat ne pouvait quand même pas être aussi effroyable. N'est-ce pas ? Elle se dépêcha de rattraper

Camille et Henry. Où diable Camille l'avait-elle amenée ? Elle devait pourtant bien réaliser qu'elle mettait sa réputation en danger en venant là.

Entre les épaules du public, majoritairement masculin, Augusta distingua un espace vide sur le sol de terre battue devant l'estrade. Huit piquets solidement fichés dans le sol et une double rangée de cordage délimitaient un carré d'environ cinq mètres de côté. Un véritable ring de boxe. Si elle avait entendu dire que des combats de ce genre avaient lieu à New York, elle n'avait jamais imaginé assister un jour à l'un d'entre eux. C'était sûrement illégal.

Henry avait réussi à se frayer un chemin jusqu'au premier rang, leur offrant ainsi une vue dégagée sur l'aire de combat. Augusta n'était pas certaine d'avoir envie d'en jouir. La sanglante mise en garde de Jim ne quittait pas ses pensées, l'incitant à imaginer toutes sortes de scènes affreuses.

— Nous allons assister à un combat de boxe ? demanda-t-elle à Camille, pour en avoir le cœur net.

Camille, frémissante d'excitation, semblait en phase avec l'énergie ambiante. L'espace entier paraissait vibrer d'impatience. Certains lançaient des paris, tandis que d'autres moquaient leurs choix. Perché sur un tonneau de l'autre côté de l'espace encordé, un garçon au teint pâle qui ne devait pas avoir plus de dix ans pointait l'index vers celui qui criait le plus fort. Il répétait alors à tue-tête le montant du pari et le nom du parieur tandis que, debout près de lui, un jeune homme à la peau sombre les notait dans un carnet.

— C'est Henry qui m'en a parlé. Il connaît parce qu'il lui arrive d'y participer parfois. Cela m'a semblé fort amusant, et je savais que tu viendrais avec moi. Violet est adorable, mais elle ignore encore comment le monde fonctionne.

Il y a peu, Augusta aurait dit la même chose de Camille.

Le rugissement de la foule enfla si prodigieusement qu'il fut soudain impossible de s'entendre. Près du ring, une porte s'ouvrit, révélant un homme d'allure saisissante. Torse nu, portant juste un pantalon et des bottes, il ne pouvait s'agir que d'un des combattants. Il était encadré par trois hommes de haute taille qui, quoique élégamment vêtus, étaient sans doute chargés d'écarter ceux qui chercheraient à l'approcher. Une sorte de frénésie s'empara du public. Le bruit grimpa d'un cran et les gens cherchèrent à se rapprocher du ring. Comme le combattant passait devant eux, ses gardes du corps durent repousser ceux qui tentaient de le toucher. L'homme lui-même ne parut pas s'en émouvoir.

Il avançait d'un pas nonchalant, les épaules rejetées en arrière et le menton haut. Son visage reflétait une arrogance qu'elle admira et détesta tout à la fois, comme s'il savait avant même que le combat ait commencé qu'il en sortirait vainqueur. Elle reconnut ce comportement pour ce qu'il était : une ruse nécessaire, destinée à intimider l'adversaire. Son père lui avait appris à plastronner de la sorte et elle avait participé à suffisamment de réunions d'affaires pour voir cette technique mise en pratique. Le combattant semblait rompu à cet art. Elle ne lui donnait pas trente ans, mais son assurance était celle de quelqu'un de bien plus âgé. Il était indéniablement beau : cheveux sombres coiffés en arrière, pommettes et mâchoire qu'on aurait dit ciselées dans le granit, chaume de barbe et yeux bleus très clairs. Les muscles sinueux de son torse et de ses bras roulaient sous sa peau. Fascinée, Augusta se découvrit incapable d'en détacher les yeux.

Il inspecta du regard la foule rassemblée sur l'estrade, comme s'il cherchait quelqu'un de précis. Son regard passa sur elle, puis revint aussitôt en arrière. Elle retint son souffle et sentit son ventre se nouer. C'était impossible qu'il l'ait reconnue. Elle n'avait fait que croiser une série apparemment infinie d'aristocrates durant la quinzaine qu'elle venait de passer à Londres. Si elle avait rencontré cet homme, elle s'en serait souvenue. Une femme mince, jusqu'alors cachée par sa puissante carrure, se plaça près de lui et posa la main sur son bras d'un geste de propriétaire. Elle portait une robe élégante d'un noir brillant qui mettait en valeur sa silhouette fine.

— C'est le favori, expliqua Camille en se penchant vers Augusta. Et la femme, c'est Gabrielle Laurent, la célèbre ballerine.

Augusta, qui l'avait vue interpréter le rôle de Juliette une semaine plus tôt, trouvait que c'était une danseuse merveilleuse. Elle n'aurait pas su dire pourquoi sa présence la surprenait autant. Peut-être parce que cela semblait un divertissement bien ordinaire pour une femme aussi talentueuse et raffinée. L'homme était cependant séduisant et visiblement populaire. Ils formaient un couple, cela tombait sous le sens.

— Comment s'appelle-t-il ?

Son regard était revenu se poser sur l'homme. De ses doigts repliés, il effleura la joue de Mme Laurent qui le quitta avec un sourire. Augusta sentit sa propre joue la picoter comme sous l'effet d'une caresse fantôme.

Henry avait dû surprendre leur conversation, car il se pencha vers elles.

— Personne ne connaît son nom. On l'appelle le Fauve. Cela fait près d'un an qu'il a commencé les combats et à ce jour, il reste invaincu.

Augusta faillit s'esclaffer en entendant ce surnom ridicule. Avant qu'elle ait pu poser d'autres questions, de nouvelles acclamations s'élevèrent quand l'adversaire du « Fauve » se dirigea vers le ring à son tour. L'homme avait au moins dix ans de plus. Sa silhouette était plus massive, ses muscles plus noueux, son regard plus dur. Son allure ne parut pas impressionner le Fauve qui lui fit signe de le rejoindre.

Tout ce qui se passa ensuite fut noyé dans un brouillard d'excitation. Alors que Mme Laurent montait sur l'estrade, une nouvelle salve d'acclamations parcourut la foule. Apparemment, c'était le signal pour ceux qui se trouvaient au fond que le combat allait officiellement commencer. Un homme à l'allure sévère se plaça entre les deux lutteurs, mais les paroles qu'il prononça se perdirent dans le brouhaha. Les deux hommes l'écoutèrent attentivement et hochèrent la tête quand il eut fini de parler. Le plus jeune n'avait pas franchi le cordage que l'autre passa à l'attaque, le cueillant d'un coup de poing au menton. Le Fauve encaissa et riposta aussi sec d'un direct du droit qui fit chanceler son opposant, puis enchaîna avec une série de coups de poing qui démontra son agilité.

Sous sa peau lisse, le jeu des muscles de son dos et de ses bras était captivant. Augusta n'avait jamais vu un homme se déplacer en contrôlant aussi parfaitement ses mouvements. Comme il pivotait et reculait sur sa moitié du ring, Augusta découvrit le visage ensanglanté de son adversaire.

— Quelle barbarie.

Elle pensait avoir marmonné, pourtant le gentleman à côté d'elle la fusilla du regard comme si elle l'avait offensé personnellement. Un début d'affolement s'empara d'elle quand elle réalisa que les cheveux bruns impeccablement coupés et les yeux gris appartenaient au comte de Leigh. Quand elles l'avaient vu à l'opéra, la semaine précédente, Violet lui avait avoué qu'elle le trouvait très beau. Il possédait un genre de beauté teintée de malveillance et Augusta s'était dit que Lucifer prendrait sans doute cette apparence s'il décidait de se mêler au commun des mortels.

Ils n'avaient pas été présentés, elle pouvait donc raisonnablement espérer qu'il ne la reconnaîtrait pas. Elle le gratifia d'un hochement de tête conciliant et détourna les yeux. Elle parcourut du regard le public de l'estrade, et ne reconnut personne d'autre.

Pendant ce temps, le drame continuait sur le ring ; les combattants se tournaient autour, feintaient et échangeaient des coups très brefs. Le Fauve avait clairement l'avantage, tandis que l'autre s'essoufflait. Toutefois, il avait beau mener, il n'était pas indemne. Un filet de sang coulait sur sa joue, depuis le sourcil gauche. Ce qui n'atténuait en rien son assurance. Au contraire. Il avait pris des coups, pourtant il se mouvait aussi souplement que s'il n'avait pas été touché. Augusta se surprit à le supplier silencieusement de remporter le match.

Elle entendit vaguement une sorte de coup de sifflet, atténué par la distance, mais cela n'avait rien à voir avec le combat qui se déroulait sous ses yeux. Le Fauve projeta le poing en avant et le colosse grimaça quand le coup l'atteignit en plein ventre. L'expression de colère et de détermination du début s'était muée en résignation, ce qui ne l'empêcha pas de répliquer. Le Fauve para le coup et le cogna si violemment à la mâchoire que l'autre tomba à la renverse. La foule rugit.

— Il a réussi ! glapit Camille, frémissante d'excitation.

La sensation était contagieuse car Augusta ne put s'empêcher de sourire. L'enthousiasme de ceux qui l'entouraient était tel que l'estrade vibrait sous ses pieds. Tous devaient avoir misé sur lui, car ils semblaient ravis par la tournure que prenait le combat.

Elle était incapable de quitter le Fauve des yeux. Il longea le périmètre de l'espace encordé, les bras levés, un grand sourire illuminant son visage. Elle ignorait s'il avait déjà gagné, quoi qu'il en soit, son adversaire demeurait immobile sur le sol et quelqu'un était penché sur lui. Derrière elle, un homme hurla à l'intention d'un ami à l'autre bout de l'estrade. L'ami hurla joyeusement en retour, ce qui incita l'autre à se frayer un chemin parmi les corps serrés les uns contre les autres, la foule se dilatant et se contractant autour de lui. Augusta sentit une lourde main s'abattre au milieu de son dos, elle était toutefois si absorbée par le Fauve qu'elle ne prêta pas attention à l'endroit où elle se trouvait. Un mouvement de la foule la projeta soudain dangereusement près du bord de l'estrade. Son cri fut englouti par les vivats du public. Elle voulut se retenir à Camille, à Henry, ou même au comte de Leigh, mais ses doigts se refermèrent sur le vide tandis que les talons de ses bottines cherchaient désespérément à rester en contact avec l'estrade. Elle eut vaguement conscience du frottement de la corde contre sa cape au niveau de l'épaule et elle ferma les yeux dans l'attente d'un choc qui ne vint pas.

Des mains puissantes l'avaient rattrapée et son dos heurta un torse ferme. Alors qu'elle aurait dû tomber sur le sol jonché de paille, un homme l'avait sauvée. Il la soutint à demi jusqu'à ce qu'elle se soit redressée et ait retrouvé l'équilibre. Il la fit alors pivoter vers lui, avec les cordes entre eux, ses bras lui encerclant la taille pour la presser contre lui de façon indécente.

Levant les yeux, elle croisa un regard bleu amusé qu'elle aurait certainement trouvé troublant en d'autres circonstances. Sur l'instant, son soulagement était si vif qu'elle ne s'en soucia même pas. À présent, ses cheveux retombaient sur son front et encadraient son visage. Au lieu d'adoucir ses traits, cela en accentuait les aspérités et rendait sa beauté encore plus saisissante. Un filet de sang coulait sur sa joue.

— Merci.

À sa grande honte, sa voix était à peine audible. Il la gratifia d'un grand sourire, révélant ses dents régulières.

— J'espère que vous avez gagné, dit-il d'une voix de velours à l'accent cultivé.

Elle sourit, étrangement disposée à rester là, avec lui. Son odeur les enveloppait. La sueur primait, bien sûr, mais l'eau de Cologne à laquelle elle se mêlait en atténuait le piquant. Le cœur d'Augusta battait très fort. Il la serrait si étroitement qu'elle se demanda s'il le sentait. Aucun homme n'avait jamais fait battre son cœur ainsi.

— Je crains de ne pas avoir parié, dit-elle en élevant la voix pour qu'il l'entende.

— Dommage. Je vous aurais crue flambeuse.

— Pourquoi cela ?

Ses lèvres sensuelles formèrent un arc parfait quand il sourit.

— Parce que vous êtes ici ce soir, mademoiselle Crenshaw.

Un frisson glacé courut le long de son dos. Comment savait-il qui elle était ? Elle jeta un coup d'œil à la foule sur l'estrade, mais les gens étaient trop occupés à se congratuler ou à crier au combattant allongé de se relever pour les regarder.

— Vous autres Américains avez la réputation d'avoir le goût du risque. Est-ce vrai ? demanda-t-il.

Elle se contenta de hocher la tête car un mouvement venait d'attirer son regard.

— Derrière vous, l'avertit-elle alors que son adversaire se relevait.

Il ne relâcha pas son étreinte, se contentant de jeter un bref coup d'œil par-dessus son épaule pour regarder le colosse qui vacillait à genoux.

— Embrassez-moi pour me porter chance, dit-il en croisant à nouveau son regard.

Elle écarquilla les yeux. Comment pouvait-il lui demander un baiser alors même que son adversaire se redressait ?

— Il est presque debout !

La peur lui avait fait élever la voix.

— Faites vite, alors, murmura-t-il tout près de sa bouche.

Son souffle – cognac et pastille de menthe – lui réchauffa la peau. Ses mains s'étaient desserrées sans qu'elle l'ait remarqué ; elles lui encerclaient maintenant souplement la taille, et elle en percevait davantage la présence que s'il avait continué à la serrer contre lui.

— Vous n'avez pas besoin de chance, répliqua-t-elle.

Il inclina légèrement la tête et quand il secoua celle-ci, son nez frôla le sien, l'incitant à retenir son souffle.

— Non, mais j'en ai envie, mademoiselle Crenshaw.

D'un coup d'œil, elle vit que le colosse venait vers eux. Son cœur se mit à palpiter dans sa poitrine tel un oiseau affolé se jetant contre une fenêtre. Si elle fut tentée de rétorquer au Fauve qu'exiger un baiser maintenant était ridicule, elle fut surtout tentée... de l'embrasser. Elle abolit l'espace qui les séparait et pressa sa bouche contre la sienne. Ses lèvres se révélèrent tièdes et étonnamment douces. Un grondement vibra dans la gorge du Fauve.

Elle remua les lèvres en réponse à la pression des siennes et perçut une infime trace d'humidité sur sa lèvre inférieure. Elle libéra un soupir. Cependant, au lieu de prolonger le baiser, il s'écarta et la relâcha. Elle lut dans son regard la satisfaction d'avoir remporté cette petite victoire contre elle, et autre chose aussi. Quelque chose qui allait au-delà du badinage et laissait entendre qu'il y avait plus à venir sauf qu'il n'avait pas le temps. Le torse puissant de son adversaire était juste derrière lui.

— Allez ! cria-t-il, et Augusta s'empressa de s'écarter tandis qu'il pivotait pour affronter le colosse.

Elle vit la botte de l'autre combattant heurter la cuisse musclée du Fauve qui laissa échapper un grognement de douleur. Quand l'autre écarta le pied, le pantalon du Fauve était rouge de sang. Augusta plaqua les mains sur sa bouche pour réprimer un cri. Un éclat métallique scintilla, révélant une pointe logée dans la semelle du colosse.

— Non !

Le cri d'Augusta avait jailli en même temps que celui de la foule. Une telle pratique était forcément contraire aux règles.

Le coup de sifflet qu'il lui avait déjà semblé entendre retentit de nouveau, beaucoup plus proche cette fois, et accompagné de cris affolés.

Henry lâcha un juron près de son oreille. Il avait dû sauter de la plateforme quand elle était tombée.

— Quelqu'un a prévenu les condés !

— Vite ! ordonna Camille en tirant sur le bras d'Augusta pour l'entraîner vers la porte.

— Que se passe-t-il ? demanda-t-elle.

— La police arrive !

— Mais il est blessé ! s'écria Augusta.

— Il faut partir, sinon nous allons nous faire arrêter ! Des gens vont s'occuper de lui, assura Camille en continuant de l'entraîner dans son sillage.

Elle avait raison. Déjà, les hommes en costume qui avaient escorté le combattant à son entrée s'étaient rassemblés autour de lui. Le comte de Leigh avait même sauté de l'estrade pour le rejoindre. Sachant qu'il n'y avait rien qu'elle puisse faire, et très consciente de la nécessité de protéger leurs réputations – si c'était encore possible à ce stade –, elle suivit Henry et Camille le long d'une sombre ruelle, en espérant qu'ils savaient où ils allaient.

2

Le temps de la légèreté, de la fantaisie, du babillage et des jeux en tous genres est passé.
Voici venu le temps du sérieux et des choses graves.

THOMAS CARLYLE

S'il survivait à l'heure qui s'annonçait, Evan Sterling, duc de Rothschild, s'offrirait en récompense une bouteille de Lochnagar, suivie d'une soirée au lit avec une femme. Les festivités devraient malheureusement se succéder dans cet ordre car sa cuisse était déjà en feu après avoir grimpé cette volée de marches. Il aurait besoin du whisky pour anesthésier la souffrance de sa blessure avant de profiter de tout autre divertissement. Il serra les dents, resserra sa prise sur la tête de faucon d'argent qui surmontait sa canne et se dirigea vers le bureau du premier étage de Sterling House, résidence londonienne de sa mère.

Des décennies de fumée de cigare refroidie mêlée de relents d'eau de toilette des Antilles – le bay rum – l'assaillirent quand il pénétra dans l'ancien bureau de son père. Ce dernier était mort depuis plus d'un an, mais les odeurs qui imprégnaient les boiseries et les tapis persans flottaient encore dans l'air. Comme d'habitude, le sentiment de toute une vie d'être une déception pour son père lui noua le ventre dès qu'il entra dans la pièce.

— Navré de mon retard.

Son notaire, Andrew Clark, se leva avec une raideur presque militaire.

— Bonjour, Votre Grâce. Vous n'avez pas à vous excuser.

Les excuses étaient destinées à sa mère ; Evan n'en dit rien et se contenta de saluer Clark d'un hochement de tête. L'homme était plutôt jeune, pour un notaire, mais il lui avait été chaudement recommandé. Evan avait laissé filer l'ancien notaire de son père, peu de temps après avoir découvert l'étendue des dettes accumulées par le domaine. À sa grande contrariété, la situation ne s'était pas améliorée depuis qu'il était entré en possession de son héritage.

— Bonjour, mère.

Evan s'inclina pour déposer un baiser sur la joue de sa mère et grimaça quand le poids de son corps passa sur sa jambe blessée. Elle jeta à sa canne un bref coup d'œil, mi-désapprobateur, mi-inquiet, avant de lui retourner son salut dans un murmure.

— Ne me dites pas qu'un de vos étalons a encore eu raison de vous, Votre Grâce.

Clark sourit, ce qui eut pour effet de déclencher un tic nerveux au niveau de sa lèvre. Evan jura intérieurement. Depuis plusieurs mois, Clark avait réussi à triompher de ses nerfs en présence d'Evan et de sa mère ; la réapparition de ce tic indiquait que l'entretien serait pire qu'il n'avait craint.

— C'est pourtant ce qui est arrivé.

Le mensonge était un peu contraint. Il s'était apparemment trop souvent servi de l'excuse du cheval indomptable pour justifier ses blessures diverses depuis un an.

— Ce sauvage m'a désarçonné dans un virage, mais je me fais fort de le mater.

Wilkes, son adversaire, avait beau avoir disparu dans le chaos qui avait suivi l'arrivée de la police, Evan s'était juré de le retrouver. Outre qu'il aurait à répondre des maudites pointes fixées aux semelles de ses bottes, il était redevable à Evan pour n'avoir pas terminé le match.

— Si je puis me permettre, vous feriez peut-être mieux de vous en tenir aux paris hippiques. Vous semblez avoir une chance de tous les diables aux courses.

Evan prit place au bureau de son père et invita Clark à s'asseoir d'un signe de tête. Un élancement lui traversa la cuisse et il envisagea brièvement de commencer le whisky plus tôt que prévu.

— Sage conseil.

— En effet, approuva sa mère, qui tendit la main vers la théière pour lui en servir une tasse.

Il secoua la tête et elle s'empara de sa propre tasse.

Evan soupçonna le thé de sa mère d'être arrosé de cognac. Elle détestait ces réunions presque autant que lui. Evan aurait préféré l'en dispenser, mais c'était elle qui insistait. Si son père n'avait pas passé les deux années précédant sa mort cloîtré, à se lamenter sur la mort prématurée de son fils aîné, William, la situation de la famille n'aurait peut-être pas été aussi catastrophique. Ils auraient peut-être même eu de quoi subsister s'il avait accepté d'écouter ses fils et d'investir dans l'industrie.

— Allez-y, Clark. Écoutons le rapport mensuel de nos comptes, dit Evan, aussi incapable de réprimer son ton acerbe que l'hémorragie de leurs finances.

— Bien sûr, Votre Grâce.

Clark ouvrit le livre de comptes relié de cuir et, d'une voix claire et précise, donna lecture de l'exposé de leur situation.

Les chiffres changeaient chaque mois, une légère hausse, une légère baisse, pour autant le résultat final demeurait le même. Le grain qui venait de l'étranger pouvait être exporté pour moins cher que celui de leurs fermes. La sécheresse n'avait fait qu'aggraver les choses. Sa mère avait réduit les dépenses autant qu'il était raisonnablement possible de le faire sans passer pour une mendiante aux yeux de ses amis. Evan avait abandonné sa maison de ville pour prendre une suite au Montague Club – résider à Sterling House, où les souvenirs de son père rodaient partout, n'était pas envisageable.

Ils n'avaient plus de fonds. Le peu qu'il apportait grâce aux combats, aux paris et aux investissements parvenait tout juste à faire patienter les créanciers. Et comme si cela ne suffisait pas, ses sœurs – jumelles ! – devaient faire leurs débuts l'année suivante. Comment payerait-il les robes et tout l'attirail nécessaire pour la Saison, sans parler du trousseau qui suivrait pour chacune ? Il n'en avait pas la moindre idée.

Evan se massa les tempes. Leur situation était intenable. La faillite pour lui et la ruine sociale pour sa famille se profilaient à l'horizon. Il n'en était pas responsable, mais c'était sur lui que retomberait le fardeau de la honte. Il sentait déjà le regard d'outre-tombe de son père peser sur lui. L'honneur de la famille serait anéanti du vivant d'Evan. Par conséquent, ce serait lui qui tomberait en disgrâce.

— Je suis navré que les chiffres ne soient pas meilleurs, Votre Grâce.

Clark garda les yeux baissés et referma le registre.

— Vous avez fait ce que vous pouviez.

Ce qui revenait à emprunter à Pierre pour rembourser Paul. L'argent n'apparaissait jamais par magie.

— Vous n'avez toujours pas retrouvé la trace de Lichfield ?

Le notaire de son père s'était empressé de disparaître quand Evan avait commencé à poser des questions difficiles.

— Pas encore, non, répondit Clark.

Le jeune notaire se racla la gorge et parut enfin trouver le courage de croiser le regard de son employeur.

— Il reste des choix.

Sa voix avait jailli tel un glapissement.

Oui. Des choix. Evan les redoutait.

Sa mère reposa sa tasse et sa soucoupe d'un geste déterminé.

— Il est grand temps de considérer sérieusement nos *choix*.

— *Nos* choix ?

Tout le monde savait pertinemment que c'était à *lui* qu'il reviendrait de faire le noble sacrifice.

Sa mère fixa sur lui son regard bleu pour lui signifier que le temps des discussions était terminé.

— Voilà un an que nous tentons de faire les choses à votre façon. Elizabeth et Louisa doivent être présentées à la Cour lors de la Saison prochaine. Leur avenir en dépend.

Qu'elle parle ainsi devant Clark montrait à quel point elle était inquiète.

— Si je puis me permettre, Votre Grâce, la situation est encore plus délicate qu'elle ne l'était il y a un an. Le marché agricole ne donnant aucun signe d'amélioration, Crandall et Mercer menacent d'exiger le remboursement.

Evan serra les dents. Son père avait été idiot de s'endetter auprès de ces vautours.

— Quel délai ?

La pomme d'Adam de Clark fit un aller-retour.

— Si un mariage était annoncé d'ici deux semaines, peut-être une semaine de plus, s'empressa d'ajouter le pauvre notaire face à l'expression horrifiée d'Evan, cela les ferait sans doute patienter.

— Deux semaines ! tonna Evan.

— Allons, Evan, cela fait des mois que nous envisageons cette possibilité, dit sa mère. Ce n'est pas vraiment une surprise.

Si l'idée du mariage n'était pas un choc, l'urgence dans laquelle celui-ci devait avoir lieu en fut un. Gagné par le besoin soudain de bouger, il se leva. La douleur cuisante qui lui traversa la cuisse lui arracha un gémissement. Il se laissa retomber lourdement sur son siège.

— Oh, Evan, pour l'amour d…

Sa mère réprima le juron indigne d'une dame qui avait failli lui échapper et adressa un sourire forcé au notaire. Evan avait toujours admiré sa parfaite maîtrise d'elle-même.

— Ce sera tout pour aujourd'hui, monsieur Clark. Nous vous ferons part de notre décision demain. Hastings va vous raccompagner.

Elle sonna le majordome, laissant le temps à Evan de ruminer tandis que le notaire rassemblait ses affaires et prenait congé.

Une fois que Hastings eut refermé la porte derrière Clark, la duchesse gratifia son fils d'un regard sévère.

— Que diable vous êtes-vous fait à la jambe ? Et ne me dites pas qu'il s'agit d'une chute de cheval. Vous montiez avant même de savoir marcher.

Evan la dévisagea, partagé entre l'envie de persister dans la voie du mensonge et celle d'avouer la vérité. Il n'eut pas besoin de trancher. Le regard aiguisé de sa mère nota la coupure au niveau du sourcil, puis se posa sur ses jointures écorchées. La tentation de cacher ses mains derrière son dos, tel un enfant pris en faute, fut très forte, mais il parvint à y résister.

— Vous avez recommencé vos empoignades ? Pour de l'argent ?

Empoignades. L'euphémisme le fit sourire. Il laissa échapper un soupir et fit ployer ses doigts, savourant la douleur lancinante qui les parcourut. Si la glace les avait empêchés d'enfler, il savait d'expérience qu'ils le feraient souffrir pendant plusieurs jours. Non que la douleur le préoccupe. Il méritait de menus désagréments. Cela faisait plus d'un an que son père était mort. Il avait eu largement le temps de changer leur sort, et pourtant quoi qu'il fasse, les dettes familiales allaient croissant. Il n'était peut-être pas la seule cause de l'apparition de cette ride d'inquiétude sur le front de sa mère, mais il n'avait rien fait pour l'effacer.

— Oui, j'enseigne le pugilat au Montague Club, biaisa-t-il.

— Je parle de ces combats sur lesquels on parie, Evan. Ne me mentez pas.

— Mes gains nous permettent de nous maintenir à flot sur un océan de dettes.

Elle tressaillit comme s'il l'avait blessée et il se retint de justesse de lui présenter des excuses. Il était désolé. Désolé de ne pas être le fils qu'elle méritait, désolé de ne pas être William. Enfant, Evan avait joué des tours à ses précepteurs tandis que William excellait dans toutes les matières. William était l'héritier, celui qui se comporte comme l'exige son rang. Pas Evan. La famille se serait mieux portée s'il était mort à la place de William. Une douleur enfla dans sa poitrine, lui écrasant les poumons et rendant sa respiration difficile.

La duchesse secoua la tête et ses mains disparurent dans les plis de sa robe de deuil.

— Vous croyez que je veux voir un autre de mes enfants mourir avant l'heure ?

Cette question, associée à ses yeux rougis, l'incita à s'agenouiller près d'elle sans se soucier de sa blessure. Il s'empara de sa main.

— Cela n'arrivera pas. Je récolte peut-être quelques écorchures, mais je ne mourrai pas.

Elle arqua un sourcil élégant.

— Ne prenez pas un ton supérieur avec moi, Evan. Je suis au courant des dangers. Un combattant peut cacher un couteau, et certains ont reçu de tels coups à la tête qu'ils n'ont plus jamais été les mêmes ensuite. Des hommes sont morts.

— Quels hommes ?

— Simon Byrne. William Phelps.

— Qui vous a parlé de Byrne et Phelps ? Ils sont morts voilà des décennies.

Evan doutait qu'une des amies de sa mère ait pu connaître leurs noms. Elle battit des paupières et évita son regard.

— Il n'en demeure pas moins que la mort n'est pas inconcevable.

Prétendre le contraire eût été un mensonge. Bien que cela ne fasse pas partie de ses inquiétudes principales, le risque qu'un adversaire tel que Wilkes prenne mal sa défaite et décide de se venger en dehors du ring existait.

— C'est lady Dragonbouton qui vous a parlé d'eux ? demanda-t-il, usant du surnom dont il avait affublé dans sa jeunesse une matrone revêche, amie de sa mère. S'adonnerait-elle en secret à des jeux d'argent ?

La dame en question était une des femmes les plus ennuyeuses et collet monté de la génération de sa mère. Bien qu'âgée d'une cinquantaine d'années, elle affichait une telle expression de perpétuel désappointement qu'on lui en aurait facilement donné soixante-quinze.

Les coins de la bouche de sa mère frémirent tandis qu'elle se retenait de sourire, ce qui était précisément le but recherché.

— Son nom est lady Diginbotham, vous le savez très bien, et non, ce n'est pas elle qui m'en a parlé, ce qui est fort dommage. Puisque vous tenez tant à le savoir, ajouta-t-elle, retrouvant son sérieux, j'ai demandé à un valet de m'expliquer les règles de ces combats et, face à mes questions pressantes, il a reconnu que la mort faisait partie des risques.

Evan s'abstint de demander le nom du valet. Ce n'était pas sa faute. Sa mère savait se montrer très déterminée quand elle l'estimait nécessaire.

— Vous n'auriez pas dû vous inquiéter. Les règles ont changé depuis cette époque. De plus, je charge des hommes de confiance d'assurer ma protection. Ils veillent à ce que les choses n'aillent pas trop loin.

— Et les onze précédents ducs de Rothschild se retournent dans leur tombe lorsqu'ils voient leur descendant tombé aussi bas. Chaque soir, je me demande pourquoi votre père nous a laissés ainsi. Après la mort de William… c'est comme s'il avait choisi de renoncer.

Elle caressa les cheveux d'Evan pour adoucir ses paroles.

— Rien de tout cela n'est votre faute. Vous le savez, n'est-ce pas ?

Il se redressa aussi gracieusement que le permettait sa jambe blessée et boitilla jusqu'à la fenêtre pour échapper à la tendresse de ce regard. C'était une journée grise et triste, qui s'accordait à son humeur.

— Peu importe qui est responsable. Cela ne change rien au fait que je n'ai pas amélioré les choses.

Il entendit la soie de sa robe bruisser quand elle se leva et le rejoignit.

— Vous avez raison. Peu importe qui est responsable quand c'est à nous de réparer les pots cassés.

Sa main se posa sur son dos et elle traça un petit cercle entre ses épaules. Il ferma les yeux, se rappelant l'époque où elle venait chaque soir dans la nursery pour l'embrasser. William était toujours endormi, mais lui restait éveillé jusqu'à ce qu'elle vienne lui frotter le dos.

— Vous devez me croire quand je dis que je comprends ce que l'on ressent face à un mariage arrangé. Je connaissais à peine votre père. J'ai eu l'impression d'épouser un étranger.

Il se souvint des silences souvent tendus entre ses parents. Sans être ennemis, ils n'avaient jamais été amis. Le duc de Rothschild avait toujours été distant – dans le meilleur des cas.

— Et pourtant, je vais avoir une étrangère pour épouse, marmonna-t-il.

La main s'immobilisa sur son dos.

— Je suis tellement désolée. Votre père aurait dû faire mieux, mais…

Sa phrase demeura en suspens. Qu'y avait-il d'autre à dire ? Il n'y avait pas d'argent caché. Il le savait parce qu'il avait cherché. Clark aussi avait cherché. Il n'y avait rien.

— Si vous décidez de ne pas vous marier maintenant, la tâche en incombera à vos sœurs. Et je frémis à la seule pensée des demandes en mariage qu'elles recevront à la Saison prochaine, sans dot.

Evan secoua la tête. Une fois que l'étendue de leurs dettes et leur incapacité à les honorer seraient connues, il n'y aurait plus aucune demande en mariage. Bon sang ! Des rumeurs circulaient déjà. Les gens savaient qu'il avait vendu sa maison de ville. S'il avait autorisé ses sœurs à faire leurs débuts cette année, seuls des vauriens ou des pervers vicieux se seraient risqués à demander leur main. Evan venait de passer un an à tourner le dos à la réalité, mais il était temps pour lui d'affronter l'avenir. Il devait se marier pour sauver sa famille.

En grandissant, il avait naïvement assumé que la tâche de former une alliance avec une famille noble incomberait à William. Son frère aîné aurait choisi une femme capable de succéder à la duchesse et accompli son devoir avec honneur. Il l'aurait épousée avec joie et aurait consacré le restant de ses jours à engendrer des enfants avec elle tout en continuant à écrire ses essais sur l'*Éthique à Nicomaque* d'Aristote ou les subtilités de l'astronomie hellénistique. Et il n'aurait sans doute jamais regardé une autre femme.

Confronté à cette même perspective, Evan sentait un nœud de la taille d'un poing se former dans son ventre. Il déglutit et se retourna pour faire face à sa mère.

— Qui avez-vous en tête ?

— Avez-vous rencontré la famille Crenshaw, de New York ?

Il ne fut pas surpris qu'elle ait déjà choisi quelqu'un ; il fut juste étonné de la connaître. La vision de l'héritière Crenshaw telle qu'il l'avait vue la veille au soir surgit dans son esprit. Il avait été choqué de la découvrir dans le public. Ses grands yeux reflétaient un mélange d'intelligence intègre et de questionnement naïf. Elle était de toute évidence consternée et scandalisée par la brutalité du combat, et curieuse aussi. Assez curieuse pour être restée.

Assez curieuse pour l'avoir embrassé.

— Pas officiellement. Je les ai vus au ballet la semaine dernière.

Tout le monde parlait de la riche famille américaine qui venait d'arriver à Londres et occupait une loge juste en face de la sienne – raison pour laquelle il avait reconnu Mlle Crenshaw au combat.

— Peut-être avez-vous remarqué leur fille, Violet ?

Violet. Il se souvenait vaguement qu'il y avait d'autres personnes avec les Crenshaw dans cette loge, mais ce devait être elle, Violet.

— Je l'ai vue, dit-il.

— C'est la plus jolie jeune fille de la Saison. Bien que nous n'ayons pas encore été officiellement présentées, elle semble très bien éduquée. Elle n'est pas aussi effrontée que cette autre Américaine.

« Cette Américaine » désignait la duchesse de Hereford ; la pauvre jeune femme n'avait pas eu l'ombre d'une chance quand elle avait fait ses débuts en société. Les matrones l'avaient dévorée toute crue.

— Je me suis longuement entretenue à son sujet avec M. Crenshaw, poursuivit-elle, et nous avons conclu qu'elle ferait pour toi une partenaire idéale.

— Vous avez conscience de parler d'elle comme s'il s'agissait d'une jument poulinière ?

Elle le gratifia d'un regard aigu.

— Je préférerais des petits-enfants qui sachent se tenir, mais puisque votre père ne nous a pas laissé le choix, nous ferons comme nous pourrons. Quitte à nous allier à une héritière américaine, autant qu'elle soit bien élevée.

Elle s'approcha du bureau, ouvrit un tiroir et en sortit une feuille de papier.

— Nous allons devoir trouver un moyen de faire les présentations… Un dîner, je pense, et si tout se passe bien, un bal pour annoncer officiellement vos intentions. Vous demanderez à Clark de s'informer sur leurs avoirs, bien sûr. J'ai toutefois entendu dire que l'étendue de la fortune des Crenshaw dépasse celle des Bridwell. Nous devons agir vite, avant que quelqu'un d'autre s'intéresse à eux.

— Vous avez également entendu dire cela ? Vous êtes peut-être passée à côté de votre vocation, vous devriez chercher un poste à Scotland Yard.

Elle agita la main et se mit à écrire.

— Mlle Crenshaw peut très bien avoir déjà reçu d'autres propositions. Mais je vous garantis que celles-ci n'émaneront pas d'un duc.

Evan faillit rire en voyant sa mère frétiller d'excitation pour la première fois depuis des années.

— Non. Heureusement, nous avons un titre duquel nous recommander.

Et pas grand-chose d'autre.

3

Les femmes sont les véritables architectes de la société.

HARRIET BEECHER STOWE

— Un mariage ?

Le cri de Violet était tellement suraigu que le papier peint du boudoir attenant à la chambre de leur mère faillit se décoller. Augusta fut trop stupéfaite pour aller vérifier. Leur mère venait de faire cette annonce avec l'aplomb d'une femme béatement inconsciente du manque d'enthousiasme que celle-ci allait susciter.

Elle affichait un sourire si éclatant qu'Augusta fut certaine que sa sœur et elle avaient mal entendu.

— Pardonnez-moi, mère, venez-vous de dire *mariage* et quelque chose au sujet d'un *duc* ? Que Violet va recevoir la demande en mariage d'un *duc* ?

Leur mère ménagea une pause, savourant l'effet produit par sa déclaration. Elle se cala sur le canapé et coinça une mèche acajou à peine mêlée de fils d'argent sous le turban de soie qu'elle portait la nuit. Augusta la soupçonna de se délecter de l'instant et sa bouche devint sèche à l'idée qu'elle avait bel et bien compris ses paroles.

— Oh, s'il le faut, je vais le répéter ! déclara-t-elle avant de ménager une nouvelle pause. Le duc de Rothschild va assister au dîner chez les Ashcroft, cette semaine. S'il trouve Violet à son goût – et je suis certaine que ce sera le cas –, j'ai toutes les raisons de penser qu'une demande en mariage suivra.

Violet avait pâli. Elle s'était levée d'un bond et demeurait bouche bée.

Augusta prit sur elle de poser la question qui s'imposait.

— Pardonnez-moi, mais j'ai un peu de mal à comprendre d'où sort cette idée. Nous n'avons jamais rencontré cette famille, et encore moins le duc.

— Les Ashcroft ont fait preuve de beaucoup de gentillesse envers nous. Lord Ashcroft apprécie votre père et l'a présenté aux membres de ses clubs. Par chance, lady Ashcroft est une grande amie de la mère du duc – elles ont grandi ensemble. Nous avons pris le thé toutes les trois voilà quelques jours, et Sa Grâce a laissé entendre que son fils cherchait une épouse.

— Vous voulez dire qu'elle vous a demandé la main de Violet ? hasarda Augusta.

Sa mère leva les yeux au ciel.

— Pas dans ces termes, bien sûr. Ce sont des gens civilisés, Augusta.

Elle adressa un regard d'avertissement à sa fille aînée.

— Sa Grâce a juste exprimé le souhait de rencontrer Violet, ajouta-t-elle en posant les yeux sur celle-ci. Elle n'a entendu dire que du bien de toi, ma chérie.

Violet, qui n'avait pas retrouvé l'usage de la parole, se couvrit la bouche de la main. Quand il fut clair pour leur mère qu'elle n'avait rien à dire, elle enchaîna :

— Après le départ de Sa Grâce, lady Ashcroft a eu la bonté de m'expliquer la situation. Personne n'est au courant, mais il paraît qu'à la mort du vieux duc, sa famille s'est retrouvée sans un sou.

— Comment est-ce possible ? demanda Violet d'une voix faible.

Augusta n'aurait su dire si elle faisait allusion à la situation financière des Rothschild ou à la demande en mariage.

— Peu importe, répliqua leur mère. L'essentiel, c'est qu'ils ont besoin de fonds, quelle que soit la devise, parce qu'ils n'ont quasiment plus rien. J'imagine que leurs dettes arrivent bientôt à échéance car la duchesse s'est montrée très empressée. Ils ont besoin de nous.

L'étincelle dans l'œil de sa mère mit Augusta mal à l'aise.

— Enfin, dis quelque chose, Violet ! C'est une merveilleuse nouvelle !

Violet secoua lentement la tête et s'approcha de la fenêtre.

— En quoi les problèmes financiers des Rothschild concernent-ils Violet ? risqua Augusta. Ne pourraient-ils pas parvenir à une sorte d'arrangement avec papa ? Un investissement ? Ou mieux encore, puisque les Ashcroft sont leurs amis, ils peuvent leur prêter de l'argent.

— Ce n'est pas ainsi que se font les choses, ici, Augusta, répondit sa mère, agacée. Le duc a besoin de s'allier avec une famille puissante.

— Une famille *riche*, surtout.

Sa mère lui coula un regard noir.

— Si tu y tiens, alors oui, il a besoin de s'allier avec une famille riche. Or, nous sommes une famille riche.

— C'est à cause de Camille, n'est-ce pas ?

La lueur de convoitise qu'elle avait vue passer dans les yeux de sa mère quand Camille leur avait fait visiter son domaine du Sussex avait éveillé la méfiance d'Augusta. Elle comprenait mieux à présent. Ce n'était pas la valeur de cette propriété qui excitait sa mère. C'était le poids historique d'un duché et d'une lignée. La pestilence attachée à l'argent des nouveaux riches se dissipait aisément dans une demeure ancestrale.

— Reconnais que les choses ont bien tourné pour elle.

Camille était malheureuse. Tout le monde pouvait le voir. Ceux qui prenaient la peine de la regarder en tout cas.

— Financièrement, peut-être, mais vous pensez vraiment qu'elle est heureuse ?

— Bien sûr, qu'elle l'est ! riposta sa mère avec un rire grinçant. Elle a tout ce qu'une jeune femme peut désirer.

Avant qu'Augusta ait pu mettre en doute cette déclaration, Violet interrompit ce qui promettait de déboucher rapidement sur une dispute.

— Je ne comprends toujours pas. Nous n'étions pas venus ici dans l'intention d'arranger un mariage. La Saison est une succession de divertissements. Nous sommes censés rentrer bientôt à la maison.

Leur mère sourit.

— N'est-ce pas justement une chance extraordinaire que cette occasion se présente à nous ? On nous la sert pratiquement sur un plateau d'argent.

— Pardonnez-moi, mère, mais pour être franche, je ne vois pas quel bénéfice nous tirerons de cet arrangement.

Augusta se leva et se mit à arpenter la pièce, tâchant de trouver un sens à cette opération. Cela faisait des années qu'elle prenait des décisions importantes pour le compte des Aciéries Crenshaw et elle avait appris à évaluer une transaction en la considérant sous tous les angles. Elle avait beau retourner celle-ci dans tous les sens, il ne profitait qu'aux Rothschild. Les Crenshaw allaient leur céder une fortune et perdraient Violet par-dessus le marché.

— Comment peux-tu ne pas le voir, ma fille ? C'est pour nous une occasion en or. Violet deviendra duchesse. C'est ce qu'il y a de plus proche de la royauté, déclara-t-elle comme si cela suffisait.

Comme si un titre méritait que Violet épouse un inconnu et lui sacrifie son avenir.

— Et si Violet n'a pas envie de devenir duchesse ?

— Augusta, ma chérie, songe un peu à tout ce que cela va nous apporter. Aux portes qui s'ouvriront devant nous. Regarde, nous sommes seulement amis avec la duchesse de Hereford et un duc demande déjà la main de ta sœur ! Les Aciéries Crenshaw en tireront un profit que tu n'imagines même pas.

Augusta détestait cette façon qu'avait sa mère d'appeler désormais Camille par son titre. Elle avait eu beau passer enfant des heures à jouer et à courir dans les couloirs de la maison avec Augusta et Violet, elle n'avait même plus le droit d'être elle-même. Elle était devenue un modèle à suivre, un nom… *une épouse.* Depuis qu'Augusta avait compris tout ce qu'une femme perdait en accédant au titre d'épouse, elle se méfiait de ce prétendu privilège. Elle avait désormais une raison de plus de s'en méfier.

— Les Aciéries Crenshaw se portent à merveille. De nouveaux chemins de fer se construisent chaque année. Les prévisions annuelles de Max vont croissant.

— L'espoir fait vivre, mais il ne faut pas sous-estimer la valeur des relations sociales. Si nous étions acceptés par certaines...

Sa mère ne termina pas sa phrase et son expression se durcit.

— Vous savez aussi bien que moi qu'il y a des endroits où les Crenshaw ne sont pas les bienvenus. Si cela devait changer, nous n'aurions plus à nous soucier de ce que les Astor et consorts viennent nous compliquer l'existence. Il s'agit d'un investissement qui concerne autant notre avenir et notre nom en tant que famille que Violet elle-même.

Augusta déglutit avec difficulté – elle se sentait sotte et naïve de ne pas avoir deviné la profondeur de l'humiliation de sa mère. Leur fortune était trop récente aux yeux de certaines familles qui refusaient de les inviter. Si Augusta avait toujours su que c'était un point sensible pour sa mère, elle avait refusé de croire que cela puisse être aussi grave. Quand elle avait regardé Camille s'avancer vers l'autel, les épaules secouées de sanglots silencieux sous son voile, Augusta n'avait pas envisagé un seul instant que cela puisse leur arriver, à Violet ou à elle. Elle avait été bien bête d'ignorer ses appréhensions initiales.

— C'est vous, l'instigatrice de cet arrangement, dit-elle d'un ton chargé de colère. Si vous forcez Violet à épouser cet homme, c'est uniquement pour impressionner lady Astor.

Elle serrait les poings si fort que ses ongles menaçaient de lui entailler les paumes.

— Je fais ce qui est nécessaire pour garantir un avenir solide à notre famille, rétorqua sa mère.

— En avez-vous parlé à papa ?

Pourvu que son père entende raison !

— Votre père est d'accord avec moi.

Le regard habituellement chaleureux de sa mère s'était fait glacial. Augusta sentit comme un grand vide au creux de son ventre. Elle avait cru pouvoir compter sur le soutien de son père. Sa mère avait-elle vraiment obtenu son accord ou déformait-elle la vérité ?

Près de la fenêtre, Violet émit un bruit curieux. Était-elle finalement parvenue à une conclusion ou avait-elle, elle aussi, espéré que leur père n'entrerait pas dans le jeu de leur mère ?

— Vous avez donc oublié Teddy toutes les deux ? articula-t-elle d'une voix tremblante.

À New York, Theodore Sutherland était la coqueluche de leurs cercles sociaux. Sa famille cumulait cependant plusieurs défauts rédhibitoires. Premièrement, sa famille était originaire de Saint Louis et non de New York. Deuxièmement, elle s'était enrichie grâce à la bière. Et troisièmement, leur fortune était encore plus récente que celle des Crenshaw.

Bien que rien n'ait été officialisé, cela faisait un moment que Teddy et Violet étaient proches. Tout le monde s'attendait qu'il lui présente sa demande une fois qu'il serait diplômé de l'université. Augusta comprenait maintenant que sa mère n'avait jamais prévu que cela aboutisse à un mariage.

— Quoi Teddy ? Que veux-tu dire ? demanda sa mère d'un air volontairement obtus.

Violet tapa du pied dans un rare accès de mauvaise humeur.

— Nous devons nous marier.

Cette déclaration incita leur mère à se lever.

— Violet, ma chérie, tu te trompes. Ce garçon n'a que vingt ans. Il ne sera pas prêt pour le mariage avant des années.

— Je ne me trompe pas ! Tout le monde le sait ! s'écria Violet en tournant vers sa sœur des yeux brillants de larmes. Dis-lui, Augusta. Il m'a avoué qu'il m'aimait, ajouta-t-elle à l'adresse de leur mère sans laisser à sa sœur le temps de répondre.

— C'est vrai, mère, confirma celle-ci. Tout le monde sait qu'il veut épouser Violet.

Leur mère haussa les épaules.

— Eh bien, moi, je ne le sais pas. Et votre père non plus. Apparemment, tout le monde ne le sait pas.

— C'est la vérité ! Il vous suffit de lui écrire. Je suis certaine qu'il vous répondra et qu'il vous dira tout.

Leur mère secouait déjà la tête.

— Nous n'avons pas le temps. Une lettre mettrait des semaines à l'atteindre.

— Un télégramme, alors, proposa Violet.

Leur mère l'ignora. Posant les mains sur les épaules de Violet, elle la gratifia d'un doux sourire.

— Peu importe, ma chérie. M. Sutherland n'est pas un duc. En outre, il ne possède pas un sou qu'il ne tienne de son père.

— Cela n'a aucun sens, mère. Si ce que vous dites est vrai, le duc n'a pas un sou non plus, riposta Violet en se libérant de l'étreinte de leur mère.

— Certes, mais le duc a un titre. Ce n'est pas un si mauvais marché : une petite part de notre fortune contre un titre.

Elle déposa un baiser sur la joue de Violet, et gratifia Augusta d'un signe de tête. Elle rayonnait littéralement.

— Bonne nuit, mes chéries. Je vais me coucher. La journée de demain s'annonce prometteuse. Nous allons devoir passer ta garde-robe en revue, Violet. Nous choisirons une robe de chez Worth pour le bal, bien sûr. Il faudra quelque chose de plus discret pour le dîner. Je peine encore à le croire… Un duc ! Et notre Violet qui sera duchesse.

Elle gagna sa chambre dans un tourbillon de soie lavande.

Augusta se précipita vers sa sœur pour la serrer dans ses bras.

— Que vais-je faire ? demanda Violet. Je ne peux pas épouser cet inconnu. Tu as vu Camille. Tu sais à quel point son mari la rend malheureuse. Je ne peux pas…

Submergée par l'émotion, Violet prit une profonde inspiration.

— Non, tu ne peux pas l'épouser, déclara Augusta qui s'écarta pour regarder sa sœur droit dans les yeux. Nous allons empêcher cela.

— Comment ? Tu l'as entendue. Elle est déterminée à ce que ce mariage ait lieu.

— Je parlerai à papa demain matin.

Augusta se demandait toutefois si elle obtiendrait quoi que ce soit de lui. Il était connu pour son pragmatisme. Si leur mère l'avait convaincu que ce mariage serait bon pour les affaires, il serait sans doute impossible de le faire changer d'avis. Le moment était cependant mal choisi pour partager ses craintes. Sa sœur avait besoin d'être rassurée.

— J'enverrai un télégramme à Max demain, décréta Violet. J'ignore si ce duc demandera ma main et quand ce maudit mariage est censé avoir lieu, mais Max ne les laissera pas faire.

Leur frère prendrait la défense de Violet, c'était évident, il y avait cependant peu de chances pour qu'un télégramme fasse changer ses parents d'avis. Il aurait fallu qu'il vienne en Angleterre, et donc qu'il s'organise pour laisser la direction des Aciéries Crenshaw entre des mains de confiance, ce qui prendrait des semaines. Non, elles allaient devoir se charger du problème toutes seules.

— Seigneur, aura-t-il seulement le temps de venir ? soupira Violet comme si elle lisait dans ses pensées. Quand crois-tu qu'ils aient l'intention de célébrer ce mariage ?

— Je n'en ai pas la moindre idée. C'est pourquoi nous ne pouvons pas attendre Max.

— Et si papa refuse de céder ?

— Dans ce cas, j'irai parler au duc moi-même, déclara Augusta. Je trouverai un moyen de lui faire entendre raison. Après tout, qui souhaite épouser une femme rétive ?

Piètre réconfort. Le front de Violet se plissa tandis que toutes deux se souvenaient de la pauvre Camille s'avançant vers l'autel. Elle n'avait pas voulu Hereford, mais personne ne s'en était soucié.

— Je ne le ferai pas, Augusta. Je n'abandonnerai pas Teddy.

Augusta attira sa sœur dans ses bras.

— Il a dit qu'il m'aimait, sanglota Violet.

— Chut... Personne ne t'obligera à épouser qui que ce soit. Je te le promets.

Alors qu'elle faisait cette promesse, la vision de Camille en pleurs refusa de disparaître de l'esprit d'Augusta. Elle traverserait l'enfer pour empêcher Violet de subir le même sort.

Très tôt, le lendemain, Augusta se rendit dans la bibliothèque, où son père était occupé à lire les journaux en buvant du café. Le rythme de la vie londonienne n'avait pas changé l'homme ni ses habitudes. Griswold Crenshaw se levait toujours à l'aube pour préparer la journée à venir. Sa seule concession consistait à s'octroyer une sieste l'après-midi, les événements mondains auxquels il assistait en soirée se prolongeant parfois tard dans la nuit.

Un élan d'affection la saisit à sa vue. Assis dans un fauteuil à haut dossier, ses lunettes de lecture au bout du nez, il feuilletait les pages du *Times*. Une cafetière trônait sur le guéridon près de lui et un feu crépitait joyeusement dans l'âtre. Quelque chose dans la façon dont la lumière du matin réchauffait la pièce, autrement plongée dans la pénombre, lui rappela les matins de son enfance, quand elle se risquait à interrompre son rituel. Il ne la grondait jamais. Il se contentait de sourire et lui demandait comment le marché allait évoluer selon elle.

— Bonjour, papa.

Elle déposa un baiser sur sa joue rasée de frais avant de prendre place de l'autre côté du guéridon. Préférant les visages imberbes, il avait néanmoins accepté de se soumettre à la mode masculine de l'époque en portant une moustache soigneusement taillée.

— Bonjour, ma chérie, dit-il en la gratifiant du sourire charmant qui l'avait aidé à sceller bien des affaires. Comment sens-tu le marché aujourd'hui ? ajouta-t-il en posant son journal pour lui servir une tasse de café.

Elle sourit de sa loyauté sans faille à leur rituel.

— La Bourse de New York se portera bien. Elle est en voie de guérison et reprend des forces jour après jour.

Elle versa un nuage de crème dans sa tasse et grimaça en constatant qu'il n'y avait pas de sucre sur le plateau.

Son père reprit son journal et le déploya devant lui, ce qui lui permit de découvrir un article consacré au déclin du marché porcin de Nottingham.

— Dieu nous préserve d'un fiasco comme celui de la Jay Cooke & Cie qui entraînerait la fermeture du marché des changes, dit-il.

— Je crois que la leçon sur les dangers de la spéculation a été bénéfique.

Il émit un rire sans joie et grommela derrière son journal.

Elle contempla ses mains – ces mêmes mains qui avaient tenu les siennes à tant de bals et qui, seulement quelques semaines plus tôt, lui tapotaient l'épaule pour la féliciter de ses conseils qui leur avaient rapporté de généreux dividendes – et se sentit soudain très nerveuse. Pour masquer son anxiété, elle but une gorgée de café amer et le laissa rouler sur sa langue avant de l'avaler.

Que ferait-elle, si sa mère avait dit vrai et que son père l'approuvait ? Ce serait étonnant, quoique pas complètement inédit. Ne s'était-il pas rangé du côté de son épouse quand Maxwell avait voulu emménager dans sa propre maison ? Tous deux avaient décidé qu'un célibataire devait rester sous le toit de ses parents jusqu'au mariage. Non que leur désapprobation ait arrêté son frère – il avait quitté le giron familial et la vie avait suivi son cours. Cette affaire-ci pouvait très bien se résoudre aussi simplement. Sauf que cette fois, il s'agissait d'un mariage, ce qui n'avait rien de temporaire.

— Papa ?

L'estomac noué, Augusta reposa sa tasse, craignant que l'odeur du café n'accentue sa nausée.

— Je suis venue discuter avec vous d'une chose très importante.

Il lui jeta un coup d'œil par-dessus son journal, et dut remarquer le sérieux de son expression car il fronça les sourcils et l'abaissa.

— Mère nous a parlé hier soir. Elle a évoqué la possibilité que Violet épouse le duc de Rothschild.

Consternée, elle le vit sourire, puis s'emparer de sa tasse, comme si cette idée méritait d'être considérée et débattue.

— Il me semble parfois que je n'accorde pas à Millie tout le crédit qu'elle mériterait. Si elle n'entend rien aux affaires, elle s'est souvent révélée très astucieuse dans d'autres domaines.

Augusta frissonna.

— Êtes-vous en train de dire que vous êtes d'accord avec mère ? Que Violet devrait épouser cet homme dont nous ne savons rien ?

— L'idée est bonne, Augusta, et cet homme n'est pas un inconnu. Certes, il ne fait pas partie de notre cercle, mais c'est un duc, déclara-t-il, comme si ce titre se suffisait à lui-même. Sa famille est réputée et plusieurs gentlemen de ma connaissance, dont Hereford, se portent garants de lui.

— Des hommes que vous ne connaissez que depuis notre arrivée, vous voulez dire ?

Elle peinait à empêcher sa voix de trembler de colère.

Son père acquiesça sans se départir de son sourire irritant.

— Je t'accorde ce point. Voilà cependant près d'un an que je connais Hereford, et la plupart de ces gentlemen sont ses amis et connaissances. Rothschild est un intime du prince de Galles. De quelle autre recommandation as-tu besoin ? J'ai la certitude que le prince de Galles lui-même est favorable à cette union.

— Comment pouvez-vous le savoir ? Depuis combien de temps préparez-vous ce mariage ?

— C'est très récent, ma chérie. Le prince tient les Américains en haute estime, comme tu le sais.

Il va donc sans dire qu'il aspire à accueillir d'autres Américaines sur le sol britannique. N'a-t-il pas approuvé la venue de Camille ?

Augusta en croyait à peine ses oreilles. Certes, Camille et Hereford avaient reçu un cadeau de mariage du prince de Galles et plusieurs journaux s'étaient fait l'écho de son amour pour les Américains, pour autant, elle n'imaginait pas que cela puisse concerner Violet. Non parce que sa sœur ne méritait pas son estime, mais parce que cela semblait incroyable.

— Je ne m'inquiète pas du prince. Je me soucie davantage de perdre Violet, et de la voir épouser un homme qu'elle n'aime pas et qu'elle n'a même jamais vu.

— Tu as toujours eu un faible pour ta sœur. Violet n'est pas comme toi et moi. Elle ne sait même pas ce qu'elle veut. Il lui faut un mari qui prendra soin d'elle et la chérira comme sa famille l'a fait jusqu'ici. Elle a besoin d'être protégée des dures réalités de ce monde.

Comment cet homme si rationnel pouvait-il envisager de marier sa fille à un aristocrate qu'il connaissait à peine ? Violet comptait-elle si peu à ses yeux ?

— Violet sait parfaitement ce qu'elle veut, rétorqua-t-elle. Elle sait qu'elle ne veut pas épouser ce duc. Elle sait qu'elle veut être écrivain.

Il secoua brièvement la tête.

— Je suis certain que son époux, quel qu'il soit, tolérera son penchant pour l'écriture.

Il avala une gorgée de café et contempla le feu comme si l'avenir de Violet n'avait aucune importance.

À l'écouter, ses velléités d'écriture étaient un simple violon d'Ingres et non une pratique sérieuse. D'autres pensées, plus insidieuses, traversèrent l'esprit d'Augusta. Était-ce parce que Violet était née fille ? N'avait-elle d'autre valeur à ses yeux que celle d'un bien qu'il pouvait échanger contre un autre ? Et s'il était prêt à se séparer aussi facilement de Violet, cela s'étendait-il à elle-même ?

Augusta avait toujours cru qu'il trouvait sincèrement utiles les conseils qu'elle lui donnait. Il avait pris le temps de l'inclure dans son travail, s'émerveillant de son talent pour les chiffres. N'avait-elle donc été qu'une curiosité pour lui ? Une fille capable d'additionner une colonne de chiffres plus vite que son meilleur comptable ? Non. Elle secoua la tête, se refusant à croire cela.

— Et comment savoir que cet homme la chérira…

Il leva la main pour lui imposer le silence.

— Augusta, s'il te plaît. Nous ne le connaissons pas encore, mais cela ne saurait tarder. Aucune annonce n'a été faite. Nous n'en sommes qu'au stade préliminaire des discussions en vue d'une éventuelle union. Selon toute vraisemblance, il fera un époux tout à fait convenable pour ta sœur, et s'il ne nous plaît pas, nous prendrons le temps de la réflexion. Fais-moi un peu confiance. Je n'ai pas l'intention de marier la plus jeune de mes filles à un ogre.

Il sourit de sa plaisanterie.

Augusta n'avait jamais vu son père élever la voix. Il pouvait se montrer sévère quand la situation l'exigeait et il avait une façon de parler, très douce, qui portait loin malgré tout. Sa voix avait le don de s'insinuer dans sa tête et de la calmer, même quand elle voulait se mettre en colère. Il semblait toujours tellement raisonnable, quelles que soient les circonstances.

— Et Teddy ? demanda-t-elle, s'efforçant de chasser ses craintes antérieures.

— Qui ?

Elle réprima une furieuse envie de lever les yeux au ciel. Son père faisait-il exprès de ne pas se souvenir de lui ?

— Theodore Sutherland. Violet et lui étaient inséparables ces deux derniers étés, au cottage.

Il n'était pas complètement impossible que son père ne se souvienne pas du garçon car il ne passait pas tout l'été avec eux à Newport. Il rejoignait sa famille lors de fins de semaine prolongées, avant de retourner travailler. Augusta elle-même ne séjournait au cottage que par intermittence, contrairement à Violet et à leur mère, qui y passaient tout l'été.

— Ah, oui, cela me revient ! dit son père. Tu admettras que les Sutherland ne sont pas aussi bien établis que le duc.

— Bien sûr que je l'admets, papa. Là n'est pas la question. Si je mentionne Teddy, c'est parce que Violet s'imagine qu'il est amoureux d'elle et qu'ils vont se marier une fois qu'il sera diplômé.

— Je n'ai jamais laissé entendre que j'autoriserais une telle union. De fait, j'estime que ce serait un mauvais choix. Ce garçon est beaucoup trop jeune. Son père m'a dit qu'il comptait étudier le droit. S'il fait son droit, il ne sera pas en mesure de se marier avant plusieurs années. Et ta sœur sera trop vieille à ce moment-là. Non. Il n'en est pas question.

— Elle n'aura que vingt-cinq ans. J'aurai moi-même vingt-cinq ans dans moins de deux ans. Ce n'est pas trop vieux pour se marier.

Il la regarda d'un air compatissant qui la mit mal à l'aise. Sa moustache retomba aux commissures de ses lèvres comme il s'empressait de baisser les yeux sur sa tasse.

Une sorte d'effroi diffus remonta le long de sa gorge, et les mots jaillirent avant qu'elle ait pu les retenir.

— Vous me trouvez vieille ?

Ou du moins trop vieille pour se marier. Ses parents la voyaient-ils comme une vieille fille que l'on apaise par de feintes gentillesses ?

Sans la regarder, il reposa sa tasse sur le guéridon et se retrancha derrière son journal.

— Bien sûr que non. Un jour, tu rencontreras l'homme qui te conviendra. Mais c'est de ta sœur que nous parlions. Violet perdrait sa jeunesse à attendre Theodore, et il pourrait très bien décider d'en épouser une autre une fois ses études terminées. Reconnaissons le duc comme une possibilité et voyons ce qui se passe.

— Papa, devons-nous seulement…

Il abaissa le coin de son journal et lui jeta un coup d'œil.

— Cela suffit, ma chérie. Rien n'est gravé dans le marbre.

Quand il se replongea dans sa lecture, elle sut qu'il était inutile d'insister. Elle demeura pourtant immobile, les yeux rivés sur les caractères imprimés, le souffle court. Elle aurait voulu interroger son père sur son avenir à elle. Ses parents envisageraient-ils de la marier pour le bien de la famille ? Son père serait-il disposé à se passer d'elle – après tout ce qu'elle avait donné aux Aciéries Crenshaw – afin d'améliorer son statut social ? Elle ouvrit la bouche pour le lui demander, puis se ravisa. Une part d'elle-même ne voulait pas savoir. Qu'aurait-elle fait de la réponse de toute façon ?

Ici comme ailleurs, la raison prévaudrait. L'idée que ce projet enthousiasme son père presque autant que sa mère avait beau lui déplaire, elle était contente qu'il ait accepté de discuter de la situation rationnellement. Ils allaient peut-être découvrir que le duc de Rothschild était l'ogre auquel son père refusait de marier Violet, et toutes ses craintes se révéleraient alors sans objet.

À moins que le duc lui-même ne se laisse dissuader – au cas où ses parents refuseraient d'entendre raison. Camille était opposée à son mariage, mais personne n'en avait jamais parlé ; on avait préféré le cacher sous des mondanités. Si Augusta annonçait sans détour au duc que Violet ne voulait pas l'épouser, peut-être renoncerait-il à demander sa main.

Car vraiment, quel homme a envie d'épouser une femme qui ne voulait pas de lui ? On n'était plus au Moyen Âge.

4

Mais le nuage ne vient jamais de la partie de l'horizon depuis laquelle nous le guettons.

ELIZABETH GASKELL

Evan et sa mère arrivèrent en dernier au dîner des Ashcroft. Tandis qu'ils suivaient un valet, Evan jeta un coup d'œil aux tableaux accrochés dans les pièces qu'ils traversaient. Il reconnut au moins un Rembrandt et deux Titien. Un soupçon de culpabilité le fit se raidir à la pensée des tableaux qu'il avait chargé Clark de vendre le mois dernier. Une infime concession aux créanciers qui réclamaient sa tête. Pas assez pour assouvir leur soif de sang, mais juste assez pour les calmer un moment. Sa mère, qui n'était pas retournée à Charrington Manor depuis, ne s'en était pas aperçue, et si ses sœurs avaient écrit à leur mère à ce sujet, elle ne lui en avait pas fait part.

— Essayez de sourire, murmura-t-elle après lui avoir lancé un regard de biais. Ou cessez au moins de froncer les sourcils. Vous allez effrayer cette petite.

À son crédit, elle arborait son demi-sourire gracieux. Celui dont elle se parait pour les événements mondains comme ce dîner. Il reflétait un intérêt poli, doublé d'une élégante indulgence pour ce qui l'entourait, et visait à établir que tout allait pour le mieux dans son monde préservé.

— Comment pouvez-vous être aussi enjouée ? demanda-t-il.

— J'ai confiance. Je sais que tout se passera bien. C'est une charmante jeune fille qui fera une charmante épouse.

Et peu importait qu'il ne veuille pas d'une épouse, charmante ou pas. Ce qu'il voulait, c'était être à même de subvenir aux besoins des siens, comme n'importe quel homme. Malheureusement, sa famille l'en avait privé. C'était donc cette jeune fille qui serait chargée de les sauver. Mettre le duché en faillite, à seule fin de voir Evan patauger, était peut-être le véritable projet de son père depuis le début.

— Vous en sortirez vivant. Je vous le promets.

Sa mère lui tapota la joue avant de franchir la porte qu'un valet tenait ouverte. La musique d'un quatuor à cordes leur parvint depuis le salon.

Une étincelle flamba au creux de son ventre, en partie atténuée par la sombre perspective de ce mariage arrangé. Il allait revoir Mlle Crenshaw. Elle avait été courageuse d'assister à son combat. Et plus encore de lui accorder ce baiser. Cette situation n'était supportable à ses yeux que parce que le hasard avait fait d'elle sa fiancée putative.

Lord et lady Ashcroft s'avancèrent pour les accueillir. Il y avait beaucoup de monde et Evan balaya du regard l'assemblée dans l'espoir de la repérer. Hereford était présent, ainsi qu'un couple âgé d'amis de sa mère, le vicomte Ware était également là et un couple d'âge mûr – les Crenshaw. Ils étaient vêtus avec élégance, quand bien même les bijoux de Mme Crenshaw étaient un peu trop ostentatoires. Les gros diamants qui ornaient son cou et ses oreilles avaient quelque chose d'excessif, portés ensemble. Une jolie jeune fille se tenait auprès d'eux, en revanche la jeune femme qu'il avait embrassée n'était nulle part visible.

— Quel plaisir de vous voir, Rothschild. Margaret, vous êtes resplendissante, s'extasia lady Ashcroft.

Evan ravala sa contrariété et salua leur hôte. Lord Ashcroft avait compté parmi les amis de son père, sans toutefois être aussi austère que le vieux duc.

Une fois les politesses échangées, Evan se surprit à la chercher de nouveau du regard. Elle était forcément là. Il refusait d'admettre qu'il s'était peut-être trompé. Une porte donnant sur le jardin était entrouverte et la lumière vacillante des réverbères à gaz, derrière les carreaux, semblait encourager les invités à aller l'explorer. Peut-être s'y trouvait-elle.

Pressé de la revoir et de découvrir si l'étincelle qui avait jailli entre eux était toujours là, il fit un mouvement dans cette direction. Comme si elle avait deviné ses intentions, sa mère lui prit le bras et le guida vers les autres invités.

— Rothschild. Ravi de vous compter parmi nous.

Le duc de Hereford faisait aussi partie des amis de son père. Cependant, contrairement à Ashcroft, il avait tendance à considérer Evan du même air chagrin que son père. L'homme inclina vaguement la tête.

Evan l'imita. Il détestait qu'on l'appelle Rothschild. Dans son esprit, c'était le nom de son père, un nom qu'il n'avait jamais eu l'intention d'associer à lui-même.

— Hereford.

— Vous a-t-on présenté nos amis américains ? s'enquit Ashcroft.

Et voilà, on en venait à la raison de cette réunion. Sa poitrine se contracta quand son regard se posa sur le couple derrière Hereford qui le regardait avec intérêt.

— Je n'ai pas encore eu ce plaisir.

Hereford se tourna vers le couple.

— Permettez-moi de vous présenter M. et Mme Crenshaw, de New York.

— Votre Grâce, c'est un honneur, dit Crenshaw, un bel homme de corpulence moyenne, qui semblait destiné à devenir son beau-père.

Evan réussit à produire une salutation sommaire. Sa mère marmonna quelque chose, mais Evan y prêta à peine attention. Rompu au protocole, il s'inclina sur la main de Mme Crenshaw.

— Madame, je suis sincèrement ravi de vous rencontrer.

La femme avait une chevelure auburn rehaussée de quelques fils d'argent. Si elle était plaisante à regarder, ses manières ne reflétaient pas la réserve que sa mère estimait appropriée. Et elle ne baissa pas les yeux, comme elle aurait dû, quand il la salua. Elle lui sourit et le contempla comme s'il était le Messie.

— Vous êtes encore plus séduisant que votre mère ne l'avait suggéré, Votre Grâce.

Il la gratifia d'un sourire bienveillant, mais surprit un bref éclair de désapprobation dans le regard de sa mère.

— Je suis choqué. Il faut toujours qu'elle exagère, plaisanta Crenshaw.

L'éclat désapprobateur apparut de nouveau dans le regard de sa mère. Le sourire bien en place, elle s'adressa à Mme Crenshaw :

— Je suis heureuse de vous revoir.

— Voici notre Violet, dit la femme en se tournant vers la jeune fille près d'elle.

Son cerveau reçut le message de ses yeux et de ses oreilles avec un temps de retard. Cette jeune personne était Violet, mais ce n'était *pas* la femme qu'il avait embrassée. Son cœur alla se loger dans son estomac et une sensation nauséeuse le gagna.

À l'instar de sa mère, Violet Crenshaw soutint son regard sans ciller. Elle ne semblait toutefois pas aussi enchantée qu'elle. Le menton subtilement relevé, elle donnait plutôt l'impression de se retenir de le fusiller du regard.

— Bonsoir, ma chère, dit lady Rothschild. C'est un plaisir de vous rencontrer. Mademoiselle Violet, permettez-moi de vous présenter mon fils, le duc de Rothschild.

Les bonnes manières d'Evan semblaient l'avoir déserté face à la tournure prise par les événements. Il s'était tellement attendu à rencontrer la femme qu'il avait embrassée. Or ce n'était pas elle. Cette femme était sa sœur, celle qui se trouvait assise à côté d'elle au théâtre.

— C'est un plaisir de vous rencontrer, se força-t-il à articuler. J'espère que votre séjour à Londres se passe bien.

L'espace d'une fraction de seconde, ses yeux lancèrent des éclairs et il se surprit à attendre – à espérer ? – une explosion de sa part. Il était clair pour lui, et sans doute pour tout le monde, qu'elle était informée de ses intentions, et elle ne semblait pas aussi flattée qu'elle aurait dû l'être. Evan était cependant trop déçu pour se sentir offensé. Pourquoi diable lui offrait-on la cadette ? Tout le monde savait que l'on marie d'abord sa fille aînée.

Elle réussit cependant à étouffer le feu de son regard et récupéra discrètement sa main.

— Cela se passe très bien. Votre ville est tout à fait charmante.

Avant qu'il ait pu répondre, Mme Crenshaw se lança dans le récit animé et détaillé du temps qu'elles avaient passé en ville. Depuis les expositions du British Museum à l'opéra en passant par les magasins de Bond Street, elle veilla à lâcher les noms d'une bonne poignée d'aristocrates qu'elle avait croisés. Violet, plus réservée, se contentait d'acquiescer mollement sans cesser de dévisager Evan d'un air désapprobateur.

Bonté divine, cette créature volubile était censée devenir sa belle-mère. La vision de vacances interminables durant lesquelles cette Américaine les abreuvait de ses vantardises se matérialisa dans son esprit. La faillite de son duché ne serait peut-être qu'un moindre mal s'il s'agissait d'éviter un tel sort. Un coup d'œil à sa mère chassa cette idée avant qu'elle ait pu prendre racine. Elle était toujours en grand deuil car elle avait refusé qu'on lui fasse faire de nouvelles robes, cette année. Quand ils étaient descendus de voiture, Evan avait remarqué que la dentelle de son ourlet s'effilochait. La véritable raison de son refus, c'était le manque d'argent. Il n'avait pas le droit de se dérober à son devoir.

Une douleur s'éleva au niveau de sa mâchoire et il se rendit compte qu'il serrait les dents. Il se força à se détendre et remarqua que Violet le regardait avec curiosité, la tête inclinée de côté. Un mariage avec elle ne serait peut-être pas affreusement insupportable. Elle était très jolie. Avec sa silhouette gracile, sa chevelure sombre coiffée avec art, et son élégante robe vieux rose, elle avait tout d'une dame. Le feu dans son regard lui laissait espérer qu'elle avait autre chose en tête qu'un titre.

Pourtant, quand il ouvrit la bouche pour lui parler, il ne put s'empêcher de demander :

— Votre sœur se joindra-t-elle à nous ce soir ?

Le visage de Violet s'éclaira pour la première fois de la soirée.

— Ma sœur est là. Elle est dans le jardin avec Sa Grâce.

Sa voix était douce et juste assez rauque pour que ce soit plaisant. Il aurait dû en être enchanté. Mais son cœur s'était déjà emballé à l'idée de revoir l'aînée des Crenshaw. Le regard de Violet se posa derrière son épaule et s'illumina.

Il tourna vivement la tête, sans se soucier de ce que son impatience pouvait révéler. La femme qu'il avait embrassée se tenait dans l'encadrement de la porte, l'air abasourdie tandis que son regard passait de sa sœur à lui. Elle était aussi saisissante que le soir du combat, sauf qu'à la place d'une cape, elle portait une robe bleu saphir joliment décolletée. La lumière du lustre soulignait l'angle net de ses pommettes et de son menton. Malgré la distance qui les séparait, il vit la détermination durcir son regard.

Il doutait qu'elle l'ait reconnu. La pommade dont il enduisait ses cheveux pour combattre le faisait paraître plus brun que blond. Il veillait également à porter une barbe de plusieurs jours pour ses matchs, alors que ce soir il était rasé de près. La colère qui étincelait dans ses yeux quand elle pénétra dans la pièce était à coup sûr due à la situation et non au fait qu'elle l'avait reconnu. Visiblement, la perspective de ce mariage n'enchantait aucune des deux sœurs.

Au lieu d'attendre qu'il l'approche, comme toute jeune femme anglaise apprenait à le faire, elle traversa la pièce, les épaules rejetées en arrière, le regard rivé sur lui. Sa démarche assurée, conquérante même, lui plut beaucoup. Une fois qu'elle l'eut rejoint, elle n'attendit pas que quelqu'un se charge de les présenter l'un à l'autre ; elle lui offrit sa main.

— Je suis Augusta Crenshaw, dit-elle comme si elle n'avait pas conscience de faire scandale.

Pris de court, il resta un instant pétrifié, à regarder ses doigts gantés. Elle lui tendait la main, les doigts pointés vers lui et le pouce relevé. Elle ne lui présentait pas sa main, paume tournée vers le bas, pour qu'il la porte à ses lèvres ou s'incline dessus, non, elle lui offrait une poignée de main.

Décidant de relever le défi – car c'était de cela qu'il s'agissait –, il s'empara de sa main, savourant la chaleur de sa paume contre la sienne.

— Je suis Evan Sterling, duc de Rothschild, dit-il, calquant ses manières sur les siennes. Marquis de Langston, comte de Haverford, vicomte Blackwell, baron Clifford, ajouta-t-il avec espièglerie.

— C'est long à dire, répliqua-t-elle du tac au tac.

Son ton était sec, mais ses lèvres s'incurvèrent en un sourire fascinant.

Quelqu'un toussota. Quelqu'un d'autre émit un son étranglé. Evan sourit. Un sourire authentique. Le premier depuis la réunion avec sa mère et Clark.

Mme Crenshaw rejoignit sa fille aînée, comme pour protéger Evan de son effronterie.

— Voici…

Sa bouche s'ouvrit et se referma, comme si les mots lui manquaient pour nommer la créature qui se tenait si fièrement à ses côtés. Ses joues poudrées s'empourprèrent.

— Voici Augusta, notre fille aînée.

— Oui, c'est ce qu'elle vient de me dire.

Son regard revint sur elle. Augusta. Le nom flotta dans sa tête, comme s'il ne savait où se poser. Des mèches claires rehaussaient sa chevelure et des paillettes d'un vert vif miroitaient dans ses iris noisette. L'éclat de sa peau crémeuse semblait indiquer qu'elle se méfiait des ombrelles. Désormais, quand il penserait à l'été, c'est à elle qu'il penserait.

— C'est un plaisir, mademoiselle Crenshaw.

L'espace d'un instant, il crut presque qu'elle allait le gratifier d'une réponse cinglante, lui signifier sans détour qu'elle n'appréciait pas ses intentions. Pourtant, elle baissa les yeux, sans doute en réponse à une discrète pression de la main de sa mère sur son bras. Quand elle les releva, le feu avait été étouffé, mais la colère demeurait.

Oserait-elle l'affronter ici même ? L'impatience l'incita à se tendre vers elle quand elle entrouvrit les lèvres. Il n'eut malheureusement pas l'occasion de le découvrir, car le majordome annonça que le dîner était servi.

— Votre Grâce ?

La voix de lady Ashcroft s'insinua dans son esprit et il réalisa qu'il dévisageait toujours l'impertinente Mlle Crenshaw.

— Oui ? répondit-il, peinant à se souvenir qu'ils se trouvaient au beau milieu d'un salon et non dans un endroit privé.

Il aurait donné cher pour avoir Mlle Crenshaw rien que pour lui dans le jardin, cinq minutes. Il aurait aimé voir la tornade qu'elle mourait apparemment d'envie de lâcher sur lui.

Lady Ashcroft désigna le majordome qui se tenait sur le seuil. En tant que duc, Evan se devait de précéder les convives dans la salle à manger. Personne ne pouvait quitter la pièce avant lui. Il eut *envie* d'offrir son bras à l'aînée des Crenshaw juste pour voir son regard s'enflammer. L'étiquette exigeait cependant qu'il escorte la maîtresse de maison.

— Nous y allons ?

Lady Ashcroft hocha la tête, et accepta son bras.

Le duc n'était pas un ogre. Il était arrogant, suffisant et sûr de lui, mais ce n'était pas un ogre. En fait, il était infiniment plus jeune qu'Augusta ne s'y attendait et malgré l'immense aversion qu'il lui inspirait, elle devait admettre qu'il était beau. Beau pour qui apprécie le genre fier et aristocratique, ce qui n'était évidemment pas son cas.

Elle avait néanmoins passé tout le dîner à s'efforcer de *ne pas* le regarder. Un défi d'autant plus difficile que le repas s'était éternisé durant ce qui lui avait paru des heures, avec au moins dix plats différents. Elle avait perdu le compte quelque part entre le pâté d'alouettes et le chaud-froid de poulet. Pour compliquer les choses, Violet était placée juste après lui. Augusta jetait régulièrement des coups d'œil à sa sœur pour s'assurer qu'elle n'était pas trop bouleversée. Jusqu'ici, Violet était restée maîtresse d'elle-même et avait entretenu une conversation constante, quoique feutrée, avec le duc et son voisin de droite. Sa place obligeait cependant Augusta à entrapercevoir régulièrement le duc.

Il y avait quelque chose en lui qui retenait son attention. Cela tenait à la forme de son visage, qui lui semblait familière. Elle avait surpris son sourire, en réponse à un commentaire, et son sourire aussi lui avait paru familier. Bien qu'elle soit certaine de ne jamais avoir rencontré le duc de Rothschild, elle avait l'impression d'avoir déjà vu ce sourire. La façon dont il avait prononcé son nom persistait aussi à évoquer un vague souvenir.

— Mademoiselle Crenshaw ?

Elle cilla, réalisa qu'elle était une fois de plus en train de le dévisager, et découvrit en baissant les yeux qu'on venait de déposer un nouveau plat devant elle. Du blanc-manger. Pourvu que cela signifie que ce dîner touchait à sa fin !

— Aimez-vous les desserts, mademoiselle Crenshaw ? s'enquit le gentleman à côté d'elle avec un haussement de sourcils interrogateur. Pour ma part, je les supporte à peine.

— Je les apprécie, oui.

Elle prit une petite bouchée de l'entremets et laissa le lait d'amande fondre dans sa bouche.

Le gentleman à côté d'elle était un jeune homme fort présentable dont elle oubliait sans cesse le nom. C'était un vicomte, ou peut-être un comte, ce qui l'incitait à penser que sa mère avait sans doute eu son mot à dire dans l'élaboration du plan de table. Elle était tout à fait certaine, en revanche, de l'intérêt qu'il portait à son décolleté et du bruit qu'il faisait quand il mangeait sa soupe. Il avait tendance à faire des gestes en parlant et le regard d'Augusta revenait régulièrement sur ses mains. Celles-ci étaient si pâles qu'on distinguait le réseau de veines sur leur dos. Si Augusta n'avait rien contre les peaux claires, elle ne pouvait s'empêcher de penser que cet homme devait rarement être au grand air et que ces mains n'avaient pas beaucoup travaillé.

Le duc de Hereford était assis en vis-à-vis. Ses mains, nettes et soignées, n'étaient cependant pas aussi immaculées. Leur dos était parsemé de taches de vieillesse et de poils gris. Elle savait par Camille que le duc montait chaque jour à cheval, mais elle doutait que ces mains aient travaillé un seul jour.

Spontanément, elle se surprit à regarder les mains de Rothschild. D'où elle était, et entre les chandeliers disposés à intervalles réguliers, il était difficile de bien les voir ; elles semblaient toutefois légèrement hâlées, larges, sans être grossières, et puissantes. Ses mains étaient évidemment aussi belles que son visage. Ses longs doigts tenaient avec élégance la cuiller qu'il porta à ses lèvres. La lueur des bougies palpita sur ses phalanges et mit en évidence une écorchure en voie de cicatrisation qui courait du pouce à l'annulaire. Intéressant. Ce n'était pas là les mains d'un aristocrate ordinaire.

— Avez-vous déjà visité les Jardins botaniques royaux, mademoiselle Crenshaw ? demanda son voisin qui avait trouvé le moyen de faire du bruit en mangeant son pudding. Il est encore tôt dans la saison, mais je trouve que c'est la meilleure période pour les visiter. Les bourgeons commencent à poindre ; c'est l'instant où l'on voit vraiment la beauté que Dame Nature garde en réserve.

Son regard avide ne l'avait pratiquement pas quittée. Augusta aurait voulu l'éconduire en douceur, sauf qu'un dîner ne semblait pas le lieu approprié pour ce genre de rebuffade. Elle se contenta donc de murmurer que non, elle n'avait pas vu les Jardins botaniques, et reporta son attention sur le duc de Hereford. Dieu merci, celui-ci était en grande conversation avec sa voisine de table.

Camille ricana et décida de se porter à son secours.

— Lord Ware, vous devez me dire quels lieux vous pensez que Mlle Crenshaw devrait visiter avant de rentrer chez elle. Je veillerai personnellement à ce qu'elle les voie tous.

Lord Ware, donc. Augusta ne se souvenait cependant toujours pas s'il était comte ou vicomte. Elle croisa le regard de Camille et hocha légèrement la tête en guise de remerciement.

— Votre Grâce, j'ose espérer que vous daignerez visiter notre jolie ville dans un proche avenir, déclara son père, sa voix s'élevant au-dessus du brouhaha des conversations. Je suis certain qu'un homme aussi féru de distractions que vous l'êtes trouvera de quoi se divertir à New York.

— Je m'y rendrai peut-être, répondit Rothschild. Les Américains ont la réputation d'être audacieux. Je suis certain de trouver votre ville divertissante.

Cela tenait à cette voix, accompagnée de ce sourire si particulier et de ce mouvement de tête. Le tout combiné lui fit soudain penser à l'homme du combat clandestin. Elle ne s'était guère autorisée à penser à lui. Certes, il avait hanté sa mémoire à cause du baiser, mais elle s'était efforcée de penser à autre chose. Elle préférait oublier qu'elle avait embrassé un inconnu – même si Camille ne le lui permettrait jamais. Cependant maintenant qu'elle avait évoqué ce souvenir, chaque seconde passée avec lui resurgissait.

Tandis que son père répondait, elle se remémora la sensation des mains de l'inconnu sur sa taille. Et son sourire quand il avait baissé les yeux sur elle. Le duc s'esclaffa et leva son verre, feignant de porter un toast à ce que venait de dire son père. Ce sourire. Les canines, surtout, étaient tellement semblables. Là encore, la distance jouait contre elle, mais elles paraissaient aussi pointues que celles du combattant. Avant de porter son verre à ses lèvres, Rothschild croisa son regard, inclina légèrement la tête et sourit de nouveau. Un sourire qui lui était exclusivement destiné, cette fois, ses lèvres formant un arc parfait.

— N'êtes-vous pas de cet avis, mademoiselle Crenshaw ? demanda-t-il.

Cette voix. Cette façon de prononcer son nom, cette inflexion qu'elle n'aurait su décrire. Le combattant l'avait articulé exactement de la même façon.

— Que les Américains sont audacieux ? répondit-elle, consciente d'avoir raté une partie de la conversation. Oui. Je crains toutefois que vous ne trouviez notre ville affreusement ennuyeuse. Il n'existe que peu de distractions pour un rentier.

Augusta n'eut pas besoin de regarder sa mère pour savoir qu'elle l'avait contrariée. Le sourire du duc s'élargit.

— Dans ce cas, je m'efforcerai de trouver des divertissements où je pourrai.

Sur ce, il porta son verre à ses lèvres et but sans la quitter des yeux. Quelque chose dans ce geste – cet homme étanchant sa soif tout en concentrant son attention sur elle – lui sembla trop intime pour une table de salle à manger. Elle sentit son visage devenir brûlant et quelque chose palpita au creux de son ventre. Elle avait l'intention de lui tenir tête, pourtant elle baissa les yeux la première. Son souffle se bloqua dans sa gorge tandis qu'elle fixait le dessert auquel elle avait à peine touché.

Quand elle releva les yeux, le duc avait repris sa conversation avec son père qui s'employait à lui assurer qu'il trouverait amplement de quoi se divertir à New York. D'un air absent, il écarta une mèche de cheveux de sa tempe. Son mouvement attira le regard d'Augusta sur ses phalanges écorchées et sur une légère égratignure à la racine des cheveux.

Elle revit le poing de l'adversaire du Fauve s'abattre à cet endroit. Le coup avait fait pivoter sa tête sur le côté et Augusta avait serré les dents. Mais le Fauve avait riposté deux fois plus violemment, déchaînant sa fureur sur le colosse.

Se pouvait-il que ce soit lui ? Il sourit de nouveau et tous les détails s'additionnèrent. L'arc parfait de ses lèvres. Les canines pointues. C'était lui ! Ce sourire lui était familier parce qu'elle l'avait déjà vu. Et qu'elle avait embrassé ces lèvres.

Non, ce n'était pas possible. Un duc ne pouvait pas participer à un combat clandestin. Cependant, elle avait beau essayer de s'en convaincre, elle ne parvenait pas à détacher les yeux de son visage. Le regard de Rothschild revint sur elle. Quelque chose dans son expression dut trahir ses soupçons. Ses yeux s'attardèrent sur les siens, puis sur sa bouche – comme s'il se remémorait leur baiser – puis revinrent sur ses yeux. Il leva son verre.

— À ceux qui osent prendre des risques ! dit-il en lui adressant un clin d'œil avant de boire une gorgée de vin.

C'était bel et bien lui ! Contre toute attente, le lutteur qui se faisait appeler le Fauve se trouvait dans la salle à manger des Ashcroft, et ses parents s'apprêtaient à lui offrir Violet sur un plateau.

Et comme si cela ne suffisait pas, *elle* l'avait embrassé !

5

Pour un homme, le secret de la réussite consiste à se tenir prêt à bondir quand l'occasion se présente.

BENJAMIN DISRAELI

Augusta Crenshaw l'avait finalement reconnu. Cette façon qu'elle avait eue de retenir son souffle et ses joues qui s'étaient colorées quand elle s'était souvenue de leur baiser ne laissaient aucune place au doute. Un baiser dont il ne pensait pas qu'elle le lui donnerait quand il l'avait sollicité. Elle l'avait alors surpris, tout comme elle le surprenait ce soir.

Une fois le dîner achevé, il fut contraint d'endurer cigares et cognac en compagnie des autres hommes. Il détestait l'odeur du tabac, associé dans son esprit à la déception qu'il inspirait à son père. Le cognac était excellent, aussi s'efforça-t-il de le savourer, tandis que M. Crenshaw faisait de son mieux pour le séduire derrière l'écran de fumée de son cigare. L'homme s'était déjà vanté de l'extraordinaire réussite de sa famille depuis la guerre de Sécession, se retenant tout juste de divulguer la valeur de son patrimoine. Il louait à présent ses ambitions concernant le marché européen.

Evan aurait voulu pouvoir dire à ce brave homme que l'issue de ce dîner ne faisait aucun doute pour personne et qu'il n'avait donc pas besoin de se donner tant de mal ; son propre manque de richesse et la fortune excessive des Crenshaw suffisaient à conclure l'affaire. Il avait la déplaisante impression que c'était *lui*, la riche héritière courtisée par un duc. Était-ce là ce qu'avaient supporté les jeunes filles de l'aristocratie au fil des siècles ? Il les admirait d'avoir su résister à l'envie de rompre les rangs afin de fonder leur propre colonie, enfin libérées du joug de tous ces hommes dans le besoin.

Evan ne cessait de jeter des coups d'œil à la porte tandis qu'il se rappelait le regard qu'Augusta lui avait décoché juste avant de sortir. Un regard méprisant, et cependant teinté d'une pointe de perplexité. Il fut tenté de demander à son père s'il verrait une objection à intervertir ses filles – Augusta à la place de Violet – tout en ayant parfaitement conscience de ce que cette idée avait de grossier. Avant de seulement songer à solliciter quelque chose d'aussi extravagant, il devait parler à Augusta. Ne serait-ce que pour s'assurer qu'elle était bien telle que dans son souvenir.

Sans réfléchir, il se leva. Tous les hommes l'imitèrent, l'air interloqué, leurs cigares à demi consumés et leurs verres à la main.

— Restez assis et finissez tranquillement. Je dois…

Peu accoutumé à se justifier, il échoua à trouver une excuse à son départ soudain, et se retint de justesse d'ajouter « parler à Mlle Crenshaw ». D'extrême justesse. L'effet aurait été désastreux.

— Tout va bien, Votre Grâce ? demanda lord Ashcroft alors qu'il quittait la pièce précipitamment.

Ignorant le valet en faction près de la porte, Evan gagna l'arrière de la maison dans l'intention de se rendre dans le jardin. S'il était allé directement au salon, cela aurait suscité des commentaires, alors qu'il voulait simplement la voir seule. S'il lui faisait savoir qu'il était dans le jardin, elle viendrait sûrement le rejoindre. Ce n'était pas convenable, mais l'Américaine avait déjà prouvé qu'elle se souciait peu des convenances, et il savait qu'elle mourait d'envie de lui parler. Le regard qu'elle avait eu en le reconnaissant le lui avait dit mieux que des mots.

Ouvrant la porte d'une pièce dont il supposait qu'elle longeait le jardin, il pénétra dans un salon visiblement peu utilisé. Il traversa la pièce à pas de loup, et son cœur bondit de satisfaction quand il découvrit que ce qu'il avait pris pour une fenêtre était en fait une porte. Il se glissa dans le jardin et découvrit qu'il était à l'opposé du salon. Un léger brouhaha de conversations féminines s'échappait d'une porte entrouverte, tandis qu'un des violons distillait une mélodie envoûtante.

Aussi discrètement que possible, il longea une allée gravillonnée serpentant parmi les haies et les rosiers pour se rapprocher des lumières vives du salon. Il ne tenait surtout pas à se faire repérer par Mme Crenshaw ; endurer son mari lui avait suffi. Il ne faisait aucun doute qu'elle exigerait une demande en bonne et due forme ainsi que la date du mariage dès ce soir. Parvenu à l'angle de la maison, il risqua un coup d'œil et aperçut une fine silhouette féminine sous un réverbère à gaz. Se pouvait-il que ce soit Augusta Crenshaw ? Une étole lui couvrait les épaules, mais la lumière accrocha un reflet bleu sur sa robe.

C'était elle.

Son cœur cogna contre ses côtes. Elle était ravissante sous cet éclairage tamisé. Elle se tenait de profil et regardait quelque chose sur un rosier. La lumière nimbait l'arrondi délicat de sa pommette d'un subtil halo qui rehaussait le contour gracieux de son visage. Bien que brune, le soleil qui avait discrètement coloré son teint avait également éclairci sa chevelure, la parant de mèches dorées. Ses lèvres, assez pleines pour être appétissantes, évitaient l'écueil de concentrer tout le regard sur elles seules. Quand sa poitrine se souleva sur un soupir, il ne put s'empêcher de la regarder. Ses seins étaient plus généreux que sa silhouette ne le laissait supposer, et il découvrit que cela lui plaisait beaucoup.

— Bonsoir, mademoiselle Crenshaw.

Elle se tourna vivement vers lui comme s'il était un voleur qui avait l'intention de la détrousser. Et n'était-ce pas ce qu'il était ?

— Votre Grâce, dit-elle en relevant le menton et en croisant les bras. Je suis contente de vous voir, poursuivit-elle. Je crois que nous devons parler, vous et moi.

Il adorait ses manières directes. Les gens ne lui disaient jamais ce qu'ils pensaient vraiment. Son père ne lui avait jamais dit qu'il le décevait, mais c'était implicite. Et si personne ne lui avait jamais dit non plus qu'il était moins compétent que son frère William, tout le monde s'accordait à le penser.

Augusta Crenshaw était franche et la franchise était rafraîchissante. Il était prêt à encaisser la fureur qu'elle se retenait à grand-peine de déverser sur lui. Était-ce si mal de souhaiter se prélasser dans les flammes de son vertueux courroux ? Sans doute, mais il le ferait quand même.

Il s'approcha lentement, veillant à rester à l'extérieur du cercle de lumière projeté par le réverbère. S'efforçant d'apparaître détendu, il fit mine de s'intéresser aux flammes qui vacillaient derrière le verre de la lampe.

— C'est ce qu'il m'avait semblé, dit-il. De quoi devons-nous parler ?

— Je pense que vous le savez.

Son regard frappa son visage avec plus de vigueur que Wilkes n'aurait pu espérer le faire avec son poing. Elle n'avait pas l'intention de reculer. Presque tout le monde reculait devant lui, d'une façon ou d'une autre.

Avant de se rendre compte de ce qu'il faisait, il se rapprocha d'elle, attiré par son intensité.

— Allons, mademoiselle Crenshaw, vous vous êtes montrée délicieusement directe toute la soirée. Pourquoi vous arrêter en si bon chemin ?

— Très bien. Je veux que vous renonciez à demander la main de ma sœur. Elle ne souhaite pas vous épouser.

Les mots, le ton étaient durs et chargés de colère, et pourtant ils produisirent sur le mal qui dévorait la poitrine d'Evan l'effet d'un baume apaisant. C'était de la folie. Il était fou. Comment expliquer autrement qu'il persiste à l'agacer ?

— Elle vient pourtant à peine de me rencontrer. J'ignorais que les dames avaient ce genre de conversation au salon après le dîner.

— Elle n'a pas eu besoin de vous rencontrer pour le savoir. Car ce n'est pas de vous qu'il s'agit, voyez-vous. Nous menons une vie très agréable à New York et nous avons l'intention de la retrouver après notre séjour ici. Notre vie de famille, ajouta-t-elle pour accentuer son effet.

La colère et la fraîcheur de l'air du soir avaient coloré ses joues. Elle était vraiment belle.

— L'une de vous est pourtant vouée à se marier un jour ou l'autre. Que se passera-t-il alors ?

Elle secoua la tête, agacée.

— Violet se mariera un jour, évidemment. Avec un homme qu'elle aura choisi. Pas avec un aristocrate, ni même avec un Anglais.

— Je crois que je commence à comprendre, dit-il en réprimant un sourire. Est-ce avec les Anglais en particulier que vous avez un problème, ou avec tous ceux qui ne sont pas américains ?

Il avait dit cela dans l'intention de souffler sur les flammes de sa colère et ne fut pas déçu de la voir s'enflammer davantage.

— Comment osez-vous ? Cela n'a rien à voir avec votre nationalité, et tout avec votre façon de procéder ! Vous êtes persuadé que toutes les femmes doivent s'incliner devant votre titre et s'offrir à vous. Eh bien, ne n'est pas ainsi que le monde fonctionne.

Elle plissa le front comme pour se raviser, parce que c'était précisément ainsi que tournait *son* monde à lui.

Jusqu'à présent. Jusqu'à ce qu'elle fasse son apparition.

— Pas le mien, en tout cas, ajouta-t-elle. Violet a un fiancé tout à fait respectable chez nous. Elle n'a pas besoin de vous ni de votre demande en mariage. Si vous vouliez bien vous en tenir là et vous trouver une autre héritière, j'apprécierais infiniment.

Si Evan s'était attendu qu'elle se contienne, ne serait-ce qu'un tout petit peu, il aurait été déçu. Heureusement, il s'était attendu à une rebuffade et elle tenait largement ses promesses. Elle était magnifique. Et si Violet avait bel et bien eu un fiancé en Amérique, son problème aurait été résolu. Hélas, il savait qu'elle mentait.

— Je vous présente mes excuses, mademoiselle Crenshaw. J'ignorais que Mlle Violet était promise à un autre. Vos parents ont omis de m'en faire part et je vais m'employer à régler cela avec eux. Il est clair qu'elle n'est pas libre de se marier.

Elle n'avait visiblement pas prévu qu'il se montrerait raisonnable. Ses lèvres restèrent entrouvertes quelques secondes, avant qu'elle songe à les refermer. Sa main se posa contre son cœur, le poing à demi refermé, comme si elle tentait littéralement d'en calmer les battements.

— Je… Merci. Je m'attendais à…

— Si vous voulez bien m'excuser, mademoiselle Crenshaw, je m'en vais parler à votre père sur-le-champ.

Il inclina poliment la tête et pivota sur ses talons. Il n'avait pas fait un pas qu'elle le rappelait.

— Attendez, Votre Grâce.

Il sourit. Depuis qu'il avait accepté de se plier au projet de sa mère, Clark avait enquêté sur les Crenshaw afin d'être sûr que l'alliance en valait la peine. Il avait été rassuré sur ce point, en revanche, il n'avait été fait nulle part mention d'un fiancé. Il n'était pas obligé de lui répondre, il le fit pourtant parce qu'il était incapable de résister au plaisir de cette joute avec elle.

— Oui, mademoiselle Crenshaw ?

Elle se mordilla la lèvre inférieure, puis :

— Je crains de devoir en appeler à votre nature de gentleman.

— Cette même nature que vous abhorrez ? railla-t-il.

Elle pinça les lèvres.

— Violet doit épouser un ami de la famille. Rien n'a encore été annoncé, mais les fiançailles sont imminentes.

— Et vos parents ont accepté cette union ?

— Pas encore, articula-t-elle comme si les mots lui écorchaient la bouche.

— Ah… Donc, votre sœur est libre de m'épouser.

— Tout dépend de votre définition du mot *libre*. Si cela ne vous dérange pas de savoir que la femme à laquelle vous êtes marié soupire après un autre, alors oui, elle l'est.

Il s'esclaffa.

— Mademoiselle Crenshaw, je suis le douzième duc de Rothschild. La lignée de mes ancêtres remonte à la conquête normande. Parmi les innombrables unions qui ont été célébrées jusqu'à aujourd'hui, je n'en connais pas une seule dont les partis concernés aient désiré se marier pour des raisons qui ne soient pas intéressées.

— Vous voulez dire que vous n'avez jamais eu l'intention de trouver une femme avec qui vous ayez vraiment envie de vous marier ?

Il haussa les épaules.

— Des centaines de familles dépendent de ma capacité à sauver mon duché de la faillite. Je possède quatre demeures domaniales qui menacent de s'écrouler. J'ai deux sœurs qui doivent faire leurs débuts l'année prochaine, et une mère sur qui je dois veiller. Trouver une femme avec qui j'aurais *envie* de me marier est un luxe que je ne peux pas m'autoriser.

Son aveu parut la stupéfier. Ses yeux s'agrandirent et elle recula imperceptiblement. Il eut l'impression de voir tourner les rouages de son cerveau. Avait-elle cru qu'il cherchait à épouser une héritière simplement parce qu'il traversait une mauvaise passe et avait besoin de renouveler sa garde-robe ? Plût au ciel que les choses eussent été aussi simples.

— Je comprends. La situation est plus grave que je ne l'imaginais.

Il acquiesça et se souvint du moment où il était lui-même parvenu à cette conclusion – quoique dans son cas la chose avait nécessité une dose d'alcool assez considérable.

Elle pâlit légèrement et battit des cils en levant les yeux vers lui.

— Maintenant que je sais cela, je suis navrée de devoir faire cette déclaration, dit-elle, une lueur de pitié dans le regard. Je sais qui vous êtes en réalité.

S'il ne put s'empêcher de sourire, ses yeux se posèrent spontanément sur ses lèvres et il se remémora leur baiser.

— Le duc de Rothschild ? plaisanta-t-il.

— Je sais que vous êtes le lutteur qui se fait appeler le Fauve.

Son regard se fit de nouveau farouche, mais elle veilla à garder l'incendie sous contrôle. Evan avait très envie de découvrir ce qui se passait quand elle lui lâchait la bride, aussi rétorqua-t-il :

— Qu'est-ce qui vous fait croire cela ?

— Auriez-vous l'audace de le nier ?

— C'est une sacrée accusation. Comment pourriez-vous savoir une telle chose ?

Avait-elle repensé à ce baiser autant que lui ? Il aurait voulu goûter à ses lèvres de nouveau, être autorisé à prendre le temps de les savourer. Son sang s'échauffait rien que d'y penser.

— Ne jouez pas avec moi.

Sa voix tremblait, mais elle avait baissé d'une octave. Elle ne tenait donc pas à ce que tous les convives sachent qu'elle avait assisté à un combat clandestin.

— Vos cheveux sont plus clairs, poursuivit-elle, mais vous avez le même nez, le même sourire. Vous parlez de la même façon, et vos mains…

Elle désigna sa main droite qui n'avait pas complètement cicatrisé.

Si sa cuisse le faisait encore souffrir, il arrivait à marcher sans boiter quand il se savait observé. Il fut étrangement ému qu'elle se soit rappelé son sourire.

— Non que je reconnaisse quoi que ce soit, notez bien, mais pourquoi m'accusez-vous ainsi ?

Elle croisa de nouveau les bras et jeta un coup d'œil vers le salon. Ils avaient beau se trouver derrière une haie, on pouvait les surprendre à tout moment. S'étant assurée qu'ils étaient seuls, elle croisa son regard, l'air aussi solennelle que si elle s'apprêtait à le condamner à la potence.

— Parce que si vous persistez dans votre intention d'épouser Violet, je me verrai forcée de révéler votre vraie nature à mes parents et à tous ceux qui seront présents à ce moment-là. Et vous ne pourrez vous en prendre qu'à vous-même. Si vous laissez Violet en paix, je suis disposée à garder votre secret.

— Je vous repose la question : comment pourriez-vous seulement savoir que je suis un lutteur ?

Elle soupira, exaspérée.

— J'ai assisté à ce combat, monsieur le balourd ! J'ai failli tomber dans le ring et vous m'avez rattrapée et vous... enfin, nous... enfin, *vous savez*.

Personne ne l'avait jamais traité de balourd. Certains l'avaient peut-être pensé une ou deux fois, cependant, même à Eton, le fait d'être fils de duc lui valait quelques privilèges. Sa colère sincère dissipa l'agacement que ses paroles auraient pu provoquer. Il sut d'instinct qu'elle lui dirait toujours la vérité. Il avait une envie folle de la prendre dans ses bras et il serra les poings pour résister à la tentation.

— Et vous seriez prête à parler de cela à vos parents ?

Un pli se forma entre ses sourcils. Ah, elle n'avait pas réfléchi à la façon d'expliquer comment elle savait une telle chose à son sujet !

— Vous seriez prête à leur dire que vous avez assisté à un combat clandestin où vous avez failli être blessée et qu'un des combattants vous a porté secours, après quoi vous…

Il laissa sa phrase en suspens tandis qu'elle commençait à comprendre. Sa gorge s'empourpra, puis son visage. Il aurait pu afficher un sourire victorieux, pourtant sa poitrine se serra quand il la vit réaliser l'enjeu de la situation.

Elle ne pouvait révéler son secret sans s'impliquer elle-même. Certaines personnes le soupçonnaient déjà de participer à des combats pour de l'argent. Ses proches le savaient. Des rumeurs avaient circulé, pour autant rien n'avait été confirmé. Peu leur importait, au fond. Au mieux, on verrait cela comme un scandale mineur. Au pire, cela lui fermerait quelques portes. Malheureusement pour Augusta Crenshaw, ceux qui se soucieraient de ses activités de pugiliste étaient ceux-là mêmes qui s'offusqueraient de ce qu'*elle* ait assisté à un tel événement.

Il sut à quel instant précis elle parvint à cette même conclusion, car elle recula et se retourna comme saisie de dégoût. Il n'aurait su dire cependant si ce dégoût était réservé à la seule bonne société ou si elle l'incluait. Il désirait ardemment la femme qui l'avait regardé combattre et qui l'avait embrassé. Sa franchise et sa fougue.

Bon sang. Cette conversation lui échappait complètement. Il avait voulu qu'elle sache que son projet de chantage ne mènerait à rien. Au lieu de quoi il lui avait infligé l'affreuse vérité du monde dans lequel il vivait. Il amorça le geste de poser la main sur son épaule, puis se ravisa et laissa retomber son bras. Jamais elle n'accepterait qu'il la touche.

— Mademoiselle Crenshaw… comprenez bien que je ne veux…

Elle fit volte-face, mais au lieu des larmes auxquelles il s'était attendu, il découvrit son visage blême.

— Vous ne forcerez pas ma sœur à se marier. Je n'hésiterai pas à risquer ma réputation pour que cela n'arrive pas.

Sur ces mots, elle lui tourna le dos dans un tourbillon de jupons et regagna le salon au pas de charge. Un léger parfum de fleur d'oranger flotta jusqu'à lui.

Le cœur battant, il ne put que la regarder s'éloigner.

— Nom de nom, marmonna-t-il en se passant les doigts dans les cheveux.

Personne ne lui avait jamais parlé ainsi en dehors d'un ring. Pourquoi trouvait-il cela aussi attirant venant d'elle ? Il n'était pourtant pas... Il avait entendu dire que certains hommes aimaient se faire attacher et maltraiter par leurs maîtresses. On racontait même que certains membres du Parlement entretenaient des femmes à ce seul usage. Il trouvait cela ridicule. Il ne faisait pas partie de ces hommes-là.

La fougue de la jeune Américaine avait quelque chose d'unique. Au lieu de le brûler, elle le réchauffait d'une façon qu'il ne parvenait pas à s'expliquer. Elle l'apaisait. C'était ce qu'il voulait. C'était *elle* qu'il voulait.

Un froissement d'étoffe l'incita à se retourner. Une jeune femme en robe vieux rose se tenait au coin de la haie et le regardait.

— Mademoiselle Violet.

Qu'avait-elle entendu de leur conversation ?

— Augusta peut parfois se montrer obstinée, Votre Grâce, dit-elle d'une voix à la fois douce et ferme tandis qu'elle s'avançait vers lui en soutenant son regard. Je vous présenterais bien des excuses pour elle, mais je crois que vous saviez à quoi vous attendre.

D'un coup, Evan l'apprécia au moins dix fois plus. Si elle était douce en apparence, il y avait en elle une force qui lui avait échappé parce qu'il n'avait pas pris la peine de s'intéresser à elle. Si elle levait le menton, comme sa sœur, ses yeux brillaient de malice.

— En effet. Vous n'avez pas à vous excuser. Je reconnais l'avoir provoquée inutilement.

Il aurait été prêt à presque n'importe quoi pour voir Augusta cracher des flammes de colère – au risque de se faire brûler.

Violet pinça les lèvres, comme si elle acceptait sa réponse, puis ouvrit soudain la bouche et les mots jaillirent.

— Est-ce vrai ?

Seigneur, elle avait donc tout entendu. Son front s'emperla de sueur tandis qu'il cherchait quoi dire. Il ne pensait pas que sa participation à des combats entraîne l'annulation de leur accord, mais il avait espéré que le contrat de mariage serait établi avant de devoir s'expliquer.

— Des centaines de familles dépendent vraiment de vous ? reprit-elle.

Pris de court, il la dévisagea, se demandant comment cette question pouvait être la première qui lui vienne à l'esprit si elle avait entendu toute la conversation.

— Oui, nombre d'entre eux sont mes métayers. Il faudrait moderniser les installations et les techniques de travail. La plupart cultivent exclusivement la terre et j'aimerais introduire l'élevage.

Il s'interrompit, conscient d'en avoir dit plus que nécessaire.

— C'est donc pour cela que vous avez besoin d'une héritière ? demanda-t-elle, les yeux étrécis. Ce n'est pas pour vous ?

Il se passait décidément bien plus de choses dans cette jolie tête que la demoiselle ne voulait le laisser croire.

— Ce n'est pas *seulement* pour moi.

Il aurait menti s'il n'avait pas reconnu être habitué à un style de vie confortable.

— J'en bénéficierai, bien sûr ; il reste néanmoins beaucoup à faire si l'on veut que ces familles survivent. La modernisation est malheureusement coûteuse.

— Et vous pouvez promettre cela ? Mettrez-vous par écrit la façon précise dont vous comptez utiliser une dot ?

Evan prit une brève inspiration. Était-elle en train de négocier avec lui ? S'apprêtait-elle à répondre oui à une question qu'il n'avait pas même encore posée ? Un léger bourdonnement s'éleva dans ses oreilles. Il aurait dû être fou de joie. Au lieu de quoi, il coula un regard vers la porte du salon derrière laquelle Mlle Crenshaw venait de disparaître. Il n'avait pas l'intention de s'unir à Mlle Violet. Pas quand c'était sa sœur qu'il convoitait.

— Êtes-vous ou n'êtes-vous pas fiancée, mademoiselle Violet ?

Elle eut un petit sourire contrit.

— Je ne le suis pas, Votre Grâce. Pas encore.

— Dans ce cas, pourquoi…

— Bonsoir, Votre Grâce, le coupa-t-elle d'une voix plus douce que jamais.

Elle passa devant lui pour emprunter le même chemin que sa sœur un instant plus tôt.

Evan venait de se faire remettre à sa place non par une, mais par *deux* héritières Crenshaw. C'était proprement inconcevable. Il n'aurait jamais voulu le croire s'il n'avait pas assisté en personne à cette débâcle. Il alla s'asseoir sur un banc de pierre adossé à la maison. Il était bel et bien fou. Il désirait Augusta comme jamais. Il ferait mieux d'accepter la plus jeune. Elle était tout ce que doit être une duchesse, et c'était ce qui avait été prévu par leurs aînés. En outre, elle avait raison. Au-delà de ses préférences personnelles, il devait faire le meilleur choix possible pour les familles qui dépendaient de lui. Son propre père les avait négligées depuis trop longtemps. Il lui incombait de réparer ses torts.

Et pourtant, tout en lui résistait à l'idée de se laisser conduire docilement à l'abattoir. C'était Augusta qu'il voulait. Le besoin de sa fougue et de son honnêteté cognait en lui comme le martèlement répété de ses poings contre un sac de sable.

Il voulait Augusta. Et il se faisait fort de l'avoir et de sauver son duché.

6

Aucun homme ne choisit le mal pour le mal ; il confond simplement celui-ci avec le bonheur, le bien, qu'il recherche.

MARY WOLLSTONECRAFT

— Violet, tu t'es bien entendue avec le duc, me semble-t-il.

Leur mère n'avait pas perdu de temps pour aborder le sujet. Leur père n'avait même pas fini de s'installer près d'elle dans la voiture. Elle était de toute évidence pressée de savoir quelle impression il avait fait sur Violet. Augusta serra les dents et réussit à garder pour elle ce qu'elle pensait du duc de Rothschild.

— Il est… Ma foi, c'est un gentleman, répondit Violet.

— Je dirais qu'il est aussi gentleman qu'il est séduisant.

La voiture oscilla quand le cocher grimpa sur son banc. La lanterne extérieure éclaira brièvement le visage de leur mère, révélant son sourire rusé et son regard calculateur tandis qu'elle observait la réaction de Violet.

— Je n'avais pas vu d'aussi bel homme depuis ton père à son âge.

Augusta serra les dents encore plus fort. Comme si le physique de Rothschild était la chose la plus importante quand il était question de l'avenir de Violet.

— Il est beau, admit sa sœur d'un ton neutre.

Augusta la sentit pourtant se raidir à côté d'elle.

Peu satisfaite du manque d'enthousiasme de Violet, leur mère se tourna vers Augusta.

— Je suis certaine que ta sœur elle-même reconnaîtra qu'il est très beau, n'est-ce pas, ma chérie ?

Augusta fut obligée de serrer les poings pour réussir à desserrer les dents.

— Bien sûr qu'il est beau.

Ces mots lui laissèrent un goût amer, et lui valurent un bref éclat de rire de la part de son père.

— Même *moi*, je reconnais qu'il est beau ! Il n'a rien d'un ogre, en tout cas, pas vrai, Augusta ?

La pique se voulait légère, mais, sans qu'elle sache trop pourquoi, elle fit à Augusta l'effet d'une trahison.

— On peut être un ogre d'une façon qui n'a rien à voir avec l'apparence.

— Il n'empêche que c'est un parfait gentleman, déclara sa mère d'une voix chantante.

— Nous ne savons toujours rien de lui.

Comment ses parents pouvaient-ils se montrer aussi insouciants ?

— Qu'y a-t-il de plus à savoir ? se moqua sa mère.

Son père, qui était assis en face d'Augusta, lui tapota affectueusement le genou.

— Augusta a raison, Millie. Elle a le sens des affaires. Je lui ai appris qu'il ne faut jamais conclure un marché avant de l'avoir examiné sous tous les angles. J'ai chargé des gens de vérifier l'état de ses actifs et passifs, ajouta-t-il à l'intention d'Augusta, et ces derniers sont nombreux. Les rapports sont sans surprise. Des dettes suite à de mauvais investissements réalisés par son père. Des propriétés en très mauvais état. Ce jeune homme a grandement besoin d'un apport d'argent significatif pour régler ses dettes, et il en a besoin très vite.

Augusta soupira et, sentant la tension refluer, elle s'adossa plus confortablement à la banquette. Elle comprenait ce langage. Au moins un de ses parents pensait de façon rationnelle.

— Cet apport d'argent ne risque-t-il pas de créer de nouvelles dettes finalement ? Cela ne vous inquiète pas ?

— Oh, pour l'amour du ciel, Augusta ! dit sa mère. Comment un apport d'argent pourrait-il créer de nouvelles dettes ? Les choses ne fonctionnent pas ainsi.

— Elle a raison, Millie. Quand une affaire bat de l'aile et qu'on la renfloue subitement, il arrive que l'argent disparaisse comme dans un puits sans fond. Nous allons continuer de nous informer, ma chérie, ajouta-t-il à l'adresse d'Augusta. Jusqu'ici, il ne semble pas que Sa Grâce soit à l'origine des problèmes. Il a hérité de dettes colossales, mais une fois celles-ci payées, le risque de pertes devrait disparaître.

Cette assurance parut insuffisante à Augusta. Tant que le risque d'un puits sans fond de dettes demeurait, Violet risquait de se retrouver un jour sans un sou.

— Il y a l'entretien de tous ses domaines, fit-elle remarquer. Cela peut représenter des sommes énormes. Rapporteront-ils assez pour être rentables ? Vous êtes-vous renseigné sur ses métayers ? Combien d'entre eux sont en mesure d'assumer leur loyer ? Quel est le montant du déficit annuel ? Comment pouvons-nous nous assurer que Violet gardera le contrôle de son argent ?

Son père lui tapota de nouveau le genou et s'adossa à la banquette.

— J'apprécie que tu t'inquiètes autant pour ta sœur. L'enquête est toujours en cours, je devrais recevoir un rapport complet la semaine prochaine.

S'il avait tenu un journal, il l'aurait certainement déplié devant lui et s'y serait plongé pour se débarrasser d'elle. Sa mère hocha la tête comme si tout était réglé et adressa un sourire affectueux à Violet. Elle l'imaginait probablement déjà en robe de mariée et songeait à elle comme à la duchesse de Rothschild. Aucun d'eux ne se souciait-il donc de son avenir au-delà de son mariage ?

Sa sœur croisa son regard, l'air morose.

Il fallait qu'elle parle à ses parents de la participation du duc à des combats clandestins, et au diable, les conséquences pour elle-même. Son père et sa mère étaient trop envoûtés par Rothschild pour réfléchir. Non, ce n'était même pas lui, le fautif. Ses parents étaient séduits par son titre et sa position dans la haute société. Ils ignoraient tout de lui en tant qu'individu. Certes, il s'était montré plutôt aimable, mais il ne leur avait pas accordé plus d'attention qu'aux autres convives. Et ils étaient prêts à lui offrir leur fille ! Si elle voulait sauver Violet, elle se devait de briser leurs illusions.

— Votre enquête a-t-elle révélé sa participation à des combats clandestins ? demanda-t-elle.

Durant cinq secondes, le silence à l'intérieur de la voiture fut total.

— De quoi parles-tu ? demanda finalement sa mère.

Moins courageuse qu'elle n'avait cru, Augusta esquiva légèrement.

— J'ai entendu dire qu'il se fait payer pour participer à des combats sur lesquels le public enchérit.

Elle s'agita sur la banquette, en lissa le velours de ses paumes. Violet lui frôla la main en guise de soutien silencieux.

— Des combats ? répéta sa mère, prononçant ce mot comme si elle en ignorait la signification. Mais voyons, c'est un duc, un gentleman, pas un homme de la rue. Pourquoi irait-on inventer pareille fable ?

Son père parut moins affecté.

— Ce n'est qu'une rumeur, lâcha-t-il avec un haussement d'épaules.

— Vous en avez entendu parler ! s'écria Augusta, sidérée qu'il ne l'ait pas mentionné plus tôt.

— Oui, j'en ai entendu parler. Il fait partie d'un club… le Montague, qui organise des combats. Ils appellent cela de la boxe anglaise. J'ai appris que Van Halen s'était mis à la boxe en début d'année.

Il soupira et, cette fois encore, s'il avait eu un journal, il l'aurait relevé devant son visage. Faute de mieux, il regarda par la vitre de la portière.

— J'ai du reste songé à m'y mettre, ajouta-t-il.

— Toi ? Boxer ?

Le rire de son épouse résonna dans la cabine.

— C'est une activité parfaitement acceptable. Vu les heures que je passe derrière mon bureau, un peu d'exercice ne me ferait pas de mal, répliqua-t-il, l'air vexé.

— Une seconde. Tu veux parler de James Van Halen ? Il doit épouser Emily Astor.

Son ton indiquait qu'elle pourrait envisager ce sport autrefois jugé indigne sous un tout nouveau jour si Van Halen s'y était mis.

— Oui, de ce Van Halen là, confirma-t-il avant d'ajouter à l'adresse d'Augusta : Ce n'est qu'une rumeur que j'ai entendue au sujet du duc et c'est pour cette raison que je n'en ai pas parlé. Et en quoi, enchaîna-t-il en se tournant vers sa femme, le fait que je me mette à un nouveau sport serait-il risible ? Je suis sportif. J'aime la chasse et je m'adonne quelquefois à la pêche.

Mme Crenshaw secoua la tête en affichant un sourire indulgent.

— Griswold, la dernière fois que tu es allé chasser, Violet portait encore des robes qui s'arrêtaient aux genoux.

Son mari s'esclaffa bruyamment.

— C'est faux ! La dernière fois, c'était avec George... Quand était-ce donc ?

Il fixa le plafond de la cabine comme si la réponse y était inscrite.

Durant cet échange, Augusta avait été partagée entre incrédulité et agacement. Parler avec eux lorsqu'ils étaient ensemble donnait parfois l'impression de se chamailler avec des enfants. Était-elle donc la seule à se soucier du tour désastreux que pouvait prendre cette affaire ? Violet et ses enfants risquaient de se retrouver un jour dans la misère et ils se souciaient uniquement de la cote de la boxe en tant que pratique sportive du moment.

— Qu'est-ce que la boxe et M. Van Halen ont à voir avec ce dont nous parlions ?

En réponse à son ton excédé, Violet posa la main sur son bras. Cette marque de soutien l'énerva aussi. Comment pouvait-elle être aussi calme alors qu'ils discutaient de son avenir comme s'il s'agissait d'un sport ? Pourquoi n'y avait-il qu'elle pour anticiper la tragédie qui guettait sa sœur ?

Ses parents la regardèrent comme si elle avait perdu la raison. Augusta se força à prendre une longue inspiration pour se calmer. Elle ne tenait pas à ce qu'ils la traitent de folle, alors qu'elle avançait des arguments on ne peut plus rationnels.

— Ce que je veux dire, reprit-elle, c'est qu'en l'occurrence ce n'est pas de boxe que nous parlons. Le duc de Rothschild est un lutteur. Il combat à mains nues pour de l'argent, à Whitechapel. J'ignore à quelle fréquence, mais je sais qu'il se fait appeler le Fauve et qu'il fréquente des personnes peu recommandables.

Son père se rembrunit et garda le silence tandis que la voiture négociait le dernier virage pour s'engager dans leur rue.

— Ce n'est pas ce que j'ai entendu dire. Qu'il boxe ou qu'il lutte à mains nues, dit-il en agitant la main comme si la différence était négligeable, il se bat à son club. Comme nombre de jeunes gens. L'autre jour, quelqu'un mentionnait ce combat avec les pieds que pratiquent les Français… Tu en as entendu parler ?

Augusta réprima un soupir contrarié.

— Il se peut que certains de ces événements aient lieu à son club, mais il combat aussi à Whitechapel. Il s'agit de combats publics et clandestins contre des adversaires dangereux.

Elle frissonnait chaque fois qu'elle pensait à Wilkes. À son regard vide et froid, et presque aussi vicieux que les pointes de ses semelles.

— D'où tiens-tu que c'est vrai, Augusta ? Comme l'a dit ton père, il s'agit d'une simple rumeur, que tu es visiblement la seule à avoir entendue. Cela ne peut être vrai. Il ne se bat probablement qu'à son club. C'est un duc.

Elle lâcha cette dernière phrase comme si cela suffisait à disqualifier cette rumeur.

Augusta sut alors qu'elle devait absolument leur dire toute la vérité.

— Je sais que c'est vrai parce que j'ai assisté à un combat. Je ne tiens pas à entrer dans les détails ; disons juste que je l'ai vu de mes propres yeux.

Un silence pesant suivit comme la voiture s'immobilisait. Le valet ouvrit la portière, mais son père leva la main, et elle se referma dans un discret cliquetis.

— Tu as assisté à un combat à Whitechapel ? Quand, Augusta ?

Il s'était exprimé de ce ton froid qu'elle ne lui avait entendu que dans le cadre de réunions d'affaires des plus exigeantes.

— Je ne peux pas le dire.

— Comment sais-tu qu'il s'agissait du duc ?

— Ses cheveux étaient plus sombres, mais c'était lui. Je sais que c'était lui.

— L'a-t-il reconnu devant toi ?

— Non, bien sûr que non.

Elle n'en avait pas été surprise du reste. Pour autant, il n'avait pas semblé particulièrement inquiet qu'elle le trahisse. Ce qui était irritant au possible.

Son père laissa échapper un long soupir.

— Dans ce cas, il est possible que tu te trompes.

Ses épaules se raidirent et elle redressa le dos.

— Je ne me trompe pas. C'était bien lui.

— Le plus grave dans cette affaire, c'est ta présence à Whitechapel. Comment t'es-tu retrouvée là ?

Elle ouvrit la bouche, prête à tout expliquer au sujet de Camille, sauf qu'elle n'avait plus confiance en ses parents. Qu'est-ce qui empêcherait son père d'aller tout raconter à Hereford ? Elle n'osait imaginer quel châtiment le duc infligerait alors à Camille. Ayant révélé la vérité, elle n'avait plus envie de prolonger la discussion.

— Je ne peux pas répondre à cela. Tout ce que je peux dire, c'est que j'y suis allée avec une amie.

Son père pinça les lèvres comme souvent quand il abordait un sujet déplaisant, et ouvrit lui-même la portière. Le valet s'avança pour la maintenir ouverte quand il se retourna pour aider son épouse à descendre de voiture. Ensemble, ils gravirent les marches du perron de leur maison de location, laissant au valet le soin d'assister les deux sœurs. L'estomac noué, Augusta les suivit à l'intérieur.

Le pas pesant de son père retentit dans l'escalier, mais leur mère resta sur le seuil du salon, où elle remit ses gants et son chapeau à la bonne.

— Augusta, Violet, venez ici un instant.

Toutes deux la rejoignirent. Violet demeura impassible ; seule la raideur de ses épaules trahissait sa colère.

— Ce ne sera pas long. Je voulais que vous sachiez que l'on a attiré mon attention sur le fait que nous avons besoin d'un chaperon.

Elle leva la main quand Augusta ouvrit la bouche pour protester.

— Cela n'a rien à voir avec ta révélation choquante, bien qu'elle prouve que le besoin est réel.

Augusta s'abstint de répliquer que l'existence d'un chaperon ne l'aurait pas empêchée de sortir en cachette.

— Lady Ashcroft, qui nous aide fort gentiment à nous familiariser avec la capitale, m'a expliqué que les jeunes dames de qualité ne se promènent pas au parc ni ne vont dans les magasins sans chaperon, et votre père et moi ne sommes pas toujours disponibles pour vous accompagner.

Cette fois, Augusta fut incapable de garder le silence.

— C'est absolument ridicule, mère ! J'ai vingt-trois ans et voilà des années que je me promène seule au parc sans problème.

— Bien sûr, ma chérie, mais nous sommes à Londres. Les choses sont différentes ici. Nous devons nous conformer aux usages britanniques.

À New York, Augusta s'était souvent rendue chez la modiste ou la couturière sans escorte. Londres lui apparaissait de plus en plus comme une cage dorée dont elle ne pouvait s'échapper. Ses parents avaient-ils l'intention de la vendre à un gentleman titré elle aussi ?

— Je ne pense vraiment pas que ce soit nécessaire, mère, déclara Violet.

— Nous approchons du pic de la Saison, ce qui n'ira pas sans quelques conflits d'horaires. Je vous connais assez, Augusta et toi, pour savoir que vous ne prendrez pas la peine d'attendre que l'un de nous soit disponible pour vous escorter. Il me semble, en outre, que la fréquentation des femmes auxquelles je pense vous sera aussi salutaire que la tâche qu'elles accompliront. J'ai dressé une liste de dames respectables prêtes à offrir leurs services. Nous la passerons en revue demain matin.

Elle ponctua cette déclaration d'un sourire, puis s'en alla déposer un baiser sur la joue de chacune de ses filles, gratifiant toutefois Augusta d'un regard que celle-ci ne connaissait que trop bien. Elle secouait toujours la tête après l'avoir regardée ainsi, l'air de dire : Pourquoi ne ressembles-tu pas davantage à ta sœur ?

Augusta se dandina sous le poids de ce regard, aussi gênée qu'à quatorze ans, quand elle n'était qu'une gamine dégingandée qui s'intéressait davantage aux livres de comptes de son père qu'aux gravures de mode de sa mère. Elle n'avait pas de réponse à cette question. Leur mère leur souhaita une bonne nuit et sortit.

Soudain épuisée, Augusta se laissa tomber sur le canapé. Violet s'assit près d'elle, et cette fois, ce fut elle qui lui offrit son soutien. Sa présence rassurante – à l'opposé de son propre état d'esprit presque agressif – l'apaisa.

— Pourquoi restes-tu aussi passive ? demanda-t-elle plus sèchement qu'elle n'en avait eu l'intention. Tu l'as rencontré. As-tu réellement envie de l'épouser ?

— Non, je ne veux pas l'épouser, et je n'en ai pas l'intention, répondit tranquillement Violet.

— Et comment comptes-tu l'empêcher ? Tu vois bien que nos parents refusent de se montrer raisonnables.

Violet arqua un sourcil et secoua la tête comme si c'était Augusta qui se montrait difficile.

— Ce ne sont pas des gens raisonnables, dit-elle. Avoir une discussion rationnelle avec eux est impossible. Tu devrais pourtant le savoir mieux que personne. Tu les as entendus dans la voiture.

Il y avait une logique imparable dans les paroles de Violet qui ne fit qu'accroître l'abattement d'Augusta.

— Oui. Je ne crois pas qu'on puisse les faire revenir sur leur décision. Qu'as-tu l'intention de faire ?

Violet haussa les épaules et un pli soucieux lui barra le front.

— Je ne sais pas encore, en revanche, ce que je sais, c'est que c'est à moi qu'il reviendra de prononcer mes vœux, et que si je refuse, il ne pourra pas y avoir de mariage.

Pour la première fois de la soirée, Augusta s'autorisa un vrai sourire. Sa sœur s'énervait rarement, mais lorsque c'était le cas, c'était la personne la plus têtue qu'elle connaisse.

— Et c'est tout ? Tu resteras plantée et tu refuseras d'échanger des vœux ?

Augusta se représenta la scène. Mère serait livide et père promettrait d'offrir à Violet tout ce qu'elle désirait pour l'inciter à parler. Elle pouffa.

Violet semblait moins amusée.

— J'espère ne pas avoir à en arriver là. J'ai prévenu Max et Teddy par télégramme, mais je n'ai pas encore reçu de réponse.

Augusta gémit et appuya la tête contre le dossier du canapé, et se redressa presque aussitôt.

— Je n'ai pas encore essayé de joindre Maxwell. Je croyais naïvement que nous pourrions nous débrouiller seules. Je lui enverrai un télégramme demain. Il parviendra peut-être à faire entendre raison à papa. Sinon, il pourrait venir à Londres, et nous n'aurons plus qu'à repousser le mariage jusqu'à son arrivée.

Toutes deux gardèrent le silence tandis qu'elles prenaient la mesure de la gravité de la situation. Au bout d'un moment, Violet se débarrassa de ses gants, révélant ses doigts tachés d'encre.

— J'ai surpris ta conversation avec le duc dans le jardin, dit-elle à brûle-pourpoint.

Voilà qui expliquait son silence pendant le trajet de retour. Augusta tâcha de se souvenir si elle avait évoqué le baiser à voix haute.

— Que s'est-il passé entre vous… au combat ?

— Je suis tombée et il m'a rattrapée avant que je touche le sol.

Violet la regarda d'un air entendu. Sa sœur voyait parfois beaucoup trop de choses.

— Et après ? insista-t-elle.

— Nous nous sommes embrassés, avoua-t-elle, incapable de mentir à sa sœur. Ce fut très bref, je t'assure, et je n'ai pas l'intention de renouveler l'expérience.

Violet afficha une expression pensive, sans qu'Augusta parvienne à déterminer si elle reflétait de la déception ou une autre forme de chagrin.

— Je suis désolée, murmura-t-elle pour meubler le silence. Je te jure que je ne savais pas qui il était. Tout s'est passé si vite que j'ai à peine eu le temps de réfléchir.

— Augusta, tu n'as pas à t'excuser. Je ne veux pas du duc. C'est juste que…

Un pli se forma entre ses sourcils et elle dévisagea sa sœur comme si c'était elle l'aînée et Augusta la cadette.

— Tu ne t'es jamais comportée de manière aussi irréfléchie. Je sais qu'il t'est arrivé d'embrasser des garçons à des bals ou à des dîners, mais un parfait inconnu, jamais.

Toutes ces pensées se bousculaient dans la tête d'Augusta depuis cette soirée. Elle s'était efforcée d'oublier cet homme et avait presque réussi. Certes, elle avait revécu ce baiser plus de fois qu'elle ne voulait l'admettre, pour autant, la culpabilité avait toujours suivi le plaisir du souvenir. Il aurait pu s'agir de n'importe qui ce soir-là. D'un homme marié. D'un dangereux chef de gang.

D'un duc.

— Je ne sais pas comment c'est arrivé, avoua-t-elle en baissant les yeux sur ses mains sagement croisées sur les genoux. Je ne peux toujours pas expliquer pourquoi je l'ai fait. Il m'a demandé un baiser, et je le lui ai donné.

Un acte impulsif et insensé qui ne lui ressemblait tellement pas. Quand elle releva les yeux, un demi-sourire flottait sur les lèvres de sa sœur.

— Et cela t'a plu.

Ce n'était pas une question. Apparemment, c'était évident. Elle avait embrassé le duc et cela lui avait plu. Que diable lui arrivait-il donc ?

— Un peu, murmura-t-elle.

Elle se leva, préférant ne pas s'attarder sur la question.

— Peu importe, ajouta-t-elle. J'ai le droit de perdre un peu la tête de temps en temps, non ?

— Bien sûr, répondit Violet, une lueur amusée au fond des yeux.

— Alors tu ne m'en veux pas ? Même si tu te retrouves fiancée avec lui ?

— Je ne t'en veux pas, et je ne me retrouverai pas fiancée avec lui.

— Parfait. Dans ce cas, je vais me coucher. Cette soirée m'a épuisée et je veux télégraphier à Maxwell au plus tôt demain matin.

— J'imagine que nous saurons bientôt si notre famille a reçu l'approbation du duc, déclara Violet en se levant à son tour. Mère dit qu'il fera probablement connaître ses intentions au bal de Camille.

Malédiction ! Ce projet avançait à la vitesse d'un train fou et elle se révélait impuissante à l'arrêter. Puisque ses parents refusaient d'entendre raison, elle devait impérativement faire comprendre au duc qu'une alliance avec sa famille serait une très mauvaise décision.

Evan s'installa sur la banquette capitonnée de la voiture des Rothschild et étira ses longues jambes autant qu'il put. L'un dans l'autre, le dîner chez les Ashcroft n'avait pas été aussi affreux qu'il l'avait craint.

Assise à côté de lui, sa mère attendit que la voiture s'ébranle pour lui jeter un bref coup d'œil.

— Alors, qu'avez-vous pensé de Violet ?

— Je l'ai trouvée charmante. Elle fera une excellente duchesse.

Sa mère émit un soupir de soulagement.

— Je le pense aussi. Il lui reste quelques petites choses à apprendre, mais elle semble intelligente et douce. Des qualités qui lui seront utiles.

Sauf que Violet n'était pas celle qu'il voulait. Certes, Augusta ne semblait pas du genre à se conformer au rôle de duchesse aussi aisément que sa sœur, en revanche, dans le rôle d'épouse elle serait parfaite. Il laissa passer une seconde tandis que l'énormité de cette pensée le submergeait. Son épouse. Augusta Crenshaw serait son épouse.

Il tourna et retourna cette pensée dans sa tête comme il aurait fait d'une nouvelle redingote, faisant courir ses paumes sur les ourlets pour débusquer d'éventuelles aspérités, lissant les revers et savourant la douceur de l'étoffe avant de l'essayer pour s'assurer qu'elle était confortable. Elle était un peu raide, comme tous les vêtements neufs, mais elle s'assouplirait avec le temps, et elle était à sa taille. Oui, la chose pouvait s'envisager.

Il laissa encore passer deux secondes avant de déclarer :

— Je veux Augusta Crenshaw, pas sa cadette.

Dans le silence qui suivit, le martèlement régulier des sabots des chevaux parut encore plus sonore. Sa mère était une personne réservée, semblable en cela à la plus jeune des demoiselles Crenshaw. Il ne savait trop comment elle accueillerait l'idée d'avoir pour belle-fille l'aînée des deux sœurs. Pour autant, c'était Augusta qu'il voulait et il n'en démordrait pas. Il espérait toutefois que son choix ne dérangerait pas sa mère.

Elle se tourna finalement vers lui.

— Avez-vous idée de ce qu'il vous faudra affronter avec elle ? Elle n'a rien de docile ni de conventionnel.

En dépit de ses paroles, sa voix était douce.

Il sourit en se souvenant de l'audace avec laquelle Augusta l'avait approché au salon. Puis au jardin. Ses pensées le ramenèrent alors au baiser.

— Oui, je le sais. C'est sans doute pour cela qu'elle me plaît.

Sa mère le dévisagea si longuement qu'il en fut déconcerté. Il n'avait jamais envisagé qu'elle puisse dire non. N'avait-il pas accepté le plan qu'ils avaient conçu, Clark et elle ? Le choix de son épouse devrait lui revenir de droit.

— Vous rejetez Augusta ? Est-ce pour cette raison que vous lui avez préféré Violet bien qu'elle soit la cadette ?

— C'est Mme Crenshaw qui a fait ce choix. Elle semblait penser que Violet ferait une meilleure épouse, et je n'avais aucune raison de la désapprouver. Tout le monde sait que l'aînée est un bas-bleu.

— Et les bas-bleus font de mauvaises épouses ?

— Non.

Elle soupira.

— Vous n'avez jamais voulu prendre le chemin tout tracé, dit-elle en lui tapotant la joue. Elle a plus de caractère et de volonté, mais c'est votre choix, mon cher fils. J'accueillerai l'une ou l'autre du moment qu'elle nous aide à démêler l'écheveau dont vous avez hérité.

Il se rembrunit en se souvenant qu'ils n'étaient pas encore tirés d'affaire. Quand l'attelage s'arrêta devant Sterling House, il sortit pour aider sa mère à descendre, puis remonta en voiture.

Elle se retourna et haussa un sourcil.

— C'est votre maison, Evan. Votre suite vous attend.

Il secoua la tête. Il ne se sentait toujours pas prêt à vivre dans la maison qu'il considérait comme le domaine de son père. Il préférait le Montague Club. Il n'avait plus que quelques semaines de liberté devant lui et il comptait bien en profiter.

— Merci, mais j'ai promis de rejoindre des amis.

La soirée avait été chargée en ce qui le concernait. Et puisqu'ils étaient sur le point de redorer le blason de la famille, il avait l'intention de fêter ça.

7

Souvenez-vous que tous les hommes seraient des tyrans s'ils le pouvaient.

ABIGAIL ADAMS

À : *Maxwell Crenshaw, Aciéries Crenshaw, New York, NY*

Papa déterminé marier Violet avec noble anglais STOP Violet désespérée STOP Interviens je t'en supplie STOP Lettre suit STOP

De : *Mlle Augusta Crenshaw*

– – – – – – – – – – – –

À : *Mlle Augusta Crenshaw*

Atterrant STOP Ai exigé explication STOP Hâte de lire ta lettre STOP

De : *Maxwell Crenshaw*

Lorsqu'elle pénétra dans le hall de Hereford House, Augusta faillit se faire renverser par une femme de chambre, les bras chargés d'un bouquet plus large qu'elle. La pauvre fille chancela et Augusta aurait pu tomber si la gouvernante n'avait pas volé à son secours.

— Toutes mes excuses, mademoiselle.

La voix venait de derrière le bouquet. La domestique tenta une brève révérence, mais le mouvement la fit de nouveau chanceler.

— Il n'y a pas de mal, lui assura Augusta, prenant conscience du chaos ambiant.

La gouvernante chassa la fille ainsi qu'un trio de femmes de chambre, chacune d'elles portant une composition florale identique. Le bal ayant lieu le lendemain, Augusta supposait que ces fleurs étaient destinées à la salle de bal. Henry, le valet qui les avait escortées au combat clandestin, était occupé à attacher une guirlande à la rampe du grand escalier incurvé tandis qu'un autre valet lui donnait des indications depuis le hall. Henry avait levé les yeux quand elle était entrée, et feignait maintenant d'être absorbé par sa tâche.

— Ma foi, tout cela me semble merveilleux, déclara Augusta alors que personne ne lui prêtait attention.

Le majordome parut contrarié par son arrivée au milieu d'un tel chaos, tandis que son chaperon – l'honorable Mme Harold Barnes – secouait la tête face à cette agitation.

— Sa Grâce vous attend.

Alors que le majordome les précédait en direction du salon, une voix venue des étages l'arrêta soudain.

— Augusta ! Augusta, c'est toi ?

Camille apparut sur le palier du premier étage, l'air ravie, puis descendit l'escalier bien plus vite qu'il ne convenait à une duchesse.

Mme Barnes manifesta sa désapprobation d'un reniflement, mais Augusta s'empressa de rejoindre son amie au bas des marches. Camille avait proprement disparu depuis le dîner chez les Ashcroft, qui remontait à plusieurs jours.

— Je suis venue dès que j'ai reçu ton message. J'espère que je ne dérange pas.

— Bien sûr que non, répondit Camille en lui prenant les mains. Je suis tellement contente que tu sois là.

De près, Augusta remarqua que les yeux de son amie étaient anormalement brillants. Elle lui étreignait les mains avec trop de force, comme si elle était désespérée, et son regard était si concentré sur Augusta qu'elle n'avait même pas remarqué la présence de Mme Barnes.

— Camille, est-ce que tout…

Elle ne put achever sa phrase, car quelqu'un glapit :

— Des lys ? Qui a commandé des lys ? J'avais demandé des roses !

Un bruit de pas retentit et deux femmes surgirent sur le palier. Augusta reconnut lady Russell, la sœur du duc, et son amie, lady Fawly. Elle les avait rencontrées lors d'un dîner à son arrivée à Londres et avait trouvé leur attitude très semblable à celle de Hereford : hautaine et vaguement condescendante.

— Mademoiselle Crenshaw, je ne vous avais pas entendue arriver, dit lady Russell, les lèvres pincées.

— Je l'ai invitée à prendre le thé, dit Camille en lui prenant le bras pour l'entraîner vers le salon. Et c'est moi qui ai commandé des lys, lança-t-elle pardessus son épaule. Les roses, c'est tellement surfait, vous ne trouvez pas ?

Un silence plus froid que le plus glacial des hivers new-yorkais s'abattit sur elles depuis le premier étage. Augusta tâcha de l'ignorer, mais le courant glacé les suivit jusque dans les profondeurs de la maison. Elle aurait au moins dû saluer les deux femmes, cela lui semblait toutefois déloyal vis-à-vis de Camille, aussi garda-t-elle le silence.

Camille retrouva le sourire dès qu'elle ouvrit la porte de son salon privé. Un plateau de thé les attendait.

— Madame Barnes, je présume ? demanda Camille comme la femme suivait Augusta dans la pièce.

Encore étourdie, Augusta réalisa qu'elle avait omis de faire les présentations.

— Pardonne-moi. Voici Mme Barnes. Madame Barnes, je vous prie d'excuser cet oubli. Sa Grâce, la duchesse de Hereford.

Une fois les politesses d'usage échangées, Camille pivota pour fermer la porte. Le majordome qui se tenait sur le seuil repoussa cependant le battant avec douceur jusqu'à l'obliger à renoncer.

— Sa Grâce préfère que la porte reste ouverte.

Camille se raidit. Au lieu de lui répondre, elle s'adressa à Mme Barnes.

— Voulez-vous du thé ?

Augusta se retint d'écarquiller les yeux face à l'impertinence du domestique. Certes, il était resté courtois, mais elle n'imaginait pas ses domestiques, que ce soit à New York ou à Londres, contrecarrant aussi ouvertement sa volonté.

— Merci, Votre Grâce, répondit Mme Barnes. Si cela ne vous ennuie pas, je vais m'installer près de la fenêtre, ajouta-t-elle en désignant le sac qui contenait son tricot.

Augusta devait reconnaître qu'en tant que chaperon, Mme Barnes n'était pas insupportable et veillait généralement à garder ses distances.

Les pas du majordome s'éloignèrent tandis qu'elle s'installait dans un fauteuil. Camille s'assit sur le canapé et servit le thé. Elle affichait un visage impassible, nota Augusta. Elle remarqua que le plateau ne comportait qu'un seul scone par personne et les plus petits pots de crème et de confiture qu'elle ait jamais vus. La pièce en soi était assez confortable, décorée dans un dégradé de jaune et d'or, mais les couleurs étaient tellement passées qu'on les distinguait à peine les unes des autres. Les pièces d'apparat, fraîchement retapissées et remeublées, paraissaient ostentatoires en comparaison. Elles étaient la preuve visible de la fortune dont Hereford avait eu besoin pour redorer son blason.

Un silence gêné, lourd de tout ce qu'elles avaient envie de se dire mais devaient taire en présence d'autrui, tomba entre elles. Seul le cliquetis des aiguilles à tricoter de Mme Barnes et le tintement des tasses sur les soucoupes venaient l'interrompre.

— Je suis navrée que ta mère et Violet n'aient pu se joindre à nous.

Augusta n'aurait su dire quelle était l'humeur de Camille car celle-ci gardait les yeux baissés sur sa tasse.

— Elles m'ont chargée de te présenter leurs excuses. Mère tenait absolument à ce que Violet fasse un nouvel essayage. Nos robes de bal ont beau être neuves, elle veut être certaine que celle de Violet sera parfaite demain soir.

— Comment Violet se sent-elle par rapport à...

Camille jeta un coup d'œil vers Mme Barnes, qui semblait absorbée par son ouvrage. Elle réalisait une sorte d'écharpe dans des tons discutables, alternant brun, jaune moutarde et puce. Camille continua à mi-voix :

— Qui-tu-sais et de la probable demande en mariage ?

Elle avait encore baissé la voix sur les derniers mots.

— Comme il était prévisible. Elle a juré de ne pas se laisser faire.

— Et tes parents ?

— Ils persistent à chanter les louanges du duc comme si c'était un saint.

Augusta but une gorgée de thé afin d'éviter de penser à Rothschild. C'était difficile. L'homme quittait rarement ses pensées depuis le dîner chez les Ashcroft. Il s'était montré grossier, sarcastique et parfaitement arrogant. Sa mère n'arrêtait pas de louer son charme et ses titres, comme s'ils suffisaient à eux seuls à excuser ses défauts. Certes, le duc était bien fait de sa personne et ses lèvres promettaient que ses baisers ne seraient pas le moment le plus désagréable de la journée d'une femme. Et certes encore, quand il fixait son regard sur elle, elle se sentait… toute chose. Elle était cependant assez intelligente pour savoir que ce regard était celui d'un expert en libertinage et qu'il ne fallait rien y voir d'autre.

— J'ai demandé à papa de me communiquer les rapports qu'il a demandés concernant le d…

Un coup d'œil rapide à Mme Barnes lui assura que les aiguilles fonctionnaient toujours à pleine vitesse. Des bruits circulaient déjà depuis le dîner, mais il était inutile d'alimenter le moulin à rumeurs tant que rien n'était officiel.

— … les informations sur le gentleman en question. Il a promis de me les remettre, or il trouve sans cesse de nouvelles raisons de reporter.

Augusta reposa sa tasse un peu plus brutalement qu'elle n'en avait eu l'intention et murmura :

— Serait-il possible de parler sans chaperon ? Ou au moins derrière une porte close ?

Comme en réponse à un signal, un fracas retentissant leur parvint depuis le hall. On aurait dit qu'une échelle était tombée.

— Je suis désolée, dit Camille en se couvrant le visage de ses mains. Je n'aurais pas dû te demander de venir au milieu de ces préparatifs.

Augusta se rapprocha de son amie et la prit dans ses bras.

— Ne dis pas de bêtises. Ce n'est pas le bruit qui me dérange, c'est le manque d'intimité.

Malgré le vacarme, le cliquetis des aiguilles à tricoter ne s'était pas interrompu.

— Comment vas-tu ? enchaîna Augusta. Voilà des jours que nous n'avons pas parlé. Es-tu trop occupée par les préparatifs du bal ou s'agit-il d'autre chose ?

— C'est Hereford, chuchota Camille. Il a appris que nous étions allées à ce combat clandestin et il est furieux.

Augusta sentit son sang se glacer. Une sensation d'engourdissement se répandit dans tout son corps, puis se nicha au creux de son estomac, aussi pesante que du plomb.

— Je t'en prie, pardonne-moi, Camille, murmura-t-elle en prenant la main de son amie. C'est ma faute. J'ai parlé à papa de cette soirée. J'ai été obligée d'avouer que j'y étais allée avec une amie et il aura deviné qu'il s'agissait de toi. Je suis affreusement navrée.

— Pourquoi, Augusta ? demanda Camille, les joues en feu.

La trahison de son père blessait davantage Augusta qu'elle ne pouvait l'admettre dans l'immédiat. Il n'y avait pas si longtemps, il l'aurait écoutée et il aurait pris son parti dans cette affaire. Pourquoi s'était-il dépêché d'aller tout raconter à Hereford, tel un collégien s'empressant de moucharder auprès du directeur ?

— J'ai été obligée de le lui avouer parce que...

Les aiguilles cliquetaient sans discontinuer, mais elle baissa néanmoins la voix pour ajouter :

— Tu te souviens du combattant de ce soir-là ? Le Fauve ?

Déjà captivée par l'histoire à venir, Camille semblait avoir oublié sa colère. Elle se rapprocha d'elle.

— Tu veux dire celui que tu as...

Elle se toucha les lèvres de l'index pour éviter de prononcer le mot *embrassé*. Les joues d'Augusta s'enflammèrent, et Camille sourit.

— Je me souviens de lui, oui.

— Eh bien, figure-toi qu'il n'est autre que le gentleman en question.

— Non !

Le glapissement de Camille fit sursauter Mme Barnes, qui leur décocha un regard courroucé.

— C'est impossible, murmura Camille.

— Je t'assure que c'est tout à fait possible. Je lui ai dit dans le jardin que je l'avais reconnu, et il l'a pratiquement confirmé. Mêmes pommettes, même nez, mêmes yeux.

Mêmes lèvres.

— Même stature, enchaîna-t-elle. Réfléchis, Camille. Hormis ses cheveux plus foncés et son chaume de barbe, ils sont identiques. Je ne sais pas si tu as remarqué, il avait encore des éraflures sur le front et sur les phalanges.

— J'avoue ne pas l'avoir examiné aussi attentivement, répondit Camille. Comment se fait-il que tu l'aies fait ? ajouta-t-elle en la scrutant.

Ce regard mit Augusta mal à l'aise.

— Je ne l'ai pas... Les marques étaient visibles, voilà tout.

— Pas à mes yeux. Et pourquoi s'adonnerait-il à une activité aussi dangereuse ?

— Pour l'argent, bien sûr. Il est prêt à épouser une inconnue, pour cela. Alors pourquoi pas à combattre ?

— Parce que c'est absurde et qu'il est d... Enfin, tu sais très bien ce qu'il est.

— C'est la vérité. Je l'ai vu et je sais que c'est lui.

Camille écarquilla les yeux.

— Oh, mon Dieu, c'est ahurissant ! Je n'aurais jamais fait le rapprochement. Et tes parents ? Ils t'ont crue ?

— Non. Cela n'a pas mis un terme à leurs manigances.

— L'idée de compter quelqu'un d'aussi noble dans leur famille leur tourne tellement la tête qu'ils refuseront de croire tout ce qui pourrait empêcher cette alliance.

— Je suis bien d'accord, mais nous nous éloignons du sujet. Je veux que tu saches que si j'ai mentionné notre escapade, c'était uniquement dans l'espoir de sauver Violet. J'ai naïvement cru qu'il suffirait de ne pas citer ton nom pour te protéger. Je suis affreusement désolée.

— Je comprends, dit Camille. Je n'aurais pas agi autrement. La dernière chose que je souhaite à Violet, c'est bien de subir le même sort que le mien.

Et d'un seul coup, la lueur d'intérêt qui avait fait briller les yeux de Camille s'éteignit, remplacée par la tristesse.

Le cœur d'Augusta se serra de culpabilité.

— Hereford t'a-t-il punie ? T'a-t-il fait du mal ?

— Non, il ne m'a pas fait de mal, en revanche il m'a punie, Je n'ai plus la permission d'aller nulle part et je n'ai plus droit à aucune intimité ni de voir qui que ce soit en privé. Les portes doivent rester ouvertes en permanence et je prends mes repas dans ma chambre. Je suis une femme mariée, duchesse de surcroît, et on me traite comme une enfant qui a déplu à son père.

Augusta sentit la rage monter en elle. Elle la ravala. Si justifiée fût-elle, sa colère n'aiderait en rien Camille. Elle risquait même de lui faire plus de mal que de bien.

— Je suis tellement désolée de la part que j'ai eue dans cette affaire.

— Je t'en prie, ne le sois pas. Il aurait fini par l'apprendre d'une manière ou d'une autre. Ce n'était ni la première incartade ni la première punition, avoua-t-elle avec un sourire qui n'atteignit pas ses yeux. Sa sœur est là en permanence et croit à tort que l'organisation du bal annuel relève toujours de son domaine. Si je n'étais pas constamment présente, je ne pourrais pas lui prouver qu'elle se trompe.

Un toussotement attira leur attention. Le majordome se tenait sur le seuil, arborant une expression vaguement méprisante. Augusta consulta la pendule sur la cheminée. Quinze minutes s'étaient écoulées depuis son arrivée. Apparemment, les visites de Camille ne devaient pas durer plus longtemps. Elle faillit se plaindre, puis se dit qu'elle pouvait s'estimer heureuse que le duc de Hereford ait autorisé la sienne.

— Je vais devoir rentrer, dit-elle en voyant Camille rougir d'embarras. Papa m'a donné tout un tas de dossiers à étudier.

Toutes deux se levèrent et Camille la suivit hors de la pièce, Mme Barnes sur les talons.

— Promets-moi de venir au bal, murmura Camille.

— Bien sûr, répondit Augusta. Peux-tu confirmer que le gentleman en question sera présent ?

Camille sourit.

— Je le confirme.

— Bien. Je tâcherai de le tenir à distance de Violet.

Son amie s'esclaffa, puis déclara :

— La question du divertissement étant réglée, je n'ai plus qu'à m'occuper de la décoration !

8

L'action ne conduit pas toujours au bonheur, mais il ne peut y avoir de bonheur sans action.

BENJAMIN DISRAELI

Evan lissa les revers de sa veste à queue-de-pie et vérifia une fois de plus la longueur des manches. Parfaite. Stewart était un excellent valet de chambre, il ne l'aurait jamais laissé sortir si sa tenue n'avait pas été irréprochable. Cela ne l'empêcha pas de jeter un coup d'œil à son nœud papillon quand ils passèrent devant un miroir encadré d'or. Parfait lui aussi, bien sûr, et pourtant il avait l'impression d'étouffer. Il n'aurait peut-être pas dû confier à son valet de chambre qu'il allait choisir sa fiancée, ce soir. Ce dernier avait fait montre d'une méticulosité presque désespérée.

— Tu es bien nerveux. On croirait que c'est ton premier bal.

Christian Halston, comte de Leigh, détailla sa tenue d'un œil froid, un sourcil arqué, avant de reporter son attention sur les couples qui tournoyaient sur la piste de danse en contrebas. Ils se tenaient sur la galerie qui surplombait la salle de bal et Evan espérait repérer sa future fiancée avant de l'approcher.

— Ce n'est pas mon premier bal, en revanche je dois choisir ma première épouse.

Evan glissa l'index entre son col et son cou, et dut admettre que le problème ne venait pas de la coupe de sa chemise. Le problème, c'était la femme qui dansait en bas.

Il inspecta son nœud papillon une dernière fois, puis se retourna pour tâcher de l'apercevoir. Il ne lui fallut pas longtemps pour que son regard s'arrête sur la femme vêtue d'une robe dorée qui dansait le quadrille. Elle se mouvait avec grâce et assurance, et affichait un sourire serein. Un collier de diamants étincelait à son cou, et un bracelet assorti encerclait son poignet ganté. Elle s'habillait avec l'extravagance d'une duchesse accomplie, fuyant les perles sages et les pierres semi-précieuses des jeunes filles. Cela n'avait rien d'étonnant, sa famille étant plus fortunée que bien des pairs de la Couronne.

Son partenaire, futur héritier d'un comté, ne faisait pas le poids. Ses gestes appliqués n'avaient pas la grâce naturelle de sa cavalière et il n'arrêtait pas de lui lancer des coups d'œil à la dérobée. Finalement, il se risqua à lui glisser quelques mots à l'oreille qui la firent rire. Un rire poli, qui manquait d'enthousiasme, nota Evan avec satisfaction. La mélodie de ce rire lui parvint cependant, malgré la musique et le brouhaha. Surpris de découvrir qu'il aurait voulu que ce rire lui fût destiné, sa main se crispa sur la balustrade lorsqu'elle glissa quelques mots en réponse à son cavalier. Ce dernier perdit le rythme quand il joignit son rire au sien.

— Où est-elle ? s'enquit Leigh.

— Là-bas. Elle danse avec Atherton.

Sa robe, drapée avec art sur ses épaules, se prolongeait par un décolleté qui soulignait la finesse de sa taille, la jupe retombant en plis élégants qui cascadaient jusqu'au sol tel un flot d'or liquide. Cette robe du soir était signée Worth, Evan en aurait mis sa main à couper, et son coût aurait suffi à entretenir Charrington Manor pendant plusieurs mois.

Tel était le but de ce mariage arrangé et c'est sur celui-ci qu'il aurait dû se concentrer. Cette pensée avait beau rôder dans les sombres replis intéressés de son cerveau, une autre considération, plus pressante, plus viscérale, l'avait supplantée. C'était *elle* qu'il voulait. Son rire, sa langue acérée, son esprit vif. Plus encore, il voulait la déshabiller et se délecter des courbes voluptueuses que cachait sa robe. Découvrir tous les endroits où sa peau dorée devenait d'un blanc laiteux...

— Avec la robe dorée ? demanda Leigh en se rapprochant de la balustrade, interrompant de nouveau le fil de ses pensées. Mais ce n'est pas la fille cadette.

— Non, c'est l'aînée. J'ai décidé d'épouser celle-ci.

— Ah. Ma foi, elle ne fait pas du tout hommasse, contrairement à ce qu'on prétend.

— Hommasse ? répéta Evan en tournant les yeux vers Leigh.

Ce dernier haussa les épaules sans cesser d'observer la jeune femme. S'il avait eu des jumelles de théâtre, il s'en serait probablement servi.

— Elle participe aux réunions d'affaires avec son père, elle lit la section financière du *Times* et elle fait partie d'un de ces clubs de femmes à New York. On a surnommé la plus jeune « la jolie » et l'aînée « l'hommasse ». Tu l'as forcément entendu dire, non ?

— Non, mais cela ne me surprend pas tellement. Nos pairs ne supportent pas ce qui est différent, n'est-ce pas ?

Il regretta ces paroles à peine prononcées. Leigh savait cela mieux que personne. Il ne donna toutefois aucune indication suggérant que cette remarque l'avait blessé.

— Je t'avoue que je l'imaginais dotée d'une mâchoire carrée nécessitant d'être rasée.

— Pourtant, tu l'avais vue à l'opéra.

— Vraiment ? s'étonna Leigh. Je ne me souviens que de la plus jeune. Tu es certain que l'aînée était présente ?

— Oui, c'est du reste pour cela que je l'ai reconnue à mon combat.

— Ah, mais oui ! Elle a assisté à ton combat. Son visage m'était familier, dit-il, sarcastique. Sait-elle que c'est toi qu'elle a embrassé ?

— Oui.

— Et qu'en pense-t-elle ?

— Je crois qu'elle s'est efforcée d'oublier que c'était arrivé.

Evan sourit. S'il redoutait toujours ce mariage arrangé, il n'en avait pas moins hâte de reprendre sa joute verbale avec elle.

Elle tournoya une dernière fois sur les notes finales du quadrille et sourit à son partenaire. Quelque chose attira son attention sur la galerie ; elle leva les yeux et leurs regards se croisèrent. Son sourire s'effaça. Malgré la distance, Evan se sentit irrépressiblement attiré vers elle.

Elle détourna les yeux, mais son regard revint sur lui tout aussi vite. Il fut certain qu'elle aussi percevait cette attirance entre eux. Après cette soirée, elle serait sa promise et tout le monde le saurait. Il en ressentit une satisfaction qu'il n'avait pas éprouvée depuis longtemps. C'était encore mieux que de soumettre un adversaire avec ses poings. Tandis qu'il l'observait, elle releva le menton et lui tourna ostensiblement le dos, autorisant Atherton à la raccompagner auprès des siens.

Leigh, qui avait observé l'échange, émit un grondement qui, chez lui, était ce qui se rapprochait le plus d'un rire.

— Je me félicite d'avoir décidé de t'accompagner. Je serai au premier rang quand tu lui feras ta demande. Cela promet d'être intéressant.

C'était une façon de voir les choses. Evan s'attendait à demi à se faire arracher les yeux.

— Il semble que la demoiselle ait du tempérament, reprit Leigh. Comment comptes-tu obtenir sa coopération dans ce mariage ?

— Je ne suis pas certain que ses parents lui laissent tellement le choix. Avec le temps, elle finira par comprendre que je ne ferai pas le pire des époux.

— C'est s'en remettre un peu trop à la chance. Imagine qu'elle décide d'épouser le jeune vicomte avec qui elle vient de danser.

— Ses parents préfèrent un duc.

Evan avait vu leurs yeux devenir vitreux de plaisir quand il leur avait été présenté. Il connaissait assez ce genre de parvenus pour savoir que c'était son titre qu'ils convoitaient. Un simple vicomte ne suffisait pas quand on était en quête d'un duc.

— Sterling.

Leigh et sa mère étaient les seuls à l'appeler encore ainsi. Leigh avait deux ans de plus que lui. Ils s'étaient connus à Eton où, malgré sa boiterie qui l'obligeait à s'appuyer sur une canne, Leigh avait réussi à imposer le respect en tant que chef de classe. C'était tout cela qui lui permettait de s'adresser à Evan comme il le faisait.

— Tu te souviens de la première règle de combat que je t'ai enseignée ? Ne jamais sous-estimer l'adversaire. Cette règle inclut les femmes, et même tout particulièrement celle-ci, peut-être. Tu ne dois pas la laisser mener le jeu. Nous savons déjà qu'elle a un tempérament indépendant. Nous savons aussi qu'elle est capable d'assister à un combat clandestin, ce qui signifie qu'elle peut se montrer impulsive. Si tu ne prends pas le contrôle de la situation, elle pourrait très bien trouver quelqu'un d'autre qui te la soufflerait sous le nez.

La colère s'empara d'Evan à l'idée qu'un autre puisse la lui ravir.

— Que me suggères-tu ? De l'enlever ?

— La chose est possible. Mais la logistique d'un enlèvement est assez complexe. Sans dispense de bans, il te faudrait passer la frontière et te marier au plus vite, or tu ne possèdes aucun domaine en Écosse et ne réponds donc pas aux critères de résidence.

Il s'était exprimé avec le plus parfait sérieux. Evan resta un instant bouche bée, puis :

— Je vois que tu as longuement réfléchi à la question. Je plaisantais.

— J'aime gagner, c'est pourquoi j'envisage toujours un projet sous tous les angles, rétorqua Leigh avec un haussement d'épaules. As-tu envisagé de la déshonorer ?

— Elle se soucie de sa réputation comme d'une guigne.

— Quoi qu'il en soit, son père cherche à conclure des affaires d'envergure pendant qu'il est à Londres. Avoir une fille à la réputation scandaleuse ne l'aiderait pas, et n'aiderait pas non plus la sœur cadette. Sous la pression, nous avons tous un point de rupture. Reste à savoir quel est celui de Mlle Crenshaw.

— L'idée de la déshonorer ne me plaît pas.

Celle de l'embrasser, en revanche, lui plaisait beaucoup. De passer du temps en sa seule compagnie, de l'explorer à loisir, de l'amener à s'ouvrir à lui, douce et tiède… Un discret rappel de la passion qui vibrait entre eux suffirait peut-être à la convaincre.

— Je me demande parfois pourquoi nous sommes amis, toi et moi. Tu n'es pas assez impitoyable s'agissant de tes ambitions, lâcha Leigh d'un ton ironique.

— C'est parce que tu l'es pour deux.

Gratifiant son ami d'un grand sourire, Evan s'en alla rejoindre le couple en bas, bien décidé à réclamer sa fiancée.

Augusta savait que Rothschild serait présent au bal, toutefois, quand elle le vit, ce fut très différent de ce qu'elle avait imaginé. Elle s'était attendue à ressentir une vertueuse colère ainsi que le besoin renouvelé de garder sa sœur à distance. Et ç'avait été le cas. Cependant, quelque chose s'était mis à palpiter dans son ventre quand elle avait croisé son regard.

Elle détestait l'admettre, mais elle était aussi sensible à son physique que n'importe quelle femme. Peut-être était-ce parce qu'elle l'avait d'abord connu en tant que Fauve, avant de découvrir qu'il était le duc qui avait l'intention de leur prendre Violet. Malgré leur querelle dans le jardin, il y avait eu un début d'étincelle entre eux. Quelle malchance que le seul homme qu'elle trouve plus attirant que tous les autres soit aussi celui qu'elle méprisait le plus. Elle qui s'était autrefois crue au-dessus de ce genre d'émotions primaires s'était apparemment trompée. Aucun des garçons qu'elle avait embrassés en Amérique n'avait réussi à éveiller à ce point son intérêt.

Bonté divine !

Lady Helena March l'attendait, un verre de champagne dans chaque main. Augusta avait rencontré cette jeune veuve à un dîner au cours de sa première semaine à Londres. Elles s'étaient découvert une passion commune pour les friandises et une détestation commune pour les conversations polies. Depuis, elles tâchaient de se retrouver chaque fois qu'elles assistaient aux mêmes événements. Dans son désarroi, la vision d'un visage amical – même si leur amitié était encore récente – lui procura un vif soulagement. Elle remercia lord Atherton pour la danse et se percha au bord d'une chaise, sa robe n'étant pas conçue pour s'asseoir. En fait, elle était uniquement conçue pour rester debout et danser car la soie en était capricieuse et avait tendance à se froisser, mais Augusta ne put se résoudre à s'en soucier dans l'immédiat. Elle devait impérativement mettre de l'ordre dans ses pensées, car l'expression de Rothschild lui avait clairement fait savoir qu'il était venu dans l'intention de se battre et de gagner.

— Où est Violet ?

— Votre mère l'a interceptée sur la piste de danse afin de la présenter à lord et lady Hampford, répondit lady Helena en s'asseyant à côté d'elle. J'ai suffisamment dansé avec lord Atherton pour deviner à votre expression ce que vous en pensez. Tenez, vous l'avez bien mérité, ajouta-t-elle en lui tendant une coupe de champagne.

Augusta sourit et but une longue gorgée de champagne dans l'espoir de se calmer les nerfs.

— Lord Atherton n'y est pour rien. Il s'est montré tout à fait charmant.

Lady Helena inclina la tête de côté, l'air songeur.

— Quand nous étions enfants, il m'a un jour attirée dans une remise à bois sous prétexte de me montrer un nid de bébés lapins. Il a alors sorti un lézard de sa poche, l'a lancé sur moi et s'est sauvé. *Charmant* n'est pas le mot que j'emploierais à son sujet.

Augusta rit. Bien que fille de comte, lady Helena était très détendue, et toujours prompte à sourire et à plaisanter. Plus âgée que les débutantes qui les entouraient, Augusta la trouvait charmante, intelligente et généreuse.

— C'est vraiment affreux de sa part, déclara-t-elle. Je lui demanderai de rendre des comptes la prochaine fois que je danserai avec lui.

— Ce ne sera pas nécessaire. Son vilain tour s'est retourné contre lui car il se trouve que j'adore les lézards. J'ai donc relâché la pauvre petite chose effrayée dans la nature. Si lord Atherton n'est pas la cause de votre désarroi, ajouta lady Helena, son regard se teintant de sollicitude, pourquoi êtes-vous si pâle ?

— Le duc est arrivé.

Il était inutile de préciser de quel duc il s'agissait. Depuis le dîner chez les Ashcroft, tout le monde semblait savoir que Rothschild envisageait d'acquérir une des « héritières Crenshaw », comme on les appelait. « Acquérir l'une d'elles. » Telle était la phrase qu'Augusta avait entendue dans la bouche d'un vieux lord. Comme si elles étaient des objets ou des curiosités exotiques à collectionner pour les exhiber dans une vitrine. La bonne humeur que lady Helena lui avait insufflée s'envola, remplacée par la colère.

Son amie hocha la tête, compréhensive, et son visage se fit grave.

— Il assiste rarement à ce genre d'événements. S'il est venu, c'est qu'il a prévu de faire connaître ses intentions, je suppose.

— Mère et Camille le pensent aussi, avoua Augusta.

— S'il danse avec votre sœur ce soir, cela déclenchera un tollé, surtout s'il ne danse avec aucune autre jeune fille. Tout le monde saura alors que c'est elle qu'il a choisie.

— Mère est aussi de cet avis.

Lady Helena se mordilla la lèvre inférieure, l'air mal à l'aise.

— Y a-t-il autre chose ? Je le vois à votre expression. Dites-le-moi, je vous en prie. Vous m'avez apporté une aide si précieuse sur les us et coutumes anglais. Ne mâchez pas vos mots.

Les subtils conseils de lady Helena lui avaient en effet évité bien des faux pas en société.

— Pardonnez-moi si je vais trop loin, mais j'ai l'impression que votre sœur ne déborde pas de joie à l'idée de cette union.

Elle attendit qu'Augusta confirme avant de poursuivre :

— Puis-je en conclure qu'elle a l'intention de décliner la proposition qu'elle risque de recevoir ?

— C'est possible, acquiesça Augusta.

Au fond, Augusta avait très peur que ses parents ne réussissent à convaincre Violet d'accepter. Elle avait beau se refuser à le croire, ce n'était pas complètement impossible. Que se passerait-il alors ? Le seul homme qu'elle ait jamais désiré physiquement deviendrait son beau-frère. Et ils seraient censés se comporter comme s'il ne s'était rien passé entre eux. Cette seule idée lui donnait la nausée. Quel effet cela lui ferait-il de découvrir qu'en définitive il avait choisi sa sœur ?

— Ce serait très mal vu que le duc danse exclusivement avec votre sœur sans que ce soit suivi par l'annonce de leurs fiançailles, reprit lady Helena, interrompant le fil de ses pensées. Malheureusement, ce serait votre sœur qui ferait les frais de leurs conjectures, même si c'est elle qui a décliné sa demande.

— Oh, mon Dieu ! souffla Augusta, comprenant fort bien ce que cela signifiait.

Ce ne serait pas aussi terrible qu'une rupture de fiançailles, mais les gens s'interrogeraient et Violet alimenterait les ragots. Augusta se leva et balaya la foule du regard à la recherche de sa sœur. Elle avait beau savoir que sa famille survivrait à pareil scandale, mieux valait l'éviter.

— Si vous voulez bien m'excuser, il faut que je retrouve Violet.

Si elle pouvait aider sa sœur à éviter Rothschild, tout risque de scandale serait écarté – au moins pour ce soir.

— Bien sûr. N'hésitez pas à faire appel à moi si je peux vous être utile. J'ai déjoué les manœuvres de plus d'un soupirant, assura lady Helena en la débarrassant de sa coupe vide.

— Merci, souffla Augusta.

Elle se retourna et tâcha de se frayer un chemin dans la foule. Il y avait de plus en plus de monde et il devenait difficile de circuler autour de la piste de danse. Elle n'avait pas fait six pas quand sa route se retrouva soudain barrée par plusieurs couples d'âge mûr occupés à bavarder. Elle se retrouvait coincée, à moins de s'engager dans la cohue qui se pressait vers le centre de la salle pour danser.

— Excusez-moi…

Elle tenta de traverser le groupe et sourit à la matrone qui la considérait d'un air sévère, le sourcil relevé.

— Si vous voulez bien avoir la gentillesse de…

L'homme à sa gauche recula, imité par celui qui se tenait près de lui.

— Merci infiniment. Il faut que…

Les mots restèrent coincés dans sa gorge quand le groupe s'écarta, révélant le duc de Rothschild. Il arborait le même sourire carnassier que dans la galerie. Augusta réalisa que si les couples s'étaient si obligeamment écartés, c'était pour lui, pas pour elle.

— Bonsoir, mademoiselle Crenshaw.

Sa voix grave lui fit l'effet d'une caresse qui laissa un frisson troublant dans son sillage.

Il était si éblouissant dans son habit de soirée qu'il lui fallut un moment avant de retrouver sa langue.

— Bonsoir, Votre Grâce. Je crains que ma sœur ne soit pas ici.

Ce n'était pas exactement un mensonge. Violet ne se trouvait pas dans les parages immédiats.

— Elle est partie tôt.

Cela, en revanche, c'était un mensonge.

Il resta impassible, le regard cependant animé d'une étincelle espiègle.

— Comme c'est fâcheux.

Peut-être jouait-il un rôle pour leur petit public. Il ne semblait en tout cas pas le moins du monde fâché de voir son projet contrarié. Il ménagea une très brève pause avant de désigner les danseurs.

— Je m'en voudrais de laisser passer une valse. Peut-être pourrions-nous danser.

Il aurait tout aussi bien pu lui proposer d'aller canoter sur la Tamise. Augusta n'avait jamais envisagé de danser avec lui. Devait-elle accepter ? Elle souhaitait passer aussi peu de temps que possible en sa compagnie. Refuser devant leur public serait-il perçu comme grossier ? Le petit groupe semblait très intéressé par leur échange.

Les premières notes du *Danube bleu* s'élevèrent.

— J'ai promis la prochaine valse à lord Ware.

Elle avait oublié. Le pauvre l'avait sans doute cherchée, en vain. Elle commença à pivoter quand elle réalisa qu'abandonner le duc le laisserait libre de danser avec Violet. Comme s'il avait lu dans ses pensées, il lui offrit son bras.

— Je pense qu'il n'y verra aucune objection.

Quand elle leva les yeux vers lui, il indiqua du menton lady Helena, qui acceptait gracieusement le bras de lord Ware. Ce dernier adressa à Augusta un petit sourire crispé tandis qu'il escortait son amie vers la piste.

N'ayant plus le choix, Augusta posa la main sur le bras de Rothschild. La foule s'écarta devant eux telle la mer Rouge devant Moïse. Rothschild ne dit pas un mot, se contentant de regarder droit devant lui comme s'il était habitué à ce que chacun lui cède le passage. Et c'était en effet l'usage dans ce monde qui était le sien.

Augusta prit soudain la mesure de l'étendue du pouvoir de cet homme. S'il n'avait peut-être pas reçu de fortune en héritage, ce dont il avait hérité avait encore plus de valeur que l'argent. Respect. Réputation. Statut social. Quel que soit le nom qu'on lui donne, on en revenait toujours au pouvoir. Rothschild détenait le pouvoir.

Quand il cala la main au creux de ses reins, elle sentit sa force sous la délicatesse de l'étreinte. Une force contenue. Quand elle posa la main sur son bras, elle perçut le jeu des muscles sous ses doigts. Elle se souvint de la puissance que ce même bras avait déployée pour frapper son adversaire. Une étrange palpitation s'éleva au creux de son ventre quand les doigts gantés de Rothschild se refermèrent sur les siens avant qu'ils commencent à tourbillonner sur la piste de danse. Chacun de ses gestes reflétait sa force. Désemparée, Augusta comprit soudain que c'était cette force qui l'attirait chez lui.

— Tout va bien, mademoiselle Crenshaw ?

Son regard reflétait une inquiétude sincère et elle se rendit compte que son souffle s'était accéléré, s'accordant spontanément au rythme de son cœur.

— Je... Oui.

Le bleu de ses iris avait la nuance exacte d'un ciel d'été à Newport. Comment avait-elle pu ne pas le remarquer plus tôt ? Cela tenait peut-être à l'éclairage. Ou au fait que, tout étant flou autour d'eux tandis qu'ils tournoyaient, elle était davantage consciente de sa présence. Les doigts d'Augusta se crispèrent spontanément sur les siens, mais il se contenta de sourire.

— Vous êtes sûre ? Vous êtes toute rouge.

Seigneur, pourquoi maintenant ? Pourquoi comprenait-elle au moment le plus inopportun la profondeur de l'attrait que cet homme exerçait sur elle ? Bien que leurs mains soient gantées, ses doigts la picotaient en réaction à la chaleur des siens. Elle eut beau tenter de se raccrocher à sa colère, celle-ci lui échappait telle qu'une anguille. C'était donc pour cela que certaines filles devenaient stupides dès qu'un homme séduisant les enlaçait. Augusta n'avait jamais compris cela, elle s'était même crue immunisée contre la sottise, mais elle ressentait à présent l'envie d'adresser une lettre d'excuses à chacune de ses amies d'enfance qui avaient enduré ses critiques.

— Je vais très bien, répliqua-t-elle sèchement en s'efforçant de dissimuler son trouble.

— Je ne suis pas votre ennemi, mademoiselle Crenshaw.

— Vous n'êtes pas non plus mon ami, Votre Grâce.

— Je pourrais le devenir.

— Impossible. Nous avons des buts opposés. Je veux épargner à ma sœur un mariage avec vous et vous voulez l'épouser. Cela suffit presque à faire de nous des ennemis.

Il rit tout bas. La plaisante fragrance de son haleine – cognac et pastille de menthe mêlés – était la même que lorsqu'il l'avait embrassée. Son demi-sourire lui rappela la tiédeur et la surprenante douceur de ses lèvres sous les siennes. Une chose qu'elle avait tenté d'oublier lui revint alors en mémoire. La caresse de sa langue, le long de sa lèvre inférieure, juste avant qu'il s'écarte et le désarroi qui s'était emparé d'elle à l'idée qu'il venait de la priver de quelque chose d'autre. De quelque chose de plus fort encore.

— Vous vous souvenez de ce soir-là.

Sa voix était sourde, et bien trop sûre d'elle.

Elle eut un mouvement de recul et s'il ne tenta pas de lui résister, sa main tranquillement posée au bas de son dos l'empêcha de faire une scène.

— Je ne... Je pensais, c'est tout...

— Cela aiderait-il si je vous disais que j'y pense aussi ?

Son regard n'était pas moqueur, mais solennel. Il s'emplit de désir quand il glissa jusqu'à sa bouche.

Augusta sentit toute une nuée de papillons prendre son envol dans son ventre.

— Ce n'est pas une conversation convenable pour une danse.

Elle avait beau faire, elle se découvrait incapable de détourner les yeux. Quelque chose dans son visage la fascinait.

La main de Rothschild remua dans son dos.

— J'y pense bien plus souvent que je ne devrais l'admettre, avoua-t-il.

Avant qu'elle puisse s'en empêcher, les yeux d'Augusta se posèrent sur ses lèvres. L'embrasser de nouveau se révélerait-il aussi intéressant que la première fois ? Qu'est-ce qui ne tournait pas rond chez elle ? Rothschild était un coureur de dot qui avait jeté son dévolu sur sa sœur. Il ne pouvait en aucun cas repenser à ce baiser. Et s'il le faisait, ce ne pouvait être que pour la faire chanter.

— N'espérez pas utiliser cela contre moi. J'ai parlé à mes parents de cette soirée.

Et voilà. Il cherchait à la soumettre, pas à l'embrasser.

— Vraiment ?

Elle acquiesça fièrement.

— Oui. Ils savent tout de vous et de votre penchant pour le combat.

Il rit. D'un rire profond qui leur valut des regards curieux de la part des couples qui tournoyaient autour d'eux.

— Je serais curieux de savoir comment ils ont réagi à ce ragot.

Elle voulut froncer les sourcils, ce qui se révéla difficile si elle voulait continuer de sourire. En outre, il valait mieux éviter d'alimenter le moulin à commérages en se querellant avec lui en plein bal. La valse imposait une virevolte, aussi attendit-elle d'être de nouveau dans ses bras pour lui répondre :

— Ce n'est pas un ragot si c'est vrai. Et il se trouve que j'étais présente. Avez-vous l'intention de le nier ?

Il sentait la citronnelle et la bergamote, comme dans le jardin des Ashcroft.

— Je me le tiens pour dit. Et donc, quelle a été leur réaction face à cette nouvelle ?

— Peu importe.

Elle n'allait pas lui avouer que ses parents n'y attachaient pas la moindre importance. Son sourire lui dit qu'il le savait. Maudit soit-il.

— Je crois deviner que vous n'avez pas évoqué notre baiser, dit-il assez fort pour être entendu des danseurs qui passaient près d'eux.

— Chut ! lui intima-t-elle. Inutile de partager cela. C'est du passé et c'était une erreur.

Elle rougit si violemment qu'elle n'osa pas regarder autour d'elle afin de s'assurer que personne ne l'avait entendu.

— Je ne pense pas que c'était une erreur, rétorqua-t-il en baissant légèrement la voix.

— Arrêtez de parler de cela, siffla-t-elle.

L'avait-il invitée à danser à seule fin de la ridiculiser ? Pour la déstabiliser et l'empêcher d'intervenir quand il approcherait Violet ?

— Entendu, concéda-t-il un peu trop facilement. Je n'en parlerai plus durant notre valse. Vous avez ma parole.

Son amabilité l'incita à se jeter à l'eau.

— Je vous en prie, révisez votre projet pour ce soir. Ou au moins remettez-le à plus tard.

— Et quel est mon projet selon vous, mademoiselle Crenshaw ?

— Je pense que vous comptez révéler ce soir vos intentions s'agissant de ma sœur. J'aimerais que vous attendiez, au moins jusqu'à ce que nous ayons pu en parler davantage.

Il ne sourit pas ni ne rejeta sa demande, contrairement à ses attentes. Il parut réfléchir tandis que la danse se poursuivait. Ses yeux s'assombrirent et ses pupilles se dilatèrent légèrement. Quand il émergea de sa réflexion, il l'attira plus près et son parfum l'enveloppa. Augusta eut envie de s'approcher plus près encore, de savourer la chaleur de son corps.

— Je vais vous dire comment je vois les choses, mademoiselle Crenshaw, déclara-t-il d'une voix un peu rauque. Deux options s'offrent à moi et je dois faire un choix.

Alors qu'elle attendait qu'il développe, la valse s'acheva. En parfait gentleman, il s'inclina devant elle, plaça sa main sur son bras et l'escorta auprès de sa famille. La foule s'écarta de nouveau devant eux, mais elle remarqua cette fois qu'on chuchotait dans leur dos. Leur accrochage avait-il été trop évident ? Elle n'aurait sans doute pas dû contempler sa bouche comme elle l'avait fait. Les gens l'avaient sûrement remarqué. Les gens remarquaient tout dès qu'il était question de lui, jusqu'à l'ombre qu'il projetait.

Sa mère et Violet les regardèrent approcher depuis le bord de la piste de danse. Augusta s'efforça de faire signe à Violet de disparaître, mais le duc les saluait déjà. Si sa mère sourit et le salua en retour, Violet, elle, semblait abasourdie. Elle avait la bouche entrouverte et son regard passait de l'un à l'autre.

Finalement, Rothschild se tourna vers Augusta et porta sa main à ses lèvres.

— Merci pour cette danse, mademoiselle Crenshaw. Si vous voulez bien m'excuser.

La bienséance faite homme, il adressa un signe de tête à sa sœur et à sa mère avant de prendre congé, puis s'éloigna comme si rien de notable ne s'était passé. S'était-il passé quelque chose ? Peut-être pas pour lui. Était-elle la seule à ressentir cet étrange besoin d'arranger les choses entre eux ? Pourquoi n'avait-il pas invité Violet à danser ?

C'était inconvenant, pourtant elle ne put s'empêcher de le rappeler.

— Attendez.

Il s'immobilisa et se retourna, et tous les yeux alentour se tournèrent en même temps que lui. Consciente de l'intérêt qu'ils suscitaient, elle lança d'un ton léger :

— Vous avez mentionné deux options. Quelles sont-elles ?

Il sourit.

— Aucune importance. Mon choix est déjà fait.

Il pivota et traversa la foule. Il était facile de suivre sa progression, les gens s'écartant devant lui et se rapprochant dans son sillage, ondulant comme une vague.

— Augusta ?

La voix de Violet lui parvint de très loin et elle tâcha de reprendre pied dans le monde réel – elle avait l'impression d'émerger d'un rêve étrange.

— Mademoiselle Crenshaw ?

Lady Helena venait d'apparaître devant elle et la fixait d'un regard intense.

— Oui ?

Le regard d'Augusta passa de sa sœur à lady Helena et elle prit conscience des murmures qui s'élevaient autour d'elles. Elle s'était attendue que l'attention reste concentrée sur le duc, mais il semblait que, pour une part au moins, elle en ait fait les frais.

— Que se passe-t-il ? murmura-t-elle.

— Oh, ma chère, soupira lady Helena en tournant les yeux vers la grande porte par laquelle Rothschild venait de disparaître, le duc n'assiste jamais à ce genre d'événements et ne danse jamais avec personne !

— Oui, je sais, vous me l'avez dit. Mais ce soir, il était venu pour danser avec Violet et faire connaître son intérêt.

— Ce n'est pas avec Violet qu'il a dansé, n'est-ce pas ? répliqua son amie en haussant les sourcils comme s'il revenait à Augusta de deviner la suite.

Augusta regarda Violet qui la dévisageait comme si elle avait deux têtes tout à coup. Sa mère étouffa une exclamation en plaquant la main devant sa bouche.

— Non, il a dansé avec moi parce que je lui ai dit que Violet n'était pas là.

— C'est cela, dit lady Helena. Il a dansé avec *vous*.

Augusta secoua la tête, agacée.

— Vous ne comprenez pas. Je lui ai demandé de ne pas faire part de ses intentions à Violet tant que nous n'aurions pas parlé, lui et moi.

— Qu'a-t-il dit ? intervint Violet.

— Eh bien… je ne sais pas trop.

Leur conversation avait tendance à devenir floue dans son esprit. Il avait répondu à ses questions sans vraiment y répondre. Et que signifiait son histoire de deux options et d'un choix déjà fait ?

Se pouvait-il qu'il l'ait choisie, *elle* ? Était-ce ce que suggérait l'air entendu de lady Helena ? Le cœur d'Augusta s'emballa et ses poumons semblèrent rétrécir.

— Vous croyez qu… ?

Non ! C'était impossible.

Mais lady Helena hochait la tête.

— C'est vous qu'il a choisie, ma chère.

Tout en elle hurlait que ce n'était pas vrai. Qu'il ne l'avait pas choisie. Qu'il avait juste dansé avec elle par politesse, parce que Violet n'était pas disponible. Et cependant rien de tout cela n'expliquait qu'il se soit contenté d'échanger des salutations polies avec sa sœur.

La salle lui paraissait suffocante soudain. Augusta prit une inspiration, mais cela n'empêcha pas la pièce de continuer à tourner autour d'elle.

— Excusez-moi.

— Ma pauvre, murmura lady Helena. Voulez-vous que nous allions au vestiaire ?

Augusta acquiesça, puis les chassa d'un geste, Violet et elle, quand elles firent mine de l'accompagner.

— Je vous en prie… J'aimerais être seule un instant.

Ce qu'elle voulait, c'était trouver Rothschild et s'assurer que lady Helena se trompait. S'il n'avait pas invité Violet à danser, c'était uniquement parce qu'elle le lui avait demandé.

— Nous te rejoindrons dans un moment, l'avertit Violet en la considérant d'un œil inquiet.

La foule s'était depuis longtemps resserrée dans le sillon tracé par le duc et le trajet jusqu'à la porte fut long et pénible. Et le poids des regards ne fit qu'ajouter à son calvaire. Augusta les maudit, tous autant qu'ils étaient, mais elle *le* maudit encore davantage. S'il existait une justice en ce bas monde, la voiture de Rothschild serait prise dans les encombrements et il l'attendrait encore. Si la chance jouait en sa faveur, elle pourrait s'entretenir un moment avec lui.

Ses talons résonnaient sur le parquet de chêne, et chaque pas qui la rapprochait du grand escalier ravivait la colère qui l'avait quittée quand il l'avait tenue dans ses bras. Il ne lui ferait pas perdre la tête deux fois. Elle allait le trouver et lui offrir un aperçu de sa colère. De quel droit s'avisait-il de la choisir ? De quel droit s'imaginait-il qu'elle accepterait ces fiançailles ? En admettant que ce soit ce qu'il veuille.

— C'est moi que vous cherchez ?

Elle fit volte-face et le découvrit, nonchalamment appuyé au chambranle d'une porte. Ses chevilles étaient croisées, comme s'il l'attendait depuis un moment. La satisfaction de l'avoir retrouvé céda à la contrariété d'être tombée aussi facilement dans son piège.

— Oui.

Sa voix avait claqué comme un coup de fouet et elle s'en félicita silencieusement. Elle allait lui prouver qu'elle n'était pas une petite sotte qui se décomposait lorsqu'il lui souriait.

Il poussa la porte près de laquelle il se trouvait, révélant des rayonnages de livres reliés, et lui décocha un sourire avant de disparaître à l'intérieur. C'était à l'évidence un défi qu'elle eut aussitôt envie de relever. Carrant les épaules, elle gagna la porte avant d'hésiter. Un sentiment d'impatience pianota le long de sa colonne vertébrale. D'instinct, elle sut que sa vie changerait irrévocablement une fois qu'elle aurait eu cette conversation.

Mais le simple fait de l'avoir rencontré l'avait déjà changée de plus de façons qu'elle n'aurait su le dire. Il était trop tard pour reculer. Elle jeta un dernier coup d'œil autour d'elle pour s'assurer que personne ne rôdait dans les parages, pénétra dans la pièce et referma la porte derrière elle.

9

Il est toujours incompréhensible pour un homme qu'une femme puisse décliner sa demande en mariage.

JANE AUSTEN

L'atmosphère de la pièce s'altéra dès qu'elle entra. Elle était tout bonnement éblouissante dans cette robe Worth, l'air tellement sûre d'elle. Elle referma la porte, les épaules bien droites, et lui fit face. Cette femme était née pour être duchesse.

— Vous êtes en colère contre moi.

Il remarqua que sa main était restée sur la poignée, comme si elle comptait partir au premier signe alarmant, et décida de ne pas bouger. Il voulait bien des choses de cette femme, et la peur n'en faisait pas partie.

— Bien sûr, que je le suis, répondit-elle, les yeux brillants de fureur. Vous vous rendez compte de ce que vous venez de faire ?

Evan avait beau savoir que cela ne ferait que l'agacer, il ne put s'empêcher de sourire.

— Vous voulez parler de la valse, je suppose ?

— Vous savez très bien de quoi je veux parler. Tout le monde pense à présent que c'est à moi, et non à Violet, que vous allez présenter votre demande.

C'était affreux, mais il ne pouvait résister quand il s'agissait d'elle. Son sourire s'élargit tandis qu'il calait l'épaule contre une étagère.

— Vous m'avez demandé de ne pas danser avec elle ce soir, si je ne m'abuse.

Elle lâcha la poignée de la porte et franchit la courte distance qui la séparait de l'âtre, où des braises rougeoyaient. La bibliothèque était une petite pièce confortable, lambrissée de chêne et meublée, outre les étagères de livres, de profonds fauteuils et de tables basses. Se réfugiait-elle derrière les fauteuils parce qu'elle n'avait pas confiance en lui ? Un tiraillement de culpabilité se chargea de lui faire savoir qu'elle avait probablement raison.

— J'aurais dû me douter que vous prendriez cela comme un nouveau défi, lâcha-t-elle. Quelles que soient vos raisons, vous avez amené tout le monde à penser que vous alliez demander ma main. Pourquoi faire cela ?

Elle n'avait pas réussi à le regarder dans les yeux en lui posant cette question. Son regard s'était fixé sur son oreille. Intéressant. Il remarqua aussi que ses joues s'étaient colorées depuis qu'elle était entrée. C'était en partie lié à sa colère, mais il aurait été prêt à parier que c'était aussi parce qu'elle était autant attirée par lui qu'il l'était par elle. Observer la myriade d'expressions qui s'étaient succédé sur son visage pendant leur valse le lui avait fait suspecter. Maintenant, il en avait la certitude.

Inclinant légèrement la tête pour tenter de la forcer à croiser son regard, il répondit :

— Peut-être parce que j'ai vraiment l'intention de demander votre main. L'avez-vous envisagé ?

À sa grande surprise, il sentit son cœur s'emballer lorsqu'il prononça ces mots.

Le souffle coupé, elle tressaillit et croisa enfin son regard.

— Quoi ? Non. Je... je ne peux pas accepter.

Pas encore, mais elle y viendrait.

— Je ne vous ai encore rien proposé.

Apparemment remise du choc qu'elle avait éprouvé, elle redressa le dos.

— Je refuserais si vous le faisiez, vous n'avez donc pas à vous donner cette peine.

— Je vous remercie de cette obligeante mise en garde, mais j'ai bon espoir de vous faire changer d'avis.

Elle s'esclaffa. Comme si c'était un simple domestique qui demandait sa main et non un duc.

— Impossible.

Pour la première fois de la soirée, une étincelle de colère s'alluma en lui.

— Je suis un pair de la Couronne respecté de tous, propriétaire de quatre domaines et – vu que je ne souffre ni d'un embonpoint excessif ni de calvitie précoce – passablement plaisant à regarder.

Elle ferma brièvement les yeux avant de le scruter avec cette franchise qu'il trouvait tout à la fois séduisante et déstabilisante.

— Le fait que vous estimiez que cela suffit à faire de vous un époux recommandable est aussi troublant que navrant.

Pris de court, il ne put que lui retourner son regard.

— Aussi troublant et navrant que cela vous semble, ce sont des raisons solides pour envisager le mariage. Pourquoi ne voudriez-vous pas m'épouser ?

— Pourquoi diable *voudrais*-je vous épouser ? Vous êtes vraiment incapable d'imaginer qu'une femme puisse décliner votre proposition, n'est-ce pas ? Je n'ai pas l'intention de vous épouser parce que j'aime ma vie telle qu'elle est. Vous n'avez absolument rien à m'offrir.

Il déglutit douloureusement et reconnut en son for intérieur qu'elle avait raison. Si ni son titre, ni ses domaines, ni son physique ne parvenaient à la faire fléchir, qu'avait-il d'autre à proposer ? Si elle avait été une jeune aristocrate anglaise, son titre à lui seul aurait sans doute suffi. Il n'avait jamais envisagé de devoir batailler si dur pour sceller un mariage et demeura un instant déconcerté face à sa logique.

Leigh avait-il raison ? Serait-il obligé de la compromettre pour la contraindre au mariage ? Il avait espéré éviter cela, mais l'enjeu était trop important pour s'en remettre à la chance. Sterling House était la seule propriété qu'il leur restait à Londres. Sans fiançailles officielles d'ici à la fin du mois, Clark avait laissé entendre qu'il ne leur resterait d'autre choix que de la vendre. Evan s'en remettrait, en revanche, sa mère serait dévastée. La ruine de leur famille deviendrait évidente aux yeux de tous. Les gazettes et les commères de Mayfair et de Belgravia ne parleraient que de cela. Louisa et Elizabeth n'auraient plus aucun espoir d'un avenir stable.

— Je n'en suis pas aussi sûr, s'entendit-il dire en s'avançant vers elle sans même avoir conscience de ce qu'il disait. Vous aimez m'embrasser. Je suis certain que le lit conjugal sera aussi plaisant pour vous que pour moi.

Ses lèvres s'entrouvrirent et il l'entendit distinctement prendre une brève inspiration. Quand il contourna les fauteuils qui les séparaient, elle recula jusqu'à ce que son dos heurte la bibliothèque. Le rougeoiement de l'âtre avivait le rose de ses joues tandis que ses yeux étaient posés sur la bouche d'Evan, qui contemplait quant à lui ses lèvres délicieuses.

La simple évocation de leur baiser avait eu sur eux un effet stupéfiant.

Seigneur, la posséder dans un lit serait un des plus grands accomplissements de sa vie.

— Cela n'a rien de… Ce n'est pas une raison…

Son regard fit plusieurs allers-retours de sa bouche à ses yeux lorsqu'il s'immobilisa devant elle. Assez près pour la toucher. Il n'osa toutefois pas franchir ce pas. Pas encore.

— Sommes-nous donc semblables à des chevaux pour vous ? demanda-t-elle. Vous choisissez la jument qu'il vous plairait de monter et nous devrions nous contenter d'accepter votre choix ?

Il parvint à réprimer un rire, mais ses paroles lui avaient échauffé le sang.

— Je ne vois pas du tout les choses ainsi, et je vous trouve injuste de penser cela alors que je souhaite justement négocier.

— Injuste ?

La douceur qui avait gagné son regard fut balayée par une nouvelle vague de colère.

— Vous avez du toupet de venir me parler de justice. Rien de tout cela n'est juste. Vous avez décidé que vous aviez besoin d'argent et vous avez décidé de vous marier pour en obtenir. Et maintenant vous décidez que je suis une épouse commode, quels que soient mes sentiments à ce sujet.

Cette fois, il ne put se retenir de rire.

— Je vous assure que vous n'avez rien d'une épouse commode ! Vous êtes la femme la plus irritante et la plus obstinée que je connaisse. Rien de ce qui s'est passé jusqu'ici n'est de mon fait.

Étonnamment, cette révélation parut l'apaiser, et elle se détendit un peu.

— Jusqu'à ce que je vous rencontre, ajouta-t-il, soucieux de profiter de l'instant.

— Moi ?

— Les dettes sont celles de mon père. L'honneur de la famille reposait, à l'origine, sur les épaules de mon dévoué frère. Et c'est ma mère qui a choisi Violet.

D'un pas, il abolit la distance qui les séparait. La chaleur de son corps le réchauffa comme le feu n'aurait pu le faire.

— J'ai voulu décider au moins d'une chose. J'ai tenu à choisir moi-même celle qui serait ma femme. Je vous ai choisie.

— Pourquoi moi ? demanda-t-elle posément.

— Parce que je n'ai jamais rencontré quelqu'un comme vous. Parce que je veux vous connaître. Parce que vous me défiez. Les gens de mon monde se marient pour bien moins que cela. Pour de l'argent, des terres, un nom. Je vous veux pour vous-même, mademoiselle Crenshaw. C'est bien plus que ce que la plupart des gens obtiennent.

Il n'avait encore jamais été aussi honnête. Avec personne. Elle le dévisageait de ses grands yeux et l'espace d'un instant, il crut qu'ils se comprenaient. Il n'avait jamais songé au mariage, mais maintenant qu'il se profilait devant lui, il avait envie de le partager avec elle. De passer le restant de ses jours à la découvrir.

— Voilà de bien jolies paroles, Rothschild. Le problème, c'est que vous les prononcez uniquement parce que vous savez que je suis indissociable des fonds qui vous font désespérément défaut.

À cet instant précis, il aurait donné la prunelle de ses yeux pour lui prouver qu'elle se trompait.

— Elles n'en sont pas moins sincères.

— Peu importe. Je refuse d'être un pion que l'on manipule pour de l'argent. Le jour où je me marierai, ce sera avec un homme qui me respecte pour ce que je suis et que je respecterai pour son esprit.

Elle le contourna, et il ferma les yeux pour résister à l'élan de désir qui le traversa quand elle passa près de lui.

— Vous n'avez donc pas entendu, mademoiselle Crenshaw ? demanda-t-il en se retournant pour la suivre. C'est pour votre esprit que je vous désire. Vous saurez me provoquer comme personne.

Elle s'immobilisa et lui jeta un coup d'œil par-dessus son épaule. Le coin de ses lèvres se releva sur un demi-sourire infiniment attirant.

— Oui, je sais. Mais apparemment, vous ne m'avez pas entendue, Rothschild. J'ai dit que j'avais besoin de quelqu'un que *je* puisse respecter pour son esprit. *Moi*. Pas vous.

Il la dévisagea, incapable de décider si elle venait ou non de le traiter d'idiot. À court de mots, il eut conscience d'ouvrir et de refermer la bouche plusieurs fois. Jamais personne ne l'avait laissé sans voix.

Profitant de son avantage, Augusta revint se planter devant lui.

— Vous aviez raison sur un point, cependant.

Ses joues étaient en feu et elle regarda le sol, le temps de se ressaisir pour affronter son regard.

— Notre baiser m'a beaucoup plu et il ne me déplairait pas de le renouveler.

La phrase se répercuta dans son esprit, s'efforçant vainement de s'articuler autour d'une pensée cohérente. Se pouvait-il qu'elle ait vraiment dit ce qu'il croyait avoir entendu ?

— De renouveler quoi ? demanda-t-il finalement, assez sottement. Vous voulez que je vous embrasse ?

Augusta rougit davantage – pour autant que la chose fût possible –, mais elle ne bougea pas d'un pouce. Quelque part à la périphérie de sa vision, il remarqua ses mains crispées sur sa jupe. Elle leva les yeux au ciel et hocha la tête.

— Pourquoi ?

Se pouvait-il qu'il insiste à ce point ? Aussi absurde que ce fût, il tenait à connaître ses raisons.

— Oh, pour l'amour du ciel ! soupira-t-elle. Embrassez-moi.

Elle lui encadra le visage de ses mains et l'attira vers elle. Son souffle était tiède quand il couvrit ses lèvres des siennes. Leurs bouches s'unirent doucement, juste ce qu'il fallait pour que cela passe pour un vrai baiser, mais il la sentit trembler. Ses longs cils ombrèrent ses joues quand elle ferma les yeux, et ses lèvres s'entrouvrirent, l'invitant silencieusement à se montrer plus audacieux.

Comment résister à pareille invitation ? Sa bouche s'empara pleinement de la sienne et ses mains glissèrent le long de son dos pour la presser contre lui. Son corps mince s'ajustait parfaitement au sien. Un doux miaulement de plaisir monta du fond de sa gorge et elle lui rendit son baiser. Sa langue chaude et humide répondit aux caresses de la sienne, éveillant en lui un besoin ardent, si puissant qu'il échappa à son contrôle avant même qu'il prenne conscience de son existence. Un désir brûlant enflamma sa colonne vertébrale, vint se loger au creux de son aine. Sa bouche rafla tout ce qu'elle offrait. Des secondes, des minutes, des heures auraient pu s'écouler tandis qu'il savourait la douceur de sa bouche.

Elle s'écarta pour reprendre son souffle.

— Nous ferions mieux d'arrêter, haleta-t-elle.

Son regard était ivre de désir lorsqu'il croisa le sien. Ses lèvres étaient légèrement gonflées.

— Pourquoi ?

Un pli vertical apparut entre ses sourcils et son regard se concentra sur la bouche d'Evan. Lentement, il approcha son visage du sien et captura de nouveau ses lèvres. Cette fois, elle se plaqua plus étroitement contre lui. Malgré les épaisseurs de jupons, il fut à peu près certain qu'elle percevait l'urgence de son désir.

Submergé par le besoin de la sentir davantage, il la souleva juste assez pour faire quelques pas et la plaquer contre la bibliothèque située près de la porte. L'embrasser était intense et extravagant. Sa bouche était chaude et taquine, exigeante et indulgente. Elle était de toute évidence inexpérimentée, mais ne demandait qu'à apprendre. Quand ses dents effleurèrent sa lèvre inférieure, elle soupira de plaisir et lui rendit la pareille. Quand il lui suça la langue, elle lui retourna la faveur et il sentit son sexe palpiter en écho, gagné par le désir impérieux d'être en elle.

Il posa la main au creux de sa taille, puis remonta envelopper son sein. Son mamelon pointa contre sa paume à travers l'étoffe. Elle se cambra et il saliva à l'idée de lécher le sel de sa peau. Du pouce, il encercla la pointe sensible, ce qui incita Augusta à presser les hanches contre lui.

— Il ne faut pas aller plus loin, murmura-t-elle en couvrant sa main de la sienne.

Elle était pantelante et n'exerçait plus aucun contrôle sur elle-même. Constater l'effet que ses baisers avaient eu sur elle l'emplit d'une vive satisfaction. Au moins, elle ne pourrait pas nier qu'elle avait envie de lui.

— Non, acquiesça-t-il.

L'embrasser au cours d'un bal était une chose, aller plus loin en était une tout autre. Il eut pourtant du mal à se raisonner.

— Vous feriez mieux de partir, souffla-t-il.

Il captura de nouveau sa bouche et la gratifia d'une infinie succession de petits baisers, ses hanches se plaquant contre les siennes sans qu'il puisse les en empêcher. Ce fut une délicieuse torture quand elle remua, son sexe se retrouvant pris en étau entre leurs corps.

— Dites-moi d'arrêter, murmura-t-il contre ses lèvres.

— Dans une minute…

Il gémit. La main d'Augusta était toujours sur la sienne, mais elle pressa sa paume contre son sein. Doux Jésus, cette femme l'incendiait. Il parcourut du bout des doigts l'encolure de son corsage, cherchant un entrebâillement dans lequel s'insinuer. Il en trouva un, et faillit s'agenouiller pour remercier le ciel quand le tissu s'écarta légèrement, permettant à ses doigts de s'immiscer à l'intérieur. Elle laissa échapper un bruit de gorge sensuel quand il pinça délicatement la pointe durcie. Il baissa la tête et écarta la soie de sa robe pour la prendre en bouche, veillant à l'agacer savamment avant de l'aspirer.

Elle se cambra contre lui et laissa échapper un cri de surprise et de plaisir mêlés. S'agrippant à ses épaules, elle le maintint fermement contre elle.

— Rothschild, lui murmura-t-elle à l'oreille.

Quelque chose de sauvage et de primitif le submergea. Il l'imagina criant son nom quand il la posséderait. L'étroitesse du fourreau qui l'accueillerait quand il la besognerait sans merci. Un grondement furieux lui échappa quand il reprit sa bouche, son sein nu dans sa main, et se frotta contre elle. Sa cuisse trouva le chemin entre les siennes et se pressa contre la chaleur qu'il était certain de trouver là. À en juger par sa façon d'onduler contre lui, elle était aussi excitée que lui. Il eut envie de la sentir palpiter sous ses doigts et commença à retrousser sa robe.

S'il s'asseyait dans l'un de ces fauteuils et qu'il la prenait sur ses genoux, il pourrait lui écarter les cuisses et l'amener jusqu'au plaisir. Il se dégagea pour observer son visage. Elle avait les pupilles dilatées, et il réalisa qu'elle s'était entièrement abandonnée. Elle avait confiance en lui. Ses doigts se remirent à l'ouvrage, effleurant un genou gainé de soie. Il déposa un baiser délicat au creux de son cou. Quelque part à l'arrière-plan une voix indistincte et dérangeante perça la brume de son excitation.

Il s'arracha à ses lèvres, haletant. Elle leva vers lui un regard d'incompréhension, puis entendit la voix, elle aussi.

— ... crois que je l'ai laissé là. Je l'ai encore relu la semaine dernière.

Cette déclaration fut suivie d'un rire beaucoup plus proche. Juste derrière la porte.

Augusta écarquilla les yeux avant de les plisser, soupçonneuse, presque aussitôt. Blessée, trahie, elle s'empressa de mettre de la distance entre eux et de remonter son corsage. La poignée de la porte remua et tous deux se regardèrent comme si celle-ci venait soudain de prendre vie.

Si on les surprenait, la question du mariage serait réglée. Mais elle le détesterait, et il doutait qu'elle accepte de nouveau de s'abandonner aussi délicieusement qu'elle venait de le faire. Sans réfléchir davantage, il saisit la poignée à deux mains pour bloquer l'ouverture de la porte.

— On dirait que le pêne est coincé, dit la voix de Hereford.

Il frappa au battant. Evan était presque certain que Leigh était avec lui.

— Il y a quelqu'un ?

— Laissez-moi essayer, dit la voix de Leigh, confirmant les soupçons d'Evan.

Un mouvement se fit entendre avant une nouvelle tentative d'ouverture de la porte.

Evan serra les dents alors qu'il empêchait la poignée de tourner et cala l'épaule contre l'encadrement. Ce qui avait été un plan à peine ébauché de sa part était en train de virer au cauchemar. Envisager de forcer la main à Augusta était une chose, mais lire la terrible accusation dans son regard n'avait rien d'agréable. Il ne supporterait pas de vivre en sachant qu'il avait trahi sa confiance, si chèrement acquise, et qu'il l'avait irrémédiablement blessée. Il voulait la conquérir honorablement – pas la piéger.

— La poignée est cassée, déclara Leigh. Elle refuse de tourner.

— Venez, dans ce cas. Je…

Les paroles décrurent rapidement.

Evan attendit un moment, histoire de s'assurer qu'ils ne revenaient pas, avant de lâcher la poignée. Il se retourna lentement, inquiet de la réaction d'Augusta. Un fauteuil s'élevait à nouveau entre eux et son regard se fixa instantanément sur sa braguette. Il baissa les yeux et constata que l'alerte qu'ils venaient de subir n'avait aucunement affecté le désir qu'elle lui inspirait.

— Augusta, dit-il.

Il fit un pas vers elle, dans l'intention de s'assurer qu'elle allait bien.

— Oh, non ! dit-elle en reculant. Il n'est plus question de s'embrasser.

Evan prit plusieurs inspirations, puis se tourna vers le mur couvert de rayonnages et compta silencieusement à rebours à partir de vingt dans l'espoir de faire refluer son désir. Ce qui n'était pas une mince affaire. Il sentait encore son parfum, et la saveur de sa bouche s'attardait sur sa langue. Marmonnant un juron, il vit qu'elle l'observait d'un air méfiant tandis qu'elle rajustait les épingles de sa coiffure. Elle semblait moins échevelée que lui.

— C'était une erreur, dit-elle en lissant sa robe.

— Vous croyez ?

Il n'avait pas eu cette impression. L'endroit était sans doute mal choisi, pour autant, il ne regrettait pas les baisers.

— Nous avons eu de la chance. Il faut que je parte avant que quelqu'un vienne réparer la porte.

Il doutait que Leigh permette que cela se produise, mais s'abstint de le dire. Il se contenta d'acquiescer et s'écarta pour lui permettre de gagner la porte. La main sur la poignée, elle se retourna vers lui.

— Erreur ou pas, je vous remercie, dit-elle.

Il inclina la tête.

— Je vous rendrai visite très prochainement, afin que nous discutions de la façon de procéder.

— Cela ne change rien. Vous embrassez très bien, mais je ne vous épouserai pas.

— Vous reconnaissez donc mon talent ? demanda-t-il en souriant comme un idiot.

— Je pars, Rothschild. Vous obstiner à vouloir ces fiançailles ridicules reviendrait à me déclarer la guerre.

Il lui saisit le bras avant qu'elle disparaisse. Elle baissa les yeux sur sa main, puis soutint farouchement son regard.

— Pourquoi m'avoir embrassé dans ce cas ?

L'ombre d'un sourire lui incurva les lèvres.

— Parce que je savais que ce serait ma dernière chance.

Sur ce, elle sortit.

10

Je ne changerai pas de trajectoire parce que c'est ce que souhaitent ceux qui se croient meilleurs que moi.

VICTORIA CLAFLIN WOODHULL

Augusta ne s'attarda pas devant la porte de la bibliothèque, car Hereford et l'autre homme risquaient de revenir. Les jambes flageolantes, elle traversa une série de pièces pour gagner le salon réservé aux dames. Elle veilla à marcher à pas mesurés et ne s'arrêta qu'après avoir franchi le seuil.

Il n'y avait personne dans la pièce et les accents d'une valse en provenance de la salle de bal lui assurèrent qu'elle serait tranquille un moment. Les murs étaient tendus de soie vert pâle, tandis que les fauteuils et les chaises étaient recouverts d'un tissu vert jade. Lorsque la domestique qui patientait dans un coin se manifesta, Augusta sourit et la congédia d'un geste. Elle avait besoin de réfléchir et préférait être seule. Elle fila se réfugier derrière l'un des paravents disséminés çà et là. Il était fait de quatre panneaux de soie sur lesquels étaient peintes des fleurs de lotus flottant sur un lac. Augusta ne put s'empêcher de comparer la splendeur extravagante de ce paravent au petit salon de Camille qui était dans un état de quasi-délabrement.

Elle s'assit sur le tabouret capitonné et frôla ses lèvres enflées du bout des doigts. Bonté divine, qu'est-ce qui lui avait pris ? Le suivre dans la bibliothèque avait été stupide. L'embrasser était sans doute l'acte le plus irrationnel qu'elle ait jamais commis de toute sa vie. Si quelqu'un les avait surpris ç'aurait été dévastateur. *Pire !* Le cours de sa vie en aurait été irrévocablement changé.

Elle se prit la tête entre les mains. Max lui avait toujours dit, pour la taquiner, que son audace finirait par lui attirer des ennuis. Mais ni lui ni elle n'avaient jamais envisagé qu'une chose pareille puisse se produire. Confrontée à la perspective de ne plus jamais en avoir l'occasion, elle avait décidé d'embrasser Rothschild ! Sur le moment, elle s'était dit que ce serait le moyen le plus rapide de se prouver à elle-même que ses baisers n'avaient rien de remarquable. Elle avait déjà réussi à se convaincre à demi que si leur premier baiser l'avait à ce point enthousiasmée, c'était parce qu'il avait eu lieu dans une ambiance de combat clandestin, pleine de drame et de violence. Que c'était le décor, et non le duc, qui avait rendu la chose si excitante.

Comment aurait-elle pu deviner que la situation lui échapperait à ce point ? Qu'elle serait prise au dépourvu et se révélerait aussi peu prête à affronter les sensations qu'il éveillait en elle ? Qu'il aurait sur elle un tel pouvoir ? Que des émotions aussi vivaces l'animeraient même après l'avoir quitté ? Son cœur continuait de battre à un rythme erratique.

Un petit rire involontaire lui échappa. Qui aurait pu deviner que Rothschild serait celui qui la déstabiliserait aussi facilement ? Rien n'aurait pu lui faire accepter cette découverte si elle ne l'avait expérimentée par elle-même. Maintenant qu'elle le savait, que comptait-elle faire de cette information ? Elle secoua la tête. L'important, c'était qu'elle savait désormais qu'elle devrait veiller à ne pas se retrouver seule avec lui.

Elle surprit son reflet dans le petit miroir mural et entreprit de remettre de l'ordre dans sa coiffure. Ce qu'elle avait en tout cas appris, c'était que de tels baisers étaient possibles. Ainsi, le jour où elle déciderait de chercher un mari, elle tâcherait d'en trouver un qui embrasse aussi bien.

— Pour ma part, j'ai été surprise qu'elle sache seulement danser la valse, dit une voix tandis que deux femmes entraient dans le petit salon. Je croyais que les puritains n'avaient pas le droit de danser.

Cette déclaration fut ponctuée de gloussements.

Augusta se figea. Elle *savait* que c'était d'elle et de sa valse avec Rothschild que cette femme parlait. Son ventre se noua.

— Voyons, Cecilia, vous savez bien que sa grand-mère était danseuse et qu'elle se produisait sur scène ! Cette fille a cela dans le sang.

Le rire des deux femmes résonna tel un carillon, le cliquetis de leurs talons apprenant à Augusta qu'elles se dirigeaient vers les fauteuils.

Bien que la plupart des femmes qu'elle ait rencontrées à Londres se soient montrées aimables et accueillantes, certaines, comme lady Cecilia, manifestaient ouvertement leur mépris envers sa sœur et elle. Fille de comte, lady Cecilia les avait snobées d'emblée. Les percevait-elle comme une menace s'agissant de ses propres perspectives de mariage ? Ou son aversion était-elle plus profonde ? Augusta n'aurait su le dire. Entre les affaires des Aciéries Crenshaw et les soirées mondaines, elle avait été trop occupée pour s'en soucier.

— Vous avez tout à fait raison. Saviez-vous que sa mère se fait appeler Millie, comme une *femme de chambre* ?

Nouveaux gloussements.

— Il paraît que sa propre mère a bel et bien été femme de chambre.

Lady Cecilia ricana.

— Il ne faudra pas que le duc s'étonne quand ses enfants préféreront astiquer les meubles plutôt que d'apprendre le latin. Ils auront cela dans le sang.

Elle a cela dans le sang. Cette formule avait hanté Augusta pratiquement toute sa vie. La première fois qu'elle l'avait entendue, elle n'était encore qu'une petite fille qui savourait un sucre d'orge, tandis que sa mère faisait des emplettes dans une grande boutique de Broadway Avenue. Une vieille dame élégante avait jeté un coup d'œil à Augusta avant de murmurer la formule à l'intention de son amie avec un hochement de tête entendu. Toutes deux avaient ensuite lancé un regard acerbe à sa mère. Lady Cecilia et sa compagne étaient exactement comme ces vieilles New-Yorkaises qui s'estimaient meilleures que les Crenshaw sous prétexte que leur famille avait fait fortune un siècle ou deux avant eux. Un sentiment de rage impuissante échauffa le sang d'Augusta. Les affronter ouvertement ne changerait en rien leur état d'esprit ; elle avait appris cette leçon-là de la manière forte.

Un bruissement de jupes lui apprit qu'une autre femme venait d'entrer. Comme si quelqu'un avait soudain rabattu le couvercle d'une boîte à musique, les gloussements cessèrent. Augusta jeta un coup d'œil dans le salon et poussa un soupir de soulagement en reconnaissant la robe jaune d'or de sa sœur.

L'ayant vue, Violet s'empressa de la rejoindre.

— Je suis désolée d'avoir été si longue à venir, murmura-t-elle. J'étais en chemin, mais lord Leigh m'a retenue.

— Lord Leigh ?

Augusta l'avait vu parler à Rothschild et savait qu'ils étaient amis. Le bruit courait qu'il était en partie propriétaire du Montague Club. C'était moins cela qui la dérangeait que sa réputation d'être un goujat – d'ailleurs, toute jeune fille qui se respectait gardait scrupuleusement ses distances avec lui.

— Que te voulait-il ? Vous n'avez pas été officiellement présentés.

Violet eut un rire sans joie.

— Tu sais bien qu'il se soucie des convenances comme d'une guigne. Il s'est contenté de me saluer et lady Helena s'est chargée des présentations. Ce fut assez étrange, du reste. À peine avons-nous eu le temps d'échanger quelques politesses qu'il s'est souvenu d'un engagement et s'est enfui.

— Ma foi, je suppose que c'est aussi bien. Ne t'inquiète pas, je viens à peine d'arriver.

— Tu as parlé à Rothschild ?

Augusta réprima un sourire ; Violet avait évidemment deviné ses intentions.

— Oui. Il lui faut une héritière, et il semblerait que ce soit moi qu'il ait choisie.

Augusta jaugea attentivement la réaction de Violet, guettant la plus infime manifestation de regret, mais n'en vit aucune.

— Oh, mon Dieu ! souffla Violet, les yeux ronds. Raconte-moi ce qui s'est passé.

Augusta lui fit un compte rendu abrégé de leur conversation et s'abstint de parler des baisers.

— Tu es certaine de ne pas vouloir l'épouser ? demanda Violet quand elle eut terminé.

De toutes les questions que sa sœur aurait pu lui poser, Augusta n'avait pas envisagé celle-là.

— Bien sûr !

Sa sœur la gratifia d'un demi-sourire malicieux qui semblait dire qu'elle voyait bien plus de choses qu'elle ne le laissait paraître.

— Je tenais simplement à m'en assurer. Il est vraiment séduisant. Ce ne serait pas le pire des choix si tu voulais un mari.

Augusta la fixa d'un regard incrédule et elle retrouva son sérieux.

— Qu'allons-nous faire ? Les parents veulent à tout prix que ce mariage se fasse.

— Je ne sais pas, avoua Augusta en se levant.

Il n'était en tout cas pas question qu'elle épouse un coureur de dot, si doué soit-il pour embrasser.

— Tu peux m'excuser auprès de mère et Camille ? Je ne me vois pas retourner danser ce soir. Je préfère rentrer à la maison.

Elle voulait réfléchir au moyen de se tirer d'affaire.

— Bien sûr, répondit Violet en épinglant une mèche de cheveux qu'Augusta avait oubliée. Rentre te reposer.

— Dis à mère que je vous renverrai la voiture.

Augusta étreignit sa sœur, puis quitta le salon. Elle avait beau être presque certaine que Rothschild était parti, elle ne put s'empêcher de le chercher des yeux. Espérait-elle ou redoutait-elle de l'apercevoir ? Elle s'abstint prudemment de répondre à cela. Tous les regards se tournaient vers elle sur son passage, nota-t-elle. Cela n'avait rien de nouveau dans la mesure où sa famille attirait l'attention depuis leur arrivée à Londres. Ce qui l'était, en revanche, c'était les interrogations qu'elle devinait.

Pourquoi avoir choisi celle-ci quand c'était la cadette qui lui était offerte ? Ou bien, *Combien cela coûte-t-il au juste d'acheter un duc pour époux ?* Il y eut aussi quelques ricanements. Ceux-là étaient faciles à interpréter. *Vous pouvez peut-être vous acheter un titre, mais vous ne serez jamais des nôtres.*

Si Augusta avait été en quête d'un époux titré, elle n'était pas sûre qu'elle aurait été de taille à affronter les pairs du royaume. Elle aurait préféré rentrer à New York et laisser tout ce monde-là derrière elle.

Evan avait presque failli piéger Augusta Crenshaw. S'il avait laissé la porte s'ouvrir, Hereford les aurait découverts, et il serait à présent occupé à discuter les détails du contrat de mariage avec son futur beau-père. Au lieu de quoi, il se retrouvait au gymnase du Montague Club à frapper un sac de sable.

Et sans aucune héritière.

Les moulures délicates et le papier qui tapissait les murs, tout comme le grand lustre à pampilles de cristal désignaient cette pièce comme une salle de bal. Cela faisait des années qu'aucun bal n'y avait eu lieu et on y avait installé tout l'équipement d'un gymnase : un banc incliné muni de câbles et de poulies pour travailler la sangle abdominale, une machine équipée de bretelles sur lesquelles on tirait pour exercer ses biceps, plusieurs appareils conçus pour des mouvements répétés des jambes et des espaliers de bois. Peut-être les utiliserait-il tous avant que la nuit soit finie. L'épuisement physique semblait être le seul moyen de calmer sa frustration ces derniers temps.

Son poing entra en contact avec le sac et la douleur qui vibra dans ses phalanges lui rappela qu'il aurait dû demander à quelqu'un de lui bander les mains. Les bandelettes qu'il avait enroulées à la hâte autour de ses poings étaient trop lâches et commençaient à glisser. Le coup suivant fit tournoyer le sac sur son attache avant qu'il se mette à se dandiner au bout de son fil comme s'il était animé d'un courant électrique. Un crochet du gauche rectifia sa posture dans un tremblement. Aucun de ses coups ne lui apportait la satisfaction qu'il recherchait.

Une fois de plus, il se demanda ce qui lui avait pris. Au pire, Augusta aurait été en colère contre lui. Être surprise en sa compagnie dans la bibliothèque et contrainte de l'épouser l'aurait certainement plongée dans une telle fureur qu'elle aurait peut-être tenté de le tuer. Mais il n'aurait eu aucune difficulté à gérer cela. Ne s'accommodait-il pas fort bien de ses sœurs jumelles ? Certes, Augusta n'était pas du tout le même genre de femme, il aurait toutefois survécu. Avec le temps, elle se serait faite à sa vie de duchesse. Leur mariage était inévitable, il n'avait aucun doute à ce sujet. Alors pourquoi diable avait-il empêché Hereford d'entrer ?

La seule réponse qu'il avait trouvée, c'était que leur baiser lui avait fait perdre la tête. Ce qui avait commencé comme une simple tentative de séduction avait complètement dérapé. Pourquoi ce baiser l'avait-il submergé à ce point ? Cela ne lui arrivait jamais de perdre ainsi le contrôle. Surtout pas dans une bibliothèque au beau milieu d'un bal !

Il poussa un grondement et martela rageusement le sac de sable jusqu'à ce qu'une agréable brûlure lui irrigue les bras. La seule chose qu'il maîtrisait complètement dans sa vie, c'était son entraînement. Il s'y astreignait quotidiennement et cela donnait un sens à sa vie comme rien d'autre n'en était capable. Malheureusement, cela ne suffisait pas à apaiser la fureur qui l'habitait. Fureur contre lui-même. Contre elle. Contre son propre père et la situation qui faisait qu'Augusta Crenshaw lui était tellement nécessaire. Jusqu'ici, il avait mené une vie dépourvue de contraintes, et désormais, il semblait ne plus y avoir que cela.

Nom de nom. Quand ses poumons eurent besoin de plus d'air qu'ils n'en pouvaient aspirer, il laissa retomber ses mains. Ses poings se calèrent contre ses genoux quand il se pencha en avant pour tenter de respirer. Malgré la douleur et l'inconfort qu'il ressentait en cet instant, l'expression qu'avait eue Augusta le hantait encore. Ce moment où la perplexité avait été remplacée par la déception quand Hereford était arrivé à la porte. Si elle s'était abandonnée autant que lui à ce baiser, lorsque les voix des deux hommes avaient pénétré le brouillard de la passion, elle avait cru qu'il l'avait trahie. Non seulement elle l'avait cru, mais elle en avait été blessée.

Jusqu'à cet instant, ou jusqu'à ce baiser pour être plus précis, Evan avait vu cette entreprise de séduction comme un jeu dont le trophée aurait été d'obtenir sa main. Savoir que l'avenir de tant de gens reposait sur ses épaules l'avait aidé à se convaincre que gagner par tous les moyens n'était pas si déraisonnable que cela. Et pourtant, le douloureux sentiment de trahison visible sur les traits d'Augusta s'était allié au dernier instant à un sursaut de sa propre conscience, l'incitant à bloquer la poignée de la porte. Et tandis qu'il la retenait, il avait compris une chose. Il voulait conquérir Augusta par ses propres mérites. Il voulait qu'elle le *choisisse*. Et, plus important encore, il ne voulait pas la blesser.

Il laissa échapper un rugissement de frustration avant de s'attaquer de nouveau au sac de sable, regrettant que son sens de l'honneur ait décidé de refaire surface au mauvais moment.

— Ha !

L'honneur n'avait rien à voir là-dedans. Sa conscience ne lui permettrait pas de se cacher derrière un aussi noble mensonge. C'était par pur égoïsme. S'il voulait qu'elle le choisisse, c'était pour se prouver à lui-même, et prouver à tous les autres, qu'il avait gagné. Qu'il méritait son estime. Cela n'avait absolument rien d'honorable.

Il n'avait pas voulu lui faire de peine, pour autant de quel droit prenait-il cette décision quand l'autre décision, bien plus noble, aurait été d'assurer l'avenir des familles qui dépendaient de lui ? Une simple porte s'était dressée entre lui et la bonne décision. Une simple porte, et il avait trahi ses gens. Une fois de plus.

— Il m'a l'air tout à fait mort, commenta Leigh depuis le seuil.

Evan laissa retomber ses bras le long du corps quand il découvrit la fente dans le sac de cuir. Le sable s'écoulait du coin inférieur comme de l'étroit canal d'un sablier, formant une dune miniature sur le sol. Leigh s'avança dans la pièce, toujours vêtu de sa tenue de soirée, à l'exception de son chapeau et de ses gants. À côté de lui se tenait Jacob Thorne, le demi-frère illégitime du comte. Evan, Leigh et Thorne étaient tous trois propriétaires du Montague Club, Evan détenant la plus petite part. Thorne était également en tenue de soirée, mais sa redingote et son gilet étaient taillés dans un velours bleu foncé qui tranchait avec le traditionnel noir et blanc de l'aristocratie.

Si le teint de l'un était pâle et celui de l'autre d'un brun doré, il suffisait de les regarder avec un tant soit peu d'attention pour voir qu'ils étaient frères. Même taille, même carrure. Leurs traits différaient légèrement, mais ils étaient nettement définis par des angles aigus, caractéristiques des comtes de Leigh depuis des siècles. Un même démon animait leurs sourires, quoique celui de Leigh eût quelque chose de plus rapace que celui de Thorne, plus débonnaire et insouciant.

Evan désigna l'espace délimité par des cordes qui leur servait à livrer de faux combats – et des vrais parfois, quand il y avait des paris à la clef.

— Tu proposes de m'affronter, Leigh ?

Ce dernier sourit, forçant sa claudication avant de s'immobiliser pour s'appuyer lourdement sur le pommeau de sa canne.

— Pas quand tu es de cette humeur. Ce n'est peut-être pas toujours évident, mais je tiens à la vie.

— Thorne ? proposa Evan.

Thorne secoua la tête en souriant et se dirigea vers les fauteuils placés dans un coin de la salle.

— Un engagement ultérieur me l'interdit, répondit-il en se versant un doigt de cognac. Bien plus appétissant qu'un combat avec toi, Sterling.

Le vrai nom d'Evan. Ce simple détail lui rappela qu'il existait des gens qui ne le voyaient pas seulement à travers son titre. À une époque, il avait été lord Evan Sterling. Dieu, que cela lui manquait !

— Un seul engagement ? demanda Evan en ajustant les bandelettes autour de sa main.

Il replia les doigts pour vérifier le confort de son ouvrage. Toujours trop lâche.

— Deux si elle amène une amie, répondit Thorne en s'asseyant sur le canapé.

Evan secoua la tête. Si seulement une femme avait pu éradiquer le puits de frustration qui était logé en lui. Paradoxalement, une femme possédait ce pouvoir. Ses bras étaient douloureux, et pourtant la colère persistait. Il se dirigea vers l'autre sac de sable qui pendait du plafond et surprit le regard sceptique de Leigh qui détaillait son accoutrement.

Il s'était débarrassé de sa queue-de-pie, de son gilet et de son nœud papillon à son arrivée, mais portait toujours le reste de sa tenue de soirée. Il avait beau savoir qu'il allait devoir affronter des questions, il ne put réprimer une grimace quand Leigh lança :

— Tu as bloqué la porte, Evan.

Il serra les dents et donna au nouveau sac de sable une série de coups doublés.

— Oui.

Leigh attendit et quand il fut évident qu'aucune explication ne viendrait, il soupira, s'adossa au mur et croisa les bras.

— L'as-tu seulement embrassée ?

Evan lui coula un regard noir et s'interrompit le temps d'écarter le col de sa chemise de son cou. Voyant que cela ne suffisait pas à le soulager, il pesta, arracha les deux premiers boutons, fit passer sa chemise par-dessus sa tête, s'en servit pour essuyer la sueur de son torse et de son cou, puis la jeta par terre.

— Oui.

Il se découvrit incapable d'en dire plus. L'embrasser s'était révélé bien plus ardent et excitant que prévu. Certes, Augusta l'attirait et il n'avait jamais envisagé le fait de l'embrasser comme une corvée, pour autant il ne s'était pas attendu à l'intensité de sa réponse. À l'ardeur de la passion qui les avait enflammés. C'était une expérience singulière et il ne voulait pas l'abîmer en la racontant.

Leigh attendit à nouveau, comme s'il espérait qu'il en dise davantage. Evan se remit à frapper le sac de sable. Ses pensées concernant Augusta étaient si alambiquées qu'il savait que parler d'elle n'aiderait pas.

— J'en déduis que l'expérience fut plaisante ? avança Leigh, visiblement amusé.

Evan se souvint de son gémissement quand il lui avait touché les seins et serra les dents comme le sang affluait soudain dans son entrejambe.

La voix de Thorne s'éleva depuis le canapé.

— Tu embrassais ton héritière alors que tu te trouvais seul avec elle dans la bibliothèque, et tu as coincé la porte pour ne pas être surpris ?

— Absolument, confirma Leigh à la place d'Evan. Il nous a barré l'accès.

— Tu avais déjà obtenu son consentement au mariage ? voulut savoir Thorne.

— Non.

Evan s'immobilisa avant de formuler l'idée qui avait pris forme pendant qu'il les écoutait.

— Si l'année qui vient de s'écouler m'a appris une chose, c'est l'art de la négociation. Je me fais fort de découvrir ce qu'elle veut, ce qui est important pour elle, et de le lui offrir si elle accepte mes conditions.

Un silence accueillit cette déclaration. Personne ne lui demanda la raison de ce revirement, ce qui valait mieux vu qu'il n'avait pas envie d'en discuter.

— Que crois-tu qu'elle veuille ? hasarda Leigh, pensif.

— La liberté. Être traitée en égale. Je dois réfléchir à la façon de traduire cela dans le mariage.

Thorne chercha parmi les journaux et les périodiques éparpillés sur la table devant lui. Quand il eut trouvé celui qu'il cherchait, il rejoignit Evan et le lui tendit.

— En milieu de page, indiqua-t-il.

Les yeux d'Evan se posèrent sur la caricature d'une femme disgracieuse coiffée d'un chapeau haut de forme orné des rayures et des étoiles du drapeau américain. *COUP DUR POUR LE SUFFRAGE,* disait la légende en lettres capitales. Evan parcourut rapidement l'article. Il apprit que, récemment, la Cour suprême des États-Unis avait été amenée à étudier un cas qui lui avait été soumis et décidé que le 14e amendement de la Constitution ne garantirait pas le droit de vote à tous les citoyens puisque les femmes en resteraient exclues.

— Qu'est-ce que c'est ? demanda Evan.

— Ton bas-bleu devait être favorable au suffrage féminin, non ? répondit Thorne avec un haussement d'épaules.

L'était-elle ? Evan constata qu'il n'en savait rien. Il semblait logique de le supposer ; cependant, avouer son ignorance mettait en évidence sa méconnaissance de la femme qu'il envisageait de prendre pour épouse. S'il s'était agi d'une aristocrate anglaise ordinaire, et si ce mariage avait été un mariage ordinaire, cela n'aurait eu aucune importance. Il doutait que son père ait connu, ou même se soit soucié, des idées politiques de sa femme lorsqu'ils s'étaient mariés. Il ne lui serait sans doute même pas venu à l'esprit qu'elle puisse en avoir. Quoi qu'il en soit, le monde avait changé, et Augusta était différente de sa mère. Au fond, il n'était absolument pas certain de réussir à obtenir sa main.

— Tu n'as jamais courtisé une femme ? demanda Thorne.

Evan rit. Il avait passé sa vie à fuir le piège du mariage.

— Non. Et toi ?

— Non. Pas pour me marier, en tout cas. Mais c'est très simple.

Leigh se passa la main dans les cheveux, visiblement exaspéré.

— Tu oublies qu'en tant que fils de duc, il n'a jamais eu besoin de faire usage de son charme.

C'était vrai. Tout le monde se donnait un mal fou pour obtenir ses faveurs.

— Il te faut découvrir ce qu'elle aime et feindre de l'aimer aussi, conseilla Thorne à Evan. Parler avec elle de ce sujet, ajouta-t-il en désignant le journal. Exprimer ton profond regret quant à la décision de la Cour suprême.

— Et elle tombera à genoux et acceptera de m'épouser ? répliqua Evan d'un ton lourd de sarcasme.

— Non, soupira Leigh. C'est pour l'amadouer. Tu n'as pas d'autre choix puisque tu refuses de la piéger. Trouve le moyen d'utiliser cela à ton avantage.

Evan écarta d'un mouvement de tête les mèches qui retombaient devant ses yeux.

— Depuis des siècles, les riches héritières font la queue pour épouser les ducs. Pourquoi le sort m'impose-t-il de ramper devant celle-ci ?

— Parce que c'est toi qui as choisi la plus difficile des deux sœurs, releva Leigh.

Evan grommela intérieurement et décida de changer de sujet. Il en avait assez de parler de lui.

— Et Wilkes ? Vous l'avez retrouvé ?

— Jacob l'a retrouvé, répondit Leigh avec un sourire.

— À Rochester, confirma Thorne. Il a une femme, là-bas. On lui a fait cracher cinq mille. Il n'a pas le reste, en revanche, il est prêt à t'affronter de nouveau. Sans chaussures, cette fois. Le combat devrait rapporter tout ce qu'il te doit, et même plus. Le pot sera pour toi, évidemment, s'il tient à garder la vie sauve.

— Très bien. Quand pouvons-nous arranger cela ? Demain ?

Evan se sentait prêt à affronter ce salaud sur-le-champ.

Thorne secoua la tête.

— Pas avant une semaine, peut-être même plus. On ne lui a rien cassé, mais il a fallu se montrer persuasif pour le convaincre de lâcher les cinq mille livres, expliqua-t-il en repliant les doigts, attirant ainsi l'attention d'Evan sur ses phalanges meurtries. Il faut d'abord qu'il récupère.

— Où est-il ?

— En sécurité, dans un endroit d'où il ne pourra pas s'échapper, répondit Leigh.

Leigh avait fondé cette ligue de combat à mains nues avant même d'avoir terminé ses études. Il possédait un réseau de contacts et de cachettes dont Evan ignorait tout, et dont il ne voulait rien savoir. Il s'en tint donc là.

— Cela nous laisse donc un peu de temps, dit-il.

Les cinq mille livres permettraient de faire patienter les créanciers. Et il lui faudrait trouver le moyen d'obtenir le consentement d'Augusta pendant ce laps de temps. Clark semblait penser qu'on ne pourrait pas contenir la colère des créanciers bien longtemps.

— Tu as l'intention de garder Violet Crenshaw en réserve ? s'enquit Leigh posément, le visage impassible.

— Non. J'aurai Augusta. D'une façon ou d'une autre, ajouta Evan après une pause.

Leigh hocha la tête comme si quelque chose venait d'être décidé.

— Bien. Dans ce cas, je vais lancer mon projet concernant la sœur.

Evan le dévisagea sans comprendre, puis :

— Quel projet ?

Leigh haussa les épaules et écarta les doigts sur la tête de faucon qui couronnait sa canne. Evan ressentit un malaise qui se traduisit par un picotement qui partit de sa nuque et gagna son crâne.

— J'ai décidé que l'heure était venue de me marier. Pourquoi pas avec une héritière ? ajouta Leigh avec un sourire amer.

Evan repensa à la jeune fille qu'il avait rencontrée chez les Ashcroft. Elle était jeune. Avait-elle seulement vingt ans ? Son regard avait conservé son innocence alors même qu'elle était en colère contre lui, et il émanait d'elle une douceur dont était dépourvue sa sœur aînée. Le besoin de la protéger qui s'empara de lui le mit mal à l'aise, ce qui ne l'empêcha pas de demander :

— Pourquoi ?

Une lueur d'intérêt dansa dans les yeux gris de son ami.

— Elle est belle et elle me plaît. Pourquoi pas ?

Evan connaissait Leigh depuis Eton, et bien qu'ils aient pratiquement le même âge, il y avait quelque chose chez Leigh qui le faisait paraître des décennies plus vieux par moments. Mais ce n'était pas tant la différence d'âge qui dérangeait Evan, que ce à quoi l'homme était prêt à s'abaisser pour obtenir ce qu'il voulait.

— Elle est trop innocente pour toi.

Si l'expression de Leigh ne changea pas, il redressa toutefois les épaules et sa mâchoire se crispa.

— Qu'entends-tu par là précisément ?

Evan fronça les sourcils, cherchant comment formuler ce besoin inattendu qu'il éprouvait de la protéger.

— J'entends que tu vas la rendre malheureuse. Elle a toujours été très protégée et elle n'a pas l'audace de sa sœur aînée.

— Je l'ai rencontrée. Elle est de taille à me tenir tête, rétorqua Leigh avec un petit sourire suffisant.

— Quand l'as-tu rencontrée ?

Le sourire de Leigh s'accentua nettement.

— Plus tôt, dans la soirée. J'apprécie ta sollicitude envers ta future belle-sœur, mais elle ne court aucun danger avec moi. Elle vivra dans le luxe et aura un ou deux enfants à gâter. N'est-ce pas le destin qui l'attend quel que soit son époux ?

Avant qu'Evan puisse répondre, Leigh pivota et se dirigea vers la porte, sa claudication un peu plus accentuée qu'en début de soirée, sans que ce soit volontaire cette fois.

— Je t'abandonne à tes frustrations. J'ai besoin d'un verre.

Leigh avait raison. Le destin de Violet Crenshaw était scellé, d'une façon ou d'une autre. Jusqu'ici, Evan avait cru que les mariages arrivaient, tout simplement. Les familles discutaient, des accords étaient conclus et on arrêtait une date. Jamais il n'avait envisagé qu'il faudrait *persuader* la future épouse. C'était presque humiliant. Enfin, il aurait peut-être trouvé cela humiliant si la fiancée n'avait pas été Augusta Crenshaw. Il frémissait d'impatience à l'idée d'obtenir son consentement et son respect. C'était là un objectif précis, quand tous ses autres objectifs ressemblaient à des cibles mouvantes ces derniers temps, et il était certain de l'atteindre.

11

De l'audace, de l'audace, en toute occasion, de l'audace.

EDMUND SPENSER

Augusta contemplait son reflet dans le miroir de sa coiffeuse. Elle avait autorisé Mary, sa femme de chambre sans cesse sur le qui-vive, à l'aider à ôter sa robe de bal, puis à enfiler sa chemise de nuit et son peignoir, avant de lui souhaiter bonne nuit, préférant s'occuper de ses cheveux elle-même. Elle n'arrivait cependant pas à se concentrer sur sa tâche, car des bizarreries dans son reflet ne cessaient de la distraire. Ç'avait d'abord été la coloration de ses pommettes qui semblait ne pas vouloir partir. Et puis la façon dont ses yeux brillaient. Ils paraissaient plus vifs sous l'éclairage tamisé de la lampe à huile. Et maintenant, aussi improbable que cela paraisse, ses lèvres semblaient encore gonflées.

Elle s'interrompit, laissa tomber les épingles dans leur soucoupe et palpa sa bouche. Ses lèvres étaient effectivement plus pleines que d'habitude. Elle effleura la peau de son cou, au-dessus du col montant de sa chemise de nuit. Ce frôlement ranima la braise qui sommeillait au creux de son ventre, tel un faible écho à la flamme que Rothschild avait fait surgir en elle. Sa main glissa plus bas et toucha timidement le sein qu'il avait caressé. La pointe durcit à son contact, aussi ronde qu'une boule de gomme sous la fine batiste.

Avant Rothschild, elle avait en tout et pour tout embrassé trois hommes. Le premier avait été un baiser volé quand elle avait dix-huit ans. Le fils d'une amie de sa mère avait pressé ses lèvres sur sa joue et les siennes avaient gagné sept nuances de rouge quand elle l'avait repoussé. Le baiser suivant avait eu lieu un an plus tard, à une petite fête estivale au cottage de Newport. Plus intéressée par les baisers à l'âge respectable de dix-neuf ans, elle avait encouragé un ami d'enfance à l'embrasser sur la bouche. Elle avait découvert qu'il avait les lèvres sèches et s'était sentie gênée, et soulagée une fois la chose terminée.

Le troisième baiser avait eu lieu deux ans plus tard. Toujours à Newport en été, cette fois, ç'avait été avec le fils d'un associé de son père. Sa famille était venue en visite depuis Chicago et le jeune homme avait tout de suite plu à Augusta. Beau, intelligent, c'était le premier homme avec qui elle ait vaguement imaginé un avenir. Sans qu'elle l'y ait invité, il l'avait embrassée un soir, assez brutalement, sur la plage. Après qu'elle eut réussi à le repousser, il avait ricané et déclaré que c'était une bonne chose que sa famille ait de l'argent parce qu'elle était trop froide pour qu'un homme ait envie d'elle.

À sa plus grande honte, ces paroles l'avaient profondément blessée. Tout le monde savait que Violet était désirable, alors qu'Augusta était le bas-bleu de la famille. Celle qui, bien qu'assez jolie, ne se marierait que lorsqu'elle aurait trouvé un homme capable de supporter ses nombreux défauts. Elle était trop obstinée. Trop intelligente. Trop masculine.

Trop froide.

Ce dernier reproche était celui qui l'avait hantée. Se pouvait-il qu'aucun homme n'ait jamais envie d'elle à cause de cela ?

Le mamelon érigé qu'elle voyait dans le miroir semblait suggérer tout autre chose. Elle referma la main sur son autre sein et l'agaça du pouce comme Rothschild l'avait fait. Il durcit sous sa caresse et, en fermant les yeux, elle parvint presque à imaginer que c'était lui qui la touchait. Une flèche de plaisir la traversa, depuis son sein jusqu'à son ventre, si intense qu'elle serra les cuisses. Elle pinça le petit bourgeon charnu et fut récompensée par une nouvelle pulsation intime. Elle se souvint de la façon dont il avait murmuré son nom, du son rauque et excitant qui avait jailli de sa gorge.

Plaquant la main sur son cœur qui battait la chamade, elle rouvrit les yeux. Avec ses cheveux qui retombaient en désordre sur ses épaules et ses yeux brillants d'excitation, elle se reconnut à peine. Sa peau se hérissa, et ce n'était pas de froid. Rothschild lui avait donné la preuve qu'elle cherchait. Elle devait au moins lui reconnaître cela.

Non, ce n'était pas vrai. Il lui avait donné autre chose. Alors qu'il aurait pu avoir Violet, il l'avait *choisie* elle, Augusta.

« J'ai voulu décider au moins d'une chose. J'ai tenu à choisir moi-même celle qui serait ma femme. Je vous ai choisie. »

Le souvenir la fit sourire. Ces mots s'étaient insinués en elle tel un alcool brûlant et lui avaient fait du bien. Personne ne l'avait jamais désirée pour elle-même. Sa mère aurait voulu qu'elle ressemble davantage à Violet, et son père s'extasiait devant elle comme devant une excentrique qu'il ne comprenait pas mais trouvait amusante. Était-il possible que ce duc anglais soit capable de la voir et de l'accepter telle qu'elle était ?

Beau parleur. Joli cœur. Coureur de dot. Tous ces termes pourraient s'appliquer à lui. Il avait tout intérêt à entrer dans ses bonnes grâces, elle le savait, et il serait sans doute prêt à dire n'importe quoi pour la faire céder… Cependant… était-il possible… était-il possible qu'il pense vraiment ce qu'il avait dit ?

Elle secoua la tête et se rappela qu'il ne voulait l'épouser que pour l'argent qu'elle représentait. C'était un noble désargenté qui savait qu'épouser une héritière résoudrait tous ses problèmes et qui était prêt à la séduire pour obtenir ce qu'il voulait. Elle y gagnerait à se concentrer sur l'aspect physique de l'affaire. Ses baisers avaient peut-être été teintés d'une certaine retenue, en revanche, la dureté de sa virilité qu'elle avait sentie enfler contre sa cuisse n'avait pas été feinte, si elle se fiait aux précis d'anatomie qu'elle avait dévorés à l'adolescence.

C'était une petite victoire certes, mais qui prouvait qu'elle n'était ni froide ni incapable de susciter le désir d'un homme. Elle s'emparerait de cette victoire et trouverait le moyen de prendre Rothschild à son propre piège, parce qu'elle était bel et bien obstinée *et* intelligente.

Le lendemain matin, le besoin de savourer un peu de tranquillité avant de tomber dans l'embuscade que ne manqueraient pas de lui tendre ses parents dès qu'elle sortirait de sa chambre l'incita à faire la grasse matinée. Quand elle se réveilla, fraîche et dispose, elle était prête décliner la demande en mariage d'un duc coureur de dot, quoi qu'il en coûte.

Cependant, quand Mary lui apporta le plateau du petit déjeuner, elle sentit qu'il se passait quelque chose d'inhabituel. Pour commencer, la femme de chambre se montra plus empressée que d'ordinaire. Elle déplia sa serviette et la posa sur ses genoux, puis ajouta deux cuillerées de sucre à son café comme si elle prenait soin d'un enfant. Un tel dévouement assorti de regards entendus dépassait son habituel souci de plaire.

La nouvelle de sa valse avec le duc circulait donc déjà à l'office. Très bien. Les ragots étaient inévitables et elle s'était préparée à les ignorer. Les choses s'apaiseraient d'elles-mêmes une fois qu'elle aurait clairement établi que l'intérêt n'était pas réciproque.

Il y eut ensuite le timbre de la porte d'entrée qui ne cessa de retentir. Une première fois, alors qu'Augusta prenait son petit déjeuner tout un parcourant un contrat du secrétaire de son père qui était arrivé la veille, et deux autres fois pendant que Mary la coiffait. Son père avait une réunion cet après-midi-là, à laquelle elle comptait assister, mais elle n'aurait pas lieu avant 15 heures. À moins que... Soudain inquiète d'avoir manqué quelque chose d'important, Augusta s'empressa d'achever sa toilette et quitta sa chambre.

La sonnette s'était tue. Tout était tranquille. Trop tranquille. D'ordinaire, sa mère était levée et donnait des ordres aux domestiques pour les changements de dernière minute. Était-elle déjà sortie ?

Le soleil traversait les vitraux au bout du couloir, dessinant des rayures lumineuses sur le tapis. Sa mère était peut-être dans le jardin. Alors qu'elle s'approchait de la fenêtre, Augusta adressa un sourire à la servante chargée d'astiquer les cuivres. Le jardin était désert.

— Pardonnez-moi, savez-vous où est ma mère ? demanda-t-elle en se retournant vers la domestique.

La fille faillit presque tomber dans sa hâte à faire sa révérence.

— Oui, mademoiselle Crenshaw. Mme Crenshaw prend le petit déjeuner dans le jardin d'hiver avec Mlle Violet.

Elle ponctua cette déclaration d'une nouvelle révérence.

Les Crenshaw traitaient le personnel de façon moins formelle que leurs homologues anglais. Ou du moins Augusta l'avait-elle supposé quand, à leur arrivée, les femmes de chambre et les valets avaient manifesté vis-à-vis de sa famille le plus extrême respect – respect peut-être dû au fait qu'elle avait insisté pour que sa famille paye des gages plus élevés afin de compenser le caractère temporaire de leur emploi. Après quelques discrètes dissuasions, le personnel les avait traités de façon un peu moins formelle et le service avait repris un tour normal. Ce respect excessif semblait donc assez étrange.

Augusta remercia la domestique et gagna le fond du couloir.

Les bizarreries n'étaient toutefois pas terminées. Reginald, le majordome, se tenait en haut des marches et donnait des instructions à une femme de chambre chargée d'une pile de linge. Il s'empressa de chasser la fille vers l'étroit couloir de service dès qu'il aperçut Augusta. Il s'illumina, comme s'il l'avait attendue. Augusta ne l'avait jamais vu dans les étages – domaine réservé de la gouvernante – que pour escorter un visiteur jusqu'au bureau de son père. Il ne s'occupait pas des femmes de chambre. Ce n'était pas son travail.

— Bonjour, mademoiselle Crenshaw, la salua-t-il, le dos raide comme jamais. Votre père a demandé que vous le rejoigniez dans son bureau au plus tôt de vos possibilités.

Depuis combien de temps le pauvre homme était-il posté là, attendant qu'elle apparaisse pour lui transmettre le message ? C'était la première fois depuis leur arrivée qu'elle s'autorisait une grasse matinée, et déjà tout semblait partir à vau-l'eau.

— Merci, et bonjour, Reginald.

Il s'inclina sur son passage. Une nouveauté. Certes, il se montrait toujours cordial et respectueux, cette fois cependant, cela allait au-delà. Si elle n'en avait pas déjà eu la certitude, Augusta aurait compris que le sous-sol ne parlait plus que de sa valse avec le duc. Les domestiques devaient être persuadés qu'elle serait la prochaine duchesse de Rothschild. Le bruit devait s'être répandu dans toute la capitale à l'heure qu'il était. Elle redoutait de lire dans la rubrique mondaine le compte rendu du bal de la veille.

Elle frappa discrètement à la porte du bureau de son père et entra quand il l'y invita. Il était grand temps de mettre fin à ces spéculations inutiles. Elle allait lui dire que cette valse n'avait pas changé son intention de garder Rothschild à distance. Son père ne manquerait pas de grommeler, mais au bout du compte, il n'insisterait pas. Il serait alors extrêmement inconvenant de la part du duc de s'intéresser de nouveau à Violet. Il ne lui resterait plus qu'à dénicher une autre héritière.

Les autres voix masculines ne lui parvinrent que lorsqu'elle eut ouvert la porte. Deux hommes étaient assis face à son père. Elle crut reconnaître Rothschild et son cœur manqua un battement. Non, ce n'était pas lui. Si l'homme était blond, ses cheveux étaient toutefois plus clairs et ses épaules moins larges que celles du duc. Il se leva à son entrée, ainsi que l'autre homme, plus âgé. Ils se tournèrent vers elle : il s'agissait du père et du frère aîné de lady Helena.

— Bonjour, ma chérie.

Son père se leva et contourna son bureau pour venir déposer un baiser sur sa joue.

— As-tu bien dormi ? Tu es superbe.

Elle ne l'était pas. Elle savait qu'elle avait de légers cernes sous les yeux parce qu'elle avait eu du mal à s'endormir.

— Très bien, je vous remercie.

Son attention s'était déjà reportée sur les deux visiteurs.

— Je crois que tu as déjà rencontré le comte de Farthington et son fils, le vicomte Rivendale, reprit son père. Messieurs, voici ma fille.

Augusta les avait déjà croisés lors de différentes soirées mais ne leur avait jamais vraiment parlé. Tous deux la saluèrent avec courtoisie, sans paraître toutefois désireux de se perdre en longs échanges de politesses. Que lord Farthington occupe un siège important à la Chambre des lords suffisait à inscrire cette rencontre sous des auspices favorables.

— Joins-toi donc à nous, ma chérie, offrit son père en regagnant son siège.

Le comte, un homme mûr à la chevelure poivre et sel, parut déconcerté. Son fils la contempla un instant bouche bée, avant de se ressaisir et de fixer le rebord du bureau. Augusta afficha un sourire placide et s'approcha du secrétaire Chippendale près de la fenêtre, un meuble de petite taille muni d'une tablette rabattable. Elle déposa des feuilles de papier, un porte-plume et un encrier sur un plateau qu'elle apporta au bout du bureau de son père. Une chaise en bois de rose l'attendait, car c'était l'endroit où elle se tenait habituellement pendant les réunions afin de pouvoir prendre note de la discussion.

— Je suis navrée d'arriver aussi tard, papa, dit-elle en s'installant alors que les visiteurs se rasseyaient. Cette réunion ne figurait pas sur mon emploi du temps.

— Cette visite est une agréable surprise pour moi aussi.

Lord Rivendale s'éclaircit la voix et lui adressa un regard stupéfait avant de s'adresser à son père.

— Comme nous le disions, l'affaire est de nature plutôt confidentielle. Peut-être serait-il préférable de poursuivre en privé.

Son regard glissa vers Augusta, au cas où il n'aurait pas été assez clair.

— Milord, bien que Mlle Crenshaw soit ma fille, elle est également une employée de confiance des Aciéries Crenshaw. Je me fie à sa discrétion et à ses conseils. Vous disiez qu'il s'agit d'une question d'affaires, n'est-ce pas ?

Lord Rivendale marqua un temps d'arrêt avant d'acquiescer à contrecœur.

— Oui, absolument.

Les mots avaient tardé à venir, comme s'il avait cherché à évaluer le bénéfice qu'il aurait à poursuivre contre l'évident inconvénient de sa présence. Augusta afficha un sourire qui ne pouvait être interprété que comme méprisant, et attendit.

Il remua les épaules – à croire que son tailleur avait oublié des épingles dans sa veste à la coupe parfaite. Tandis qu'elle l'observait, Augusta comprit que le comte faisait partie de ces hommes pleins d'eux-mêmes qui, en réalité, manquent d'assurance. Être important était pour lui un droit de naissance, il n'avait donc jamais eu besoin de justifier de son mérite pour obtenir sa fonction et n'avait par conséquent jamais pris la peine de mesurer sa propre valeur. Ce qui expliquait sans doute sa tendance à regarder autour de lui plutôt que de les regarder directement, son père et elle.

Tous les nobles ne se comportaient pas ainsi. Rothschild n'aurait jamais fait cela. Augusta se sentit rougir au souvenir de son regard direct – un regard qui semblait la voir, elle. Lord Farthington ne semblait pas non plus affligé de cette tendance. Il se tenait droit, visiblement confiant, les yeux rivés sur son hôte.

— Dans ce cas, j'aimerais beaucoup qu'elle y assiste, déclara le père d'Augusta en souriant.

— Si vous préférez, je ne prendrai pas de notes, dit-elle en repoussant son plateau.

Lord Rivendale lança un regard rapide vers son père tandis que celui-ci hochait brièvement la tête, ses lèvres formant un pli désapprobateur.

— Très bien, dit-il. Il ne pourra toutefois y avoir aucun compte rendu écrit de cette réunion.

Il s'était adressé à son père, daignant à peine jeter un coup d'œil à Augusta. Elle se demanda s'il parlait ainsi à ses sœurs. Mais peut-être se contentait-il de leur donner des ordres par l'intermédiaire des domestiques. Augusta leva les mains et agita les doigts pour manifester son intention de ne pas toucher à son porte-plume.

— Bien sûr que non. Ce qui se dira ici y restera, assura son père de sa voix suave de négociateur.

— L'affaire est assez urgente, commença lord Farthington. Que savez-vous du sous-continent indien ?

— Pas autant que je vais en apprendre, je vous le garantis, répondit son père avec un sourire.

Le comte hocha la tête comme si son ignorance ne le surprenait pas.

— La Grande-Bretagne possède plus de deux millions de kilomètres carrés en Inde, la population locale étant estimée à deux cents millions d'individus. Alors que l'Angleterre compte vingt-deux millions d'habitants pour cent trente mille kilomètres carrés. Approximativement.

Augusta se pencha légèrement en avant, craignant de deviner où allait mener cette conversation. Le comte n'était tout de même pas là pour parler des chemins de fer indiens ? Ces contrats, notoirement difficiles à obtenir, n'avaient été octroyés qu'à quelques très rares compagnies anglaises. D'un autre côté, pour quelle autre raison aurait-il approché son père ? Elle retint son souffle et attendit la suite.

Son père inclina la tête pour indiquer qu'il comprenait.

— Oui, cela fait une sacrée différence de taille.

— Comme prévu, le développement des chemins de fer de l'empire des Indes a pris du retard par rapport à la Grande-Bretagne ou même à votre Amérique, poursuivit lord Farthington.

Augusta acquiesça.

— J'ai lu que votre réseau ferré couvrait vingt-deux mille cinq cents kilomètres, ici. Par comparaison, le réseau indien ne couvre que six mille cinq cents kilomètres.

Si elle ne prétendait pas comprendre tous les problèmes auxquels l'Inde était confrontée, elle savait que six mille cinq cents kilomètres de voies ferrées étaient loin de suffire pour contrer les effets désastreux de la sécheresse et des famines qui en découlaient à travers tout le pays.

Le comte hésita, mais il eut au moins la courtoisie de la regarder.

— Six mille cinq cents au début de la décennie, confirma-t-il. À l'époque, nous avions promis qu'il y en aurait seize mille, dix ans plus tard.

— C'était il y a cinq ans. Êtes-vous en voie d'atteindre votre objectif ? s'enquit le père d'Augusta.

Lord Farthington plissa le front.

— Si vous posez la question en public, vous n'entendrez que des vantardises, répondit-il en baissant la voix. La vérité, c'est que nous sommes à la traîne, et c'est la raison pour laquelle je suis ici. Nous aurions besoin du concours d'autres compagnies de chemins de fer. D'hommes compétents, efficaces et expérimentés.

— C'est ce qu'il me semble, en effet. Que suggérez-vous, milord ?

Le comte observa un instant de silence et ses narines palpitèrent quand il prit une inspiration.

— De vous à moi, je considérerais comme une faveur personnelle le fait que les Aciéries Crenshaw nous soumettent une offre. La réputation de votre chemin de fer transcontinental vous précède, et depuis votre arrivée dans notre pays, nous avons pu constater votre envergure. Vous êtes, vous et votre compagnie, ce dont nous avons précisément besoin en Inde.

Le jeune vicomte laissa échapper un soupir de soulagement.

— Oui, quelqu'un de votre expertise peut voir là un défi qui lui permettra d'accroître son portefeuille d'investissements. Si nous parvenions à vous persuader d'accepter ce projet, vous seriez certain d'y gagner non seulement des bénéfices financiers, mais aussi les faveurs de nombreuses personnes.

— L'Inde...

Malgré de nombreuses années à feindre la nonchalance, son père n'était pas parvenu à dissimuler tout à fait l'émerveillement que lui inspirait ce nom. Il avait toujours eu une âme d'aventurier. Les récits de ses voyages de jeunesse faisaient partie des légendes familiales. Un jour cependant, il s'était marié et avait fondé une famille, puis son propre père était mort, lui léguant les Aciéries Crenshaw, il avait alors renoncé à sa vie d'aventurier. Augusta eut presque l'impression de voir les souvenirs de ses exploits défiler dans la tête de son père.

— Qu'est-ce qu'un pareil engagement exigerait de nous, milord ? s'enquit-elle.

Il serait certes difficile de résister à l'attrait des chemins de fer indiens, mais elle pressentait que leur accord aurait forcément un coût.

À contrecœur, lord Farthington tourna les yeux vers elle.

— Les Aciéries Crenshaw devraient ouvrir une succursale d'exploitation ici, en Grande-Bretagne. Nous ne pouvons pas ouvrir la porte à toute l'Amérique, comprenez-vous. Une antenne locale faciliterait la perception des choses, et j'ai cru comprendre que cela correspondait à vos objectifs d'expansion.

Augusta confirma d'un hochement de tête et il reporta son attention sur son père.

— Il va évidemment de soi que les nombreuses restrictions qui ont pu empêcher toute tentative antérieure s'effaceraient devant vous.

— Je crains que nous ne devions insister sur notre souci d'autonomie si nous devions parvenir à un accord, intervint Augusta. Nous contrôlons notre propre exploitation, ce qui inclut la relation avec nos ouvriers. Et nous versons à ceux-ci un salaire que nous estimons juste.

Quand il était entré dans l'entreprise familiale, une décennie plus tôt, son frère Max avait veillé le premier à ce que leurs employés perçoivent une compensation équitable. Augusta l'avait soutenu dans cette voie, quand bien même certains de leurs contemporains voyaient cela d'un mauvais œil, préférant établir un standard de bas salaires qui leur permettait de contrôler la concurrence.

Lord Farthington parut sur le point de discuter, puis approuva du chef.

— C'est à vous qu'il reviendra de négocier leurs contrats.

Augusta fut soulagée de ne pas avoir à batailler. Le traitement juste et éthique des gens qu'elle employait, qu'ils soient ouvriers ou domestiques, était important à ses yeux.

— Quelle serait l'envergure de cette exploitation selon vous ? demanda son père.

Lord Farthington haussa les épaules.

— Tous les détails se régleront ultérieurement et je suis certain qu'ils ne poseront pas de problème. Les investissements que vous réaliserez ici se révéleront forcément très lucratifs.

Sentant la victoire proche, lord Farthington étrécit les yeux avec assurance.

— Après tout, le duc de Rothschild est clairement persuadé de votre intégrité et de votre honneur. Comment pourrions-nous vous tenir en moindre estime ?

Augusta parvint tout juste à garder la bouche close. Elle baissa les yeux sur ses mains jointes et déglutit. Ces hommes étaient là parce qu'ils étaient persuadés qu'elle allait se fiancer avec le duc. Elle aurait parié son dernier dollar là-dessus. Cela avait-il une telle signification aux yeux de tous ?

— Ma foi, répondit son père, un sourire dans la voix, j'avoue que nous sommes impatients de faire plus ample connaissance avec Sa Grâce.

— Papa, je crois qu'il est bien trop tôt pour…

Le père et le fils tournèrent la tête vers elle d'un même mouvement. Une lueur spéculative faisait briller les yeux du comte. Ceux du vicomte reflétaient un dédain à peine voilé. Peut-être n'imaginait-il pas s'abaisser à épouser une roturière pour de l'argent. Il avait, quant à lui, épousé la fille d'un marquis, un rang au-dessus du sien.

Prise d'une envie soudaine d'effacer son petit air suffisant, elle déclara :

— Le duc est un bon ami à nous.

Le comte opina et parut se détendre, tandis que son fils détournait les yeux. La conversation se poursuivit encore quelques minutes durant lesquelles son père glana des détails pertinents concernant l'éventuel marché. Augusta s'appliqua à paraître attentive et participa activement à la discussion, mais elle tremblait intérieurement. Elle avait gravement sous-estimé l'influence du duc et lui tourner le dos ne s'annonçait pas aussi simple qu'elle l'avait cru.

— Nous allons devoir prendre congé, si nous voulons honorer notre prochain rendez-vous, dit finalement le vicomte.

Bien que l'affaire soit loin d'être conclue, de nombreux détails demeurant en suspens, lord Farthington acquiesça et se leva. Tous l'imitèrent.

— J'espère avoir prochainement des nouvelles des Aciéries Crenshaw.

— Nous considérerons très volontiers cette opportunité, milord, assura le père d'Augusta. Je suis impatient de m'entretenir avec vous plus avant.

Il traversa la pièce pour aller ouvrir la porte.

Le comte et lord Rivendale murmurèrent un au revoir discret à l'adresse d'Augusta. Comme le comte s'approchait, son père lui tendit la main. Après une brève hésitation, il s'en empara. Lord Rivendale en fit autant. Son père les raccompagna et revint quelques instants plus tard, arborant un petit sourire mélancolique.

— Voilà qui était fort… inattendu, avoua-t-il en haussant les sourcils.

— En effet, répondit Augusta, l'estomac noué. Max avait sollicité un contrat voilà plusieurs années. Qu'ils aient pris du retard les a peut-être incités à se tourner vers des compagnies américaines, dit-elle sans vraiment y croire.

— Quelque chose me dit que Crocker and Huntington ne recevront pas une offre similaire, répliqua son père en plissant les yeux d'un air dubitatif. Il faut dire qu'aucun d'eux ne connaît le duc de Rothschild.

Augusta sentit ses paumes devenir moites et se retint de les essuyer sur ses jupes.

— Dans ce cas c'est une bonne chose que nous ayons fait sa connaissance.

L'amitié suffirait peut-être. Cette offre leur avait été faite alors qu'il n'y avait eu aucune annonce officielle de mariage. Lord Farthington ne la reprendrait pas. N'est-ce pas ?

Elle s'approcha en hâte de son secrétaire et passa des papiers en revue jusqu'à ce qu'elle ait trouvé ceux qui l'intéressaient. Elle sentait le regard de son père sur elle. Soucieuse d'éviter une discussion au sujet des intentions du duc, elle orienta la conversation sur les préparatifs de la réunion qui devait avoir lieu un peu plus tard.

— Avez-vous eu l'occasion de lire mon résumé sur l'usine textile ? Ils ont réussi à dégager un petit bénéfice l'année dernière, mais j'ai trouvé des incohérences dans leur rapport d'amortissement.

— Ton résumé était parfait, et oui, j'ai remarqué la même chose. Il faudra en parler avec eux. Leur équipement coûterait une fortune à rénover tel qu'il est. Il est clair qu'ils n'avaient pas l'innovation en tête quand ils ont construit.

Alors qu'il s'apprêtait à regagner son bureau, on frappa à la porte.

— Oui ?

Le majordome s'encadra sur le seuil.

— Lord Holloway demande à vous voir.

— Quelle surprise, dit le père d'Augusta sans paraître vraiment étonné. Faites-le entrer, je vous prie.

Un silence lourd s'abattit dans la pièce après le départ de Reginald. Lord Holloway, un autre comte, était aussi membre de la Chambre des lords. Il avait en outre l'oreille de Benjamin Disraeli. Leurs liens avec Rothschild étaient évidemment à l'origine de cette visite. Son père avait reçu de nombreux visiteurs ces dernières semaines, mais aucun qui fût aussi éminent au Parlement. Augusta osait à peine croiser son regard, et quand elle s'y risqua, elle découvrit qu'il arborait une expression triomphante.

Il la regardait avec une telle fierté que c'en était presque effrayant. Son père avait plus d'une fois eu l'occasion d'être fier d'elle au fil des ans, et il n'avait pas manqué de le lui faire savoir. Cette fois cependant, sa réaction allait bien au-delà de la fierté. Et qu'elle n'ait rien accompli pour mériter cela, à part susciter l'intérêt de Rothschild, rendait la chose d'autant plus préoccupante. Ses prouesses intellectuelles antérieures se retrouvaient balayées au profit de son habileté à attirer un duc.

Un sentiment d'effroi teinté de colère la saisit. Comment réagir face à un sentiment dont les racines étaient à ce point mêlées aux émotions viscérales ? Elle craignit soudain de ne plus avoir la possibilité d'échapper aux griffes de Rothschild. Pas quand il avait le pouvoir d'assouvir aussi aisément l'appétit des Crenshaw pour la reconnaissance sociale et le succès.

Elle semblait destinée à perdre, quoi qu'il advienne. En se mariant, elle serait très certainement obligée d'abandonner sa place au sein des Aciéries Crenshaw – une duchesse ne travaille pas. Et en refusant, elle pourrait bien perdre aussi sa place. Qui sait, son père serait tellement fâché par son refus qu'il pourrait aller jusqu'à lui interdire de la conserver. Elle avait beau avoir envie de croire que c'était impossible, elle n'en était plus tout à fait certaine.

Il ne lui restait plus qu'une solution. Si elle ne parvenait pas à convaincre ses parents que son union avec le duc était vouée à l'échec, elle serait forcée de faire comprendre à Rothschild qu'elle ferait une duchesse si catastrophique qu'il valait mieux qu'il abandonne ce projet ridicule. Et elle devrait le faire sans que cela nuise au nom des Crenshaw. La tâche ne serait pas aisée, mais elle était prête à essayer.

12

L'occasion finit par se présenter, tôt ou tard, à ceux qui travaillent et ne désespèrent pas.

EDWARD SMITH-STANLEY,
QUATORZIÈME COMTE DE DERBY

À : *Maxwell Crenshaw, Aciéries Crenshaw, New York*
Viens à Londres par pitié STOP Fiançailles imminentes sans ton intervention STOP Papa devenu fou STOP Il ne pense qu'au bénéfice de la compagnie et de la famille sans se soucier de mes sentiments STOP Fais vite STOP
De : *Mlle Augusta Crenshaw*

– – – – – – – – – – –

À : *Mlle Augusta Crenshaw*
Itinéraire suit STOP
De : *Maxwell Crenshaw*

Evan attendit avant d'approcher les Crenshaw. Cette tactique prudente s'appuyait sur plusieurs raisons. Pour commencer, hériter d'une montagne de dettes lui avait appris qu'il n'est jamais bon de se montrer trop impatient dans une négociation.

Cela vous fait passer pour un désespéré et donne l'impression à la partie adverse que c'est elle qui a le contrôle. Or, pour sortir gagnant d'une négociation, il faut toujours garder le contrôle.

Ensuite, il y avait Mlle Crenshaw – Augusta –, qui croyait pouvoir contrôler son propre avenir. Elle aurait donc besoin de temps pour comprendre les avantages qu'elle aurait à l'épouser. La présence d'Evan ne favoriserait pas ce processus dans la mesure elle rendait Augusta nerveuse. Il se contenterait de la guider discrètement en espérant qu'elle prendrait la bonne décision. Si c'était le cas, plus rien ne s'opposerait à leur mariage. Sinon, ils se marieraient quand même, mais il se retrouverait face à un obstacle plus difficile à surmonter.

Enfin, il appréciait assez de *ne pas* être marié. S'il pouvait tenir ses créanciers à distance tandis qu'ils attendaient ses fiançailles sans avoir à être réellement fiancé, cela lui convenait. Toutefois, comme il devrait finir par se fiancer à un moment ou à un autre, il se résigna à se présenter à la porte de leur maison de Grosvenor Square deux jours après le bal.

Au lieu d'être conduit directement dans le bureau de Crenshaw, Evan attendit ce dernier dans un ravissant salon à l'arrière de la maison. Quoique moins protocolaire que le grand salon auquel on accédait depuis le hall, la pièce était tout aussi élégante. Son regard fut attiré par deux portraits ovales dans des cadres dorés sur le manteau de la cheminée. L'image peinte d'Augusta lui retourna son regard avec un sourire énigmatique, comme si elle dissimulait un secret. Ses yeux brillaient de malice et d'intelligence. Leur baiser remontait à plusieurs jours, pourtant un flot de chaleur l'envahit à sa vue.

Elle parvenait à susciter son désir sans même que sa présence soit requise. Elle avait fait de lui un imbécile heureux, constata-t-il avec un sourire.

— Votre Grâce.

Evan se retourna. Crenshaw traversait la pièce, la main tendue.

— C'est un plaisir de vous revoir.

— Pareillement. Je ne vous ai pas interrompu dans un moment inopportun ?

— Bien sûr que non. Je regrette juste que Mme Crenshaw soit sortie pour l'après-midi.

Evan quant à lui se réjouit secrètement de cet heureux concours de circonstances.

— Nous nous asseyons ? proposa Crenshaw en désignant une paire de fauteuils à haut dossier. Je vous proposerais bien du thé, ajouta-t-il une fois qu'Evan fut assis, mais je préfère le whisky. Qu'en dites-vous ?

— Le whisky me convient parfaitement.

Evan fut surpris quand Crenshaw tendit le bras pour attraper une bouteille intacte de Lochnagar derrière la rangée de bouteilles alignées sur une console.

— Il paraît que c'est celui que vous préférez.

Evan n'aurait pas dû être étonné qu'il sache quel était son whisky préféré. Il était courant, dans les familles de la haute société, de s'informer des goûts et des dégoûts de leurs invités pour ne pas commettre d'impair. Or, même si sa visite n'était pas prévue, elle allait de soi. Crenshaw se comportait simplement en hôte accompli en se tenant prêt. Non, ce qui le décevait, en fait, c'était la facilité avec laquelle les choses se mettaient en place. Outre un dîner et une brève conversation au bal des Hereford, il ne s'était jamais entretenu avec cet homme. Et pourtant, celui-ci semblait disposé à lui offrir sa fille – l'une ou l'autre, indifféremment – sur un plateau, avec un verre de whisky en prime.

Augusta était bien plus précieuse que cela à ses yeux. Crenshaw aurait dû l'interroger sur les projets qu'il avait pour l'avenir de sa fille. Au lieu de quoi il lui tendait fièrement un verre de whisky. Il l'accepta avec un murmure de remerciement, en apprécia la brûlure sur sa langue quand il le goûta, et le sentit se loger au fond de son estomac lesté du poids de la culpabilité.

— Je reconnais que je vous attendais un peu plus tôt, Votre Grâce.

Crenshaw s'installa dans le fauteuil qui lui faisait face en se rengorgeant.

Evan réalisa qu'il n'appréciait pas tellement cet homme.

— Pourquoi cela, Crenshaw ?

L'Américain lui adressa un sourire entendu.

— Parce que je connais la valeur de mes filles, et je crois que vous la connaissez aussi.

Evan lui concéda ce point d'un hochement de tête.

— Ah, mais je connais la valeur que j'apporte à un homme tel que vous. Vous ne sauriez vous satisfaire de moins pour votre fille.

Cet homme se souciait-il seulement de savoir de laquelle de ses filles ils parlaient ? Sans doute pas. Le whisky se fit amer sur la langue d'Evan, conscient d'être complice dans l'affaire.

Crenshaw laissa échapper un rire sonore.

— C'est cela qui me plaît tant chez vous. J'aime qu'un homme ne mâche pas ses mots, n'essaye pas de dire une chose alors qu'il en insinue une autre.

— Dans ce cas, nous devrions couper court aux préliminaires. Je suis ici pour solliciter la permission d'épouser Mlle Crenshaw.

Il aurait pu demander de la courtiser, mais tous deux savaient quel était son but. Crenshaw avait raison. Mâcher ses mots était inutile.

L'Américain afficha un sourire satisfait.

— Notre Augusta fera une charmante duchesse, Votre Grâce. Il reste, bien sûr, à discuter des aspects financiers. Vous comprendrez que je me sois renseigné sur vos avoirs, j'en suis sûr. Je suis navré de dire que l'ensemble ne paraît guère brillant. Je suis cependant certain que nous parviendrons à trouver un arrangement.

Evan resta stupéfait de la vitesse à laquelle les choses progressaient. S'il ne s'était pas attendu que Crenshaw lui cherche querelle, il avait cru qu'il lui opposerait au moins un semblant de résistance. Une contre-offensive concernant le bien-être d'Augusta.

— Bien sûr, acquiesça-t-il.

— Je n'ai pas les chiffres en tête, mais j'imagine que vous souhaitez l'épuration de vos dettes, doublée d'une somme généreuse qui vous permettrait d'entreprendre des rénovations ?

— En effet, confirma Evan, encore ébahi par l'évolution de la situation. J'ai chargé mon notaire, Clark, d'organiser une réunion…

La voix de Mme Crenshaw lui parvint à travers la porte une seconde avant qu'un valet ouvre celle-ci. L'Américaine pénétra dans le petit salon telle une diva faisant son entrée en scène.

— Quel plaisir de vous voir, Votre Grâce. Je suis désolée de ne pas avoir été présente à votre arrivée.

Ses joues étaient colorées et elle semblait un peu haletante.

Quelqu'un s'était-il empressé d'aller la prévenir dès qu'Evan avait mis un pied dans la maison ?

Cela semblait évident. Crenshaw ne parut pas du tout surpris de la voir quand il se leva pour aller à sa rencontre.

— Bienvenue à la maison, ma chérie. N'est-ce pas une charmante surprise de trouver Sa Grâce en visite chez nous à ton retour ?

Evan s'était levé dès qu'elle était entrée. Il s'inclina brièvement, en ayant soudain l'impression d'être une belle pièce de bœuf sur l'étal d'un marché.

Une fois que Mme Crenshaw se fut assise, Evan et son époux l'imitèrent.

— Sa Grâce vient de me demander la main d'Augusta, annonça Crenshaw avec un sourire.

— Oh ?

La façon qu'elle eut de hausser exagérément les sourcils, feignant la surprise, incita Evan à avaler presque tout le contenu de son verre.

— Je vous remercie d'un tel honneur, Votre Grâce, dit-elle avant de reporter son attention sur son mari. Est-ce la raison pour laquelle je vous ai entendu parler d'épuration de dettes ?

Crenshaw eut la bonne grâce de paraître penaud. Evan n'aurait su dire s'il l'était vraiment ou pas.

— Cette conversation ne sied pas au salon, mon cher. Pas le moins du monde. Gardez cela pour votre bureau.

— Bien sûr, ma chérie, répondit Crenshaw avant de gratifier Evan d'un sourire complice.

— Comme je le disais, reprit Evan en s'efforçant de garder un ton égal, j'ai prévu une réunion avec Clark pour discuter des détails. Je suis certain que Mme Crenshaw approuvera que celle-ci ait lieu dans mon bureau de Sterling House.

— Quand souhaiteriez-vous que le mariage ait lieu ? s'enquit Mme Crenshaw.

Evan s'agita sur son siège, gêné par ce changement de sujet abrupt. La conversation s'était mieux passée qu'il ne s'y attendait, mais quelque chose sonnait faux, comme s'ils s'étaient tenus à l'affût, guettant sa venue. Un filet de sueur ruissela de ses tempes quand il sentit la mâchoire de leur piège se refermer sur lui. Il lui fallait bien reconnaître qu'il était déçu. Si Augusta ne le choisissait pas elle-même, il ne pourrait pas se vanter de l'avoir séduite. Il n'avait strictement rien fait pour gagner le droit de l'épouser.

— Dès que cela pourra raisonnablement se faire, répondit-il en se souvenant que ce mariage était nécessaire. Dans le courant du mois de mai, peut-être. Je préférerais solliciter l'avis de Mlle Crenshaw pour ce genre de détails.

Mme Crenshaw se rengorgea avant de se mettre à jacasser à propos des dates et des lieux. Comme si elle n'avait pas entendu ce qu'il venait de dire. Augusta devait être consultée, lui semblait-il, même s'il y avait peu de chances qu'elle approuve tout cela.

— Pardonnez-moi, mais ne serait-il pas souhaitable de discuter des dispositions prévues pour votre fille ?

Les mots étaient sortis spontanément. Le couple afficha une même expression déconcertée.

— Puisque nous devons parler des aspects financiers de cette union, enchaîna-t-il, ne devrions-nous pas également discuter des désirs et des besoins de Mlle Crenshaw ?

Mme Crenshaw fut la première à retrouver le sourire.

— De quoi d'autre pourrait-elle avoir besoin ? L'arrangement prévu est tout à fait généreux, je vous assure, avec une rente annuelle importante.

Du regard, elle quêta l'approbation de son mari qui opina du chef.

— Elle n'a donc aucun souci à se faire.

— J'ai cru comprendre qu'elle occupait une fonction, au sein de votre firme, avança Evan à l'adresse de Crenshaw, sa femme n'ayant visiblement pas conscience de qui était sa fille.

Evan n'avait passé qu'une infime fraction du temps que cette femme avait sans doute consacré à sa fille et il savait qu'Augusta attacherait énormément d'importance aux conditions de cet accord, qu'elle ait ou non du souci à se faire.

— Et ? répliqua Crenshaw.

Evan réprima un soupir d'exaspération.

— Elle n'aura pas envie de l'abandonner.

L'Américain haussa les épaules.

— Elle a toujours su que c'était une fonction provisoire. C'est une femme et sa place est au foyer. Nous l'avons élevée dans cette optique. On en serait forcément arrivé là un jour ou l'autre. On y est arrivé un peu plus tôt qu'elle ne l'avait prévu, voilà tout.

Evan s'efforça de réprimer la vague de colère mêlée de déception qu'il sentait monter en lui. Les choses se résumaient-elles à cela ? Il se retrouvait contraint de l'arracher à son monde pour la transplanter dans le sien comme s'ils étaient interchangeables ?

— Je suis au courant de la proposition que Farthington a faite aux Aciéries Crenshaw… concernant les chemins de fer indiens.

On ne parlait que de politique et d'argent dans les clubs, ce n'était un secret pour personne.

— Il semble que l'alliance de nos familles ait déjà commencé à porter ses fruits, commenta Crenshaw.

Evan lutta contre le dégoût qui l'envahissait. Il ne s'était jamais autant méprisé qu'en cet instant, alors qu'il discutait tranquillement de l'avenir d'Augusta comme si elle n'en était même pas partie prenante.

— Je tiens à ce qu'Augusta ait des intérêts dans cette affaire. Dans les opérations qui se dérouleront ici, en Grande-Bretagne.

— Certainement pas, dit l'Américain.

— Je vous demande pardon, Votre Grâce, mais c'est la chose la plus stupide que j'aie jamais entendue, déclara son épouse.

— Pourquoi ? Ne donne-t-elle pas pleine et entière satisfaction dans son travail ?

— Bien sûr que si. Cela n'a rien à voir avec ses compétences ; c'est une question de bon sens. Comment pourrait-elle partager son temps entre une occupation professionnelle et sa famille ? Ses enfants en souffriraient. *Vos* enfants. Elle ne pourrait s'acquitter de ses obligations envers le duché.

Plusieurs voix s'élevèrent dans le hall. Evan reconnut l'une d'elles comme étant celle d'Augusta.

— Ce sera à moi de gérer ce problème, pas à vous, rappela-t-il, regrettant de ne pas pouvoir mener cette discussion à son terme. Il faudra que nous parlions de cela plus longuement. Je n'avais pas l'intention de l'arracher à tout ce qu'elle connaît.

Il se leva comme les voix se rapprochaient de la porte.

— Ne lui annoncez pas les fiançailles, ajouta-t-il en baissant la voix. Laissez-moi lui parler d'abord.

Il eut conscience que sa voix ressemblait à un grognement, mais il ne se souciait plus de ce que les Crenshaw pensaient de lui. Il était clair qu'il aurait pu se montrer aussi brutal qu'il aurait voulu sans que cela change leur désir de l'avoir pour gendre.

Si Mme Crenshaw se rembrunit, son mari s'empressa d'acquiescer alors que la porte s'ouvrait.

— Oh !

Violet se figea. Sa sœur se tenait juste derrière elle.

— Que faites-vous là ? demanda Augusta, un mélange de colère et d'effroi dans le regard.

Elle jeta un coup d'œil à ses parents, comme si elle avait deviné ce qui s'était passé en son absence. Non qu'il ait fallu être un génie pour comprendre la raison de la présence d'Evan.

— Nous venons d'avoir une agréable conversation avec Sa Grâce, expliqua Mme Crenshaw. N'est-ce pas merveilleux qu'il ait enfin décidé de nous rendre visite ?

Violet fut la première à se ressaisir et à le saluer. Augusta, en revanche, restait immobile et le dévisageait comme si elle ne parvenait pas à croire que cette scène fût réelle. Une femme vêtue d'une robe grise, qu'il supposa être leur chaperon, s'encadra sur le seuil derrière elles.

— Quel beau temps nous avons eu une fois que la pluie a cessé, déclara-t-elle, avant de se pétrifier, bouche bée, en découvrant Evan.

— Bonjour, mademoiselle Violet, mademoiselle Crenshaw, madame, les salua-t-il. J'étais venu dans l'espoir de parler à Mlle Crenshaw.

L'expression *en tête à tête* devait être implicite car il y eut des froissements d'étoffe et tout le monde se dirigea vers la porte. Le chaperon, partagé entre son devoir et l'évident désir des Crenshaw de les laisser seuls, fit heureusement le bon choix, aidé en cela par Mme Crenshaw qui l'avait guidé hors de la pièce en marmonnant quelque chose à propos du thé.

— Vous avez comploté, à ce que je vois.

Augusta s'avança dans la pièce, s'assit sur le canapé et croisa les bras.

— Je n'ai pas comploté, non. Je suis simplement venu demander à votre père l'autorisation de vous faire la cour.

C'était la vérité. La conversation avait dévié si rapidement vers le mariage qu'il en avait encore la tête qui tournait.

— Et il vous l'a donnée ?

— Vous savez bien qu'il l'a fait.

Elle portait une robe de promenade vert émeraude rehaussée de dentelle noire. L'encolure carrée laissait à peine deviner la naissance de sa poitrine, pourtant cela suffit à attirer son regard. Cette toilette à la dernière mode lui rappela la lettre d'Elizabeth, reçue la veille, dans laquelle elle se plaignait d'être obligée de continuer à porter le deuil. Si leur mère avait insisté pour qu'elles portent le deuil aussi longtemps, c'était afin d'épargner les finances de la famille en rognant sur le budget vestimentaire de ses filles, Evan le savait.

— Ne faites pas semblant de me courtiser, répliqua-t-elle. Je ne suis pas crédule à ce point.

— Je ne fais pas semblant. Je veux gagner votre main, pas l'avoir de force.

— Si telle est votre intention, vous vous y prenez très mal, répliqua-t-elle avec un petit sourire suffisant.

— C'est vrai, concéda-t-il.

Son besoin de la toucher était si violent qu'il agrippa l'étoffe du canapé quand il prit place auprès d'elle. Leur baiser remontait à plusieurs jours, pour autant son corps n'avait pas oublié. Il lui avait suffi de poser les yeux sur elle pour que son cœur s'emballe et que son sang s'épaississe dans ses veines. Son parfum s'était chargé de lui rappeler ce qu'il avait ressenti quand il l'avait tenue dans ses bras. La saveur de sa bouche...

— J'ai consulté les rapports que mon père a demandés concernant votre situation financière. Je ne pense pas que vous ayez le temps de me courtiser.

Son ton empreint de méfiance le mortifia.

— C'est une triste situation dans laquelle je me trouve, en effet.

— Et donc, vous avez décidé de parler à mes parents hors de ma présence. Vous vouliez obtenir leur autorisation sans que mon opinion soit prise en compte.

Evan faillit gémir tant le besoin de la prendre dans ses bras et de l'embrasser était puissant. Le bal des Hereford avait été une expérience pour le moins révélatrice. Il savait désormais qu'il avait le pouvoir de l'embraser et de lui faire accepter bien des choses quand elle flottait sur un nuage de plaisir.

— Je veux vous épouser, dit-il à mi-voix. Je me soucie de vos pensées et de vos sentiments. Je m'en soucierai désormais.

Son souffle s'altéra. Il était si près d'elle qu'il l'entendit s'interrompre et vit son buste cesser de se soulever. Il faillit l'attirer à lui, puis se ravisa, sachant que ce geste ne serait pas le bienvenu.

— Que ferez-vous si je refuse de vous épouser ?

— Augusta, vous savez que je n'ai pas le choix.

— Vous n'avez pas le droit de m'appeler ainsi.

— Pourquoi ? demanda-t-il, avant de sourire devant son air perplexe. Vous m'avez embrassé. Je veux vous épouser. Nous serons bientôt assez intimes pour user naturellement de nos prénoms.

Un son étranglé lui échappa alors qu'elle se levait et allait se planter devant la cheminée, le dos tourné.

— Je suis disposée à vous prêter dix mille livres pour remettre vos domaines en état.

Elle leva la main pour lui imposer le silence dès qu'il se leva.

— Avant que vous refusiez, laissez-moi vous assurer que je dispose des fonds nécessaires sur un compte ouvert à mon nom. Si vous acceptez, les conditions de remboursement seront extrêmement indulgentes étant donné votre... votre situation.

Evan avait du mal à croire qu'elle fût sérieuse.

— Vous possédez dix mille livres ? En nom propre ?

Sa propre mère n'avait pas eu autant d'argent de côté sur son compte personnel. Elle n'avait jamais possédé une telle somme.

— En liquidités, oui, répondit-elle en lui faisant face. Je pourrais rassembler cinq mille livres de plus si cela pouvait vous être utile, il y aurait toutefois un délai. Mon frère, Maxwell, devrait s'arranger pour vendre les titres qu'il a achetés pour mon compte.

— Comment se fait-il que vous possédiez tout cela ?

— Je perçois un revenu des Aciéries Crenshaw. Mon frère m'aide à le placer. Je détiens aussi des titres des Aciéries, bien sûr, mais ceux-là, je les garde. Ces derniers temps, j'ai surtout spéculé sur l'or et le cuivre, et cela m'a plutôt réussi.

Elle expliquait cela comme si c'était on ne peut plus normal. Comme si elle n'avait pas été la seule femme de Mayfair capable d'offrir ses propres fonds pour sauver un duc. La femme qu'il avait l'intention d'épouser était décidément incroyable.

— J'apprécie votre générosité, mais je crois que vous n'avez pas idée de l'ampleur de... mes besoins.

— Je ne comprends pas, en effet, dit-elle. Bien des gens pourraient vivre avec cela jusqu'à la fin de leurs...

— À lui seul, Charrington Manor compte deux cents familles, l'interrompit-il. Sans parler de mes autres domaines. Tous étant des biens inaliénables. Cela représente près de vingt mille hectares de terres. Ce serait très loin de suffire.

Elle se figea un instant et son visage se pétrifia étrangement.

— Je n'avais pas réalisé, dit-elle finalement.

— Vous ne pouviez pas savoir. J'avoue ne pas avoir moi-même réalisé l'énormité de la montagne qui se dressait devant moi, au début.

Elle hocha la tête, encore surprise que son offre si généreuse ait été rejetée. Il ne pouvait le lui reprocher.

— Je vous remercie de votre offre.

— Inutile de me remercier. Elle était davantage dictée par l'instinct de conservation que par la générosité.

— Je vous en remercie cependant, insista-t-il.

Elle se détourna et fixa les flammes dans la cheminée, comme si celles-ci pouvaient lui apporter une solution. Comme son silence se prolongeait, Evan fit un pas vers elle.

— Pourquoi m'avez-vous embrassé ? demanda-t-il.

Elle sursauta et lui lança un regard noir, mais ne recula pas.

— Je voulais savoir ce que cela faisait, répondit-elle, le surprenant par sa franchise. Je voulais savoir si ce serait comme dans le souvenir que j'avais gardé du combat. À ce sujet, dit-elle en observant son front, vous semblez remis de vos blessures.

D'un air absent, il porta la main à sa cicatrice.

— Était-ce comme dans votre souvenir ?

Elle rougit, son regard tomba sur sa bouche comme par accident avant qu'elle le détourne vivement.

Devinant qu'elle ne répondrait pas, il se rapprocha d'elle.

— Je suis heureux que vous ayez décidé de vérifier cela. Ce baiser était exactement comme dans *mon* souvenir. Nous nous accordons bien, Augusta.

Spontanément, sa voix s'était faite plus douce. Il s'inclina légèrement et huma son parfum délicat. Sa peau le picota et le désir resurgit au creux de son ventre. Les Crenshaw étaient sans doute de l'autre côté de la porte...

— Rothschild...

— Evan.

— Quoi ?

Ses pupilles étaient dilatées quand elle croisa enfin son regard.

— Je m'appelle Evan. Rothschild était le nom de mon père.

Les lèvres d'Augusta tremblèrent et il se demanda si elle allait se décider à prononcer son nom. Il n'aurait su dire pourquoi il lui tardait tant de l'entendre franchir ses lèvres.

— Ce baiser était plaisant, déclara-t-elle finalement.

Il lui adressa un regard appuyé qui la fit sourire.

— Bon, d'accord, il était très plaisant. Ce n'est toutefois pas une raison suffisante pour se marier.

Et voilà, ils en étaient de nouveau là.

— Venez à Charrington Manor. Nous pourrons faire le tour du domaine. Parler avec mon régisseur. Je vous ferai un compte rendu détaillé de la façon dont nous prévoyons d'utiliser l'argent. Je jure qu'il en sera fait bon usage. Tout comme je jure que vous n'aurez pas à regretter de m'avoir épousé.

Il ne s'avisa qu'il s'était rapproché que lorsqu'elle fut obligée de pencher la tête en arrière pour le regarder. Son allégresse fut telle quand il vit qu'elle ne reculait pas qu'il eut l'impression de s'envoler. Il encadra doucement son visage de ses mains. Sa peau était encore fraîche de sa promenade. Elle retint son souffle quand il inclina la tête. Tant qu'elle se laisserait embrasser, tout se passerait bien. Il sentit ses craintes refluer. Il allait lui montrer combien les choses pouvaient être agréables entre eux.

Leurs souffles se mêlèrent quand elle entrouvrit les lèvres pour accepter son baiser. Elles étaient tièdes et douces. Il faillit gémir de plaisir quand il retrouva leur délicieux contact, comme s'il retrouvait une partie de lui-même qu'il aurait égarée.

La porte s'ouvrit et il s'écarta d'un bond. Elle fit volte-face pour se ressaisir, et il s'interposa entre elle et la personne qui avait osé les interrompre. C'était sa mère. Elle se tenait près de la porte, un sourire satisfait aux lèvres.

— Avez-vous choisi une date ? demanda-t-elle.

Cette femme avait la subtilité d'un taureau.

— Non...

— Quelle date ? s'enquit Augusta en le contournant, son regard furieux passant de sa mère à lui.

— La date de votre mariage, bien sûr.

Mme Crenshaw sourit, comme si elle ne venait pas de commettre un dommage irréparable à la cour qu'il comptait mener.

— Notre mariage ? Je crois que vous vous laissez emporter, mère. Courtiser et se fiancer sont deux choses différentes.

— Bien sûr, mais ton père et moi avons déjà accepté ses conditions. Nos notaires se chargeront de régler les détails. Nous pourrons faire une annonce officielle sous peu.

Si Evan avait eu le moindre espoir d'arranger les choses après la question initiale de Mme Crenshaw, celle-ci venait de le pulvériser.

— Vous m'avez dit que vous aviez juste parlé de me courtiser.

Les yeux d'Augusta lançaient des éclairs.

— Il se peut que nous ayons envisagé les choses... au-delà.

À en juger par le regard qu'elle lui décocha, il devinait sans peine les noms affreux dont elle l'affublait mentalement.

— Nous ne sommes pas obligés de choisir une date aujourd'hui, il ne faudra cependant pas tarder, insista Mme Crenshaw. La liste des lieux disponibles est assez restreinte à Londres. Certes, une petite chapelle de Charrington conviendrait parfaitement. Mais c'est si loin de la ville que cela limiterait le nombre des invités, ajouta-t-elle avec un soupir, et je dois reconnaître que je préférerais éviter cela. Ce mariage est un événement. Quand la duchesse de Hereford s'est mariée, tout New York ne parlait que de cela. Notre chère Augusta mérite la même chose.

Elle continua de jacasser pendant qu'Augusta secouait lentement la tête en signe de refus. Evan comprit que cette fois la guerre était officiellement ouverte.

L'après-midi était définitivement fichue. Augusta ne lui pardonnerait pas d'avoir parlé à son père, et peu lui importerait qu'il n'ait jamais eu l'intention que les choses en arrivent là aussi vite.

— Pardonnez-moi, madame Crenshaw, mais je dois vous laisser.

Il préférait partir avant que son humeur s'assombrisse davantage et qu'il cède à l'envie d'étrangler cette femme pour sa désinvolture.

— Oui, bien sûr, répondit-elle avec un grand sourire, sans se douter de la catastrophe qu'elle venait de causer. N'a-t-on pas coutume de dire que les mariages sont affaires de femmes ?

Evan l'ignora et s'adressa à Augusta :

— Nous arrangerons cela à votre satisfaction, je vous le promets.

Augusta se contenta de le fusiller du regard.

13

J'aimerais que les filles ne se considèrent pas comme des adjectifs, mais comme des noms.

ELIZABETH CADY STANTON

Les pantoufles de velours assorties à sa robe de bal écarlate étaient les plus inconfortables qu'Augusta ait jamais portées. La robe elle-même était un véritable instrument de torture. De style « cuirasse », elle avait un corsage qui couvrait les hanches et limitait la marche. Le décolleté était si profond qu'il nécessitait une chemise et un corset spécialement conçus pour être portés dessous et Augusta devait lutter contre l'instinct qui l'incitait à le remonter. Mary avait lacé son corset au péril de sa vie afin de présenter sa modeste poitrine sous son meilleur jour. Avaler quoi que ce soit au souper d'après bal serait hors de question.

Augusta avait choisi cette robe Worth sur un coup de tête. La gravure de mode et l'échantillon de velours écarlate qui l'accompagnait l'avaient séduite d'emblée. Malheureusement ou heureusement, selon son humeur qui variait d'une minute à l'autre, la coupe de la robe qu'on avait livrée la semaine précédente s'était révélée bien plus scandaleuse qu'elle ne l'imaginait. Comme si cela ne suffisait pas, la surjupe se nouait à l'arrière de façon à former un élégant drapé qui descendait jusqu'au sol. Or, vu de face, cela ne faisait que souligner la courbe de ses hanches et laissait supposer de façon choquante qu'elle possédait une paire de cuisses.

D'innombrables éditoriaux avaient fustigé en termes cinglants ce style indécent quand il avait fait son apparition, l'année passée. Augusta leur avait à peine prêté attention. Elle avait trouvé ridicule que l'on se soucie du drapé d'une robe dès lors que les parties essentielles étaient couvertes. Qu'elle porte elle-même la robe en question avait cependant modifié son opinion sur le sujet. Tous les regards s'étaient braqués sur elle quand elle était entrée dans la salle de bal avec sa famille. C'était certes prévisible vu que tout le monde s'interrogeait sur sa relation avec Rothschild et sur de possibles fiançailles. Toutefois, si les yeux s'étaient attardés si longuement sur la partie inférieure de son corps, c'était uniquement à cause de sa robe. Résultat, elle avait l'impression d'être nue.

Le brouhaha des conversations étouffa son soupir d'agacement alors que ses orteils hurlaient de douleur à chaque pas. Son cavalier la ramena auprès de sa mère après leur danse et s'inclina. Quand il proposa de lui apporter un verre de punch, sa mère refusa en son nom et attendit à peine qu'il soit parti avant de dire :

— Rothschild n'est pas encore arrivé.

Elle avait parlé bas, mais sur un tel ton que ceux qui les entouraient avaient fort bien pu l'entendre. Et elle insinuait clairement qu'Augusta était responsable de l'absence du duc.

Celle-ci n'essaya même pas de sourire. Sa querelle avec Rothschild au sujet des fiançailles remontait à deux jours et elle avait veillé depuis lors à passer tout son temps hors de la maison. Le sanctuaire qu'était le bureau de son père n'aurait pas suffi à la protéger s'il s'était avisé de lui rendre visite. Ces sorties lui avaient également permis de faire ce qu'une épouse convenable ne s'autoriserait pas.

— Sais-tu ce qu'on dit de toi ? reprit sa mère en balayant discrètement la salle du regard.

Cette fois, Augusta ne put s'empêcher de sourire. Elle avait surpris des bribes de conversations ici ou là. Tout ce qu'on disait était vrai.

— Que voulez-vous dire ? répondit-elle, feignant un intérêt modéré.

Sa mère soupira.

— On t'a vue assister à une conférence de cette femme réformatrice.

— Barbara Bodichon.

Une conférence intéressante sur la valeur de l'éducation des femmes.

Sa mère secoua la tête comme si le nom importait peu.

— Et qu'est-ce que c'est que cette histoire avec lord Worth ? On t'a vue à son bras à Hyde Park. Sans chaperon, qui plus est !

— Il a gagné une course. Je l'ai simplement félicité.

Et si Rothschild pensait qu'il avait des rivaux, tant mieux. Il se départirait peut-être enfin de son éternel petit sourire satisfait.

— Tu m'agaces, ma fille. Tu sais que cela ne plaira pas à Rothschild. Il pourrait retirer sa demande. Tes exploits ont même été rapportés dans une de ces gazettes à scandales.

Elle continuait à parler à voix basse, mais leur échange commençait à attirer des regards curieux. Si Augusta ignorait qu'elle avait fait couler de l'encre, elle n'en fut pas surprise.

— Si une rubrique de potins rapportant mon intérêt pour des sujets sociaux et mon absence de chaperon le rebute à ce point, je ne suis pas certaine qu'il vaille la peine que nous nous intéressions à lui.

Sa mère fronça les sourcils tout en s'efforçant de garder une expression plaisante pour la galerie. Les fines rides qui encadraient ses lèvres se creusèrent.

— Tu aurais pu au moins rester à la maison aux heures de visite. Il est venu chaque jour afin de poursuivre la discussion sur les fiançailles.

C'était justement pour l'éviter qu'elle était sortie. Soucieuse d'éviter une crise d'apoplexie à sa mère en plein bal, elle répondit doucement :

— Je n'ai pas l'intention d'avoir cette conversation. J'ai fait connaître mon sentiment sur ce sujet très clairement.

La contrariété de sa mère était presque palpable.

— Comment oses-tu nous faire cela ?

Elle s'était tournée de façon à parler à l'oreille d'Augusta.

— Nous t'avons trouvé le meilleur des époux. Il est beau, titré et il jouit de toutes les relations dont nous avons besoin. Que veux-tu de plus ?

— J'ignorais que vous étiez prêts à tout pour me trouver un époux, répliqua-t-elle impulsivement. Pour commencer, j'aimerais avoir davantage mon mot à dire concernant le choix de l'homme avec lequel je vais devoir passer le restant de mes jours. Mais le moment est peut-être mal choisi pour en discuter, ajouta-t-elle en plaquant un sourire sur son visage.

Sa mère soupira et l'expression aimable qu'elle avait réussi à conserver jusqu'ici s'effaça. Augusta parcourut la pièce du regard dans l'espoir de trouver une issue. Si elle se disputait ici avec sa mère, les gens ne parleraient plus que de cela. Elle ouvrait la bouche pour s'excuser quand une relation dont elle avait oublié le nom s'approcha.

— Madame Crenshaw, quel plaisir de vous croiser ici.

Augusta resta le temps d'échanger quelques politesses, puis s'éclipsa. Elle avait déjà en tête son prochain acte de rébellion. Bien que personne ne lui ait dit explicitement qu'il était mal vu pour une femme de jouer aux cartes pendant un bal, elle avait remarqué que très peu d'entre elles se rendaient dans le domaine qui semblait réservé aux hommes. Les quelques très rares à s'y aventurer étaient âgées et mariées depuis des décennies ou veuves. Les plus jeunes avaient leurs salons dédiés où d'autres jeux et divertissements se pratiquaient. Augusta avait cependant l'intention de conquérir cet espace conçu pour les hommes.

Puisque beaucoup chuchotaient déjà au sujet de ses « tendances masculines », elle ferait en sorte qu'ils chuchotent encore plus fort afin que Rothschild les entende – il ne voudrait certainement pas d'une duchesse masculine. Alors qu'elle gagnait l'enfilade de salles à l'étage inférieur, le brouhaha de la salle de bal fut progressivement remplacé par des rires gras et des huées typiquement masculines. Le valet qui montait la garde près de la porte lui jeta un coup d'œil horrifié quand elle pénétra dans le salon.

Ce dernier était décoré avec goût de brocarts et de cuirs pleine fleur dans les tons bruns et bordeaux. Un lieu très masculin avec des tables de jeu éclairées disséminées un peu partout. Plusieurs d'entre elles étaient occupées par des joueurs de whist. Si beaucoup lui lancèrent un coup d'œil intéressé, personne ne prit la peine de s'interroger sur sa présence. La salle contiguë était encore plus peuplée et animée. Des exclamations ponctuaient chaque lancer de dés et les hommes lançaient des paris.

Quand elle atteignit la porte, elle put à peine distinguer les tables tant les hommes qui se pressaient autour étaient nombreux. L'épais nuage de fumée qui flottait au-dessus des têtes l'écœura quand elle prit une profonde inspiration pour se calmer. Si elle n'avait pas été aussi décidée à faire passer un message à Rothschild, elle aurait tourné les talons sur-le-champ. C'était idiot que de parier sur un jeu auquel elle ne connaissait rien, mais elle n'était pas là pour gagner, simplement pour prouver qu'elle n'avait pas l'étoffe d'une duchesse.

Se préparant à être rabrouée, elle s'avança dans la salle.

— Enfer et malédiction, Crenshaw !

Le cri de colère contenue la pétrifia. Son cœur bondit dans sa poitrine tandis qu'elle sortait en reculant de la pièce, cherchant le responsable de cette exclamation. Celui-ci devait se trouver dans une autre pièce dont la porte était entrouverte. Elle s'en approcha à pas prudents.

— Ne venez pas vous plaindre auprès de moi de ce que les choses avancent trop lentement.

La voix appartenait à Farthington ; elle le sut avant même de le voir. Un profond baryton difficile à confondre avec la voix d'un autre.

— J'ai reçu votre offre. Je ne peux rien faire d'autre tant que vous n'aurez pas accompli votre part.

Augusta étouffa un cri en plaquant la main sur sa bouche. Ils parlaient de l'offre du chemin de fer indien. Elle avait aidé son père à l'établir.

Elle avait passé un après-midi avec le secrétaire de Farthington pour rassembler les informations préliminaires concernant la main-d'œuvre indienne et le marché des matériaux, puis veillé jusque tard dans la nuit pour les compiler et rédiger un rapport détaillé. Un planning plus approfondi verrait le jour une fois que l'offre aurait été étudiée et qu'on passerait à l'étape suivante. Si les choses devaient en arriver là.

Son père parla, trop bas pour qu'elle l'entende. Elle apercevait la moitié de son dos et de sa tête alors qu'il était assis en face de Farthington. D'autres hommes étaient présents, mais elle ne les voyait pas dans l'entrebâillement de la porte.

— Oui, je sais, répliqua Farthington. Vous devez toutefois comprendre que je ne peux pas présenter votre offre tant que vous n'aurez pas accompli votre part.

Son père répondit à voix basse, elle crut toutefois l'entendre dire « ces choses-là prennent du temps ».

— Oui, eh bien, le temps est notre ennemi. Soyez certain que nous sommes très clairs sur votre position et votre compétence. Le problème, que je pensais vous avoir expliqué franchement, c'est que nous ne pouvons pas ouvrir ce marché à n'importe qui. Si vous obteniez un contrat sans justification adéquate, je serais harcelé par tous ceux qui souhaitent la même faveur. Nous ne pouvons tolérer cela. L'offre ne peut avancer tant que les fiançailles ne sont pas officiellement annoncées.

Augusta réprima un haut-le-cœur. L'expansion des Aciéries Crenshaw reposait sur son mariage avec le duc. Un mariage dont elle ne voulait pas et qu'elle n'avait aucune intention de contracter. Elle avait naïvement espéré qu'en faisant durer la phase des fiançailles, ils pourraient décrocher le contrat sans en venir au mariage.

Comme en réponse à sa naïveté, Farthington s'esclaffa.

— Je me fie à votre sens de l'honneur, mais je crains qu'il ne nous faille d'abord observer des progrès sur ce front.

Augusta était en proie à un mélange de colère et de peur. Elle en tremblait. Un sanglot lui échappa à demi, attirant sur elle les regards des joueurs d'une table voisine. Se redressant, elle s'empressa de quitter le salon pour s'engager dans un long corridor décoré de portraits. À l'extrémité, les portes d'une terrasse s'ouvraient sur la nuit et elle s'y dirigea. Malheureusement, le corridor desservait la salle du jeu de dés et un homme en sortit alors qu'elle passait devant. Lord Ware.

— Mademoiselle Crenshaw ? Seigneur, vous êtes souffrante ? Quelqu'un vous a fait du mal ? demanda-t-il en balayant le couloir du regard à la recherche du malotru qui l'incitait à chercher refuge dehors.

— Non, tout va bien. J'ai seulement besoin de prendre l'air.

Elle s'efforça de garder contenance, et comprit à son air inquiet qu'elle avait échoué. Il jeta un coup d'œil vers la terrasse.

— Vous feriez mieux de ne pas sortir seule.

Certes, il faisait nuit, mais il y avait des lampes à gaz. Elle les avait vues depuis les fenêtres de la salle de bal.

— Je vais vous accompagner.

Dieu la préserve des hommes qui pensaient lui être indispensables. Elle lui aurait volontiers dit de la laisser seule, malheureusement cela n'aurait fait qu'accroître ses soupçons. Et cela aurait pris un temps fou alors qu'elle souhaitait, de toutes les fibres de son être, sortir de cette maison pour goûter un moment de paix.

Les bals n'étaient pas pour elle, décida-t-elle. Il s'y passait des choses affreuses.

— Comme vous voudrez, dit-elle en passant devant lui.

Il lui emboîta le pas. La demeure qui donnait sur Park Street était immense, elle occupait pratiquement tout un pâté de maisons, et son jardin était bien plus grand que celui des Ashcroft. Il s'étendait sur toute la longueur de la demeure et plusieurs allées le parcouraient. Cherchant à fuir le bruit du bal, elle se dirigea vers le coin le plus éloigné de la maison, près du mur de brique.

— Où diable pensez-vous l'emmener ?

C'était la voix de Rothschild. Elle pivota et le vit sortir par une porte-fenêtre de la terrasse et se diriger vers lord Ware. Son ton et sa démarche étaient menaçants. Il serrait les poings. Lord Ware ne recula pas, mais quand il coula un regard à Augusta, ses yeux étaient si écarquillés que le blanc était visible autour des iris.

— Mlle Crenshaw souhaitait sortir. Je me contentais d'assurer sa sécurité.

— Vous n'êtes pas sur un ring, Rothschild, intervint-elle. Lord Ware a vu mon désarroi et il m'est venu en aide.

Rothschild la détailla de la tête aux pieds comme s'il cherchait la source de son désarroi. L'examen la laissa aussi haletante que si c'étaient ses mains qui l'avaient parcourue et non son regard. Elle se détourna et croisa les bras quand elle sentit sa colère affleurer. C'était lui qui la mettait dans cet état. Pourquoi fallait-il qu'elle le trouve aussi séduisant ? Il portait le même habit de soirée que tous les autres hommes présents, pourtant, la façon dont sa veste soulignait sa carrure lui paraissait exceptionnellement attirante.

— Je vous remercie de votre aide, Ware, dit-il d'un ton qui ne reflétait aucune gratitude. Vous pouvez nous laisser.

Augusta leva les yeux au ciel. Elle aurait aimé que quelqu'un ne s'empresse pas de lui obéir, ne serait-ce qu'une fois.

À son crédit, Ware ne bougea pas immédiatement.

— Mademoiselle Crenshaw ?

Jetant un coup d'œil par-dessus son épaule, elle vit Rothschild serrer les dents. Lord Ware attendait sa réponse.

— Je vous remercie de votre aide, lord Ware, dit-elle. Cela ira.

Il inclina la tête et s'éloigna d'un pas raide. Rothschild attendit qu'il ait disparu dans la maison pour la rejoindre.

— Que s'est-il passé ? demanda-t-il. Vous n'allez pas bien ?

Refusant de croiser son regard, elle le contourna et emprunta l'allée qui serpentait entre les rhododendrons. Rothschild était la dernière personne à qui elle avait envie de parler.

— Vous boitez, nota-t-il.

— Laissez-moi.

Elle savait qu'il ne partirait pas, et le bruit de ses pas sur le dallage de pierre le lui confirma. L'incident de la bibliothèque, lors du dernier bal, était trop frais dans sa mémoire pour qu'elle ose s'aventurer très loin dans le jardin. Elle s'arrêta après le premier tournant, assez loin pour que le bruit soit assourdi, et cependant assez près pour que ce ne soit pas trop indécent. Du moins l'espérait-elle.

— Tenez. Vous devez avoir froid.

Elle ne remarqua qu'elle avait froid que lorsqu'il drapa sa veste, encore tiède de la chaleur de son corps, sur ses épaules. C'était si agréable qu'elle fut tentée de ne rien dire, pourtant, le désir de ne jamais rien accepter de lui l'emporta. D'un mouvement d'épaules, elle se débarrassa du vêtement, qui serait tombé par terre s'il n'avait été aussi prompt à le rattraper. La fraîcheur lui parut encore plus vive. Rothschild était si près que des notes de citronnelle et de bergamote embaumaient l'air du soir. Son corps rebelle savoura ces senteurs délicieuses et chercha même à en profiter davantage alors qu'elle persistait à se détourner de lui.

— Me direz-vous ce qui vous a contrariée ? demanda-t-il d'une voix teintée d'inquiétude.

— Comme si vous ne le saviez pas !

L'envie de voir son expression fut telle qu'elle ne put s'empêcher de lui couler un bref regard pardessus son épaule. Il avait baissé les yeux et gardait les mains le long du corps. Celle qui tenait sa veste semblait écorchée, et elle se demanda s'il avait participé à un nouveau combat. En bras de chemise et gilet, il réussissait à être encore plus beau qu'en habit. Quand il leva les yeux, elle s'empressa de se détourner.

— Je suis venu chez vous chaque jour, mais vous n'étiez jamais là.

— D'aucuns pourraient y voir un indice éloquent.

— Pourquoi refusez-vous de me voir ? s'enquit-il, d'un ton plus amusé qu'inquiet cette fois.

— Êtes-vous vraiment bête à ce point ? demanda-t-elle en se retournant pour le regarder.

Il sourit et elle ne put s'empêcher de fixer son attention sur ses lèvres. Ce qui la força à se souvenir du baiser qu'ils avaient failli échanger au salon, après qu'elle eut presque accepté de le laisser la courtiser, et juste avant que sa mère vienne annoncer la vérité.

— Les propos que vous tenez sont scandaleux et m'incitent à vous apprécier encore davantage.

— Vous aimez que je vous insulte ?

Il rit tout bas.

— Non. J'aime que vous soyez honnête avec moi. Votre franchise fait partie de ce qui m'attire chez vous.

Augusta, qui ne s'était pas attendue à ce compliment, baissa les yeux. S'agissait-il seulement d'un compliment ? s'interrogea-t-elle. La plupart des hommes qui lui en adressaient vantaient toujours son physique ou ce genre de choses superficielles. Elle était préparée à cela. Alors que celui-ci l'avait prise de court. Était-ce mal qu'un tel compliment lui plaise autant ?

— Il s'est passé quelque chose à l'intérieur, devina-t-il. Vous voulez bien m'en parler ? S'il vous plaît.

Sa prière l'incita à répondre, et elle détesta cela. Ce fut peut-être aussi parce qu'il restait là, en bras de chemise, sans se soucier que quelqu'un arrive. Il fronça légèrement les sourcils tandis qu'il attendait sa réponse.

— J'ai surpris un échange entre mon père et lord Farthington.

— Ah, le chemin de fer !

— Vous êtes au courant ?

— Bien sûr.

Cela n'aurait pas dû la surprendre.

— Lord Farthington refuse de considérer l'offre que nous lui avons faite avant l'annonce de fiançailles officielles.

Il la dévisagea en silence, puis :

— Est-ce vraiment si choquant ?

Il n'y avait pas de jugement dans sa question.

— Je suppose que non.

C'était ce que lord Farthington avait laissé entendre dans le bureau de son père. Non, ce qui l'avait choquée, c'était de l'entendre le dire à voix haute et sans détour. Elle se sentit soudain submergée par le poids de l'échec. Depuis que toute cette histoire de fiançailles avait commencé, elle n'avait pensé à rien d'autre qu'au moyen d'y échapper. Tout cela pour rien. Elle n'avait encore jamais connu d'échec aussi spectaculaire.

— Avez-vous réfléchi à la possibilité de venir à Charrington Manor ?

À vrai dire, elle avait oublié qu'il lui en avait parlé.

— Pourquoi ?

— Il serait bon que vous puissiez voir par vous-même l'offre à laquelle vous pourriez consentir.

— Quelle importance ? Ne suis-je pas obligée de vous épouser quoi que je voie là-bas ?

Il prit une longue inspiration, et son regard sur elle était si intense qu'elle dut lutter pour ne prendre qu'une très brève inspiration. Quand il la regardait ainsi, comme s'il la voyait vraiment, quelque chose menaçait de s'ouvrir en elle. Cela l'effrayait parce qu'elle ne savait pas ce qui arriverait si cela se produisait.

— Non, dit-il doucement. Non, vous n'êtes pas obligée d'accepter.

— C'est facile à dire. L'enjeu n'est pas le même pour vous que pour moi.

Son expression se fit douloureuse et elle regretta ses paroles. Il avait de bonnes raisons de vouloir ce mariage ; elle le comprenait désormais, même si elle ne pouvait l'accepter.

— Si vous refusez, je ne pourrai sans doute pas vous aider avec Farthington. Je peux cependant vous faciliter l'obtention d'autres marchés. À commencer par le Royal Albert Dock – le gouvernement négocie des agréments et des licences alors même que nous parlons. Je peux faire en sorte que les Aciéries Crenshaw obtiennent le contrat pour l'acier si vous souhaitez ouvrir un bureau ici.

Son père ne serait pas content de perdre le chemin de fer indien. Il serait même furieux, mais si elle pouvait lui offrir autre chose, cela devrait suffire à l'apaiser. Quand Maxwell arriverait, elle en parlerait avec lui. Ensemble, ils parviendraient peut-être à faire entendre raison à leur père.

— Pourquoi feriez-vous cela ?

Elle frissonna et se frotta les bras pour se réchauffer. Il lui drapa les épaules de sa veste, et cette fois, elle le laissa faire.

— Parce que je veux nous donner une chance. Venez une semaine, ajouta-t-il après une pause.

— Et si nous découvrons que nous ne nous convenons pas ?

— Vous savez que nous nous convenons, Augusta, répondit-il avec un sourire.

Elle le savait, oui. Son regard s'était adouci quand il s'était posé sur elle. Elle n'était pas plus exposée à son regard qu'à ceux de n'importe qui d'autre à ce bal, mais le sien voyait davantage de choses. Un éloquent battement d'ailes de papillons s'éleva dans son ventre.

— J'accepterai de venir une semaine si vous acceptez de retirer votre demande à l'issue de cette semaine. Vous direz à mon père que vous ne pouvez pas aller au bout de ce marché.

— Venez une semaine, et si vous pensez toujours que vous détesteriez être marié avec moi, je retirerai ma demande.

Augusta en demeura stupéfaite. Elle n'arrivait pas à croire que ce puisse être aussi simple. Elle sourit, commençant déjà à se réjouir lorsqu'il ajouta :

— À une condition.

Elle se renfrogna. Évidemment. Il était pauvre comme Job, il n'allait pas laisser la poule aux œufs d'or lui échapper aussi facilement.

— Laquelle ?

— Vous me laisserez vous embrasser.

C'était une requête fort anodine pour une concession aussi importante.

— Quoi ? Ici ?

Il sourit de nouveau et secoua la tête.

— À Charrington Manor. J'aurai le droit de vous embrasser quand je le souhaite.

— Certainement pas. Vous seriez capable de me compromettre. En outre, pourquoi voudriez-vous embrasser une femme qui ne veut rien avoir à faire avec vous ?

— Vous ne souhaitez peut-être pas m'épouser, mais vous aimez m'embrasser, que vous l'admettiez ou pas.

— Très bien. Vous pourrez m'embrasser une fois par jour, à l'heure et à l'endroit que *je* choisirai. Et c'est tout. Un seul baiser.

Son regard s'était posé sur ses lèvres, lui échauffant agréablement les sens. Pourquoi fallait-il qu'elle désire cet homme-là ? C'était injuste.

— J'accepte, dit-il.

Elle hocha la tête, plus maîtresse d'elle-même qu'elle ne l'avait été depuis leur première rencontre.

— Bien. Dans ce cas, je viendrai à Charrington Manor.

Se hissant sur la pointe des pieds, elle referma les mains sur les biceps de Rothschild et déposa un baiser sur sa joue. Il resta immobile et se laissa faire. Ses bras étaient si puissants et si chauds sous ses mains qu'elle ne les lâcha pas immédiatement.

— Merci. Vous n'imaginez pas à quel point je suis touché.

Un nerf tressauta sur sa joue et son regard s'attarda sur sa bouche. Il espérait sans doute un autre genre de baiser, mais il n'était pas question qu'elle renouvelle l'incident de la bibliothèque. Ce baiser-là était allé bien au-delà de ses intentions, et elle ne comprenait toujours pas ce qui s'était passé. Elle doutait de sa capacité à contrôler un nouvel incident.

— Vous êtes tellement sûre que vous continuerez à me rejeter, dit-il d'une voix un peu rauque.

Elle se débarrassa de sa veste et la lui rendit.

— Ce n'est pas vous que je rejette. Je ne souhaite pas me marier pour le moment, voilà tout. Vous pouvez le comprendre, j'en suis certaine. Chercheriez-vous une épouse si votre situation financière était différente ?

— Pas dans l'immédiat. Pour autant, je n'aurai d'autre choix que d'accomplir mon devoir et de me marier un jour. Vous n'envisagez pas de vous marier un jour, vous aussi ?

— Pas avant plusieurs années. Mon frère est libre d'attendre et je compte bien en faire autant. Le travail occupe tout mon temps à l'heure actuelle.

Il remit sa veste, l'air pensif.

— Maintenant que nous nous sommes mis d'accord, pouvez-vous cesser de faire mine de flirter avec tous les hommes présents ce soir ?

Elle sourit.

— Comment savez-vous cela ? Vous n'étiez pas là.

— Je suis arrivé il y a plus d'une heure. Cela m'a suffi pour vous voir parader avec lord Smith, lord Hadley, lord Bunting, lord Dilligham et…

— Cela suffit. J'ai compris votre message.

Elle avait également compris qu'il était jaloux. Son regard s'était fait ardent, ses paupières le voilant à demi, comme dans la bibliothèque. C'était affreux, mais elle aimait beaucoup qu'il la regarde ainsi. Comme s'il avait pu la dévorer et lui en faire apprécier chaque instant.

— Je n'aurai plus besoin de flirter pour vous tenir à distance désormais.

— Vous flirtiez pour m'inciter à retirer ma demande ? s'enquit-il, incrédule, avant d'éclater de rire. Vous vous trompiez. Cela m'a juste incité à vous désirer davantage.

Il fit un pas vers elle et elle eut peur, une peur qui s'accompagna d'une bonne dose de... désir, réalisa-t-elle, mortifiée. Elle recula et, pour une raison inexplicable, un rire lui échappa.

— Gardez vos distances, dit-elle d'une voix qui tremblait autant que la main qu'elle leva devant elle, paume en avant. Nous ne renouvellerons pas l'incident qui s'est produit dans la bibliothèque.

— J'ai bien aimé ce qui s'est passé dans la bibliothèque.

Sa voix était un peu grondante et il ne renonça pas à avancer vers elle. Augusta sentit les battements de son cœur résonner au creux de son ventre. Comment parvenait-il à la mettre dans cet état sans même la toucher ? C'était absurde. Elle le désirait autant qu'elle avait désiré ses baisers et il n'avait pas seulement posé la main sur elle.

— N'avancez plus. Il n'est pas question que je me laisse surprendre dans vos bras, et je n'apprécie pas que vous tentiez de me contraindre.

Il rit.

— J'ai uniquement promis de retirer ma demande à la fin de votre séjour. Je n'ai jamais dit que je n'utiliserais pas tous les moyens à ma disposition pour vous inciter à l'accepter.

Seigneur ! Dans quel piège venait-elle de se jeter ?

— Je retourne à l'intérieur. Seule.

Sur ce, elle tourna les talons et regagna la salle de bal aussi vite que l'y autorisaient ses atroces pantoufles écarlates.

14

La vie se résume à une somme de vétilles.

CHARLES DICKENS

— Evan !

Les voix surexcitées de ses sœurs résonnèrent dans le hall comme elles se précipitaient pour l'accueillir. Il était couvert de poussière car il avait choisi de faire la route à cheval depuis la gare plutôt que d'attendre la voiture chargée d'apporter sa malle. Cela ne les empêcha toutefois pas de se jeter dans les bras de leur frère.

— Bonjour, mes chéries.

Il ne pouvait s'empêcher de sourire quand il les retrouvait. Elles étaient comme deux jeunes chiens fous tentant de grimper l'une sur l'autre pour l'atteindre.

— Tu es affreusement en retard, lui reprocha Elizabeth en fronçant les sourcils.

— Et tu es dégoûtant ! ajouta Louisa qui plissa le nez en le détaillant de la tête aux pieds.

Les deux sœurs étaient presque identiques avec leurs cheveux blond foncé et leurs yeux bleus qu'elles tenaient, tout comme lui, de leur mère. Seuls la petite cicatrice qu'Elizabeth avait près de la bouche et le penchant de Louisa pour les friandises qui lui donnait de bonnes joues les différenciaient. Evan réalisa aussi qu'elles n'étaient plus de jeunes chiens fous. Elles étaient devenues de vraies femmes depuis qu'il les avait vues, quelques mois plus tôt.

— C'est vraiment charmant de s'entendre énoncer la liste de tous ses défauts dès son retour au bercail !

— Pas *tous* tes défauts. Tu en as bien plus de deux, déclara Elizabeth.

— Sont-ils déjà arrivés ? demanda-t-il en lui tordant gentiment le nez.

D'un coup d'œil par-dessus leurs épaules, il vit sa mère sur le seuil du salon, un sourire inquiet aux lèvres. La pièce derrière elle semblait vide.

— Non, Evan. Leur télégramme indiquait qu'ils viendraient par le train de 17 heures. Que t'est-il arrivé ?

Evan avait prévu de voyager avec sa mère la veille, afin d'avoir le temps de s'entretenir avec son régisseur avant l'arrivée des Crenshaw. Hélas, Clark lui avait envoyé un message une heure avant son départ, sollicitant un entretien de toute urgence. L'entretien avait justifié qu'il s'attarde, mais il avait à présent juste le temps de prendre un bain et ne pourrait pas aller les chercher à la gare alors qu'il lui tardait de revoir Augusta.

— Il semblerait que les hommes recrutés par Clark aient retrouvé l'ancien notaire de père. Je vous expliquerai tout cela plus tard.

L'ancien notaire avait disparu peu de temps après qu'Evan eut commencé à poser des questions délicates au sujet de son héritage.

— Vous croyez que cela changera quelque chose ?

— Peut-être. Difficile à dire avant de l'avoir interrogé. Je pense néanmoins qu'il avait de bonnes raisons de s'enfuir. S'il a caché des biens, nous les trouverons.

— Tant mieux, répondit sa mère. Clark est un homme respectable. S'il y a quelque chose à trouver, il le trouvera. D'ici là, vous feriez bien de prendre un bain et de vous préparer. Les Crenshaw seront là sous peu et c'est à nous de faire bonne impression, car la maison ne le fera pas.

C'était le moins qu'on puisse dire. La vieille demeure menaçait de s'écrouler. Evan nota soudain un détail.

— Comment se fait-il que vous ne portiez pas votre tenue de deuil ? demanda-t-il soudain à ses sœurs.

Elles avaient revêtu des robes qui dataient de plus de deux ans. En plus d'être démodées, elles étaient trop courtes de trois bons centimètres et des étoles habilement drapées dissimulaient leurs corsages trop ajustés.

— Nous étions lasses du noir et du gris, répondit Louisa.

— Tu t'attendais que nous restions en noir pendant toute la durée de leur séjour ? s'enquit Elizabeth en haussant un sourcil.

Evan soupira. Il n'avait aucune objection à ce qu'elles ne portent pas le deuil. Il n'en aurait pas eu non plus si elles ne l'avaient pas fait après le décès du vieux duc. L'homme avait à peine été un père pour elles et les avait vues si rarement qu'il aurait eu du mal à les reconnaître parmi la foule d'une salle de bal. Non, ce qui le chagrinait, c'était l'état de leurs toilettes. Elles avaient désespérément besoin de renouveler leur garde-robe. Et il n'en avait malheureusement pas les moyens. Le nœud perpétuellement logé dans sa poitrine se resserra légèrement.

— Non, répondit-il à sa sœur. D'ailleurs, nous devrions tous quitter ce deuil.

Les jumelles rayonnèrent, mais le sourire de sa mère resta crispé. En tant que veuve, elle était condamnée à porter le noir un peu plus longtemps, en hommage à un homme qui ne manquait à personne.

Elizabeth tira sur sa manche.

— Tu nous as apporté des cadeaux ?

— Bien sûr.

Il plongea la main dans la poche de son pardessus et en tira deux boîtes de chocolats enveloppées de papier doré agrémenté d'un ruban blanc.

— Une pour chacune.

Elles poussèrent des cris ravis et regagnèrent le salon avec leurs présents. Le sourire de sa mère s'adoucit. Cependant, dès qu'elles eurent disparu, elle s'approcha d'Evan et lui caressa la joue.

— Allez vous raser et vous habiller. J'ai demandé qu'on vous repasse un costume. Vous pensez pouvoir vous débrouiller sans Stewart ?

Son valet de chambre suivait avec la malle d'Evan.

— Je devrais réussir à m'habiller seul pour cette fois.

— Les filles et moi avons pris le thé, mais je peux vous faire monter un plateau.

— Non, je patienterai jusqu'au dîner.

Il attendait l'arrivée de leurs invités avec trop d'inquiétude pour avoir faim. Ils craignaient qu'ils ne fassent demi-tour dans l'allée et refusent d'entrer dans le manoir.

Il s'arrêta près de la porte du salon et jeta un coup d'œil à ses sœurs qui déballaient leurs chocolats.

Elles avaient grandi et ressemblaient à des jeunes femmes déguisées en petites filles avec leurs robes trop courtes. Dans l'angle de la pièce, derrière elles, une tache d'humidité s'étendait depuis le plafond jusqu'au milieu du mur, endommageant la tapisserie. Quel démon l'avait poussé à accepter les conditions d'Augusta ? Il ne pouvait pas davantage la laisser lui filer entre les doigts qu'il ne pouvait s'empêcher d'avoir envie de l'embrasser. Sans elle, chacun de ses domaines serait bientôt une ruine dont les vautours auraient dévoré les entrailles. Ses sœurs n'auraient aucune perspective d'avenir, et sa propre mère serait encore une fois victime de la négligence de son père. Il n'avait d'autre espoir que de l'épouser.

Charrington Manor était presque aussi délabré qu'Augusta l'avait craint. Il ne tombait pas en ruine à proprement parler. Les flèches, les cheminées et au moins une des tourelles semblaient tenir encore debout. Les intempéries avaient cependant paré l'antique façade de pierre de plusieurs nuances de gris, de brun et même de noir, et le lierre en recouvrait un bon tiers. Le gothique du toit était accentué par son oxydation, qui donnait aux tuiles une très vilaine teinte verte. La bâtisse donnait l'impression d'avoir commencé sa vie en tant que château, ou peut-être même en tant qu'abbaye, avant de renoncer à ses ambitions au fil des siècles. Alors non, ce n'était pas une ruine, mais si rien n'était fait, il faudrait moins d'un siècle pour que la catastrophe se produise.

— Oh, Seigneur !

L'exclamation de Violet était loin de résumer le sentiment d'Augusta. Le manoir en soi aurait besoin d'une sérieuse rénovation. À elle seule, la réfection de la toiture coûterait une somme folle. Et elle redoutait de voir les dommages que les intempéries avaient causés à l'intérieur.

— Ma foi, c'est... très médiéval, déclara leur mère avec un sourire forcé. Absolument charmant.

Leur père garda une expression neutre.

— Cela ressemble tout à fait à l'idée que je me faisais d'un domaine ancestral. Ancien et mal entretenu. Dieu merci, il a sa résidence londonienne.

La voiture des Rothschild, qui était venue les chercher à la gare, s'engagea dans la courbe de l'allée principale, leur permettant de découvrir la façade sous un nouvel angle.

— Vous pensez qu'ils ont l'eau courante ?

Personne ne le pensait.

Les maîtres de maison et le personnel patientaient sur les marches du perron. Les domestiques portaient la livrée ducale, bleu roi et noir, mais le regard d'Augusta fut aussitôt attiré par la silhouette sur la plus haute marche. Sa chevelure fauve et ses larges épaules étaient uniques, de même que son visage aux traits ciselés. Elle caressa les boucles qui lui encadraient le visage. Mary avait insisté pour lui boucler les cheveux. Augusta avait commencé par refuser, mais la femme de chambre lui avait assuré que c'était indispensable avec le chapeau qu'elle avait choisi, et elle avait fini par céder. Elle s'en félicitait à présent.

— Tu es ravissante, murmura Violet.

Augusta la remercia d'un hochement de tête tout en déplorant que sa sœur devine aussi aisément ses pensées. Pour autant, Violet tirait peut-être de fausses conclusions. Augusta pouvait très bien vouloir être jolie aux yeux de Rothschild sans souhaiter pour autant l'épouser.

Quand la diligence s'immobilisa au pied du large escalier, un valet s'avança pour ouvrir la portière, et un autre déposa un marchepied. Tandis qu'elle sortait du véhicule, Augusta s'efforça d'éviter le regard de Rothschild, et échoua lamentablement. Comment résister alors qu'il était descendu au pied des marches pour l'accueillir, un sourire aux lèvres ?

— Bonjour, mademoiselle Crenshaw. J'espère que votre voyage s'est bien passé ?

Pourquoi fallait-il que sa voix s'insinue en elle aussi plaisamment que du thé chaud un jour de pluie ?

— Très bien, je vous remercie.

Il lui offrit sa main et elle s'en empara sans réfléchir. Il la gratifia d'un très chaste baisemain.

— Je vous présente mes excuses. Je voulais aller vous chercher à la gare, malheureusement une affaire m'a retenu à Londres et je viens à peine d'arriver.

Son regard exprimait un regret sincère et elle se demanda si les choses auraient été différentes pour eux s'il n'avait pas été un affreux coureur de dot.

Elle s'apprêtait à lui répondre, mais son père la devança.

— Ne vous inquiétez pas, Votre Grâce. Votre valet s'est très bien occupé de nous.

Le regard de Rothschild s'attarda un instant sur elle avant qu'il prenne le temps de saluer tous les membres de sa famille. La duchesse, souriante, se tenait sur la première marche en compagnie de deux jeunes filles. Augusta supposa qu'il s'agissait de ses filles tant elles lui ressemblaient.

— Bonjour, Votre Grâce. Je suis ravie de vous revoir.

En dépit des sentiments mitigés qu'elle éprouvait pour son fils, Augusta aimait bien la duchesse douairière. Son visage reflétait une bonté innée et son regard franc avait quelque chose de réconfortant.

— J'espère que vous avez fait bon voyage, dit la duchesse.

Une fois les échanges de politesses terminés, elle se tourna vers ses filles.

— Permettez-moi de vous présenter mes filles, Elizabeth et Louisa, dit-elle avec une évidente fierté.

Les jumelles avaient beau être presque semblables physiquement, leur différence sautait aux yeux. Louisa était aussi chaleureuse que sa mère, alors qu'Elizabeth semblait plus méfiante et réservée. Elles ne seraient jamais ses belles-sœurs, car Augusta avait d'ores et déjà décidé de quelle façon cette semaine s'achèverait, mais elle espérait néanmoins leur plaire.

— Entrez, dit la duchesse. Vous souhaitez sans doute vous rafraîchir après votre voyage. Nous avons tendance à adopter les horaires de la campagne ici, aussi le dîner sera-t-il servi dans une heure.

Le hall était spacieux et lambrissé de chêne. Il aurait été sombre sans l'immense fenêtre à panneaux multiples située au-dessus de la porte d'entrée qui laissait entrer les pâles rayons de soleil de cette fin d'après-midi. La lumière suffisait à éclairer le grand escalier orné de tableaux. Les murs étaient peints d'un rouge délavé plutôt miteux et les tapis étaient usés jusqu'à la trame. Un coup d'œil vers le salon révéla un ameublement confortable, quoique fatigué.

Augusta prit congé de leur hôtesse et suivit la femme de chambre qui lui avait été assignée pour la conduire à sa chambre. Le dos de sa main gantée la picotait encore là où Rothschild l'avait effleuré de ses lèvres. Son projet de l'ignorer durant la semaine à venir lui parut soudain moins clair que prévu.

Mary venait de finir d'ajuster le chignon compliqué d'Augusta quand on frappa à la porte de la chambre qui lui avait été attribuée. Celle-ci était confortablement meublée, et aussi défraîchie que le reste de la maison. Les murs, autrefois roses, affichaient désormais une teinte indéterminée, entre le beige et le brun.

— Ce doit être la duchesse. Pouvez-vous répondre, Mary ? demanda Augusta avant d'appliquer un peu de baume teinté de rose sur ses lèvres.

Un membre de sa famille serait entré aussitôt après avoir frappé.

— Votre Grâce, dit Mary en plongeant dans une révérence.

Quelque chose dans son ton incita Augusta à lever les yeux. Dès qu'elle découvrit Rothschild, elle quitta le tabouret de sa coiffeuse.

— Que faites-vous ici ?

— Je suis venu vous escorter au rez-de-chaussée, répondit-il avec un sourire tout en inspectant sa tenue.

Augusta ne put se retenir de lisser son corsage. Aimerait-il autant qu'elle sa robe vert émeraude à passepoil noir ? Non que son avis lui importe, bien sûr – pourquoi lui importerait-il ?

— Je suis tout à fait capable de m'escorter moi-même, répliqua-t-elle plus sèchement qu'elle n'en avait eu l'intention.

La caresse de son regard s'interrompit aussitôt et elle craignit de l'avoir blessé. Il jeta un coup d'œil à Mary. Sentant qu'il souhaitait s'entretenir avec elle en privé, Augusta congédia sa femme de chambre. Elle n'aurait pourtant pas dû. Même avec Mary dans la pièce, la présence de Rothschild était inconvenante, elle était toutefois trop curieuse pour se soucier des convenances.

La femme de chambre enchaîna une série de révérences à reculons et réussit à franchir la porte en même temps. Dès que le bruit de ses pas s'atténua dans le couloir, Rothschild traversa la pièce et se planta devant elle.

— En sommes-nous revenus là ? demanda-t-il. À cet antagonisme ? Je pensais que nous étions parvenus à un accord.

Il avait raison. Elle regrettait déjà son éclat. Son amertume n'avait pas lieu d'être ; ils avaient passé un accord et des limites avaient été établies. Elle pourrait partir une fois la semaine achevée.

— Vous avez raison. Je suis désolée.

Il écarquilla légèrement les yeux.

— Vous m'avez surprise. Je ne m'attendais pas que vous veniez dans ma chambre. À ce propos, nous devrions poursuivre cette conversation dans le couloir pour ne pas rester seuls.

Son sourire réapparut.

— Je suis venu parce que je pensais que vous auriez peut-être besoin de me voir, et je constate que j'avais raison, dit-il en ignorant la seconde partie de sa phrase.

— Que voulez-vous dire ? demanda-t-elle, méfiante. En quoi pourrais-je avoir *besoin* de vous ?

Son irritant sourire s'élargit.

— Parce que je vous manque, ou peut-être même parce que vous avez envie de m'embrasser.

Elle rit, prise de court par son insolence et impressionnée par son culot.

— C'est la chose la plus ridicule que j'aie jamais entendue.

— Vraiment ? N'est-ce pas plutôt ce qui explique que vous ayez eu besoin de vous en prendre à moi ? Vous me trouvez attirant, mais cela vous ennuie et vous rend amère. De plus, selon notre accord, je peux vous embrasser chaque jour que vous passerez ici. Je suis venu vous soulager du fardeau de l'impatience.

Augusta gratifia son petit discours d'un pincement de lèvres.

— Vous ne manquez pas de toupet.

Son maudit sourire resurgit.

— En effet.

Il la provoquait délibérément et elle refusa de lui donner la satisfaction d'une réponse.

— Parfait. Les choses sont claires à présent.

Il s'avança si près qu'elle sentit la chaleur de son corps. Ce qui n'était pas rien, dans cette pièce pleine de courants d'air. Elle lutta contre la tentation de réduire l'espace qui les séparait pour absorber sa chaleur. Il inclina la tête et lui effleura doucement la joue du dos de la main. Sa caresse fit courir un frisson de plaisir le long de sa colonne vertébrale. Elle s'humecta les lèvres dans l'attente de ce qui allait suivre. Il hésita, s'attarda au-dessus de sa bouche comme s'il s'apprêtait à savourer une tasse de café un peu trop chaude.

Absolument incapable de patienter davantage, elle se hissa sur la pointe des pieds jusqu'à ce que leurs lèvres se rencontrent. Il moula obligeamment ses lèvres aux siennes et les remua doucement, l'incitant à entrouvrir la bouche. Sa manière d'embrasser lui était désormais familière, quoiqu'elle n'aurait su dire comment cela avait pu se produire aussi vite. Elle savait seulement qu'elle aspirait à goûter à sa bouche avec la même impatience que s'il s'agissait de savourer une part d'un délicieux gâteau au chocolat. Il *était* délicieux, et elle le désirait bien plus qu'elle n'aurait dû.

Le baiser s'acheva bien trop vite et il s'écarta d'elle. Pourquoi s'interrompait-il alors qu'ils venaient à peine de commencer ? Elle rouvrit les yeux et découvrit qu'il l'observait. Une étincelle espiègle brillait dans son regard, mais quelque chose de bien plus intéressant couvait dessous.

— Que diriez-vous d'aller dîner ? s'enquit-il.

Elle acquiesça. Elle aurait aimé disposer d'un instant pour se ressaisir, et en même temps, elle ne voulait pas lui donner la satisfaction de savoir à quel point il la troublait. Elle prit le bras qu'il lui offrait et pria pour que les effets de son baiser ne soient pas trop visibles.

Les yeux de sa mère étincelèrent quand elle les vit, mais elle ne fit aucun commentaire. La duchesse s'enquit de leur installation, et tout le monde bavarda aimablement pendant quelques minutes jusqu'à ce qu'un valet annonce que le dîner était servi.

Ce dernier se révéla moins guindé que celui des Ashcroft. Le nombre des convives étant plus modeste, on avait supprimé la rallonge de la table. L'alternance des genres se révélant impossible, avec seulement deux messieurs, il n'y eut pas non plus d'hésitation quant au placement. Rothschild prit naturellement place en tête de table, et la duchesse présida à l'autre extrémité. Mme Crenshaw avait fondu sur Rothschild à la seconde où il s'était assis, Augusta estima donc approprié qu'elle s'installe près de lui. Sa mère était connue pour sa conversation intarissable, ainsi Rothschild n'aurait pas à craindre de s'ennuyer. Les jumelles avaient commencé à discuter avec Violet avant qu'Augusta descende, aussi encadrèrent-elles naturellement sa sœur d'un côté de la table. La duchesse saisit doucement Augusta par le bras.

— Venez vous asseoir près de moi, mon enfant, que nous fassions plus ample connaissance.

Apparemment, Rothschild n'avait pas fait part de leur arrangement à sa mère.

La salle à manger était impressionnante. Le plafond en ogive était composé de plusieurs poutres de bois qui s'incurvaient gracieusement avant de se rejoindre au sommet. Richement ornementé, le manteau de la cheminée monumentale s'élevait jusqu'au plafond. Si l'impression d'ensemble était spectaculaire, le déclin de la maison n'en demeurait pas moins visible. Les plâtres s'effritaient et avaient besoin d'une nouvelle couche de peinture. Le bois, tant des poutres que des lambris, était noirci et réclamait un sérieux cirage. Il faudrait peut-être même le remplacer, au moins partiellement, car de nombreuses taches d'humidité étaient visibles ici ou là. L'une d'elles courait le long d'un angle de la pièce, sans doute causée par une fuite dans la toiture. Un parfum de décrépitude imprégnait toute la demeure.

— Comment se passe votre séjour à Londres, mademoiselle Crenshaw ? demanda la duchesse en adressant un signe de tête à un des valets, qui entreprit de servir le vin.

Augusta avait été immédiatement sensible à la chaleur de leur hôtesse lors de leurs précédentes rencontres et la voir en compagnie de ses filles n'avait fait qu'ajouter à cette impression favorable. Discuter avec elle n'avait rien d'un calvaire, aussi conversèrent-elles plaisamment de Londres et des événements auxquels elles avaient assisté jusqu'à ce qu'on serve le plat de poisson. Alors qu'elles savouraient les anguilles en sauce verte, la duchesse avoua :

— Je suis curieuse : parlez-moi de votre travail au sein des Aciéries Crenshaw. Trouvez-vous cela épanouissant ?

Augusta faillit s'étrangler. On ne l'avait encore jamais interrogée sur son travail. Certes, elle avait parfois surpris des bribes de conversations laissant supposer que les gens en parlaient, pour autant personne ne l'avait questionnée directement. Le phénomène ne se limitait pas à Londres. C'était la même chose à New York, où tout le monde savait pourtant qu'elle travaillait avec son père et son frère, mais où une sorte d'interdit tacite empêchait les femmes d'aborder ce sujet en société.

Augusta s'éclaircit discrètement la voix avant de répondre :

— Oui, je trouve cela très gratifiant. Tout le travail de recherche et d'enquête qui entoure un bilan financier me passionne.

— Augusta était haute comme trois pommes, intervint son père, qu'elle grimpait sur mon bureau pour additionner des colonnes de chiffres qui me donnaient la migraine. Je l'ai laissée s'occuper de mes livres de comptes de temps en temps, et elle a pris de plus en plus de responsabilités en grandissant. Elle trouve ce travail gratifiant, mais n'ayez crainte, elle est plus que capable de mettre son enthousiasme au service de nouveaux projets.

Sa fierté était indéniable, et Augusta faillit sourire en réponse avant de comprendre ce qu'il entendait par là. Il venait d'assurer tranquillement à la duchesse que sa fille serait ravie d'abandonner la carrière qu'elle avait patiemment et laborieusement construite au sein des Aciéries Crenshaw.

La duchesse adressa à son père un sourire pincé et haussa subtilement un sourcil en posant les yeux sur Augusta.

— Quelle enfant brillante, dit-elle.

— C'est une enfant très intelligente, en effet. Je suis certain qu'elle réussira dans tout ce qu'elle entreprendra.

— Je préférerais ne pas avoir à abandonner mon travail, déclara Augusta en reposant ses couverts avant de s'emparer de son verre.

Son père eut une grimace un peu agacée. Dieu merci, la duchesse rompit le silence.

— Ces tâches qui se répètent quotidiennement ne vous paraissent-elles pas fastidieuses ? demanda-t-elle à Augusta.

— Parfois, le travail peut sembler monotone. L'occasion de créer ou d'acquérir une nouvelle usine ne se présente pas tous les jours. Il y a toutefois la satisfaction d'avoir eu une journée bien remplie, et d'une façon qui bénéficiera à beaucoup.

— Hmm, fit la duchesse d'un air pensif en buvant une gorgée de vin blanc. Il est vrai que les chemins de fer ont complètement transformé nos vies.

— Oui, c'est indéniable, mais je m'intéresse aussi au sort de nos employés. J'aime à penser que nous nous soucions vraiment d'eux. Que nous leur procurons un emploi décent qui leur permet de subvenir aux besoins de leurs familles. Des familles qui pourront ainsi progresser et s'éduquer.

La duchesse acquiesça et sourit.

— Voilà une pensée plutôt progressiste.

— Je pense que cela relève du simple bon sens, quel que soit le nom qu'on lui donne, répliqua Augusta.

— Ne craignez rien, Votre Grâce, intervint son père, qui supportait difficilement d'être tenu à l'écart. Maxwell et moi la remettons au pas quand elle devient trop généreuse. Augusta est assez sensée pour écouter ceux qui sont plus aptes à juger qu'elle.

Augusta en rougit de colère et d'embarras. Son père vantait son sens des affaires tout en décochant clins d'œil et coups de coude afin d'assurer à tout le monde qu'elle était parfaitement domestiquée.

— Je ne suis pas un chien rebelle que vous devez tenir en laisse. Je comprends les contraintes financières et j'ai le sens de la mesure.

Son père s'esclaffa. Que ce soit pour faire bonne figure devant Sa Grâce ou parce qu'il n'avait pas compris sa pique, elle n'aurait su le dire. La duchesse l'ignora et gratifia Augusta d'un regard approbateur.

— Augusta est un joli prénom.

Prise de court par ce changement de sujet, elle mit un moment à répondre.

— Mon grand-père s'appelait Augustus, on m'a nommée ainsi pour lui rendre hommage.

La duchesse hocha la tête comme si elle s'était attendue à cette réponse.

— Il serait fier de vous, je pense.

Ces paroles, aussi aimables qu'inattendues, lui allèrent droit au cœur.

— Merci, répondit-elle. J'aime l'idée de faire avancer les choses dans une entreprise que mon grand-père a bâtie de ses mains.

— Oui, c'est bien naturel.

La duchesse reporta son attention sur son assiette avant de s'adresser à ses filles, ce qui était aussi bien car Augusta était encore sous le choc de l'échange avec son père. Avait-il toujours été aussi insidieux dans l'enthousiasme que lui inspirait sa réussite ? L'avait-il toujours vue comme une enfant à qui il passait ses caprices en attendant qu'elle soit en âge de se marier ? Et dans ce cas, comment avait-elle pu être aussi aveugle jusqu'ici ?

Elle jeta un coup d'œil à Rothschild et ne fut pas étonnée de le découvrir en train de discuter avec sa mère et Violet. Sa mère racontait des anecdotes remontant à l'enfance de ses filles et Rothschild riait poliment chaque fois qu'il était censé le faire. Son regard trouva pourtant le sien par-dessus la table.

Comme s'il percevait son malaise, un pli se forma entre ses sourcils et il coula un regard à la duchesse avant de reporter son attention sur elle. Comme les rires s'apaisaient, il tourna les yeux vers ses sœurs et déclara de façon à être entendu de tous :

— Je suis navré de le dire, mais mes sœurs, ici présentes, éclipsent vos filles en matière de bêtise. Mère vous a-t-elle raconté la fois où elles ont enfermé leur gouvernante au grenier après avoir réussi à convaincre la pauvre femme que celui-ci était hanté ?

— Non !

— Evan !

Le cri simultané des jumelles suscita un éclat de rire général. Augusta comprit qu'il s'appliquait à détourner la conversation d'elle et de sa famille. Sa sollicitude la toucha. Quand leurs regards se croisèrent de nouveau, elle manifesta son approbation d'un léger hochement de tête qu'il accueillit avec un grand sourire ; le cœur d'Augusta se mit à battre un peu plus vite. Le reste du dîner se poursuivit dans la même veine.

Il ne fut question ni de mariage ni de fortunes.

15

Aucun homme n'est jamais devenu ni grand ni bon sans avoir commis de nombreuses erreurs.

William Gladstone

Le lendemain matin, Evan emmena la famille Crenshaw faire le tour du domaine. Ce fut une des expériences plus déplaisantes de sa vie et il eut l'impression de dévoiler les recoins les plus honteux de son âme devant des étrangers. Des étrangers qui s'extasièrent, tant cette promenade leur parut pittoresque et charmante, alors que le déclin de ce petit monde rural était évident.

Evan, lui, n'y voyait que la preuve de son échec.

Une fois le tour terminé, il souhaita une bonne journée aux Crenshaw – parvenant tout juste à rester aimable – avant de guider Augusta jusqu'à l'écurie. Il y avait d'autres choses qu'elle devait voir avant de prendre sa décision, mais il ne tenait pas à ce que ses parents les accompagnent. Ils se mirent en route et empruntèrent un chemin qui menait à une rangée de fermes. Augusta, qui avait à peine dit un mot, lui jetait des coups d'œil à intervalles réguliers. Il avait trop honte du gâchis que son père avait laissé et de sa propre incapacité à y mettre de l'ordre pour oser lui demander ce qu'elle en pensait.

— Vous montez souvent à cheval ? demanda-t-elle finalement, rompant le silence qu'ils s'étaient imposé.

— Oui. Autant que je peux à Londres. Généralement, chaque matin. Et vous ?

— J'ai un cheval à la maison, Poppy. C'est une belle jument palomino. Je la monte dès que je peux.

Il la regarda et nota son aisance en selle, sa façon de suivre les mouvements de l'animal. Elle possédait une grâce naturelle et cela lui plut qu'elle soit à l'aise avec les chevaux. Il imaginait difficilement avoir une épouse qui n'aime pas monter. Une fois de plus, il se sentit happé par l'urgence de sceller ce marché. Augusta était parfaite pour lui, à tous points de vue.

Elle surprit son regard et lui sourit.

— Voulez-vous que nous fassions la course ?

— Ce ne serait pas équitable. Vous êtes en amazone.

— Vous n'avez qu'à m'accorder une longueur d'avance.

— Vous êtes bien la dernière personne que je croyais capable de demander une concession, s'esclaffa-t-il.

— Les concessions sont nécessaires quand une règle est fondamentalement injuste, cher monsieur. Changez la règle et je n'en aurai nul besoin.

Elle fit claquer sa langue ainsi que ses rênes avant qu'il ait eu le temps de répondre et partit au galop.

— Le premier arrivé au portail a gagné ! cria-t-elle.

Le cheval bai d'Evan dressa l'oreille et n'eut guère besoin d'encouragements pour se lancer à sa poursuite. Même en amazone, elle était rapide. Le cœur d'Evan s'emballa quand il commença à réduire la distance qui les séparait. Le chapeau d'Augusta semblait sur le point de glisser et qu'elle ne s'en soucie pas lui plut. Quand elle jeta un coup d'œil par-dessus son épaule, elle parut surtout soucieuse de gagner. Finalement, ils atteignirent le portail en même temps et ralentirent leurs chevaux pour les laisser reprendre leur souffle.

— Vous êtes une très bonne cavalière, commenta-t-il.

— J'adore les chevaux.

Elle gratifia la jument de tendres caresses, ce qui fit naître en lui une étrange jalousie. Comment inciter Augusta à le toucher avec autant de tendresse ? Renoncer à ce mariage serait sans doute un bon point de départ, malheureusement il ne pouvait aller aussi loin. Sa famille avait désespérément besoin d'elle.

Il la guida sur le chemin qui longeait la rivière. De nombreuses fermes se trouvaient au sud de ses terres et utilisaient cette rivière. Le moment était venu de lui montrer une des rares choses qu'il fût en mesure de lui offrir. La liberté.

— Avez-vous déjà eu l'occasion de monter à califourchon ?

— Oui. Nous avons une maison de campagne dans le Connecticut. Là-bas, je monte à califourchon la plupart du temps.

— Pourquoi ne suis-je pas surpris ? répliqua-t-il en souriant.

— Personne n'est censé le savoir, lui confia-t-elle, mais je porte une culotte d'équitation sous une jupe spécialement conçue pour cet usage. Violet fait de même.

— Je ne verrais aucune objection à ce que vous le fassiez ici... si vous acceptiez de devenir duchesse.

Il tourna les yeux vers la surface grise et mouvante de l'eau pour éviter de la regarder. C'était la première fois qu'il parlait mariage depuis le bal. Il n'arrivait pas tout à fait à prononcer le mot. Il avait préféré recourir à une métaphore et une étrange palpitation s'éleva au creux de son ventre.

— Quelle magnanimité, répondit-elle, l'ébauche d'un sourire venant adoucir l'amertume de son ton. Je pourrais aussi rester célibataire et continuer d'agir à ma guise.

— Vous le pourriez, acquiesça-t-il.

Il fut tenté de lui rappeler qu'elle finirait par se marier un jour. Il aurait pu croire qu'elle serait tout à fait heureuse de ne jamais se marier s'il ne l'avait pas embrassée. S'il n'avait pas vu la flamme ardente dans son regard, s'il n'avait pas senti son corps s'amollir contre le sien. Elle avait besoin de compagnie, du genre de celle que seul un amant peut apporter. À sa grande surprise, c'était aussi ce qu'il voulait. Si le mariage n'avait jamais été important pour lui, ces derniers temps, il ne pensait plus qu'à cela, par nécessité. Avec elle, cependant, ses pensées l'entraînaient plus loin. Il s'était surpris à imaginer des soirées au théâtre, des après-midi devant la cheminée, il se voyait lui offrir de menus présents, comme un collier ou un livre. Il en avait remarqué sur le secrétaire dans sa chambre.

— J'ai lu un article au sujet de l'affaire du suffrage sur lequel vient de statuer la Cour suprême.

Elle tourna vivement la tête vers lui.

— Je vous demande pardon ?

— L'affaire du droit de vote féminin.

— *Minor versus Happersett* ?

— C'est cela, oui. Vous l'avez suivie ?

Elle émit un petit rire incrédule.

— Je l'ai suivie, en effet. Toutes les Américaines dotées d'un cerveau en ont entendu parler, tout comme de celle qui a précédé, l'affaire Susan B. Anthony. Je suis surprise que vous en ayez eu connaissance, et que vous y ayez prêté attention.

— C'est un intérêt que je me suis découvert récemment.

Très récemment, même, dans la mesure où il n'avait jamais réfléchi à la question avant de la connaître. Son monde avait été concentré sur ses propres besoins, et occasionnellement sur ceux de sa mère et de ses sœurs.

— Aucune n'a réussi à remporter l'égalité du suffrage.

— Personne n'a jamais vraiment cru qu'il prévaudrait, mais il était essentiel que le débat ait lieu.

— Que pensez-vous du droit de vote pour les femmes ? demanda-t-il, curieux de bien comprendre sa position.

— Me demander ce que je pense de l'universalité du droit de vote serait sans doute plus pertinent, répondit-elle en le regardant droit dans les yeux.

Il ne put s'empêcher de sourire.

— Je trouve absurde que mon boucher soit autorisé à voter, déclara-t-il, quand quelqu'un d'aussi éduqué et réfléchi que vous ne l'est pas.

Elle parut stupéfaite.

— Vous êtes donc favorable au vote des femmes ?

— Oui. Et il se trouve que je siège au Parlement. Je pourrais m'en servir pour faire avancer cette cause.

Augusta entrouvrit les lèvres et déglutit visiblement.

— Vous avez siégé au Parlement durant la Saison ? demanda-t-elle, dubitative.

— Je n'y vais qu'en cas d'absolue nécessité. Je ne supporte pas d'écouter les discours interminables de ces messieurs ennuyeux et gonflés de leur propre importance.

— Mais vous seriez disposé à les braver s'il le fallait ?

— Pour une bonne raison, oui. Je passerais plus de temps là-bas.

Il haïssait cette idée. Il détestait presque autant la politique qu'il avait détesté se retrouver seul avec son père. Pour elle, cependant, il serait prêt à occuper son siège au Parlement.

— Une des fermes de nos métayers, dit-il en désignant une maison au loin.

Dans un champ, des paysans étaient occupés à récolter l'orge d'hiver.

— C'est Harold Armstrong et ses trois fils, dit-il lorsque Harold le salua d'un geste. Sa famille vit sur ce domaine depuis plus d'un siècle.

Harold ôta son chapeau à l'approche d'Evan, révélant un front dégarni ainsi qu'une généreuse touffe de cheveux grisonnants. L'homme avait à peine cinquante ans, mais son visage était si marqué qu'il avait l'air d'en avoir soixante.

Evan le présenta à Augusta. Après l'avoir saluée, l'homme se retourna pour lui présenter ses fils. Ils étaient alignés en rang d'oignons, du plus âgé, qui avait environ quatorze ans, au plus jeune, qui devait en avoir la moitié.

— Quels enfants charmants, dit-elle poliment.

Elle ne pouvait pas ne pas avoir remarqué que leurs vêtements étaient élimés et le cuir de leurs souliers si usés qu'il n'était guère plus épais que du tissu.

— Où est donc votre aîné ? Alfred, n'est-ce pas ? s'enquit Evan.

— Il est parti pour York. Notre jeune gars veut la vie de la ville.

— Bien sûr.

Evan s'abstint de souligner que ce n'était pas tant par volonté que par besoin que le garçon était allé chercher un emploi en ville. Les jeunes gens qui partaient travailler en usine étaient de plus en plus nombreux.

Ils parlèrent de choses et d'autres pendant quelques minutes – le mauvais temps, les récoltes – avant qu'Evan prenne congé et regagne le chemin au bord de la rivière. Il osait à peine la regarder, sachant qu'il lirait dans son regard la déception et la désapprobation. Pour qui se prenait-il à vivre comme un… comme un duc alors que ses gens survivaient à peine ?

— Pourquoi m'avez-vous amenée ici ? demanda-t-elle lorsqu'ils furent assez loin pour ne pas être entendus.

La critique qu'il avait redoutée était absente de sa voix. Elle était calme et pensive. Son visage était impassible et quand il croisa son regard, celui-ci se révéla impénétrable.

— Nous avons fait un marché. Une semaine. Je voulais que vous sachiez ce à quoi vous renoncerez.

Augusta chevaucha en silence tandis qu'elle réfléchissait à ce que Rothschild venait de lui révéler.

— Pouvez-vous m'en dire plus au sujet de ces fermiers ? demanda-t-elle. Au sujet de leur situation ?

— De leur situation ? Bien volontiers. Quelques années avant sa mort, mon frère William a compris que les fermes périclitaient. J'ignore s'il s'était entretenu avec le régisseur ou si c'était le fruit de sa seule observation, mais il m'a incité à prendre son parti pour convaincre notre père de moderniser nos terres. Ce que j'ai fait.

Il lui jeta un coup d'œil.

— Ne vous emballez pas, enchaîna-t-il, je n'ai pas agi ainsi par noblesse d'âme. Si je me suis rangé de son côté, c'était uniquement pour m'opposer à mon père.

Elle ne put s'empêcher de sourire.

— J'avais deviné que vous étiez du genre obstiné.

La gratifiant d'un sourire spontané, il poursuivit :

— William était un érudit. Il passait le plus clair de son temps à étudier le latin et la philosophie grecque, mais il s'était aussi intéressé à l'agriculture et s'était rendu compte que le monde avançait sans nous. Peut-être avez-vous remarqué des lignes de crête dans les pâturages que nous avons longés en venant ici ?

Elle les avait effectivement remarquées.

— On appelle cela « les crêtes et les sillons », c'est un restant du Moyen Âge. Ils ont été causés par la méthode employée pour labourer le même lopin de terre année après année. On ne cultivait la terre que d'un seul côté de la charrue par passage, ajouta-t-il en voyant son expression perplexe. Nos fermiers utilisent encore ce type de charrues alors qu'il existe des outils bien plus efficaces qui permettent de meilleurs labours. De fait, il existe de très nombreux outils infiniment plus modernes que ceux qu'ils utilisent : scarificateurs, rouleaux, piémontoirs, broyeurs de mottes, moissonneuses-lieuses…

Il s'interrompit, le temps d'un sourire discret.

— J'ai appris plus de choses concernant l'agriculture que je ne le souhaitais. Toutes ces machines ont été conçues afin d'accroître la puissance de travail des fermiers. Quoi qu'il en soit, cela n'a servi à rien. Père a refusé toute forme de modernisation, quelle qu'elle soit, même après que William et moi lui avons démontré l'efficacité de ces machines.

Si Augusta ignorait tout des machines dont il parlait, elle comprenait l'intérêt qu'il y avait à moderniser les techniques agricoles.

— Que s'est-il passé ?

— Il a refusé d'entendre raison. Il était convaincu que cette terre avait nourri ces gens pendant des siècles et que si elle ne parvenait plus à le faire, c'était leur fardeau, pas le sien. Comme s'il les tenait pour responsables de leur misère.

Augusta avait beau ne pas avoir consacré beaucoup de temps à s'interroger sur le père de Rothschild, elle s'était instinctivement forgé une piètre opinion de lui, et celle-ci ne s'améliora pas.

— Comment votre père pouvait-il être aussi insensible ? On ne peut pas reprocher à ces gens les conditions d'un marché qui échappe à leur contrôle.

— Je suis d'accord, mais il ne voulait rien savoir. Il était de ces hommes qui vivent dans le passé et refusent de voir les avantages du changement.

— Et vous n'êtes pas l'un d'eux ?

Elle savait qu'il ne l'était pas, elle voulait juste qu'il s'exprime davantage à ce sujet.

— J'espère que non. J'aimerais fournir à mes gens les outils nécessaires à l'amélioration de leurs conditions de vie. Si le fils de Harold est parti à York, c'est parce qu'il préfère travailler comme un esclave dans une usine plutôt que mourir de faim dans une ferme, et je peux difficilement lui en vouloir.

Elle avait remarqué durant la matinée combien cette visite était pénible pour Rothschild, et l'amertume de ces dernières paroles ne fit que confirmer cette impression. Il était affreusement embarrassé. À raison.

— Quelles autres choses feriez-vous différemment ?

— Presque tout. Pour commencer, il faut envisager d'éduquer les fermiers. Ils s'accrochent aux anciennes méthodes parce qu'ils redoutent le changement et que mon père leur a transmis l'amour des traditions. Nous devons aussi introduire l'élevage du bétail et des porcs. Mais j'ai eu beau en souligner l'importance, ils s'y refusent.

— Pourquoi ?

— Il paraît qu'un cultivateur digne de ce nom ne se mêle pas d'élevage. Que les bêtes sont sales et indignes de leurs soins.

— C'est malheureux. L'élevage du bétail est une industrie prospère en Amérique. Le développement des chemins de fer y est d'ailleurs pour beaucoup.

— Oui, j'ai étudié vos marchés, ainsi que ceux de toute l'Europe. Si je réussissais à inciter mes fermiers à coopérer, nous pourrions sans doute passer au XIXe siècle avant que le XXe commence, ironisa-t-il.

Il prit une longue inspiration et croisa son regard. Le sien était si intense qu'elle ne put détourner les yeux. Elle ne l'avait jamais vu aussi passionné par quelque chose, sinon lorsqu'il la courtisait, et elle aimait assez cette facette de sa personnalité.

— Le problème, c'est que je n'ai pas les fonds nécessaires pour l'investissement de départ qui me permettrait de vaincre leurs réticences. C'est pour cette raison que je vous ai amenée ici. C'est vrai, ce mariage reposerait sur un intérêt financier. Il me semble juste que vous puissiez voir par vous-même ce que votre argent financerait. Comme je vous l'ai dit, il ne s'agit pas uniquement de mon profit personnel. D'autres vies sont en jeu. Des vies dont je suis responsable. Il y a des familles, ici, des familles qui luttent pour gagner péniblement de quoi survivre et votre contribution leur serait bénéfique. Elles sont deux cents rien que sur ce domaine.

Il demeura silencieux tandis qu'ils chevauchaient en direction de la ferme suivante. Augusta devait admettre qu'elle n'avait pas imaginé que son besoin soit aussi criant ou qu'il puisse s'étendre au-delà de sa famille. C'était intelligent de sa part de l'avoir emmenée ici. Les Armstrong lui avaient permis de mettre un visage sur un véritable besoin humain, et c'était difficile de l'ignorer. Cela ne suffirait pas à la faire changer d'avis quant à son avenir, mais cela adoucirait certainement son attitude à l'égard de Rothschild. Loin de lui apparaître comme un simple coureur de dot, elle le voyait désormais comme un homme déterminé à aider ceux qui dépendaient de lui. C'était admirable. Il était admirable.

— Comment avez-vous appris autant de choses en matière d'agriculture ? Grâce à votre frère ?

Il secoua la tête, le regard fixé sur une maison au loin. Dans le champ attenant, un autre fermier et sa famille travaillaient.

— J'aimerais pouvoir dire que nous avons tenu bon, hélas, ce n'est pas le cas. Nous avons renoncé tous les deux. Après la mort de notre père, quand j'ai découvert l'état de nos affaires, j'ai compris qu'il fallait agir. Je viens de passer toute une année à étudier les techniques agricoles modernes.

— Je pense que vous avez déjà accompli un travail formidable jusqu'ici.

Il lui lança un regard surpris et secoua la tête.

— Non, William aurait fait un bien meilleur duc que moi.

Elle s'apprêtait à le détromper, mais il fit claquer sa langue pour faire avancer son cheval vers le fermier qui se dirigeait déjà vers eux. La rencontre fut de la même veine que la précédente. Cette ferme ainsi que la suivante étaient de dimensions plus modestes, et les maisons étaient si proches qu'ils eurent vite fait de passer de l'une à l'autre.

— Si ces visites sont destinées à justifier vos besoins financiers, je crois que votre objectif est atteint, dit-elle après qu'ils eurent pris congé de la dernière famille.

— Vous en avez assez vu ?

Il esquissa un lent sourire, comme s'il était surpris d'être encore intact alors qu'il venait de lui révéler ses pires secrets.

— Cela fait plus d'une heure que nous sommes partis. Mes parents risquent de s'inquiéter.

— Pas forcément, la taquina-t-il.

Elle rit, lui concédant ce point.

— Vous avez raison. Ils vous laisseraient m'emmener jusqu'au bout du monde sans se plaindre. Quoi qu'il en soit, je n'ai pas besoin d'en voir davantage. Je suis plus soucieuse de connaître votre projet pour aller de l'avant.

Il garda le silence un moment tandis qu'ils rebroussaient chemin.

— Un projet sans financement n'en est pas vraiment un, mais oui, j'ai un projet. Vous aimeriez que nous en parlions ?

— Oui, je crois. Je pourrais éventuellement vous faire des suggestions. Je ne connais pas grand-chose à l'agriculture, en revanche, j'ai quelques notions en matière d'affaires et d'investissements.

— Volontiers. J'ai justement rendez-vous avec mon régisseur cet après-midi. Joignez-vous à nous.

— Vraiment ? dit-elle, s'étant attendue à essuyer un refus poli.

— Oui. Je serais fou de refuser.

— Pourquoi dites-vous cela ?

— Parce que si l'année écoulée m'a forcé à l'humilité, je suis capable de reconnaître quelqu'un qui a le sens des affaires. Je ne dédaignerai aucune de vos suggestions.

C'était un nouveau genre de compliment. Un genre contre lequel Augusta était loin d'être immunisée. Son cœur palpita follement dans sa poitrine et elle dut prendre plusieurs inspirations pour se calmer.

— Dans ce cas, c'est entendu, je me joindrai à vous.

Elle garda le sourire pendant tout le trajet jusqu'à Charrington Manor. Au soleil, l'imposante demeure possédait un attrait qu'elle n'avait pas remarqué la veille. Son caractère gothique était indéniable, pourtant, elle lui trouva cette fois une sorte de charme un peu désuet au lieu de se sentir intimidée comme la veille. Si les maisons possédaient une personnalité, et elle était persuadée que certaines en avaient, celle-ci aurait été un grand-père bienveillant, qui aurait eu beaucoup de succès dans sa jeunesse. Avec une toiture neuve et un bon décapage, les pierres retrouveraient leur couleur crème d'origine au lieu de ce gris sinistre strié de coulures d'oxydation.

— Vous souriez, remarqua-t-il tandis qu'ils se dirigeaient vers l'écurie.

Un palefrenier s'approcha en courant pour prendre les rênes de sa jument tandis que Rothschild mettait pied à terre, puis venait l'aider à descendre. Quelque chose palpita dans son ventre quand ses mains se refermèrent sur sa taille. Elle prit appui sur ses épaules pour descendre de son cheval. C'était tout à la fois parfaitement décent et parfaitement indécent. D'innombrables palefreniers et valets d'écurie l'avaient aidée à descendre de cheval, mais leur contact lui avait semblé froid et distant. Et leurs mains ne s'étaient pas attardées sur sa taille.

— Merci.

Sa voix avait tremblé imperceptiblement. Elle leva les yeux vers lui. Il y avait dans son regard une profondeur qu'elle ne lui avait jamais vue.

— Je souris parce que l'idée de vous aider me plaît.

— Vraiment ? répondit-il en arquant les sourcils. J'aurais cru que me contrarier vous plairait davantage.

— On ne peut pas faire les deux ? le taquina-t-elle.

— Si, quand on s'appelle Augusta.

Elle chercha aussitôt le palefrenier du regard, mais ce dernier avait déjà disparu. Non que sa présence eût changé quoi que ce fût. Ses parents auraient de toute façon été ravis s'ils avaient su que le duc l'appelait par son prénom. D'instinct, elle tourna les yeux vers la maison, s'attendant à les apercevoir derrière une fenêtre. Mais la cour de l'écurie était orientée vers les champs et se trouvait au sommet d'une pente qui les dissimulait à la vue. Ce qui lui donna une idée.

— Avez-vous l'intention de m'embrasser maintenant ?

Dieu lui vienne en aide, elle en avait follement envie. Elle avait décidé de savourer chacun de ses baisers quand bien même elle avait l'intention de contrecarrer son projet de mariage. Rien ne l'empêchait de faire les deux.

Il la gratifia d'un grand sourire.

— Souhaitez-vous vous débarrasser de cette corvée pour la journée ?

— Non, répondit-elle avec franchise. Il m'a semblé que c'était une chose que vous pourriez faire.

Elle n'était cependant pas franche au point de lui avouer qu'elle en avait envie. Pas en plein jour.

Ses mains se crispèrent sur sa taille et il la rapprocha de lui, d'un centimètre à peine. Elle inspira une bouffée de citronnelle et de bergamote, s'emplissant de lui de la seule façon possible. Sa proximité la mettait en émoi.

— Je ne vais pas vous embrasser, mademoiselle Crenshaw.

La déception la submergea comme une vague. Si le sourire d'Evan s'était estompé, il s'attardait dans son regard rivé sur sa bouche.

— En fait, je ne vous embrasserai plus.

— Quoi ?

Il prit délicatement sa joue en coupe et lui caressa la lèvre inférieure de son pouce.

— J'ai eu le temps de réfléchir au marché que nous avons passé et je ne trouve pas correct de vous voler des baisers. Vous devriez me les donner librement.

Elle était stupéfaite. Elle avait beau connaître la puissance dévastatrice de ses baisers, elle les avait attendus avec impatience. L'avait-il deviné ? Cherchait-il à utiliser cela contre elle ?

Il s'écarta et lui offrit son bras, alors qu'elle avait juste envie d'être dans ses bras et de sentir ses lèvres sur les siennes. Non. Plus précisément, elle voulait sa bouche. Tout entière. Elle voulait sentir sa langue se mêler à la sienne et ses dents lui mordiller les lèvres. Elle voulait que sa bouche soit à la merci de la sienne et lui prodigue tout ce qu'il voudrait bien lui enseigner. Sauf qu'une jeune fille convenable ne désirait pas de telles choses et pensait encore moins à les solliciter.

Ne sachant comment procéder, elle accepta son bras et se laissa conduire au manoir.

— La cuisinière nous aura fait servir un lunch, disait-il. Après quoi nous irons retrouver Hughes, mon régisseur.

Elle hocha la tête et feignit de paraître intéressée par ses propos tout en tâchant de se convaincre elle-même que sa dévorante envie de baisers finirait bien par passer.

16

On ne parvient pas à accomplir grand-chose sous l'emprise de la peur.

FLORENCE NIGHTINGALE

La rencontre avec le régisseur laissa Augusta encore plus perplexe. Rothschild s'était montré très amical avec elle, répondant à ses questions et écoutant ses suggestions avec intérêt. Son regard ne s'était pas une seule fois attardé sur ses lèvres et il n'avait fait aucun commentaire suggestif. Elle aurait dû en être soulagée, car c'était censé signifier qu'il avait abandonné son projet de la courtiser. Au lieu de quoi, elle se sentait... vide, comme s'il lui manquait quelque chose.

Il avait continué d'observer ce comportement des plus convenables et légèrement irritant pendant le dîner. Il l'avait traitée comme il traitait ses autres invités. L'homme qui l'avait caressée de façon si indécente, et si délicieuse, au bal de Camille semblait désormais indifférent à sa présence. Elle ne savait plus quoi penser.

S'agissait-il d'un piège ? Si oui, il était sacrément efficace.

Cette question la taraudait encore quand tout le monde passa dans le salon de musique. Les jumelles se relayèrent pour jouer *Roméo et Juliette* au piano, et se révélèrent très douées. Bien qu'Augusta s'efforçât d'apprécier ce moment, elle était distraite.

Son regard revenait sans cesse sur Rothschild, tranquillement assis, les yeux tournés vers le piano. La pièce était disposée de telle façon que deux sofas placés en L faisaient face à l'instrument, avec un fauteuil à chaque extrémité. Rothschild se trouvait sur le sofa avec son père, tandis que leurs mères respectives étaient assises dans les fauteuils. Un couple d'âge avancé qui avait été invité à dîner, sir Henry et son épouse, occupait l'autre sofa. Depuis le divan près de la fenêtre qu'elle partageait avec Violet, Augusta jouissait d'une vue idéale sur son profil – un profil aussi classique qu'exceptionnel.

Dissimulant son sourire derrière son verre, Violet se pencha vers elle pour lui murmurer à l'oreille :

— Si tu persistes à le dévisager comme tu le fais, tout le monde saura ce que tu ressens pour lui.

— Que veux-tu dire ? Je regarde les jumelles.

Sa sœur se contenta de glousser. Comme toutes deux savaient qu'elle mentait, la réponse était appropriée.

— Que s'est-il passé entre vous cet après-midi ? demanda Violet une fois qu'elle eut retrouvé son sérieux.

Augusta jeta un coup d'œil alentour pour s'assurer que personne n'écoutait.

— Ma foi, j'ai fait la connaissance de M. Hughes et Rothschild ne m'a rien caché de ses déboires. J'ai été autorisée à consulter toutes les dettes recensées dans ses livres de comptes.

— Sa situation est épouvantable ?

— Oh que oui ! Il lui faudra une héritière pour se tirer d'affaire.

Elles pouffèrent, s'attirant un regard courroucé de leur mère. Augusta afficha une expression contrite et attendit que sa mère détourne les yeux pour ajouter :

— À dire vrai, je suis triste pour lui.

— Triste ? répéta Violet un peu trop fort.

Elle plissa le front, feignit de lisser un ruban de son corsage et attendit que la musique atteigne un crescendo avant de poursuivre :

— Tu es triste pour un aristocrate coureur de dot propriétaire d'innombrables domaines ?

— Je sais que cela peut sembler étrange, mais il n'est pas à l'origine de ces dettes.

— Il n'a rien fait non plus pour empêcher qu'elles perdurent, rétorqua Violet.

Un nouveau coup d'œil de leur mère incita Augusta à se lever, sous prétexte d'aller remplir son verre. Violet l'imita et toutes deux quittèrent discrètement la pièce pour gagner le long couloir orné des portraits des ducs de Rothschild et de leur progéniture. Un valet referma la porte du salon de musique derrière elles.

Le regard d'Augusta s'arrêta sur le duc de l'époque élisabéthaine qui semblait fixer sur elle un regard désapprobateur. Ses cheveux étaient plus sombres que ceux de Rothschild, en revanche, il avait les mêmes yeux. La même façon de dévisager. Une palpitation s'éleva dans son ventre et elle aurait pu en rire si la sensation ne l'avait pas autant troublée.

— Tu as raison, dit-elle à voix basse. C'est un irresponsable et il a dépensé bien plus d'argent qu'il n'aurait fallu, mais son père aurait dû prévenir la famille de la précarité de leur situation. Cet homme a fait vivre sa famille à crédit en profitant de son nom pendant des décennies. Si Rothschild n'est pas irréprochable, au moins il essaye d'arranger les choses. Ce qui est louable.

Violet se planta devant elle et étrécit les yeux d'un air inquiet.

— Il cherche à te forcer à l'épouser, Augusta. Cela n'a rien de louable.

— Certes. Mais je t'ai parlé du marché que nous avons passé. À la fin de la semaine, je prendrai congé de lui.

Violet la dévisagea d'un air étrange, comme si elle ne la croyait pas, ce qui mit Augusta sur la défensive.

— Le projet qu'il a conçu pour améliorer la situation m'a impressionnée. Il s'est abondamment renseigné sur tout ce qui était faisable et rentable sans rien laisser au hasard. Il n'est pas resté les bras ballants depuis le décès de son père.

Violet l'observa tranquillement tandis qu'elles longeaient la galerie et son regard se fit songeur.

— Je suppose que c'est une bonne chose qu'il prenne sa situation au sérieux, dit-elle finalement. Tous ses domaines sont aussi endettés ?

— Je crois, oui, répondit Augusta avec un haussement d'épaules. Mais les livres de comptes généraux sont à Sterling House. Rothschild m'a montré les plans d'améliorations qu'il a prévus pour chacun d'entre eux.

Violet soupira.

— En attendant, ses métayers continuent de souffrir.

Augusta ne put qu'acquiescer. Après le déjeuner, elle avait raconté à sa sœur les détails de sa matinée, y compris le fait qu'il avait refusé de l'embrasser.

— Tu crois que le projet de Rothschild peut les sauver ? s'enquit Violet.

— Oui, je le crois.

Avant de venir à Charrington Manor, elle aurait répondu différemment. Ces deux derniers jours lui avaient permis de découvrir une tout autre facette de sa personnalité.

— Augusta, ne te fâche pas, mais je me sens tenue de te poser la question. Penses-tu que tu pourrais être heureuse si tu devais vivre ici en tant que duchesse ? C'est peut-être une occasion à saisir.

Augusta s'immobilisa si brusquement qu'elle faillit trébucher sur l'ourlet de sa robe.

— Non, absolument pas.

— Attends, dit Violet en levant la main. De toute évidence, il t'inspire du respect et t'impressionne. Tu apprécies ses...

Violet jeta un coup d'œil au valet pour s'assurer qu'il ne pouvait pas l'entendre.

— ... baisers. Peut-être que tu serais heureuse ici, après tout.

— En abandonnant les Aciéries Crenshaw ?

— C'est cela le nœud du problème, n'est-ce pas ?

— En partie, oui. Je n'ai pas non plus envie de renoncer à ma liberté pour un homme. Pas maintenant. Sais-tu qu'en l'épousant, je deviendrais citoyenne britannique ? N'étant plus américaine, je perdrais tout droit sur mes fonds et mes propriétés. Tout lui reviendrait. Rothschild prendrait le contrôle de tout. Ma vie entière serait entre ses mains. Même si je continuais à occuper mes fonctions au sein de la compagnie, tous mes revenus, à l'exception d'une somme dérisoire, lui reviendraient, y compris les titres et les dividendes.

— Cela fait beaucoup à abandonner, en effet.

Elles arpentèrent la galerie en silence un moment.

— Tu as pourtant bien l'intention de te marier un jour, n'est-ce pas ? reprit Violet.

Augusta haussa les épaules.

— Oui. Je veux un foyer et des enfants. Pour autant, je n'imaginais pas franchir le pas avant plusieurs années.

— Et si tu avais dix ans de plus ? Tu accepterais d'épouser le duc ?

Si elle était prête à abandonner sa liberté et ses droits au profit d'un inconnu, choisirait-elle Rothschild dans ce rôle ? La réponse lui apparut comme une évidence.

— Je crois que je le pourrais, oui.

— Augusta ! Violet !

Elles firent volte-face. Leur mère se tenait sur le seuil du salon de musique.

— Votre absence a été remarquée, reprit-elle à mi-voix.

Violet gratifia sa sœur d'un ultime regard qui en disait long avant de regagner le salon. Augusta lui emboîta le pas, plus distraite et partagée que jamais.

Evan avait été incapable de cesser de penser à Augusta. Ne pas l'embrasser la veille, dans la cour de l'écurie, avait été un véritable exploit. Plus tard, après le récital, quand Augusta et sa sœur leur avaient souhaité une bonne nuit, il avait vu son regard s'attarder sur lui, ardent et affamé. Il avait dû faire appel à toute sa volonté pour résister à la tentation de se glisser dans sa chambre, une fois tout le monde couché, histoire de voir à quoi un autre baiser les mènerait. Finalement, il s'était contenté de soulager le désir qu'il avait d'elle de sa propre main.

L'efficacité de cette méthode avait été de courte durée. Il s'était réveillé en proie au même désir, toutes ses pensées tournées vers elle. D'une certaine façon, le temps passé avec elle n'avait fait qu'accroître son désir. Contraint de révéler l'ampleur des besoins du duché, il s'était attendu qu'elle le tourne en dérision. En vain. Elle n'avait pas ricané et ne lui avait pas fait sentir qu'il avait perdu tout droit à son respect pour avoir failli à son devoir. Non, elle s'était montrée compréhensive et lui avait soumis des suggestions avisées pour améliorer son projet.

Assis dans la bibliothèque, les lignes du contrat qu'il essayait de lire se brouillèrent devant ses yeux. Inutile d'insister. Il avait dû relire le même passage au moins dix fois.

— Oh ! fit soudain une voix féminine.

Augusta se tenait sur le seuil. Le sourire dont elle le gratifia était à la fois prudent et authentique.

— Bonjour, mademoiselle Crenshaw, dit-il en se levant.

Son corps se mit presque à vibrer quand elle pénétra dans la bibliothèque.

— J'ignorais que quelqu'un était là. Je vous croyais dans votre bureau.

— J'avais besoin de place pour étaler tout cela, répondit-il en désignant les documents entassés sur la grande table.

La vérité, c'était qu'il l'avait manquée au petit déjeuner et qu'il espérait la voir. Elle était ravissante dans sa robe de jour prune qui semblait avoir été moulée directement sur sa poitrine. Il dut se faire violence pour détacher son regard de la rangée de minuscules boutons qui en ornait le devant.

— C'est plutôt ennuyeux, les contrats, n'est-ce pas ?

Surmontant visiblement ses réticences, elle s'était approchée et avait jeté un coup d'œil à ce qu'il lisait.

— Je peux ?

— Je vous en prie.

Elle s'empara du document et lut la première page à une vitesse extraordinaire. La gorge d'Evan se serra quand il réalisa qu'il trouvait cela incroyablement séduisant. Il s'assit pour dissimuler l'effet qu'elle avait sur lui, mais cela ne fit qu'aggraver les choses. À présent, son visage se retrouvait au niveau de sa poitrine et son parfum l'enveloppait. Il attrapa un autre contrat et tâcha de se concentrer dessus.

— Je ne vous envie pas. Vous risquez d'en avoir pour la journée, dit-elle en reposant le document sur la table avant de faire le tour de la pièce.

Elle parut l'avoir oublié, tandis qu'elle passait les étagères en revue.

Il marmonna une réponse appropriée et parcourut le contrat qu'il avait à la main, notant les pénalités supplémentaires pour retard de paiement que son régisseur avait ajoutées.

— Je suis contente de voir que vous suivez mon conseil, dit-elle alors qu'il était certain qu'elle l'avait oublié.

— J'ai pris note de toutes vos suggestions.

C'était vrai.

Ayant achevé la lecture du contrat qu'il tenait à la main, il le reposa et en prit un autre, mais il se révéla incapable de se concentrer. Elle était là, rôdant tout près, et il ne fallut pas longtemps pour que la courbe de son dos au niveau de la taille se révèle fascinante. Sa nuque délicate, aussi. Ses cheveux relevés en un simple chignon en soulignaient le galbe gracieux. L'embrasser là serait parfait parce qu'il pourrait enfouir le nez dans sa chevelure et humer son odeur.

Sortant un livre d'un rayonnage, elle lui présenta son profil quand elle l'ouvrit et prit momentanément appui contre la bibliothèque pour parcourir une page. Ses petits seins lui parurent plus haut que d'habitude. Il se les rappela dans sa robe de bal écarlate, se rappela leur saveur dans la bibliothèque de Hereford. Augusta se mit à jouer d'un geste absent avec une mèche échappée de son chignon. Evan mourait d'envie de caresser cette mèche avant d'enfouir les doigts dans la masse soyeuse de sa chevelure et d'ôter les épingles qui la retenaient.

Augusta lui adressa un vague sourire, reposa le livre qu'elle consultait sur l'étagère et revint vers lui.

— Puis-je vous aider à trouver quelque chose ? s'entendit-il lui proposer.

— Non, je vous remercie. Les jumelles nous ont fait faire le tour de la maison hier, et j'ai été charmée par votre bibliothèque. Comme il pleuvait ce matin, j'ai décidé d'en profiter pour venir l'explorer. Les jumelles et Violet jouent aux charades, ce qui fait que j'ai un peu de temps libre seule.

Son imagination lui jouait-elle des tours ou avait-elle vraiment mis l'accent sur le mot *seule* ? Comme si elle sous-entendait que tout le monde étant occupé, ils ne seraient pas dérangés ? Il jeta un coup d'œil à la porte et constata, déçu, qu'elle l'avait laissée ouverte. Son imagination lui jouait bel et bien des tours.

— Je vous prie d'excuser mes sœurs. Elles ont rarement de la visite, et plus rarement encore des personnes proches de leur âge.

— Vous n'avez pas à vous excuser. Elles sont adorables. J'ai l'habitude de rester seule la plupart du temps. Violet est bien plus sociable que moi.

Sa déception s'accrut. Elle souhaitait rester seule et il s'était imaginé des choses parce qu'il semblait ne jamais se rassasier de sa présence. Jaillie d'on ne sait où, lui vint la vision de Mlle Crenshaw sagement assise à une table, et lui, agenouillé devant elle, soulevant ses jupes et… *Arrête immédiatement !* Il se frotta les yeux pour tenter de chasser l'image de son esprit.

Une bouffée de parfum l'avertit de son approche un instant avant qu'elle dépose une lourde pile de livres sur sa table. Un nuage de poussière s'échappa des reliures de cuir. Il n'eut pas besoin de regarder le titre qui figurait sur leur dos pour savoir qu'elle avait trouvé les écrits de William.

« Dieu merci, William est l'héritier. Evan n'arrivera jamais à rien. Ce garçon est peut-être fort comme un bœuf, mais il en a aussi la cervelle. »

Le souvenir des paroles de son père ne piquait pas autant que lorsqu'il l'avait entendu les dire à sa mère, mais elles demeuraient aussi vraies aujourd'hui qu'hier. William aurait fait un bien meilleur duc que lui.

— *Traité sur les observations de* Rhetorica ad Herennium *dans le grand style et ses rapports à la philosophie grecque*, par William, marquis de Langston.

La voix d'Augusta transformait le titre en quelque chose de presque mélodieux.

— Votre frère ? s'enquit-elle.

Il hocha la tête et sentit un nœud se former dans sa gorge.

— C'était un genre d'érudit.

— Je vois.

Elle continua de lire à voix haute la page de titre de chaque volume. Chacun étant plus obscur et alambiqué que le précédent.

— Il doit en rester une pile ou deux sur les étagères, dit-il. Il a énormément écrit sur l'érudition grecque et latine.

Augusta entreprit d'en feuilleter un.

— Seigneur, il était très... minutieux.

— J'étais en admiration devant lui.

Evan prit le volume suivant sur la pile et admira la calligraphie élégante ainsi que l'absence de ratures. Il s'interrompit quand il réalisa qu'elle l'observait.

— Je suis désolée de sa disparition, dit-elle d'une voix très douce qu'Evan sentit s'insinuer jusque dans les replis glacés de sa poitrine.

— Cela fait déjà plusieurs années.

Elle couvrit sa main de la sienne.

— Je suis néanmoins désolée. Je vois bien que vous l'aimiez beaucoup.

Peut-être était-ce l'affection qu'il lut dans son regard ou la douceur de sa main, toujours est-il que sa gorge se serra. Il dut laisser passer un moment avant de pouvoir parler.

— En effet. Je crains de l'avoir harcelé sans merci quand nous étions enfants. Il passait son temps à lire et j'aurais tant voulu qu'il joue avec moi.

— Quand on aime quelqu'un, les années qui s'écoulent n'y changent rien. Rien n'efface la douleur de leur disparition.

Evan déglutit à plusieurs reprises.

— Comment savez-vous cela ? demanda-t-il d'une voix rauque.

— J'étais proche de mon grand-père Augustus. Il est mort quand j'étais petite, pourtant je me souviens encore de l'instant exact où j'ai appris sa mort. Mon père peut raconter ce qu'il veut, c'est mon grand-père qui, le premier, m'a encouragée à travailler pour les Aciéries Crenshaw.

Evan se surprit à caresser du pouce la main d'Augusta, mais fut incapable de s'arrêter.

— Cela a dû être difficile de perdre un tel soutien.

— Mon frère Maxwell me soutient toujours, et mon père aussi, même si son soutien est parfois hésitant. Je n'ai pas à me plaindre.

Elle lui sourit et il sentit quelque chose menacer de se rompre en lui. Cela frémit dans sa poitrine telle une digue sur le point de céder.

Quand il était en pension, c'était William qui lui envoyait des messages de soutien. Son père n'envoyait que des réponses sèches à ses requêtes – des demandes d'argent, la plupart du temps, qui s'étaient toutes soldées par des refus. Et quand leur père s'était moqué de son projet de prendre des parts dans un club pour gentlemen, William avait écouté en silence et lui avait prodigué des encouragements.

— Rothschild ?

Sa voix était inquiète, de même que son regard lorsqu'il releva les yeux.

Il les détourna aussitôt. Il secoua la tête comme si tout allait bien, et cependant les mots sortirent.

— C'est William qui devrait être ici aujourd'hui. Pas moi.

Elle ne dit rien, se contenta de s'appuyer contre la table. On n'entendait plus que son souffle et la pluie qui tambourinait aux carreaux.

— Il était si studieux, si prévoyant. Il était fait pour être duc.

Elle posa la main sur son épaule et il ferma les yeux pour résister à l'envie de l'attirer dans ses bras. De se tourner vers elle et d'accepter le réconfort qu'elle lui offrait. S'il faisait cela, la digue se romprait et il déverserait sur elle le flot de ses doutes et de ses incertitudes. Et elle se sauverait en courant.

Il s'ordonna de se taire, mais une fois de plus, les mots sortirent.

— Il serait tellement plus efficace. Alors que je n'ai fait qu'aggraver la situation depuis un an. Lui aurait trouvé le moyen d'arranger les choses.

— Evan.

Il sursauta en l'entendant prononcer son nom et croisa son regard. Il découvrit avec étonnement que ses yeux étaient brillants de larmes. Avant qu'il ait pu réagir, elle l'attira contre elle et Evan sentit les sanglots qu'il réprimait lui secouer les épaules.

— Non, murmura-t-il.

Ses poings s'étaient déjà agrippés à ses jupes et refusaient de lâcher prise. Il avait l'impression de s'observer de l'extérieur.

— Chut... Ce que vous ressentez est normal.

La main d'Augusta s'était refermée sur sa nuque et elle parlait tout près de sa tempe.

— Cela a dû être un tel choc de le perdre.

Il ferma les yeux et, dans un instant de faiblesse, s'autorisa à appuyer la joue contre sa poitrine et à respirer son odeur.

— Il avait une malformation cardiaque, dit-il. Les médecins pensent que c'était congénital et que c'est resté à l'état latent pendant des années.

Augusta lui massait divinement la nuque. Des frissons de plaisir filèrent le long de sa colonne vertébrale avant de s'enrouler autour de son cœur douloureux.

— Quelle tristesse, murmura-t-elle. Le travail que vous accomplissez à sa place est remarquable. Il serait fier de vous.

Evan voulut rire, mais ce fut un sanglot qu'il étouffa contre ses seins.

— Il pensait que je passais trop de temps à boire et à prendre du bon temps. Il avait raison.

— Avant, peut-être. Il n'empêche que vous avez accompli un travail admirable depuis que vous êtes duc. Les caisses étaient vides et pourtant, vous avez réussi à faire patienter les créanciers.

Il secoua la tête, la gorge trop nouée pour parler.

— Et vous trouverez le moyen de continuer. Je ne sais pas grand-chose de lui, mais je suis sûre que William ne s'en serait pas sorti aussi bien que vous. Des travaux d'érudit ne vous sont d'aucun secours quand vous traversez une mauvaise passe et que vous devez empêcher tout un duché de sombrer.

Il craignait trop de perdre contenance pour oser la regarder. C'est alors qu'Augusta prit doucement son visage entre ses mains.

— Aurait-il été capable d'établir tous les projets d'amélioration que vous avez réalisés ?

— C'est lui qui a eu l'idée de suggérer à père d'investir dans un équipement mécanisé, répondit-il d'une voix qu'il ne reconnut pas.

— Mais votre père a refusé, n'est-ce pas ?

Evan hocha la tête.

— Et j'imagine que William n'est pas allé plus loin.

— Non, après que père a refusé, il est retourné à ses livres.

— Et il a continué de s'adonner à sa passion pour les coûteux manuscrits antiques ?

Il acquiesça.

Elle lui sourit tendrement.

— Aurait-il été disposé à se mettre en quête d'une héritière ?

Evan laissa échapper un petit rire.

— Non. Il détestait Londres.

— Aurait-il participé à des combats clandestins pour avoir de quoi manger ?

Il sourit de nouveau, quoique à contrecœur.

— William était un érudit. Il se serait défendu dans un combat entre gentlemen, en revanche, il n'aurait jamais pu affronter des types comme Wilkes.

— Alors je crois que, s'il avait vécu, il s'en serait remis à vous pour sauver le duché.

Cette conclusion le laissa un instant stupéfait, parce qu'il était fort possible qu'elle ait raison. Il avait passé sa vie à admirer son frère aîné, persuadé qu'il ne serait jamais à sa hauteur. Et pas une seule fois il ne s'était dit que William n'aurait peut-être pas été capable de relever les défis attachés à son titre.

— Il me manque.

C'était la première fois qu'il confiait cela à quelqu'un.

— Je sais.

Elle approcha son visage du sien, si près que leurs nez se touchèrent presque. Ses yeux s'étaient assombris. Quelque chose avait changé en elle.

— Je ne peux pas dire en quoi les choses auraient été différentes si William avait vécu ; personne ne le peut. Mais je peux vous dire que vous avez assumé vos responsabilités et que je vous admire grandement.

Ses paroles le soulagèrent du poids qui l'oppressait depuis si longtemps. C'était comme si elle avait coupé le lien qui l'entravait et qu'il pouvait respirer librement pour la première fois depuis des années.

— Vous… vous m'admirez ? répéta-t-il d'une voix rauque.

— Oui, répondit-elle en lui caressant la joue de ses doigts repliés. Beaucoup.

Il n'eut pas le temps de réfléchir à ce que cela signifiait car elle pressait déjà ses lèvres sur les siennes. Il ouvrit spontanément la bouche, avide de retrouver sa saveur après s'être sottement privé de ce plaisir. Elle était aussi suave et délicieuse que dans son souvenir. La douce caresse de sa langue aurait dû avoir l'effet d'un baume sur son chagrin, or elle le fit resurgir et il sentit la digue se fissurer. Elle entortilla les doigts dans ses cheveux et émit un petit bruit tandis qu'elle l'embrassait avec ardeur. Un léger goût de sel se mêlait à celui de sa bouche. Evan réalisa qu'il avait pleuré. Qu'il pleurait encore.

Avec la disparition du poids qui lui écrasait la poitrine, plus rien n'empêchait le flot de son chagrin de déborder.

La vague de tristesse qui le submergea soudain fut si violente qu'elle lui coupa le souffle. Augusta s'écarta comme si elle craignait de lui avoir fait mal.

— Je suis désolée.

— Non, ne le soyez pas, dit-il avant de s'emparer de ses lèvres comme s'il avait besoin de ses baisers pour respirer.

Elle l'enlaça et il la serra contre lui. Mais le chagrin refusait de refluer. Il affleurait à la surface de leur baiser pour faire connaître sa présence. Sa gorge se noua irrépressiblement. Une fois. Puis une autre encore. Un sanglot remontait dans sa gorge et il dut interrompre leur baiser pour le réprimer.

— Evan ?

Il enfouit le visage au creux de son cou et le sanglot éclata. Tandis qu'elle déposait des petits baisers sur son front en murmurant des paroles d'apaisement, il réalisa qu'il n'avait jamais pleuré la mort de son frère. Il avait accompli le rituel du deuil, mais son père rôdait toujours derrière lui, comme s'il guettait le moindre signe de faiblesse de sa part. Evan avait donc choisi d'enfouir sa peine en lui dans l'espoir qu'elle finirait par se dissiper. Et puis son père était mort, et sa vie était devenue une série d'obstacles, chacun se révélant plus difficile à franchir que le précédent. Comme si son père avait conçu un châtiment qui se prolongerait longtemps après sa mort.

— Il me manque, murmura-t-il.

Elle déposa un baiser sur sa tempe et fit courir une main apaisante dans son dos. Ses muscles frémirent sous cette caresse tel un chat sous la main d'un être humain bien-aimé.

Elle le garda longtemps dans ses bras, jusqu'à ce qu'il cesse de trembler et parvienne à endiguer le flot de larmes. Il inhala une dernière fois son odeur, déposa un baiser dans son cou, un autre sur sa gorge, et un dernier sur le galbe de sa poitrine. Augusta lui tira doucement les cheveux pour l'inciter à relever la tête. Il déposa un baiser sur ses lèvres ; celui-ci s'enflamma presque aussitôt et devint plus avide que le précédent. Enhardie par son expérience, elle s'ouvrit à lui et l'audacieuse caresse de sa langue incendia Evan. Elle glissa la main le long de son cou, son pouce s'attarda là où battait son pouls avant de descendre plus bas, ses doigts cherchant à s'immiscer dans l'échancrure de sa chemise pour toucher sa peau. Le besoin de la toucher, de sentir sa peau contre la sienne, tira un gémissement à Evan.

— Augusta, murmura-t-il alors qu'il reprenait son souffle.

La bouche d'Augusta traqua la sienne pour lui dérober un autre baiser. Et un autre encore. Elle avait si parfaitement soulagé sa peine qu'il n'y avait plus que le feu entre eux, désormais. Il prit les rênes de ce baiser, s'emparant de sa bouche avec une fougue qui frisait le désespoir.

— ... en train de lire, probablement. C'est là qu'on la trouve généralement embusquée, à la maison.

La voix de Violet leur parvint quelques secondes avant que la porte s'ouvre. Augusta n'eut que le temps de s'écarter. Sa sœur écarquilla les yeux en les voyant, puis pivota aussitôt pour faire face aux jumelles qui se trouvaient sans doute derrière elle.

— Nous ferions peut-être mieux d'aller chercher des gâteaux avant de la déranger. Je meurs de faim !

— Excellente idée, acquiesça Louisa avant que leurs voix s'éloignent.

Les joues en feu, Augusta s'efforçait de reprendre son souffle. Quiconque aurait posé les yeux sur elle aurait deviné qu'ils venaient de s'embrasser. Sur elle ou sur l'entrejambe d'Evan, d'ailleurs.

— Je ferais mieux de partir avant qu'elles reviennent, déclara-t-elle.

Il acquiesça à regret. C'était le mieux à faire, en effet, pourtant il aurait aimé qu'elle reste. Il aurait voulu passer toute cette journée pluvieuse avec elle. D'abord ici, dans la bibliothèque, et puis dans son lit. C'était sans doute la seule chose que les parents d'Augusta n'auraient pas tolérée. À moins que leur désespoir ne fût tel qu'ils auraient été prêts à autoriser cet écart à seule fin d'inciter Augusta à lui dire oui. Un besoin sauvage de vérifier cette théorie l'incita presque à se lever d'un bond. Il lui suffit toutefois de contempler son beau visage pour qu'il s'en abstienne.

Elle fixait sur lui un regard si confiant et si tendre qu'il se sentait incapable de donner suite à ses pensées déshonorantes. S'ils devaient aller plus loin, ce serait parce que Augusta l'aurait choisi lui, et non pas à cause de ses parents ou parce qu'il avait besoin d'une épouse. Ils ne le feraient que parce qu'ils avaient besoin l'un de l'autre.

— Au revoir.

Elle posa la main sur sa joue et il tourna la tête pour déposer un baiser au creux de sa paume. Elle sourit, lui caressa le visage du bout des doigts avant de quitter la pièce.

Evan se sentit soudain faible et désorienté. Il cala les coudes sur la table et se prit la tête entre les mains, adoptant peu ou prou l'attitude dans laquelle elle l'avait trouvé.

17

La vérité est chose si rare qu'il est délicieux de la dire.

EMILY DICKINSON

La pluie tomba toute la journée ainsi que le lendemain. Le crachin régulier parait le monde d'une teinte uniformément grise et révélait les fissures et les défauts de Charrington Manor. Chacun feignait de ne pas remarquer que la tache d'humidité au plafond du salon s'était mise à suinter. Le crépitement des gouttes était souvent dissimulé sous les vigoureux accords de piano et les éclats de rire qui émaillaient les jeux des jumelles. Pour combattre les courants d'air et les vents coulis qui s'insinuaient à travers les murs de pierre des feux de bois rugissaient dans chaque cheminée.

Augusta avait l'impression de vivre une sorte de parenthèse idyllique, après l'agitation de la ville et le tourbillon de réceptions et de divertissements qui l'avait happée depuis leur arrivée en Angleterre. Étonnamment, elle en venait à découvrir qu'elle se plaisait dans cette campagne. Certes, la maison aurait gagné à jouir d'un certain nombre de modernisations, mais quand elle s'asseyait devant une cheminée avec un plaid sur les genoux et une tasse de thé, c'était tout à fait supportable. D'autant plus supportable que le souvenir des baisers du duc la réchauffait. Et la façon qu'il avait eue de s'accrocher à elle alors qu'il pleurait sur son frère l'avait bouleversée. C'étaient de vraies larmes.

Bien qu'elle n'ait vu un homme pleurer qu'une seule fois – Maxwell, quand il s'était cassé le bras à quinze ans –, elle les soupçonnait depuis longtemps d'en être aussi capables que n'importe quelle femme. La surprise ne venait pas de là. La surprise, c'était qu'Evan l'ait autorisée à voir ses larmes et l'ait enlacée au lieu de la repousser. Elle n'avait pas cessé d'y repenser depuis.

Après la bibliothèque, pendant le thé et de nouveau pendant le dîner, il l'avait regardée avec ce même regard chaleureux. Il ne la traitait pas avec la politesse bienveillante qu'il réservait à n'importe quel invité ; cela allait bien au-delà. Sa tendresse laissait deviner un feu secret qui ne demandait qu'à être libéré. Elle frissonna en imaginant les flammes de ce feu s'enrouler autour d'elle telles des langues de chaleur.

— Veux-tu un autre plaid ? s'enquit Violet en souriant par-dessus le bord de sa tasse de thé.

Augusta lui avait confié ce qui s'était passé dans la bibliothèque – les baisers, pas les larmes. C'était trop intime pour être partagé. Et depuis, Violet ne cessait de la regarder avec ce petit sourire entendu. Augusta avait repensé plus d'une fois à la conversation qu'elles avaient eue. Oui, si elle s'était sentie prête pour le mariage, elle savait dans son cœur qu'elle aurait choisi Rothschild. Et si seulement le fait de le choisir n'avait pas exigé d'elle qu'elle renonce à tout ce qui lui était cher.

— Non, ça va, je te remercie.

— En es-tu certaine ? J'ai l'impression que tu rumines au sujet d'un certain gentleman qui a été appelé au loin.

— Arrête, Violet, ordonna Augusta en riant. Je ne rumine absolument pas. En outre, ledit gentleman a juste été appelé en ville. Il sera bientôt de retour.

Violet reposa sa tasse.

— Quelque chose t'incite pourtant à tourner les yeux vers la fenêtre toutes les deux minutes.

Augusta savait que Violet avait raison car elle s'était surprise à le faire. Elle n'eut cependant pas à se donner la peine de lui répondre car un bruit de pas décidés annonça l'arrivée de leur mère.

— Bonjour, mère. Je croyais que vous faisiez la sieste. Voulez-vous du thé ?

Leur mère secoua la tête.

— Non, merci. Si tu as terminé, Augusta, ton père et moi aimerions te dire un mot.

Bien que gagnée par une sensation de malaise, Augusta réussit pourtant à garder le sourire alors même que le froncement de sourcils de sa mère laissait augurer une conversation déplaisante.

— Certainement.

Elle échangea un regard inquiet avec sa sœur avant de suivre sa mère hors de la pièce.

Alors qu'elles atteignaient l'escalier, un tumulte dans le hall les incita à se retourner. Evan entra au pas de charge et tendit son chapeau ruisselant et son manteau à un valet. Il avait profité d'une accalmie pour se mettre en route, hélas, elle n'avait pas duré. Le cœur d'Augusta fit un bond dans sa poitrine. Il était si trempé que ses vêtements lui collaient à la peau, soulignant l'ample carrure de ses épaules et l'étroitesse de ses hanches. Quand leurs regards se croisèrent, ce fut comme si un courant électrique les reliait, qui ne s'atténua que lorsqu'il réalisa que sa mère se tenait près d'elle.

— Bonjour, Votre Grâce, dit celle-ci.

Elle attendit qu'il réponde poliment à son salut avant de prendre Augusta par le bras pour l'entraîner dans l'escalier.

Elles pénétrèrent dans le salon de la suite que ses parents partageaient. Son père n'était visible nulle part. Sa mère referma la porte avant d'aller s'asseoir devant la cheminée. Augusta l'imita.

— Je tenais à te parler avant le dîner.

— Oui ? dit Augusta, feignant un intérêt poli alors que son cœur s'était déjà emballé.

Sa mère prit une longue inspiration, comme si elle avait besoin de courage. Augusta cessa de respirer.

— Il n'y a eu aucun signe d'annonce de fiançailles.

— Mère…

Celle-ci leva la main pour lui imposer le silence.

— Je comprends tes réticences, Augusta. Vraiment. Personne n'a jamais eu besoin de me convaincre d'épouser ton père ; il m'avait charmée au premier regard. Je ne prétendrai donc pas que je sais ce qu'on ressent quand on vous choisit un mari.

— Non, je suis certaine que vous ne le savez pas.

Le ton était amer et Augusta le regretta, mais elle n'avait pas pu s'en empêcher.

Sa mère cilla.

— Des générations de femmes se sont cependant pliées à cette coutume. Je sais que tu te crois différente, et peut-être l'es-tu. S'agissant de ton mariage cependant, ton père et moi savons mieux que toi. Nous t'avons choisi cet homme-là et nous voulons que tu acceptes sa demande.

Augusta serra les poings.

— Personne ne m'y forcera.

L'expression de sa mère se fit aussi ferme que sa voix.

— Raison pour laquelle nous devons discuter.

— *Discuter ?*

Augusta sentit la colère enfler en elle tel un feu de broussailles. Elle s'efforça de la contrôler, mais ce n'était guère aisé.

— Vous n'avez pas l'intention de discuter, enchaîna-t-elle. Vous voulez juste me dire ce que je dois faire et m'obliger à accepter.

Sa mère inclina sobrement la tête, lui concédant ce point.

— Tu es une fille intelligente et je comprends que tu aies besoin de justification. Je sais l'importance que tu attaches aux faits et aux statistiques, aussi vais-je t'énoncer clairement les faits. Tu n'auras plus aucune perspective de mariage une fois que nous serons de retour à New York. Tes écarts de conduite, qui ont été relatés dans la presse anglaise, seront aussi commentés chez nous.

Augusta éclata de rire.

— Personne ne trouvera à redire à ce que je sois sortie sans chaperon et tout le monde aura déjà oublié ma robe de bal écarlate et ma promenade avec un aristocrate.

— Peut-être. Il n'empêche que les gens n'oublieront pas qu'un duc s'est désintéressé de toi.

— Que voulez-vous dire ? Il ne s'est pas désintéressé de moi. Je crois même au contraire qu'il souhaite m'épouser plus que jamais.

— Peu importe. Tu auras été sur le point de te marier. Tout le monde en aura parlé. Tout le monde sait que nous avons été reçus chez lui. Tout le monde s'attend que des fiançailles soient annoncées à notre retour à Londres. Au cas où elles ne seraient pas annoncées, je crains fort que ta réputation ne survive pas à la rumeur. Il se sera dédit et tout le monde se demandera pourquoi.

— Il ne se sera pas dédit. C'est moi qui refuserai son offre.

— Peu importe, Augusta, et tu le sais très bien. Dans ce genre de situation, les hommes ont le pouvoir. Un seul mot de lui et plus personne ne te regarde plus.

— Vous donnez à cette affaire un tour dramatique qui n'existe pas. Evan...

Sa mère écarquilla les yeux.

— Rothschild ne dira jamais rien qui puisse me nuire. C'est un vrai gentleman.

Cette fois, sa mère étrécit les yeux d'un air calculateur.

— S'il est le gentleman que tu dis, qu'as-tu à lui reprocher ? Tout le monde voit bien que vous vous entendez à merveille.

— C'est vrai, reconnut Augusta. Nous sommes désormais amis et j'ai découvert qu'il était digne d'admiration. Je ne veux toutefois pas me marier maintenant.

— Te conviendrait-il si tu ambitionnais de te marier maintenant ?

Augusta soupira. Elle avait déjà eu cette conversation avec Violet.

— Peut-être. Mais il y a tant de choses à considérer. Je le connais à peine. Selon moi, pour qu'un mariage soit heureux, il est essentiel qu'un couple...

Sa mère agita la main.

— J'en ai assez entendu. Ton père et moi avons décidé que tu l'épouserais et il n'y a rien à ajouter.

— Rien à ajouter ? Je ne comprends pas.

Sa mère prit une longue inspiration et croisa les mains.

— Si vos fiançailles n'ont pas été annoncées quand nous partirons d'ici, ton poste au sein des Aciéries Crenshaw sera supprimé.

Le choc n'aurait pas été plus grand si elle l'avait giflée.

— Papa n'acceptera jamais cela.

— C'est déjà fait.

Le sang d'Augusta se figea dans ses veines et elle se leva d'un bond.

— Je ne vous crois pas.

— Augusta...

Sa mère franchit la distance qui les séparait, mais se retint de la toucher.

— Nous en avons assez de ton obstination. Nous savons ce qui te convient. Si tu ne saisis pas cette chance, tu le regretteras toute ta vie. Nous ne pouvons pas te laisser agir ainsi.

— Vous voulez dire ce qui *vous* convient, rectifia Augusta, qui dut se retenir au manteau de la cheminée pour ne pas vaciller.

— Ce mariage est ce qu'il y a de mieux pour notre famille et pour nos affaires – c'est l'évidence même –, mais aussi pour toi. Tu jouiras d'opportunités dont tu n'as même pas idée.

— D'opportunités ? J'ai déjà toutes les opportunités que je veux. Maintenant. Avec les Aciéries Crenshaw.

— Pas si tu refuses ce mariage.

Sa mère la dévisagea avec la froide indifférence d'une étrangère. Non, pas d'une étrangère. Elle la regardait comme si elle était le seul obstacle s'élevant entre elle et ce qu'elle désirait plus que tout au monde, un obstacle qu'elle aurait préféré écraser plutôt que de chercher une autre solution.

La porte de la chambre s'ouvrit et son père entra dans la pièce. Son regard alla d'abord vers son épouse avant de se poser à contrecœur sur Augusta. Elle comprit alors qu'il s'était délibérément tenu en retrait pour ne pas avoir à annoncer lui-même leur décision.

— Papa, vous ne pouvez pas être sérieux, balbutia Augusta, la gorge nouée de tristesse et de colère.

— Ne prends pas cet air affligé, ma chérie, répondit-il d'un ton de douce réprimande. Ce n'est pas comme si on te livrait aux loups. Nous nous sommes renseignés sur cet homme et nous l'avons trouvé parfaitement acceptable. Ton travail aux Aciéries aurait pris fin un jour de toute façon. C'est la vie que tu es destinée à mener, et elle est infiniment plus glorieuse que tout ce que ta mère et moi aurions pu imaginer. Laisse Maxwell prendre les rênes de l'affaire, comme il était destiné à le faire, d'accord ?

Sa mère tendit la main vers elle, mais Augusta se déroba instinctivement. Il n'était pas question de faire comme si tout allait bien alors qu'ils tentaient de détruire son univers.

— Tu as toujours été très volontaire, soupira sa mère. Avec le temps, tu comprendras que c'est ce que tu pouvais espérer de mieux.

— Et Camille ? En viendra-t-elle, elle aussi, à comprendre que c'était ce qu'elle pouvait espérer de mieux ?

Sa mère sourit, puis secoua tristement la tête.

— Camille est loin d'avoir ton bon sens.

— Et Rothschild est loin de ressembler à Hereford, renchérit son père. Tu as peut-être l'impression que ta situation est similaire, or elle ne l'est que superficiellement. Je n'aurais pas trouvé aussi légitime de t'offrir à Hereford que je le trouve avec Rothschild.

Augusta le dévisagea, stupéfaite : « t'offrir ». Comment avait-elle pu se leurrer au point de croire qu'elle était responsable de sa propre vie ? Ses parents n'avaient jamais fait que satisfaire ce qu'ils tenaient pour un caprice de sa part.

— Mais vous m'auriez quand même offerte à lui, conclut-elle.

Ce n'était pas une question. La réponse était inscrite sur son visage.

— Augusta.

Sa voix avait un tranchant qu'elle ne lui avait que très rarement entendu. Il le réservait à ceux qui mettaient sa patience à très rude épreuve.

— Je ne discuterai pas des cas de figure hypothétiques. Nous parlons de Rothschild et du fait qu'il te convient.

— Non, ce n'est pas du tout ce que nous faisons. Vous vous contentez de me dire qui je dois épouser. Vous me dites aussi que la seule valeur que j'aie à vos yeux se mesure à l'importance du gendre que je peux vous procurer.

Les joues de son père se colorèrent.

— Tu interprètes la situation.

— C'est vous qui refusez de voir ce que vos actes ont de barbare.

— En voilà assez, intervint sa mère. En quoi tout cela est-il important ? La question du mariage est réglée. Sa Grâce nous a fait savoir que ses affaires le rappelleront à Londres demain, ajouta-t-elle à l'adresse d'Augusta.

Elle comprenait mieux pourquoi ses parents avaient soudain décidé d'avoir cette conversation avec elle.

— J'ai pris la liberté de faire établir les documents adéquats, enchaîna son père, qui avait retrouvé sa voix habituelle. Nous pourrons les signer quand nous retournerons à Londres.

Pour la première fois de sa vie, Augusta eut envie de frapper quelque chose. Un sanglot faillit lui échapper et ses épaules se mirent à trembler ; elle réussit pourtant à réprimer l'un et l'autre. Ce n'était pas le moment de céder au désespoir. La situation exigeait de passer à l'action.

Elle tourna abruptement le dos à ses parents et les abandonna dans leur petit salon. Il fallait qu'elle voie Evan. Immédiatement. Si on devait l'obliger à se marier, ce serait selon ses conditions à elle. Le martèlement rapide de ses talons se répercuta entre les murs tandis qu'elle longeait le couloir. Lorsqu'elles leur avaient fait visiter les lieux, les jumelles leur avaient dit que la chambre d'Evan se trouvait dans l'aile ouest.

Elle gagna donc ladite aile, s'arrêta devant chaque porte, et poursuivit son chemin chaque fois qu'elle entendait une voix féminine de l'autre côté. Finalement, elle perçut une voix masculine, étouffée par l'épais panneau de chêne d'une des dernières portes du couloir. Ce n'était pas la voix d'Evan, mais celle de son valet de chambre sans doute.

S'armant de courage, elle frappa au battant. La porte s'ouvrit sur le valet qui afficha une expression perplexe.

— Mademoiselle Crenshaw ?

— Bonsoir. Je suis venue voir Rothschild.

— Je crains que ce ne soit pas…

Elle le contourna, et il fut tellement stupéfait qu'il ne l'arrêta pas. La pièce était entièrement lambrissée de bois, meublée de fauteuils et de canapés bleu sombre. Un salon, à l'évidence. Son regard fut attiré par une porte ouverte et elle s'en approcha.

— Mademoiselle Crenshaw, Sa Grâce prend son bain. Je crains qu'il ne soit…

Elle s'immobilisa dès qu'elle eut franchi le seuil de ce qui s'avéra être un grand vestiaire. Des armoires ainsi qu'un lourd mobilier capitonné y étaient disséminés. Tout au fond, une porte ouverte révélait le brocart d'une chambre à coucher. Le parfum de citronnelle et de bergamote aurait à lui seul suffit à lui indiquer qu'il s'agissait de celle d'Evan. L'homme nu dans la baignoire de cuivre constituait cependant une preuve plus que suffisante.

— Augusta !

Il se redressa à demi comme s'il s'apprêtait à sortir du bain, puis se souvint qu'il était nu et replongea dans l'eau. Pas avant qu'elle ait clairement vu la pilosité de son bas-ventre que l'eau assombrissait, cependant. Elle suivit du regard la ligne de poils qui s'étrécissait en remontant vers son nombril et s'attarda sur son abdomen musclé avant de contempler son torse lisse. Il agrippa le rebord de la baignoire.

— Seigneur, Augusta, que diable faites-vous là ?

Il ne semblait pas fâché, juste éberlué.

Elle l'était tout autant. Maintenant qu'elle y songeait, elle réalisait qu'elle aurait dû se douter qu'il prendrait un bain après sa chevauchée sous la pluie. Elle ne savait plus ce qu'elle avait cru trouver ou accomplir en faisant irruption dans sa chambre. Elle s'était laissé guider par la colère.

Elle ouvrit la bouche pour lui présenter ses excuses, et fut incapable d'articuler un mot. Les tétons d'Evan semblaient aussi durs que des petits cailloux, et ses pectoraux ondulèrent sous sa peau tandis qu'il se redressait pour tenter de dissimuler sa virilité. Un flot de chaleur se répandit au creux des cuisses d'Augusta. Sa peau avait-elle la même odeur lorsqu'elle était mouillée ? Ce fut la seule pensée qui lui vint à l'esprit. Et seule une mystérieuse force intérieure, dont elle n'avait jamais eu conscience, l'empêcha de s'approcher de lui pour le découvrir.

— Mademoiselle Crenshaw, veuillez me suivre, je vous prie.

Si le valet avait adopté un ton sévère, il ne se risqua pas à lui prendre le bras pour la faire sortir. Sa présence suffit cependant à la tirer de sa stupeur. Elle était là pour livrer bataille. Autant aller jusqu'au bout. Si elle battait en retraite maintenant, cela signifierait qu'elle avait déjà perdu.

— Ce sera tout, dit-elle du ton qu'elle employait pour congédier un acheteur difficile aux Aciéries Crenshaw.

Pris de court, le domestique la contempla, bouche bée.

— Vous pouvez nous laisser, ajouta-t-elle.

L'homme arrondit les yeux et jeta un coup d'œil à son maître pour obtenir confirmation.

— Laissez-nous, dit Evan. Et fermez la porte derrière vous.

Il y eut un moment de flottement, puis le valet s'exécuta. Evan avait repoussé ses cheveux mouillés en arrière si bien que ses traits s'en trouvaient accentués. Une fois de plus, Augusta nota à quel point il était beau.

— Je suis venue vous dire que je n'assisterai pas au dîner ce soir, déclara-t-elle.

Il la dévisagea un moment avant de demander :

— Vous allez bien ?

— Oui... Non...

Il se rembrunit, l'air inquiet.

— Physiquement, oui, je vais bien, précisa-t-elle.

Il parut se détendre. S'adossant à la baignoire, il drapa les bras sur le rebord.

— Visiblement, il s'est passé quelque chose. Racontez-moi.

Augusta ne put s'empêcher de baisser les yeux vers son ventre qui disparaissait sous l'eau, savonneuse mais raisonnablement transparente. Si elle se rapprochait d'un ou deux pas, elle verrait certainement ce qui se cachait là. Il y eut une ondulation à la surface de l'eau et elle releva vivement les yeux, croisant son regard.

— Racontez-moi, insista-t-il en soulevant le genou pour dissimuler davantage cette partie de son corps.

Sa jambe était musclée et couverte de poils bouclés. Augusta fut prise d'une envie soudaine de le toucher afin de vérifier que ces muscles étaient aussi fermes qu'il lui semblait.

Elle ferma les yeux et se força à pivoter. Le regarder l'empêchait de réfléchir. Elle aurait d'ailleurs dû se retourner d'emblée au lieu de rester là à le lorgner.

— Je n'assisterai pas au dîner.

Elle ne supporterait pas de se retrouver face à ses parents, et s'il était vrai qu'il devait partir, elle tenait à ce que les choses soient claires entre eux avant son départ.

— Mais il faut que je vous voie, reprit-elle. Seul. Ce soir.

Il garda le silence si longtemps qu'elle faillit se retourner.

— Très bien. Après dîner, alors ?

— Non.

Son regard s'arrêta sur le peignoir posé sur le dossier d'une chaise. Il était d'un rouge foncé très masculin, et elle sut instantanément qu'elle y sentirait son odeur si elle le portait à son visage.

— Je préférerais qu'on ne nous dérange pas. Retrouvons-nous plutôt dans la bibliothèque une fois que tout le monde se sera retiré pour la nuit.

Elle partit avant qu'il ait pu accepter ou refuser.

18

En règle générale, il n'est pas judicieux qu'une femme tente de discuter de sujets financiers ou politiques avec des gentlemen.

ELIZA LESLIE

Evan se leva dès que la porte de la bibliothèque s'ouvrit. Fidèle à sa parole, Augusta ne s'était pas montrée après avoir quitté sa chambre. Sa mère l'avait excusée au dîner, prétextant une migraine qui l'obligeait à rester alitée. Il s'était de toute évidence passé quelque chose entre elles. Il aurait fallu être idiot pour ne pas deviner qu'il s'agissait du mariage. Il avait été tenté d'interroger ses parents, puis s'était ravisé. Dès qu'il vit Augusta, son corps se mit à vibrer d'impatience.

Elle s'immobilisa sur le seuil et l'inspecta rapidement du regard comme si elle s'était attendue qu'il soit nu. Un frisson de désir pur se nicha au creux de ses reins quand il se rappela le regard intéressé dont elle l'avait gratifié dans la baignoire. Elle referma la porte. Elle portait un peignoir de velours vert émeraude ceinturé à la taille qui épousait ses courbes. Il ne l'avait jamais vue sans corset et n'avait pu qu'imaginer la forme naturelle de son corps. Bien qu'elle fût entièrement couverte, Evan sentit son sang s'échauffer.

Dès que la porte fut refermée, son attitude changea. La détermination durcit son regard et elle carra les épaules, l'air sûre d'elle. Quand elle traversa la pièce, il se remémora leur toute première rencontre dans le salon des Ashcroft.

— Bonsoir, dit-il.

— Bonsoir.

Elle posa sur la table une feuille de papier crème qui semblait provenir du secrétaire de sa chambre.

— Je vous offre un verre ? proposa-t-il en indiquant le verre de whisky qui se trouvait devant lui.

Elle secoua la tête, s'apprêtant à refuser, mais ses lèvres tremblèrent.

— En fait, si. Je vais en prendre un.

Il alla remplir un verre sur la console et contourna la table pour le lui tendre. Ses doigts frôlèrent les siens quand elle s'en empara et une volute de plaisir remonta le long de son bras.

— Me direz-vous ce qui est arrivé ?

Elle secoua la tête.

— Cela n'a pas grande importance. Disons qu'on a tenu à souligner le fait que l'heure était venue de prendre une décision.

Bon sang. Ses parents étaient intervenus quand ils auraient dû s'en remettre à lui. Elle but une rasade de whisky et grimaça avant de poursuivre :

— Et comme la décision a été prise à ma place, il ne me reste plus que ma volonté de négocier.

Elle ponctua cette déclaration par le claquement de son verre sur la table, puis reporta son attention sur la feuille de papier qui se trouvait devant elle.

Au lieu de retourner s'asseoir au bout de la table, Evan prit place à côté d'elle.

— J'ai accepté de vous laisser partir à la fin de la semaine si vous le souhaitiez.

Elle ne sembla pas l'avoir entendu. Son regard parcourait les lignes qu'elle avait écrites.

— Augusta ?

Il ne put résister à la tentation de couvrir sa main de la sienne. Elle était froide, mais sa peau était aussi douce que de la soie.

— Je ne vous obligerai pas à m'épouser.

Elle croisa alors son regard, et ses yeux étaient pleins de colère et de souffrance.

— Heureusement pour vous, mes parents ont l'intention de se charger de cette sale tâche.

— Ils vous ont menacée ? demanda-t-il, gagné par une fureur soudaine.

Comment osaient-ils usurper son rôle ? Ce mariage était leur affaire, à Augusta et à lui. Ses parents n'avaient pas le droit de la forcer ni de la manipuler.

— Si on veut, répondit-elle en libérant sa main. On m'a dit que si je ne vous épousais pas, je n'aurais plus aucune fonction au sein des Aciéries Crenshaw. Ce qui est amusant, parce que si je vous épouse, je n'aurai plus aucune fonction au sein des Aciéries Crenshaw. Voilà qui tombe merveilleusement pour vous.

Seigneur, non. Il n'avait jamais souhaité que cela se passe ainsi. Au début, peut-être, quand il était un imbécile arrogant qui n'avait pas envisagé qu'une femme comme elle puisse ne pas avoir envie de l'épouser, il ne s'était pas préoccupé de savoir comment elle arriverait jusqu'à l'autel ; il voyait bien à présent que ses parents n'auraient pas pu plus mal agir. Il ne voulait pas qu'Augusta soit forcée de l'épouser. D'autant que les choses se passaient de mieux en mieux entre eux. Elle s'était montrée plus chaleureuse et, si elle n'était pas encore prête à accepter le mariage, il avait senti qu'elle l'envisageait sous un nouveau jour.

— Augusta, vous devez me croire si je vous dis que je n'ai joué aucun rôle dans cette affaire.

Ses yeux lancèrent des éclairs.

— Bien sûr que si. Vous n'avez peut-être pas forcé ma mère à venir me chercher, ni mon père à lancer cet ultimatum, mais tout est votre faute, Rothschild. Si vous n'aviez pas créé cette situation, rien de tout cela ne serait arrivé.

Evan prit une longue inspiration avant de répondre. Il ne voulait pas qu'elle pense que la colère qu'il éprouvait vis-à-vis de ses parents était dirigée contre elle.

— Je reconnais avoir approché votre famille au sujet de ce mariage d'une façon qui n'avait rien d'idéal. Si j'avais su alors ce que je sais aujourd'hui, j'aurais agi autrement. Je n'ai cependant jamais insisté pour obtenir une réponse et je n'ai jamais souhaité qu'ils en viennent à un pareil ultimatum.

— Vos souhaits importent d'autant moins que vous avez atteint votre but. Je suis sur le point de devenir votre femme.

La joie et le soulagement se mêlèrent en lui à la colère et au désarroi. Il ne put s'empêcher de jeter un coup d'œil au papier qu'elle avait apporté. Elle avait dressé ce qui ressemblait à une liste. Il reconnut les mots *enfants* et un peu plus bas *douaire*. Une négociation, donc.

Luttant contre la part d'ombre en lui qui lui soufflait d'accepter ce qu'on lui offrait, d'attraper Augusta et de se cramponner à elle avant qu'elle puisse s'enfuir, il choisit d'écouter ce qu'il y avait de noble en lui.

— Ce ne sera pas nécessaire. Quoi qu'ils vous aient dit, je suis certain qu'une fois que je leur aurai parlé, les choses s'arrangeront. Je ne veux pas que vous perdiez votre position.

— J'ai du mal à le croire, ricana-t-elle. Votre objectif n'est-il pas de m'épouser ? Je pourrai difficilement continuer de travailler tout en étant votre duchesse, n'est-ce pas ?

— Vous le pourriez.

Depuis leur dernier baiser, il n'avait cessé de chercher un moyen de lui permettre de garder un pied dans l'entreprise familiale.

Elle le considéra un instant bouche bée avant de se ressaisir et de redresser les épaules.

— Ce ne sont que des mots. Tout le monde sait que les duchesses ne travaillent pas.

— Il n'y a pas de raison que vous ne puissiez changer cela.

Elle le dévisageait comme si elle ne croirait plus jamais un mot de ce qu'il dirait – et c'était entièrement sa faute.

— Comment réagiraient vos vieux amis d'Eton ? Et leurs épouses ? Vous vous leurrez si vous pensez qu'ils m'accepteraient.

— Augusta, le simple fait que vous soyez américaine suffira pour que la moitié d'entre eux vous ostracisent. L'autre moitié trouvera certainement inacceptable que vous travailliez. Et ils peuvent bien aller se faire pendre, tous autant qu'ils sont. Tout ce qui compte, c'est vous et moi.

Elle l'observa sans mot dire, mais sa colère sembla refluer. Evan en profita pour enchaîner :

— Votre rôle changerait peut-être un peu – après tout, vous aurez certains devoirs à assumer en tant que duchesse –, pour autant, je ne vois aucune raison pour que vous cessiez complètement de travailler. Une fois qu'un bureau des Aciéries Crenshaw sera ouvert à Londres, vous devriez y jouer un rôle prépondérant, me semble-t-il.

— Vous mentez. Les duchesses ne travaillent pas.

Elle affichait la détermination du procureur qui a déjà établi la culpabilité de l'accusé.

Evan soupira. Il détestait qu'elle ne lui fasse pas confiance et que ses parents aient cru bon de forcer les choses. Il se leva, parcourut la longueur de la table, puis revint sur ses pas.

— J'ai vu avec quelle facilité vous avez analysé mes livres de comptes, trouvé des erreurs et émis des suggestions en vue d'améliorer les choses. Cela vous vient naturellement, ou c'est du moins un talent que vous avez affiné au cours d'années de travail. Je ne vous enlèverai pas cela. En fait, si vous acceptiez de m'épouser, j'aimerais que vous considériez l'idée de prendre une part active dans la gestion de mes domaines. Avec des améliorations sur le plan agricole…

Augusta agita la main comme si elle chassait un insecte.

— L'exploitation agricole d'un domaine en tant que source de revenus n'est plus viable. La meilleure stratégie consisterait à faire toutes les améliorations que vous pouvez, tout en formant vos fermiers. Développer les meilleures fermes pour qu'elles absorbent les terrains vacants…

— … et investir dans l'industrie, termina-t-il à sa place.

Elle le dévisagea d'un air stupéfait.

— La fabrication et les outils mécaniques. Des usines qui fourniront des emplois aux fermiers déplacés, poursuivit-il.

Elle acquiesça.

— Vous avez donc écouté.

— Je *vous* ai écoutée, Augusta.

Elle cilla et baissa les yeux sur la feuille devant elle.

— Nous avons déjà établi que j'allais vous épouser ; inutile de vous épuiser en vaines flatteries.

Il se rassit avec un grommellement contrarié et lui prit la main.

— Et si je refusais de vous épouser ?

Elle s'esclaffa.

— Vous seriez fou !

— Vous avez raison, je serais fou.

Il fixa ostensiblement son profil dans l'espoir qu'elle le regarderait et qu'ils auraient une vraie conversation plutôt que cet échange belliqueux.

— Mais je veux que vous n'acceptiez que lorsque vous le souhaiterez, ajouta-t-il.

Quand vous voudrez de moi.

Elle se décida à le regarder. La colère lui empourprait les joues.

— Et pourquoi le souhaiterais-je ? Pourquoi voudrais-je de ce tas de pierres branlant qui aurait dû être rasé depuis au moins cent ans ! Accepter cela, c'est me soumettre à une incessante succession de réceptions mondaines et supporter d'entendre des personnes prétendument raffinées commenter mes manières viriles et décréter que je n'ai rien d'une duchesse. Des personnes raffinées qui auront tout à fait raison d'ailleurs. Je ne mérite pas d'être duchesse. Il y a au moins cent femmes parmi celles que j'ai rencontrées ces dernières semaines qui le méritent bien plus que moi. Et qui ont vraiment envie de le devenir.

Elle se leva d'un bond et alla se planter devant la cheminée, le dos raide.

— Tout ce que je souhaite, c'est continuer à travailler et perpétuer l'héritage de mon grand-père, marmonna-t-elle.

Evan l'avait perdue avant même d'avoir une chance de la saisir. Il en ressentit une déception indicible. Il n'y avait aucun moyen de réfuter son argument. Il la rejoignit et s'arrêta à quelques pas.

— Vous avez raison. On vous traitera de toutes sortes de noms d'oiseaux et on dira sur vous des choses affreuses. Mais on le fait déjà, ajouta-t-il après une pause.

Elle haussa les épaules sans daigner le regarder.

— Je suis habituée à leur ressentiment. En outre, le fait d'être une étrangère garantit une forme de protection.

Evan fit un autre pas en avant, aussi prudemment que s'il avait tâté un nid d'abeilles du bout d'un bâton.

— Les gens ne disent pas des choses similaires à New York ?

Un bref silence, puis :

— Si. Personne ne sait que faire d'une femme d'affaires.

— Je l'imagine aisément. Je ne dis cela que pour démontrer que ce n'est pas tant leur critique qui vous a incitée à bouder le titre de duchesse. Quelle est la véritable raison ? ajouta-t-il après une pause.

— Je ne veux pas qu'on me l'impose.

Elle haussa de nouveau les épaules, s'obstinant à lui tourner le dos. Elle tremblait légèrement. En dépit de son ton assuré, elle était à deux doigts de s'effondrer et le cœur d'Evan se serra de compassion.

— Dans ce cas, rentrez chez vous et vivez votre vie comme vous l'aviez prévu. Vous continuerez à travailler, d'une façon ou d'une autre – je n'ai aucun doute à ce sujet –, et vous épouserez un professeur mal fagoté quand vous atteindrez la trentaine.

Elle fit volte-face, les yeux écarquillés, puis parvint à se ressaisir.

— D'où tenez-vous que c'est là mon projet ?

— Je vous connais, que vous soyez prête à l'admettre ou non. Vous rêvez d'un époux tranquille, qui sera trop timide ou trop absorbé par ses recherches d'érudit pour se mettre en travers de votre chemin.

Elle se hérissa visiblement.

— Vous ne savez rien de moi, répliqua-t-elle.

— Nous savons tous deux que c'est faux. Je vous connais bien désormais, Augusta.

Elle baissa vivement les yeux et il y vit le signe qu'il avait raison.

— Je sais que vous redoutez qu'un homme vous prive de la part de pouvoir et d'indépendance que vous avez réussi à conquérir de haute lutte. Je sais aussi que vous n'imaginiez pas que votre père chercherait à vous en déposséder.

Elle acquiesça, et comme elle persistait à garder les yeux baissés, il la soupçonna de retenir ses larmes – d'autant qu'elle tremblait de nouveau. Il posa doucement les mains sur ses épaules. Elle n'eut pas besoin d'autre encouragement pour se jeter dans ses bras. Il n'y eut pas de sanglots, mais son tremblement s'accentua.

— Je me sens affreusement trahie, dit-elle d'une voix étouffée contre sa poitrine. Comme s'il avait joué avec moi durant toutes ces années. Comme s'il ne comprenait pas ou ne se souciait pas que je puisse avoir mes propres besoins.

Evan l'étreignit et ferma les yeux pour refouler la colère que lui inspirait son père. Augusta avait raison. Crenshaw était impitoyable en affaires et il voyait sa fille comme un moyen de parvenir à ses fins. Il la chargeait d'accroître l'influence de la famille, quitte à sacrifier sa propre vie. Evan aurait voulu flanquer son poing dans la figure de cet arrogant.

Il détestait la part qu'il avait prise dans ce conflit et résolut de se comporter loyalement. Augusta le méritait. Elle méritait mieux que cela, mieux que lui, mais il avait besoin d'elle.

— Je ne vous traiterai pas ainsi, Augusta, murmura-t-il contre ses cheveux, savourant la chaleur de son corps contre le sien.

Elle s'écarta, sans toutefois le lâcher. Ses yeux étaient brillants de larmes.

— Je… je m'en rends compte…

Elle s'interrompit pour prendre une profonde inspiration.

— Ce n'est pas votre faute, ma colère était dirigée contre mon père. Si j'ai demandé à vous parler, c'est pour négocier notre mariage.

— Vous avez mis vos conditions par écrit ? demanda-t-il en désignant la feuille sur la table.

— Oui, mais je m'attends que vous y ajoutiez les vôtres.

— Vous êtes sûre que c'est ce que vous voulez ?

Elle haussa les épaules.

— Ce dont je suis sûre, c'est que la confiance que j'avais en mes parents est ébranlée. Je crois que c'est la seule façon d'obtenir quelque chose qui ressemble à ce que je veux vraiment.

— Et que voulez-vous vraiment ?

— Un mariage heureux, même si je ne l'avais pas prévu avant des années. Et une certaine indépendance. Tout est inscrit ici, ajouta-t-elle en reculant, retrouvant son empire sur elle-même. Si vous voulez bien vous donner la peine de lire.

Il marqua un temps d'arrêt, troublé d'avoir le mauvais rôle dans son histoire.

— Notre mariage peut être heureux, Augusta.

Elle hocha brièvement la tête comme si elle n'y croyait pas vraiment, puis alla s'asseoir.

Augusta mit un moment à s'installer à la table. Evan s'assit en face d'elle comme s'il s'agissait d'une véritable négociation, et elle découvrit qu'elle n'avait pas vraiment envie de commencer. Depuis des années, elle envisageait le mariage de manière pragmatique, comme une transaction d'affaires qu'elle devrait un jour affronter, et finalement, il s'avérait qu'elle était romantique. Jusqu'ici, l'idée qu'elle se faisait d'un mariage heureux se limitait à deux personnes se tolérant assez pour vivre ensemble et avoir des enfants. En réalité, elle souhaitait plus que cela, mais elle ne savait pas comment définir ce *plus*, ni comment l'insérer dans un contrat. D'avoir failli s'abandonner aux larmes entre les bras d'Evan la faisait aussi se sentir vulnérable. Et pour couronner le tout, elle ne pouvait s'empêcher de penser à lui nu dans la baignoire. Tout cela était plutôt perturbant pour entamer la négociation.

Elle s'éclaircit la voix et saisit sa plume.

— J'ai pris la liberté de dresser la liste des éléments simples dont nous aurons tous deux besoin, je crois. Puis-je vous en donner lecture ?

Il hocha la tête.

— Je crois souhaitable d'avoir au moins deux enfants mâles. Êtes-vous d'accord ?

L'image de son torse nu s'élevant hors de l'eau lui emplit l'esprit. Elle aurait l'occasion d'en voir davantage pour concevoir des enfants. L'agréable palpitation qui s'éleva au creux de son ventre l'incita à remuer sur sa chaise.

— C'est l'usage, répondit-il d'un ton neutre.

— J'ai écrit que deux enfants mâles seraient l'idéal. Si toutefois nous atteignions cinq enfants sans avoir eu les deux mâles, je demanderais à renégocier. Si nous avions un fils à ce moment-là, il se pourrait que je ne souhaite pas porter d'autres enfants.

Elle s'interrompit. Le mot *fils* planait au-dessus d'eux, lourd de sens. Un jour prochain, ils auraient un enfant ensemble. Une chose aussi sacrée n'aurait pas dû se résumer à une transaction d'affaires. Augusta battit des cils.

— Si nous avons deux fils d'emblée, j'aimerais quand même avoir une fille, mais en tout état de cause, il me semble que cinq enfants est une bonne limite. Je tiens néanmoins à souligner que tout cela dépend de mon état de santé et de ma capacité à...

— Seigneur, souffla-t-il en se frottant le visage avant de la dévisager d'un air incrédule, je ne vous forcerai jamais à avoir des enfants ! Votre santé passe avant tout, cela va de soi. Ce n'est pas une chose que l'on met par écrit pour la faire respecter.

— Le mettre par écrit ne suffit malheureusement pas à le faire respecter par la suite. Mon corps vous appartiendra après le mariage. Je tiens simplement à ce que les choses soient claires entre nous.

Il fixa de nouveau sur elle ce regard étrange – un mélange d'incrédulité et d'autre chose, qu'elle ne parvenait pas à nommer.

— Vous êtes donc d'accord ? demanda-t-elle.

— Oui.

— Bien.

Elle trempa la plume dans l'encrier et cocha la ligne.

— Le point suivant est un peu plus délicat mais tout aussi important. Il vous concerne plus que moi, aussi est-il essentiel pour moi de connaître votre point de vue. De la même façon, j'ai conscience que les us et coutumes ne sont pas les mêmes ici qu'à New York, et je suis disposée à faire quelques menues concessions.

Cela la peinerait cependant. Le simple fait d'écrire ces mots avait provoqué une souffrance qu'elle ne s'expliquait pas tout à fait.

— D'après ce que j'ai compris, la coutume anglaise veut qu'un homme de votre rang entretienne une… disons…

Pourquoi était-ce si difficile de prononcer ce mot ? Elle se racla la gorge.

— Une m… maîtresse.

Le mot tomba entre eux telle une pierre au fond d'un lac.

— J'exige que vous vous en passiez jusqu'à ce que nous ayons fini d'avoir des enfants.

— Cela signifie-t-il que la partie physique de nos relations n'existera plus à ce moment-là ? demanda-t-il d'une voix étranglée.

Elle se força à le regarder.

— Exactement. Si vous souhaitez fréquenter quelqu'un d'autre, il ne sera plus question que nous…

Elle s'empourpra et elle s'interrompit.

— Il ne sera plus question de… rien.

Il se passa de nouveau la main sur le visage, comme après l'énoncé du premier point.

— Je n'ai pas l'intention d'avoir une maîtresse.

— Nous ne faisons pas un mariage d'amour. Je comprendrais que vous cherchiez quelqu'un. De fait, afin que les choses soient claires, cela concerne toutes les femmes, pas seulement celle que vous prendriez pour maîtresse.

Elle se tut quand il se leva pour arpenter la pièce.

Quand elle avait dressé cette liste, elle avait envisagé qu'il puisse prendre une maîtresse de façon dépassionnée, comme n'importe quel autre point de sa liste. À présent cependant, alors qu'elle sentait encore la chaleur de ses mains sur sa peau, elle trouvait cela vulgaire et ahurissant. L'idée lui déplaisait tant qu'elle fut tentée de la rejeter entièrement. Plus elle l'imaginait embrassant une autre femme comme il l'avait embrassée, plus sa colère enflait.

— Ce que je veux, c'est qu'on ne vous voie jamais en compagnie d'une autre femme. Si vous en avez une actuellement…

D'où cela sortait-il ? Il ne lui était jamais venu à l'esprit qu'il puisse avoir une maîtresse. En avait-il une ? Se pouvait-il qu'il l'ait touchée de façon aussi intime dans la bibliothèque de Camille pour aller ensuite rejoindre sa maîtresse ? Elle en ressentit une vague nausée.

— Si vous en avez une, vous devez y renoncer sur-le-champ.

Il la regarda comme s'il venait de lui pousser une seconde tête.

— Vous pensez que j'ai une maîtresse ? Vous avez perdu l'esprit ? Sauver mes domaines m'a bien trop occupé pour que j'aie seulement le temps d'y songer.

— Mais vous en avez déjà eu une ? ne put-elle s'empêcher de demander, inspirée par quelque démon intérieur.

— Je n'ai jamais ressenti le besoin de me limiter à une seule femme.

Façon de dire qu'il n'avait pas non plus l'intention de se limiter à elle seule – et de jeter de l'huile sur le feu déjà ardent de la colère d'Augusta.

— Que faites-vous de cette danseuse… Mme Laurent… N'est-elle pas votre maîtresse ?

Cette très belle femme avait assisté à son combat et avait eu avec lui des gestes de propriétaire.

— Non.

— Alors elle est votre…

Quel était le terme pour une femme avec laquelle un homme couchait sans pour autant l'entretenir ?

— … amante ?

— Amie. Nous sommes amis. Et oui, je l'ai connue intimement, mais cela remonte à plusieurs années.

Augusta hocha la tête et fit mine d'étudier sa liste. En réalité, elle ne pensait qu'à Evan et sa danseuse, ensemble dans un lit. La feuille se mit à trembler dans sa main, aussi la reposa-t-elle. Elle n'était pas censée se laisser dominer par ses émotions durant ces négociations.

— Elle assiste à la plupart de mes combats, expliqua-t-il. Elle aime cela et le public l'aime. Sa présence attire du monde et fait monter les paris.

Cela se tenait. Augusta ne cessait pourtant pas de les imaginer ensemble. La main de cette femme posée sur son épaule, proclamant d'un simple geste qu'il lui appartenait. Elle ne pourrait jamais en dire autant. Les lettres tracées à l'encre noire sur la feuille blanche ne pourraient jamais lui garantir cela. Le voulait-elle seulement, sachant que ce mariage leur avait été imposé ?

Oui ! réalisa-t-elle dans un sursaut. Elle le voulait. La source de sa colère était la jalousie. Elle était jalouse et possessive. Et maintenant, elle désirait bien plus qu'un mariage arrangé.

— Quels sont les autres points ? s'enquit-il en contournant la table pour aller regarder par-dessus son épaule. Puis-je ? ajouta-t-il.

— Oui, répondit-elle en écartant la main pour l'autoriser à lire.

— Oui pour le douaire. Il est sage que vous envisagiez mon décès prématuré, même si c'est perturbant.

Il garda le silence pour lire le point suivant.

— Oui pour le compte à votre nom, ainsi que la pension – c'est votre argent, après tout. Ah, les combats !

— Je les trouve dangereux. Vous ne devriez pas mettre votre vie en péril de cette façon.

— Je n'aurai pas vraiment de raisons de continuer une fois que mes comptes seront approvisionnés, répliqua-t-il en souriant. Je participerai tout de même à des combats amicaux à mon club de temps en temps.

Elle acquiesça, surprise par la force de son sourire. Un sourire semblable à celui qu'il lui avait adressé le soir du match clandestin. Il reporta son attention sur la feuille et parcourut le reste de la liste qui recensait tout, depuis les provisions pour l'éducation des enfants des fermiers jusqu'à une mention stipulant qu'elle pourrait rendre visite à sa famille aussi souvent qu'elle le souhaiterait.

— Je dis oui à tout.

Il lui prit doucement la plume de la main. Elle fut enveloppée par sa chaleur et son parfum la submergea, et elle eut envie de l'embrasser, là, tout de suite. La main d'Evan lui parut particulièrement crispée sur la plume quand il appliqua son élégant paraphe au bas de la feuille.

— Vous n'avez rien à ajouter ? demanda-t-elle.

— Vous semblez avoir pensé à tout.

Son ton était parfaitement détaché, mais sa mâchoire était serrée, trahissant son mécontentement.

Augusta ne put résister à la tentation de chatouiller la bête.

— Vous n'avez donc rien à objecter à ce que je prenne un amant ?

Il lâcha sa plume en la toisant du regard, laissant une tache d'encre sur la feuille.

— Vous cherchez délibérément à me provoquer.

Il marcha jusqu'à la cheminée.

— Je m'efforce juste de clarifier les choses entre nous et je trouve étrange que vous ne souhaitiez pas inclure une clause au sujet de mes amants. Je ne peux qu'en conclure que cela vous indiffère.

Il garda les yeux rivés sur les flammes.

— Cela ne m'indiffère pas, répliqua-t-il d'une voix rauque.

— Cela me paraît difficile à croire. Pour vous, il s'agit d'une simple transaction. Il vous faut une épouse qui apporte une dot conséquente et il se trouve que je suis cette femme-là. Je ne sais pas sur quel chiffre vous vous êtes entendus, mon père et vous, mais la rumeur parle de deux cent mille dollars…

Il se tourna vers elle et une espèce de grognement jaillit de sa poitrine. Elle n'eut pas le temps de faire un geste qu'il la rejoignait, l'attirait à lui, et plaquait une main au creux de ses reins tandis que l'autre lui enveloppait la nuque.

— Vous m'appartenez et je ne vous partagerai avec aucun homme. Je veux que nous mettions un terme à cette négociation.

L'instinct d'Augusta aurait dû l'inciter à s'écarter de lui, or, loin de le repousser, elle lui agrippa les épaules. Son corps se pressa contre le sien, ravi de le retrouver.

— Non, c'est vous qui avez voulu cette négociation.

— C'est *vous* que je veux, Augusta, répliqua-t-il, le regard brûlant. Je veux cette femme qui me tient tête. Cette femme qui sait que toute cette négociation est archaïque et fausse.

Le cœur d'Augusta s'emballa. N'était-elle pas en train de s'imaginer qu'il disait ce qu'elle avait envie qu'il dise ? Se pouvait-il que lui aussi ait envie de cet indéfinissable *plus* avec elle ?

— Archaïque et fausse parce que vous estimez que certains points ne méritent pas d'être discutés ?

Il respirait fort. Comme s'il venait de courir. Elle sentait son souffle chaud sur ses lèvres. L'espace qui séparait leurs bouches s'était miraculeusement réduit.

— Parce que je veux que nous soyons autre chose qu'un contrat d'affaires, articula-t-il.

Et ses lèvres s'écrasèrent sur les siennes.

19

Ce qui réunit les hommes et les femmes est plus fort que la brutalité et la tyrannie qui les séparent.

MILLICENT FAWCETT

Embrasser Evan dissipa sa colère. Celle-ci fondit comme du miel tiède sous l'assaut de sa tendresse, car ce baiser n'eut rien de frénétique ni de désordonné. Le premier contact de leurs lèvres avait été presque fougueux, certes, mais ensuite Evan s'était radouci. Il avait placé les mains autour de son visage et pris sa bouche avec une lenteur caressante. Les baisers s'enchaînèrent suavement, la laissant tremblante de désir. Agrippant les revers de sa veste, elle se plaqua contre lui. Sa chaleur devint la sienne soudain.

Elle émit un soupir d'aise et ferma les yeux très fort. Il remua – pour reculer, peut-être, elle n'aurait su dire – et elle resserra les doigts autour de ses bras pour le retenir. Il laissa échapper un gémissement et d'une main saisit l'arrière de sa tête.

— Augusta, murmura-t-il, si je pouvais vous épargner cela, je le ferais. Pardonnez-moi de ne pas avoir compris plus tôt, ajouta-t-il en déposant des baisers infiniment doux le long de son cou.

— De ne pas avoir compris quoi ? chuchota-t-elle.

— Que c'était de vous que j'avais besoin, et non de votre fortune.

Il s'écarta juste assez pour lui permettre de voir son visage. Son regard était tendre et émerveillé. Augusta sentit sa gorge se nouer.

— Je veux vous protéger. Laissez-moi négocier avec votre père. Je vous promets qu'une fois mariés, vous n'aurez plus de souci à vous faire.

— Non, répliqua-t-elle fermement. Je n'ai nul besoin d'être protégée.

— Vous avez donc si peu de considération pour moi ? dit-il en esquissant un sourire. Vous avez besoin que quelqu'un lutte à vos côtés, Augusta.

— Le pensez-vous vraiment ? demanda-t-elle, n'osant croire qu'il puisse comprendre.

— Oui. Nous le ferons ensemble.

Les mains d'Evan coururent le long de son dos et se refermèrent sur ses fesses. Elle étouffa un cri quand il les pressa doucement et l'attira contre sa virilité. Un flot de chaleur palpita délicieusement au creux de ses cuisses. Sans corset ni jupon, elle le sentait parfaitement à travers l'épaisseur de ses vêtements. Elle passa les mains sous sa veste qu'elle repoussa le long de ses épaules. Il s'écarta d'elle le temps de s'en débarrasser et laissa le vêtement tomber sur le sol avant de la reprendre dans ses bras. Il s'empara de sa bouche et sa langue se mêla à la sienne. Augusta déboutonna fiévreusement son gilet alors que les lèvres d'Evan glissaient le long de sa joue pour lui mordiller l'oreille. Un frisson de désir la traversa et la palpitation entre ses jambes se fit plus insistante.

— J'avais tellement hâte de vous sentir, avoua-t-il d'une voix enrouée avant de déposer une pluie de baisers le long de son cou.

Augusta laissa échapper un petit bruit ravi quand sa main pétrit son postérieur tandis que l'autre recouvrait son sein. Son pouce en effleura la pointe, et le désir d'Augusta grimpa d'un cran.

En réponse, ses hanches ondulèrent, cherchant désespérément à se rapprocher de lui. Il gémit au creux de son cou et la plaqua contre son sexe dur. Tirant sa chemise de son pantalon, Augusta glissa les mains dessous pour caresser sa peau lisse. Elle réalisa alors que cette vague exploration ne suffirait pas.

— Je veux vous voir.

La réaction d'Evan fut immédiate. Il la laissa déboutonner rapidement sa chemise et s'en débarrassa. À la lueur des flammes, sa peau semblait d'or bruni, et elle contempla, émerveillée, ses muscles saillants dont le dessin était aussi précis que sur une sculpture. Comme mus par une volonté propre, ses doigts tracèrent la ligne de poils qui partait de son nombril et disparaissait sous la ceinture de son pantalon. L'étoffe soulignait nettement son érection, mais Augusta n'était pas assez audacieuse pour pousser son exploration jusque-là. Ses mains remontèrent vers les muscles jumeaux de son torse.

Evan ôta délicatement les épingles qui retenaient ses cheveux et ceux-ci retombèrent librement dans son dos. Du bout des doigts, il souleva une mèche et la porta à son nez. Il ferma les yeux comme il la respirait, et Augusta se demanda si son odeur le troublait autant que la sienne la troublait, elle.

Spontanément, elle murmura :

— La semaine dernière, je suis allée chez D.R. Harris, prétendument pour acheter un cadeau d'anniversaire à mon père. En réalité, c'était pour trouver votre eau de Cologne.

— Et vous l'avez trouvée ? demanda-t-il.

— Non. Et Mme Barnes a désapprouvé ma démarche.

La mèche de cheveux lui échappa quand il glissa les mains sous ses fesses et la souleva contre lui.

— Oh !

Elle sentit son rire vibrer en elle lorsqu'il la porta jusqu'au canapé devant la cheminée. Il s'assit et l'installa sur ses genoux. Sans lui laisser le temps de se ressaisir, il enfouit le visage au creux de son cou et fit courir ses dents sur sa peau.

— La brave dame s'évanouirait si elle nous voyait maintenant. Enlevez cela, dit-il en tirant sur les boutons de son peignoir.

Augusta s'empressa d'obéir et quand la main d'Evan retrouva son sein, elle laissa échapper un soupir de soulagement. Elle sentait la chaleur de sa paume à travers sa chemise de nuit, et quand il pinça la pointe de son sein, des ondes de plaisir se déployèrent dans tout son corps. La moiteur au creux de ses cuisses l'incita à se tortiller sur ses genoux. Très vite, cela ne suffit plus. Elle aurait voulu qu'il n'y ait plus rien entre eux.

Alors qu'elle entreprenait de déboutonner sa chemise de nuit, Evan écarta doucement ses mains tremblantes et s'acquitta de sa tâche en un temps record, avec des gestes aussi précis qu'assurés. Augusta ne put que le regarder repousser le tissu sur ses épaules, avant de dénuder ses seins. Jamais elle ne s'était exposée ainsi au regard de quiconque, pourtant, quand elle vit le désir assombrir son regard, elle n'éprouva ni honte ni gêne.

Lentement, il l'allongea sur le canapé, puis s'étendit sur elle. D'instinct, Augusta creusa les reins quand il inclina la tête pour régaler ses seins, l'un après l'autre, de délicieuses attentions. Elle n'essaya même pas de retenir le cri de plaisir qui lui échappa lorsque sa bouche se referma sur une pointe dressée. Quand il remua, elle accompagna son mouvement et écarta les jambes malgré sa chemise de nuit qui l'entravait.

Elle sentit l'air frais sur son mollet lorsque Evan glissa la main sous sa chemise de nuit. Celle-ci remonta plus haut quand il se pencha au-dessus d'elle, l'avant-bras calé sur le dossier du canapé. Son visage assombri par le désir la fascinait.

— Je veux vous toucher, Augusta.

Il ne demandait pas, pourtant la requête était là, dans la lente caresse de ses doigts au creux de son genou.

Son cœur cognait dans sa poitrine et elle avait l'impression de ne plus pouvoir respirer, pourtant elle voulait qu'il la touche. Elle acquiesça d'un hochement de tête et laissa son pied retomber sur le sol pour mieux s'ouvrir à lui. Il sourit et l'embrassa à l'instant où ses doigts s'inséraient entre les replis de son sexe. Elle retint son souffle contre ses lèvres.

L'extrémité de son doigt alla puiser en elle le nectar de son désir et l'étala sur les pétales de sa féminité. Une vague brûlante se ramassa en elle quand ses doigts habiles adoptèrent un rythme lent et régulier.

— Evan, murmura-t-elle.

Elle ferma les yeux, ses hanches se soulevèrent pour accompagner sa caresse et elle pressa le visage contre son bras. Son doigt allait et venait doucement, et elle se contractait autour de lui, et c'était comme si son corps échappait à son contrôle. Sa réponse n'était que pur instinct.

— Je vous en supplie, souffla-t-elle.

Il accéda à sa demande en insérant un autre doigt. Elle ressentit comme une brûlure, mais il attendit sans bouger, lui laissant le temps de s'adapter à son invasion. Il déposa un baiser sur son oreille, puis au creux de son cou, et sur sa poitrine. Sa langue agaça un mamelon, l'encercla et le lécha avant de l'aspirer dans sa bouche, tandis que ses doigts plongeaient en elle. La sensation qui la traversa fut telle qu'elle eut l'impression de voler en éclats. Et cette fois, il ne s'arrêta pas. Le va-et-vient de ses doigts se prolongea jusqu'à ce que la légère brûlure soit remplacée par les ondes d'un désir qui implorait d'être nourri. Elle ondula sous ses caresses, et quand son pouce se décida enfin à effleurer la petite crête nichée entre les replis de son intimité, elle explosa. Les vagues de l'extase déferlèrent en elle telle une interminable marée.

Elle n'aurait su dire combien de temps s'écoula avant qu'elle s'échoue sur le rivage. Son cœur battait toujours la chamade et son souffle était erratique. Evan la serrait contre lui et ils s'étaient déplacés, si bien qu'elle reposait à demi sur lui, sa jambe à elle en travers de ses cuisses. Elle aurait dû s'inquiéter que sa chemise de nuit soit retroussée au-dessus de ses hanches ou que sa main – cette même main qui venait de lui donner du plaisir – repose sur sa cuisse. Elle aurait dû s'inquiéter aussi que sa poitrine soit toujours dénudée. Or rien de tout cela ne comptait.

Il lui sourit et frotta le bout de son nez contre le sien.

— Vous êtes belle quand vous jouissez.

Elle rougit.

— C'est comme cela que cela s'appelle ?

— Oui, répondit-il en l'attirant sur lui avant de lui empoigner les fesses.

Elle sursauta, trouvant étrange et inappropriée la façon dont il prit le contrôle de son corps en l'incitant à s'ouvrir à lui. Étrange et inappropriée, mais aussi grisante. Et honnête. Il souleva les hanches, pressant son érection contre sa chair intime.

Si elle avait été momentanément comblée, la curiosité que lui inspirait Evan semblait insatiable et son corps répondit aussitôt. Elle ondula des hanches pour tester l'effet qu'elle avait sur lui et se frotta contre lui. Evan laissa échapper un grondement.

Se surprenant elle-même, elle glissa la main entre eux et la posa sur son sexe érigé. Il ferma les yeux, l'air d'apprécier.

— Et comment appelez-vous cela ?

Il souleva une paupière, révélant un œil bleu perçant.

— Une queue, répondit-il sans ambages.

Le mot lui parut délicieusement vulgaire. Elle aurait peut-être rougi s'ils n'avaient pas déjà fait des choses autrement plus scandaleuses. Elle appuya délicatement, lui tirant un gémissement.

— Seigneur, Augusta…

Son souffle se ralentit, pour autant, il ne se déroba pas. Tandis qu'elle explorait les contours de sa « queue », il creusa les reins pour se plaquer contre sa paume, le corps aussi tendu que la corde d'un arc. Il couvrit finalement sa main de la sienne.

— Mon Dieu, je veux tout de vous, dit-il d'une voix rauque.

Si étonnant que cela paraisse, cet homme infiniment plus expérimenté qu'elle la contemplait d'un air émerveillé. De sa main libre, il écarta une mèche de son visage.

— Il faut que nous arrêtions, murmura-t-il.

— Mais je ne veux pas arrêter.

Ses paroles les prirent tous deux de court. Elle était pourtant sincère. Elle ne voulait pas attendre. Elle ne voulait pas que leur première fois ait lieu dans le lit conjugal, après un mariage arrangé par ses parents. Elle voulait que cela ait lieu maintenant, à ses conditions à elle.

— Nous aurons tout le temps une fois mariés.

Il se redressa sans la lâcher et s'assit au bord du canapé si bien qu'elle se retrouva à califourchon sur ses cuisses. Il l'entoura de ses bras et l'attira si près qu'elle crut qu'il allait la soulever et la ramener à la table. Il se contenta de la serrer contre lui. Ses doigts tremblaient quand il prit sa joue en coupe et elle trouva cela grisant.

— Rien ne vous oblige à m'offrir votre virginité. Vous le ferez lorsque vous serez prête. Lors de notre nuit de noces, un mois plus tard… ou un an plus tard, qui sait ?

— Je veux que ce moment n'appartienne qu'à nous. Sans que nos familles y soient mêlées. Sans qu'il soit question de négociations. Rien qu'à nous.

Il comprit qu'elle était sérieuse et son regard s'aiguisa. Le désir et la bienséance semblaient livrer bataille en lui, le pugiliste contre le gentleman. Elle pria pour que le pugiliste l'emporte. Pour s'assurer de sa victoire, elle l'embrassa.

Il saisit sa chemise de nuit à pleines mains et la lui ôta d'un mouvement fluide. Il la reprit dans ses bras et s'empara de sa bouche avec fièvre. Voilà donc ce que l'on ressentait quand on était nue dans les bras d'un homme. Là où il était dur, elle était douce, et là où il était velu, elle était lisse. Elle se tortilla sous lui.

Il sourit contre ses lèvres et lui pinça doucement la pointe d'un sein. Aussitôt, le plaisir se mit à palpiter au creux de son ventre.

— Vous aimez qu'on vous touche, murmura-t-il. Tant mieux, car j'adore vous toucher.

Sa main glissa le long de son corps pour plonger entre ses cuisses, là où elle était déjà toute moite.

Elle se cabra. Il l'agaça savamment jusqu'à ce qu'elle se torde de désir. Il n'écarta la main que pour lui venir en aide quand elle tenta vainement de déboutonner son pantalon.

Son sexe jaillit, s'élevant vers son nombril. Il se figea dès qu'elle le toucha. Augusta ne savait pas à quoi elle s'était attendue, mais certainement pas à cette chair virile incroyablement longue, tiède et douce sous sa paume. Loin de se recroqueviller sous ses caresses, l'objet de sa curiosité se redressa, fort et fier.

— Augusta, souffla Evan dans un murmure presque douloureux.

Augusta fit glisser son pouce sur la petite ouverture couronnant l'extrémité, étalant la minuscule perle translucide qui en avait jailli. Evan gémit, l'empoigna aux hanches et la souleva. Se cramponnant à ses épaules, elle prit appui sur ses genoux pour lui venir en aide quand il logea son sexe à l'orée de sa féminité. Elle frissonna d'impatience.

— Prête ?

— Oui.

Ce fut à peine un murmure. Elle était plus que prête ; son corps entier tremblait de désir.

Il la laissa finalement coulisser sur toute sa longueur, soulevant les hanches en douceur pour faciliter le passage. Le plaisir qu'elle éprouva était indescriptible. Son besoin d'être comblée était tel que c'était le seul moyen de l'assouvir. La pénétration s'accompagna pourtant d'une douleur cuisante et quand elle se crut incapable d'en accepter davantage, il se cambra jusqu'à ce que leurs deux corps soient complètement unis.

Plutôt que de crier, elle enfouit le visage au creux de son cou et se laissa envelopper par son odeur. Les mains d'Evan se promenaient le long de son dos en de lentes caresses de plus en plus sensuelles. Il entreprit bientôt de lui pétrir les fesses en la soulevant doucement de façon à aller et venir en elle. Bientôt, la douleur se mua en plaisir, se déployant en elle par vagues successives qui l'incitèrent à se mouvoir avec lui. Elle enfouit les doigts dans les cheveux d'Evan et croisa son regard. Le lien qui les unissait à cet instant était unique, comprit-elle. Il transcendait la simple union physique.

Le nom d'Evan franchit ses lèvres quand le plaisir ramassé au creux de son ventre se détendit violemment tel un ressort, la submergeant. Les mains crispées sur ses hanches, Evan enchaîna une série de coups de reins avant de jouir à son tour.

Tandis qu'ils redescendaient lentement sur terre, il la garda blottie contre son torse tout en déposant de doux baisers sur son front.

— Je vous ai fait mal ? demanda-t-il finalement.

— Je suis juste un peu endolorie, chuchota-t-elle.

Il l'embrassa très tendrement. L'instant était à la fois étrange et merveilleux. Les membres d'Augusta étaient lourds et son corps comblé, mais elle n'avait pas envie de le quitter, quand bien même elle prenait lentement conscience de sa nudité. Quand elle s'écarta, il se retira, la déposa sur le canapé avant de rajuster son pantalon. Un flot brûlant de honte lui empourpra le visage quand elle remarqua une traînée rosâtre sur son ventre.

Ils s'étaient montrés bien imprudents, réalisa-t-elle en se couvrant la poitrine de son bras. Si la porte était fermée, elle n'était pas verrouillée. Intrigué par la lumière filtrant sous la porte à cette heure indue, n'importe qui aurait pu entrer.

Evan s'accroupit devant elle. Elle eut à peine le temps de comprendre pourquoi qu'il pressait un linge – sa *chemise !* – entre ses cuisses pour la nettoyer.

— Vous avez des regrets ?

Son regard était tendre et réconfortant.

— Non, répondit-elle avec sincérité, incapable de cesser de sourire. Je suis juste surprise. Je n'avais pas prévu que les choses se passeraient ainsi, je vous le jure.

Il se pencha vers elle, l'embrassa.

— Moi non plus, mais je suis content qu'elles se soient passées ainsi.

— Moi aussi, souffla-t-elle.

Il se redressa et lui tendit la main pour qu'elle se lève, avant de l'aider à se rhabiller. Tandis qu'elle enfilait son peignoir, il passa sa veste et ramassa sa chemise et son gilet.

— Je vous raccompagne jusqu'à votre chambre, dit-il en glissant le bras autour de sa taille.

— Et si quelqu'un nous voit ? s'alarma-t-elle.

Elle avait cru qu'ils sortiraient séparément de la bibliothèque, au cas où ils croiseraient quelqu'un.

— Qu'ils nous voient. Nous serons bientôt mariés.

Elle rit, puis s'empressa de plaquer la main devant sa bouche.

— Nous ne pouvons pas annoncer ce que nous venons de faire à toute la maisonnée.

— Dans ce cas, veillez à ne pas faire de bruit, la taquina-t-il.

Il allait devenir son mari. Ils pourraient faire l'amour aussi souvent qu'ils voudraient. Cela paraissait incroyable, mais cette idée l'emplit de bonheur. Ils traversèrent la maison en étouffant des gloussements, car Evan persistait à se comporter comme s'il cherchait à se faire prendre. Heureusement, les couloirs étaient plongés dans l'obscurité et déserts. Le trajet prit plus de temps qu'il n'aurait dû car il s'arrêtait sans cesse pour l'embrasser.

Devant la porte de sa chambre, elle l'attira à elle pour un dernier baiser, les mains à plat sur son torse nu.

— J'aimerais pouvoir recommencer, murmura-t-il. Mais vous avez besoin de faire une pause, et nous n'aurons plus très longtemps à attendre.

— Je sais, acquiesça-t-elle. Je me sens simplement...

Comment expliquer l'effroi qui l'avait saisie en approchant de sa chambre ? La pensée terrifiante que les choses entre eux puissent redevenir comme avant ? Que se passerait-il si cet aspect de lui-même qu'il lui avait révélé ce soir n'était qu'un mirage ?

Il l'étreignit, puis lui souleva le menton pour l'inciter à le regarder.

— Je veux que notre mariage soit fondé sur le respect et l'affection. Nous aurons bien d'autres nuits comme celle-ci.

— Vous partez demain, n'est-ce pas ?

— Il le faut. Je dois m'occuper d'une affaire urgente.

— Une affaire ? Un nouveau combat ? demanda-t-elle, repensant à l'homme qui dissimulait des lames dans ses semelles.

— Il y en aura un autre la semaine prochaine. Wilkes me doit au moins cela après le tour qu'il m'a joué. Si je dois partir demain, c'est que mon notaire suspecte depuis longtemps son prédécesseur d'avoir détourné des fonds. Il avait disparu, mais nous venons de le retrouver et il semblerait qu'il y ait du nouveau.

Il lui caressa les lèvres avant qu'elle puisse parler et sourit.

— Ne vous emballez pas. Je suis certain que ce qu'il a pris a été dépensé depuis longtemps et que cela n'aurait pas suffi à couvrir mes dettes de toute façon.

Elle lui rendit son sourire.

— Vous avez sûrement raison. Je vous en prie, soyez prudent avec Wilkes. Il est dangereux.

— Je ferai attention. Et je vous promets que ce sera mon dernier combat pour de l'argent. Après, je ne penserai plus qu'à nous.

Ils seraient bientôt mariés. Et heureux. Sa peur n'était qu'un reste de crainte et d'appréhension à l'idée de laisser son ancienne vie derrière elle.

20

La vie est une fleur dont l'amour est le miel.

VICTOR HUGO

Evan aurait dû consacrer sa matinée à trouver un moyen de convaincre Mercer de renoncer à exiger d'être remboursé sur Sterling House. Le paiement de Wilkes n'avait pas satisfait la cupidité de l'usurier, qui jubilait de tenir un Sterling à sa merci. Il semblait même que cela ait eu l'effet inverse et le vautour se comportait à présent comme un loup affamé ayant flairé le sang. Non seulement il avait refusé d'attendre davantage, mais il avait aussi exigé de percevoir immédiatement le restant de son dû. Dans le télégramme qu'il lui avait adressé la veille, Clark lui avait fait part de son désespoir face à la situation. Evan n'avait eu d'autre choix que de réserver une place dans le train de Londres de midi afin d'affronter personnellement ses créanciers. Clark avait également mentionné qu'il y avait du nouveau au sujet de la disparition de l'ancien notaire, pour autant, Evan ne nourrissait pas trop d'espoirs de ce côté-là. Ses pensées auraient dû être entièrement absorbées par la confrontation qui aurait bientôt lieu.

Or ce n'était pas le cas. C'était Augusta qui absorbait toutes ses pensées.

Le bref entretien qu'il avait eu la veille avec Crenshaw, après le dîner, aurait également dû l'irriter. L'homme avait pris une joie particulière à rédiger une lettre qu'Evan était forcé de reconnaître nécessaire. Celle-ci était à présent soigneusement rangée dans sa sacoche. Elle établissait en termes clairs qu'Evan devait épouser la fille aînée de Crenshaw dans un avenir très proche, dont la date restait à déterminer. La seule idée qu'Evan, un pair du royaume, ait besoin que quelqu'un – un Américain, de surcroît – se porte garant de lui était exaspérante. Du moins l'aurait-elle été dans des circonstances normales.

Mais il y avait Augusta. L'idée qu'elle serait là, à l'attendre, à l'issue de cette série de turpitudes lui suffisait. Les événements de la veille lui semblaient encore irréels. S'il ne s'était pas endormi avec son odeur sur les doigts et le souvenir de leur merveilleuse étreinte, il aurait pu croire à une hallucination. À son réveil, le douloureux désir qu'elle lui inspirait était de nouveau présent. Il n'avait malheureusement pas eu l'occasion de la revoir, ayant consacré la matinée à faire ses bagages et à régler des papiers avec son régisseur.

Il laissa tomber une dernière liasse de contrats dans sa sacoche pour les relire dans le train, et la boucla. La porte du bureau s'ouvrit à cet instant et Augusta s'encadra sur le seuil. Ses joues étaient colorées et il devina que la douceur qui émanait d'elle, l'émerveillement dans son regard reflétaient ce que lui-même ressentait. Il contourna son bureau pour la rejoindre, aussi irrésistiblement attiré par elle que le fer par un aimant.

— Bonjour, Evan.

Elle avait prononcé ces mots d'une voix basse et cependant vibrante.

Evan plutôt que Rothschild. Cette intimité lui fit chaud au cœur. Il scruta son visage, cherchant à y déceler le moindre signe de regret, mais il n'y découvrit que du respect mêlé d'admiration. Il éprouvait la même chose. Comme s'ils étaient tombés par hasard sur un secret dont ils avaient tous deux soupçonné l'existence, et qui avait dépassé toutes leurs attentes.

— Bonjour.

Sa propre voix était rauque.

Elle rit et se mordit la lèvre inférieure pour s'en empêcher. Il rit, soudain conscient de ne pas savoir plus qu'elle comment se comporter face à cette toute nouvelle intimité. Ses mains, en revanche, savaient comment la toucher. Elles enveloppèrent ses hanches avant de se poser au creux de ses reins, tandis que celles d'Augusta se nouaient sur sa nuque.

Elle se hissa sur la pointe des pieds et l'embrassa. Qu'elle ait eu ou non l'intention de lui donner un baiser léger, celui-ci les embrasa tous les deux et ranima instantanément la flamme entre eux. Il l'embrassa jusqu'à ce qu'ils soient obligés de reprendre leur souffle et il ne l'autorisa alors à s'écarter de lui que de quelques centimètres.

— Vous m'avez manqué.

Elle acquiesça, son nez frôlant le sien, et l'embrassa de nouveau.

— Je sais. Vous aussi.

— Dieu que je regrette de devoir partir. J'aimerais vous porter à l'étage, verrouiller la porte, et vous garder là au moins une semaine.

Elle s'esclaffa de nouveau, rougissant de plus belle. Son regard se fit mutin tandis qu'elle déclarait :

— Je crois que cela me plairait beaucoup.

Il prit son visage entre ses mains et l'embrassa encore, plus tendrement cette fois.

— Je viendrai vous voir dès que possible. Votre père a évoqué un contrat de mariage en cours de rédaction. J'imagine qu'il me le fera parvenir peu après votre retour à Londres. L'avez-vous vu ?

— Pas encore, mais je le verrai avant qu'il l'envoie.

— Prévenez-moi s'il contient une clause qui vous contrarie. Je tiens à ce que nous soyons complètement d'accord avant de signer.

Elle hocha la tête.

— Vous me croyez, n'est-ce pas ? insista-t-il.

Il ne voulait rien faire qui soit susceptible de le priver du consentement et de l'affection qu'il voyait poindre dans son regard.

— Oui.

— Bien. Quand tout sera finalisé, nous pourrons annoncer les fiançailles. Le reste dépend de vous. Nous nous marierons quand et où vous voudrez.

— Chut, lui intima-t-elle en couvrant ses lèvres de ses doigts, qu'il ne put s'empêcher d'embrasser. Je voulais simplement un moment seul avec vous avant votre départ. Nous pourrons discuter des détails et des contrats plus tard.

Il s'empara de sa main, déposa un baiser sur sa paume puis sur son poignet.

— Je ne peux pas m'empêcher d'avoir peur que...

Elle se rembrunit.

— Peur de quoi ? demanda-t-il.

— Qu'avec votre retour à Londres, tout redevienne comme avant.

Il sourit.

— C'est parce que je me suis comporté en imbécile à Londres. Je m'efforcerai de laisser tout cela derrière moi.

— J'ai aussi ma part de responsabilité, avoua-t-elle en lui retournant son sourire.

— Nous savons maintenant ce que nous pouvons avoir en faisant preuve d'un peu de compréhension et de persévérance, ajouta-t-il, taquin.

— C'est vrai.

— Notre avenir sera ce que nous en ferons.

— Alors il inclura d'autres nuits comme celle d'hier, répondit-elle en retrouvant son air malicieux, sa main glissant en direction de son érection, qu'elle sentait probablement à travers ses vêtements.

— Des jours, aussi, dit-il en la soulevant, lui tirant un gloussement qui s'accentua quand il pivota pour l'asseoir sur son bureau.

Il ne tarda guère à insinuer la main sous ses jupes. Il en était à évaluer s'ils auraient le temps d'en faire davantage quand un bruit du côté de la porte l'incita à se retourner, protégeant Augusta de son corps.

Elizabeth se tenait sur le seuil, bras croisés, arborant un froncement de sourcils entendu.

— Mère m'envoie te chercher. Elle dit que si tu ne pars pas maintenant, tu vas rater ton train. Ce serait fort grossier de retarder un train entier rien que pour toi.

— À quoi bon hériter d'un duché si on ne peut pas s'octroyer quelques privilèges de temps en temps ?

Elizabeth rit, Augusta arqua un sourcil, et Evan eut soudain une vision étonnamment claire de son avenir. Pour la première fois de sa vie, cette vision était belle.

— Laisse-nous, que je finisse de dire au revoir à ma fiancée.

Un nouvel orage éclata après le départ d'Evan, aussi prolongèrent-ils leur séjour toute la semaine, le temps que les voies de chemin de fer soient réparées. Augusta n'en fut pas contrariée car malgré leurs défauts, elle commençait à se laisser prendre au charme de ces vieilles pierres. Elle se surprit à déambuler à travers les pièces, les considérant d'un œil de propriétaire. Elle dressait mentalement la liste des rénovations prioritaires et s'entretint même avec M. Hughes afin qu'il commence à évaluer le coût des travaux de toiture plus que nécessaires.

Chaque soir, elle s'aventurait dans la chambre d'Evan. Elle s'attardait dans son vestiaire, faisait courir ses doigts sur ses vêtements pendus dans ses armoires. Elle s'asseyait sur son lit et s'imaginait qu'ils le partageaient. Ces pensées l'excitaient et la faisaient se sentir vivante. Elle se languissait de lui. Pas une fois elle ne regretta ce qui s'était passé dans la bibliothèque.

Son appréhension, en revanche, ne la quitta pas. Elle demeura présente la nuit dans sa chambre, et pendant le trajet de retour en train. Elle supposa que c'était parce qu'elle commençait à voir sa famille sous un jour nouveau. Ses parents s'étaient montrés prêts à la forcer à épouser Evan sans se soucier de ses besoins ni de ses désirs, et elle ne savait toujours pas comment concilier cela avec ce qu'elle croyait savoir d'eux. Mais il y avait autre chose.

Elle ignorait comment s'identifier à cette nouvelle personne qu'elle allait devenir. Duchesse de Rothschild. C'était le nom d'une étrangère.

Ces pensées l'absorbaient quand elle entra dans la maison de Grosvenor Square. Avant même d'ôter ses gants, elle s'approcha du plateau posé sur la console du hall où se trouvait le courrier. Un passage en revue rapide des invitations et des messages lui apprit qu'il n'y avait rien d'Evan. Elle ne put s'empêcher d'être déçue.

— Maxwell !

L'exclamation de Violet retentit alors que leur frère descendait l'escalier en toute hâte pour les rejoindre.

Il était habillé comme s'il avait passé la journée dehors.

— Maxwell ? répétèrent en chœur Augusta et sa mère.

Violet se jeta dans ses bras.

— Depuis quand es-tu là ?

— Je suis arrivé hier.

Il les salua tour à tour, gratifiant Augusta d'un regard interrogateur.

— J'ai appris que tout le monde passait la semaine dans le domaine du duc de Rothschild. Comment était-ce ? ajouta-t-il en jetant un coup d'œil à la main d'Augusta, dépourvue de bague de fiançailles.

— À la fois affreux et merveilleux, si une telle chose est possible, déclara leur mère. L'endroit tombe en ruine, mais c'est immense. Et rempli de Rembrandt et de Titien, et mon Dieu, je pense que certains meubles sont de la période georgienne, peut-être même plus anciens ! s'emballa-t-elle en pressant la main sur son cœur.

— Calme-toi, Millie. Tu es au bord de l'apoplexie, la taquina leur père. Nous avons des tableaux du Greco, du Titien et de van Dyck à la maison, mais surtout, nous avons l'eau courante !

— Bien sûr, mon cher. C'est que je suis tellement heureuse.

Plissant les yeux, elle reporta son attention sur son fils.

— Je suppose que je n'ai pas besoin de te demander ce qui t'amène à Londres. Je crains que ton père n'ait raison s'agissant de l'eau courante. Cela fait des jours que je rêve de me rafraîchir convenablement.

Accorde-moi une heure, après quoi je veux tout savoir de ta traversée. J'imagine que tout s'est bien passé ?

— Sans le moindre incident, mère, confirma Max.

— Parfait. Sache que notre séjour, lui, n'a pas été dénué d'incidents, déclara-t-elle en adressant un regard entendu à Augusta. Nous attendons néanmoins une bonne nouvelle d'un jour à l'autre.

Sur ces paroles prometteuses, elle prit congé.

— Pas de fiançailles donc ? s'enquit Max.

Augusta s'apprêtait à répondre, mais son père la devança.

— Pas encore, malheureusement.

Il décocha à sa fille un regard qui laissait entendre que c'était sa faute.

— Le duc a toutefois manifesté la volonté d'entamer des négociations. On doit me faire parvenir un contrat aujourd'hui.

— Dans ce cas, j'arrive à temps, dit Max en pressant une main rassurante dans le dos de sa sœur.

— Tu es donc venu pour sauver ta sœur du mariage ? répliqua son père.

— Comme je vous en ai averti dans mes télégrammes. Nous sommes des Crenshaw, pour l'amour du ciel ! Nous ne vendons pas nos filles et nos sœurs contre de l'argent ou du prestige.

— Personne ne vend personne. C'est nous qui nous offrons le duc, répliqua leur père en leur décochant un sourire hostile.

— Oui, j'avais compris, répondit Max.

Conscient de la tension grandissante et de la soudaine disparition des domestiques, leur père laissa échapper un soupir.

— Je crois que j'aurais bien besoin de me rafraîchir, moi aussi. Nous poursuivrons cette discussion dans mon bureau. Disons dans une demi-heure ?

Max hocha la tête et gravit l'escalier.

— Que diable s'est-il passé ? demanda-t-il dès qu'il eut disparu. Ça va, Augusta ?

— Oui, ça va. Allons dans le salon, nous serons mieux pour parler.

Tous trois gagnèrent le salon et Augusta referma la porte derrière eux.

— C'est un cauchemar ! s'écria Violet. D'abord moi, et maintenant la pauvre Augusta, ajouta-t-elle, avant de se lancer dans le récit détaillé des manigances de leurs parents.

Augusta était mal à l'aise. Son frère avait fait tout ce chemin pour s'entendre finalement dire qu'elle consentait à épouser le duc. Mais elle appréciait Evan. Beaucoup. Était-ce une raison suffisante pour l'épouser ?

C'était un bon début. Du reste, comment aurait-elle pu reprendre sa vie telle qu'elle était avant cette histoire de mariage ? Comment faire de nouveau confiance à ses parents – à son père, surtout ? Elle se leva soudain et se mit à marcher de long en large devant la fenêtre.

— Apparemment, le duc a regagné Londres avec l'impression que tu allais l'épouser. Est-ce vrai ? s'enquit Max une fois que Violet eut achevé son récit.

— Nous nous sommes entretenus en privé avant son départ, et j'ai accepté sa demande. Ce ne sera pas officiel tant que père et lui n'auront pas signé le contrat.

— Et tu es certaine que c'est ce que tu veux ?

— J'ai beaucoup d'affection pour Evan et je crois que nous pourrions être heureux ensemble.

Très heureux même, si elle était complètement honnête. Maintenant qu'elle avait eu un aperçu de l'homme qu'il était vraiment, elle était certaine de faire le bon choix. Elle était moins certaine, en revanche, d'être prête à faire ce choix dès maintenant.

— De toute façon, même si je disais non, les choses ne pourraient pas redevenir comme avant. Papa m'a déjà avertie qu'il ne me permettra pas de continuer à travailler aux Aciéries Crenshaw.

Max se leva et se planta devant elle.

— Il ne s'en tirera pas ainsi. J'ai des droits dans cette société. Il ne peut pas t'évincer de la sorte, pas sans mon accord.

— Je sais, mais le problème n'est pas vraiment là, n'est-ce pas ? Il a dit ce qu'il a dit et on ne peut pas revenir dessus.

Elle s'interrompit, la gorge nouée, et se tourna vers la fenêtre, sentant les larmes menacer. Elle n'avait jamais été du genre à montrer ses émotions, surtout devant Max ou leur père. Les Crenshaw ne révélaient pas leur faiblesse.

Elle fut surprise quand Max posa les mains sur ses épaules.

— C'est ta vie, Augusta. Ton avenir. C'est à toi de décider. Je te soutiendrai quoi que tu choisisses.

Elle hocha la tête et essuya une larme au coin d'un œil.

— J'ai déjà choisi. J'ai choisi Evan.

— Dans ce cas, c'est peut-être une bonne chose que je ne l'aie pas trouvé à Sterling House hier.

Elle fit volte-face.

— Tu es allé à Sterling House ?

— Je suis arrivé ici et il n'y avait personne. Reginald m'a expliqué que vous aviez été retardés, alors j'ai décidé de rendre visite à ce Rothschild, histoire de voir de quel bois il était fait.

— Heureusement qu'il n'était pas là ! J'apprécie ta venue et je suis navrée de t'avoir dérangé inutilement, mais il semble que je n'aie pas besoin que tu te battes pour moi finalement.

Max sourit.

— Si, tu en as besoin. Je jetterai un coup d'œil à ce contrat avant qu'il soit enregistré, et si tu dois vraiment épouser ce maudit coureur de dot, j'aurai une longue conversation avec lui.

Augusta sourit et serra son frère dans ses bras.

— Ce ne sera pas nécessaire. Je m'en sortirai seule.

— Je n'en doute absolument pas, assura Max.

21

Mais nous devons affronter notre avenir, aussi sévère et rude soit-il.

ELIZABETH GASKELL

Quelques jours après son retour à Londres, Evan fut introduit dans le bureau de son notaire. Clark se leva aussitôt.

— Votre Grâce, dit-il en rajustant ses lunettes.

Un clerc, qui prenait des notes sous sa dictée, se leva aussi, laissant tomber sa plume dans sa précipitation.

Le soleil qui filtrait à travers les fenêtres à petits carreaux projetait une lumière morne dans cet espace confiné. Des caisses étaient amassées sous les fenêtres. Livres et documents s'entassaient à même le sol d'un côté du large bureau qui trônait au centre de la pièce, ainsi que sur les placards alignés le long des murs. Le bureau lui-même, cependant, était net et rangé.

— Je n'avais pas l'intention de passer à l'improviste. J'ai reçu votre message au club et comme l'affaire était assez urgente, j'ai décidé de venir vous voir directement, plutôt que de retourner à Sterling House pour vous y attendre.

— Oui, bien sûr, Votre Grâce. Excellente initiative. Je n'aurais jamais songé à organiser une rencontre ici, mais vous avez raison, c'est plus pratique, répondit Clark en balayant la pièce en désordre du regard.

L'employé qui avait introduit Evan s'attardait sur le seuil.

— Du thé, mil... heu, Votre Grâce ? proposa-t-il d'une voix mal assurée.

— Non, je vous remercie. Je vois que vous êtes très occupé, ajouta-t-il en reportant son attention sur Clark.

Evan n'était venu qu'une fois, quand il avait engagé l'homme. La visite s'était déroulée de façon à peu près similaire, avec génuflexion des clercs surpris par la présence d'un duc parmi eux, mais le bureau était moins encombré à l'époque.

Clark fit signe au clerc qui prenait des notes de les laisser. Le jeune homme sortit à reculons, affichant sa déférence de manière presque comique.

— Que leur avez-vous dit à mon sujet ? demanda Evan en s'installant sur la chaise que le clerc venait de quitter.

Clark sourit et se rassit derrière son bureau.

— Je crois que votre réputation parle d'elle-même, Votre Grâce.

Evan sourit à son tour et se souvint de la raison qui l'avait incité à engager Clark. Ç'avait été le seul notaire à lui parler franchement.

— Je dois vous remercier, poursuivit Clark en désignant d'un geste les documents qui encombraient le bureau. L'activité de mon étude, encore balbutiante, a presque triplé grâce à vos recommandations.

— Grâce à votre compétence, vous voulez dire.

Clark baissa humblement les yeux.

— Quoi qu'il en soit, je tenais à vous remercier. Mon association avec Montague et vous a certainement amélioré les choses.

Il se leva et ouvrit l'un des placards derrière lui. Il en sortit une boîte remplie de documents qu'il déposa sur son bureau.

— Je suppose que vous avez sollicité une entrevue parce que vous avez reçu de nouvelles confirmations ? risqua Evan, le regard rivé sur la boîte.

Dès qu'il était rentré de Charrington Manor, Clark l'avait rencontré à son club pour lui annoncer qu'un homme prétendant être au service de George Sterling, le vieux duc de Rothschild, avait été repéré à Pleasant Ridge, territoire du Montana.

Clark acquiesça et se rassit.

— Oui, il s'agit bien de Lichfield. Il se servait d'un nom d'emprunt, mais notre enquêteur a pu trouver chez lui des papiers prouvant que c'était bien Gordon Lichfield.

Evan en ressentit une étrange sensation de soulagement. Si rien de tout cela n'était surprenant, cela confirmait que son instinct ne s'était pas trompé.

— Je suppose que les fonds qu'il avait détournés ont disparu.

Clark laissa échapper un drôle de petit rire et tira une feuille de la boîte.

— Ma foi, c'est la partie intéressante de l'affaire. Il semblerait que nous ayons retrouvé bien plus que des fonds volés.

Evan se pencha en avant, captivé à présent.

— De quelle somme est-il question ?

— Pardonnez-moi de ne pas vous en avoir parlé plus tôt, mais j'ai moi-même trouvé cela assez incroyable. J'ai dû authentifier l'information avec l'officier d'état civil du territoire, puis demander au notaire de New York de l'authentifier de nouveau pour être absolument certain qu'il n'y avait aucun doute quant à... eh bien... l'authenticité. Et j'ai toujours moi-même du mal à croi...

— Parlez donc, bonté divine !

— Oui, oui.

Clark souleva un papier jaune qui ressemblait à un télégramme.

— Votre Grâce, il semblerait que votre père soit – ait été – l'actionnaire majoritaire de la Compagnie minière de Pleasant Ridge, basée sur le territoire du Montana. Les titres ne sont jamais apparus sur aucun des documents afférant au domaine de votre père. Je suppose que c'est parce que Lichfield y a veillé. Pour être honnête, je ne suis pas certain que votre père ait eu conscience de leur valeur. Nous savons que sa signature apparaît sur plusieurs documents appartenant à la compagnie. Je peux également confirmer qu'un virement bancaire du montant du prix initial des actions a bien été opéré voilà plusieurs années. Il est consigné dans les livres de comptes en tant que fonds visant à l'amélioration du capital. Je me suis rendu personnellement à la banque pour vérifier l'existence de ce virement et j'en ai obtenu la preuve certifiée par la banque elle-même.

— Quel escroc !

Clark tira de la boîte un nouveau document, mais Evan avait du mal à se concentrer. Ce salaud de Lichfield les avait escroqués. Il avait joué le serviteur loyal à seule fin de voler l'homme qu'il avait servi pendant près de quarante ans. Une rage impuissante s'empara d'Evan. L'objet de sa rage se trouvait malheureusement à des milliers de kilomètres. Cela valait peut-être mieux, finalement, car il l'aurait étranglé avec joie.

Incapable de rester assis, Evan bondit de son siège et se mit à aller et venir dans le bureau encombré.

— Avez-vous contacté les autorités ? Je veux que cet homme soit arrêté et jugé.

— Oui, répondit Clark, visiblement impressionné par sa réaction. Le shérif local l'a arrêté et remis à un marshal. J'ai demandé qu'il soit rapatrié à Londres, mais cela pourrait prendre du temps.

— Pourquoi ne m'avez-vous pas fait part de tout cela ?

— Comme vous le savez, je n'ai eu connaissance de sa probable localisation dans le territoire du Montana que très récemment, et j'ai tenu à m'assurer de l'authenticité de mes informations avant de vous les transmettre.

— Oui, bien sûr. C'est tout à votre honneur, répondit Evan.

Clark se détendit visiblement.

— Pardonnez-moi, Votre Grâce, mais je pense que vous passez peut-être à côté de l'élément le plus important, ici.

— Plus important que le fait que Lichfield ait escroqué mon défunt père ?

— Oui, car il reste le volet de la valeur des actions. La compagnie minière a énormément rapporté depuis le début de son exploitation, ce qui signifie que vos actions valent aux alentours d'un million deux cent mille livres sterling. Cette information correspond cependant à un bilan obsolète. Je pense que leur valeur réelle se situe aujourd'hui à un niveau considérablement supérieur.

— Considérablement ?

— Considérablement.

Lâchant un effroyable juron, Evan retourna s'asseoir et se prit la tête entre les mains. La somme était incroyable.

— On m'a rapporté que Lichfield vit comme un roi et je doute par conséquent que vous puissiez récupérer les annuités antérieures. Cela dit, si vous décidiez de vendre vos titres, ou une petite partie, les fonds pourraient être transférés à Londres en moins d'une semaine.

Clark continua de déblatérer à propos de valorisation des stocks, d'annuités et de procédures d'extradition, mais Evan avait du mal à suivre. La seule chose dont il était certain, c'est qu'il était libre. Il était tellement soulagé qu'il avait l'impression d'être aussi léger qu'un ballon qui s'élève dans le ciel. Ses métayers auraient de quoi réparer le toit de leur maison et acheter de nouveaux outils. Sa mère ne serait pas obligée de quitter Sterling House. Elle pourrait s'offrir de nouvelles robes. Ses sœurs aussi. Il pourrait financer tous les travaux de rénovation de Charrington Manor et de ses autres domaines dont il avait parlé avec Augusta.

Augusta ! Elle aussi serait libre. Libre de choisir de ne pas l'épouser. Elle pourrait retrouver sa vie d'avant. Il fallait qu'il le lui dise. Elle serait folle de joie. Il commença à se lever, puis se rassit en réalisant ce que cela signifiait.

Elle choisirait de ne pas l'épouser. Elle n'avait jamais désiré ce mariage, pourquoi le voudrait-elle à présent ? La déception et la tristesse eurent raison de sa joie. Une part très égoïste de lui-même eut envie de faire comme si cette conversation n'avait jamais eu lieu ou même de faire disparaître ces actions minières. Ce qu'il voulait, c'était la vie dont ils avaient parlé dans la bibliothèque de Charrington Manor. Sauf que ce ne serait pas juste. Il devait lui rendre sa liberté. C'était la seule chose qu'il pouvait lui offrir.

— Votre Grâce ? Votre Grâce ?

Evan leva les yeux et devina à l'expression perplexe du notaire que celui-ci cherchait à attirer son attention depuis un moment.

— Il faut aussi que nous parlions de l'affaire Crenshaw. J'ai veillé à ne pas ébruiter la nouvelle concernant les actions minières – je n'en ai pas même parlé à mes clercs –, mais vous allez devoir prendre une décision. Souhaitez-vous avancer sur le contrat de mariage ? Il est ici, prêt à être finalisé, ajouta-t-il en tirant une liasse de papiers de sa boîte apparemment sans fond.

Evan dut s'éclaircir la voix avant de demander :

— Vous avez obtenu les concessions de Crenshaw ?

Ces derniers jours, le contrat n'avait cessé de faire la navette entre Clark et Crenshaw. Ce dernier s'était montré presque belliqueux, refusant d'autoriser sa fille à rester employée en tant que partie prenante dans la succursale londonienne des Aciéries Crenshaw, tandis qu'Evan insistait pour que son emploi soit garanti par écrit.

— Oui, répondit Clark. Je l'ai vu hier avec son fils, Maxwell. Il semble que celui-ci ait réussi à le persuader.

— Ah ! Je suis heureux de constater qu'au moins l'un d'eux est doté de bon sens.

Visiblement désireux de le rencontrer, Maxwell avait laissé sa carte à Sterling House ainsi qu'à son club. Evan n'avait malheureusement pas trouvé le temps d'arranger une entrevue, mais celle-ci ne semblait plus nécessaire. Son cœur se serra à l'idée d'être passé tout près du bonheur avec Augusta. Il ne devait toutefois pas oublier qu'elle n'avait pas eu le choix. Or il ne pourrait y avoir de vrai bonheur que si le choix venait d'elle.

Evan se leva et Clark l'imita.

— Vous ne souhaitez pas signer le contrat ? s'enquit le notaire.

— À quoi bon ? Je n'ai plus besoin de leurs fonds. Et Dieu sait que je déteste l'idée de prendre une épouse qui ne veut pas de moi.

Clark déglutit.

— Certes, mais il s'est plié à vos requêtes. Et si j'ai bien compris votre précédente conversation, Mlle Crenshaw a provisoirement accepté cette union.

Evan sourit.

— Êtes-vous en train de dire que je serais bien bête de laisser passer une telle offre ?

Le jeune notaire rougit.

— C'est une très belle offre, Votre Grâce.

— En effet, opina-t-il en se dirigeant vers la porte. Pour autant, ce choix devrait revenir à Augusta seule.

Il fallait qu'il lui parle. La bague de fiançailles qu'il avait sortie du coffre familial à Sterling House lui semblait si brûlante dans sa poche qu'il se demanda si elle ne risquait pas de la trouer. Elle y était depuis son retour de Charrington Manor, alors qu'il avait la tête pleine de pensées sur le tout nouvel avenir qui l'attendait. À ce moment-là, il était certain qu'elle ornerait le doigt d'Augusta avant la fin de la semaine.

Il ne l'était plus désormais. Il voulait la lui offrir, cette bague. Maintenant qu'il avait commencé à envisager l'avenir avec elle, il lui était impossible de l'envisager sans elle. D'autant qu'il avait goûté à son corps, qu'il l'avait entendue gémir de plaisir quand il était en elle. Il voulait revivre cela. Et plus encore.

Mais le choisirait-elle ? Il fallait qu'il en ait le cœur net.

— Le duc de Rothschild demande à vous voir.

Augusta était assise devant le secrétaire dans le salon familial quand le valet fit son annonce. Le brouillon du télégramme qu'elle rédigeait en vue de verser des fonds sur leur compte nouvellement ouvert à Londres fut instantanément oublié. Elle porta les mains à ses cheveux, puis à sa jupe, et à nouveau à ses cheveux tandis qu'elle se levait.

— Faites-le entrer, dit-elle.

Les mots avaient à peine eu le temps de franchir ses lèvres qu'Evan contourna le valet. Il balaya Augusta d'un lent regard et elle eut l'impression de s'épanouir telle une fleur. Elle se souvint de la dernière fois qu'ils s'étaient vus et de la nuit qui avait précédé. Il lui avait manqué. Elle brûlait d'enfouir les doigts dans ses cheveux si épais, et sentait déjà son torse musclé contre sa poitrine. Une palpitation au creux des cuisses lui rappela que son sexe aussi s'était trouvé là. Avec le chaume de barbe qui lui couvrait les joues et le menton, il paraissait à peine civilisé dans sa tenue de gentleman, comme si ses vêtements n'étaient qu'un déguisement. Elle songea au lutteur de leur première rencontre.

— Je vais commander le thé, annonça le valet, interrompant leurs retrouvailles.

— Non, pas de thé, dit-elle, soucieuse de ne pas être dérangée. À moins que vous n'en vouliez ? ajouta-t-elle à l'adresse d'Evan.

— Laissez-nous, dit-il sans se tourner vers l'homme.

Le poids de son regard était comme une caresse à distance.

Le valet hocha la tête et laissa la porte entrouverte. Evan se chargea d'aller la refermer.

— Où est votre famille ? demanda-t-il en revenant vers elle, le regard intense.

— Sortie pour l'après-midi.

Sa mère avait pratiquement exigé qu'elle les accompagne, Violet et elle, elle avait cependant refusé, préférant rester à la maison pour travailler – quoiqu'elle ait passé le plus clair de son temps à rêvasser, les yeux perdus au-delà de la fenêtre. À vrai dire, elle s'était languie d'Evan. Alors qu'elle était de retour à Londres depuis plusieurs jours, il ne lui avait pas envoyé un seul message et le contrat de mariage n'avait pas cessé de faire la navette au gré des négociations.

— Où étiez-vous passé ?

Augusta faillit grimacer. Sa question résonnait comme un reproche et révélait qu'elle était en manque d'affection. Il avait des choses à faire et elle ne voulait pas donner l'impression qu'elle l'avait attendu, même si c'était le cas.

Il sourit et s'immobilisa devant elle. Il ne l'attira pas à lui, mais se contenta d'effleurer du bout des doigts les boutons d'onyx de sa robe.

— Vous m'avez manqué aussi.

Augusta sentit son visage s'empourprer tandis qu'elle baissait les yeux, et son corps frémit d'impatience au souvenir de ses caresses. Ce ne fut que lorsqu'elle croisa de nouveau son regard qu'elle y décela une légère incertitude. Quelques jours plus tôt, il l'aurait prise dans ses bras – pas aujourd'hui, apparemment.

— Il s'est passé quelque chose ?

— Je suis désolé de ne pas vous avoir rendu visite plus tôt. Des problèmes sont apparus avec mon notaire et je tenais à les régler avant de vous revoir. J'arrive directement de son étude.

La chaleur dans son regard s'était atténuée à chacun de ses mots.

L'effroi tordit le ventre d'Augusta. Ce n'était pas l'homme qui, quelques jours plus tôt, l'avait étreinte et embrassée comme s'il ne pouvait se rassasier d'elle.

— Tout va bien ? risqua-t-elle.

— Tout va bien, oui. Nous devrions peut-être nous asseoir.

Il désigna le sofa et attendit qu'elle soit assise avant de prendre place près d'elle. Son genou frôla ses jupes, lui rappelant le poids de ses jambes sur les siennes.

— Je suis content que votre famille ne soit pas là. Je tenais à vous parler en privé.

Il prit une inspiration et le cœur d'Augusta se serra.

— Evan, je vous en prie...

Elle ne put s'empêcher de poser la main sur la sienne. Il s'en empara aussitôt et la porta à ses lèvres. Ses yeux se fermèrent brièvement.

— Dites-moi ce qui est arrivé, murmura-t-elle en écartant doucement une mèche de son front.

Il sourit, mais il y avait une note de tristesse dans son regard.

— Tout. Tout est arrivé.

Il fit une pause et Augusta fut à deux doigts de perdre son calme.

— Après le décès de mon père, j'ai commencé à interroger son notaire à propos d'irrégularités dans les rapports qu'il me présentait et dans les livres de comptes que je passais en revue. Il est vite apparu qu'il mentait, aussi l'ai-je renvoyé. Peu de temps après, il a disparu. Clark, mon notaire actuel, pensait qu'il avait détourné des fonds, sans pour autant en avoir trouvé la preuve. Et puis, figurez-vous qu'on l'a retrouvé dans le territoire du Montana, où il prétendait être un agent de mon père et vivait comme un roi.

— Je ne comprends pas, souffla Augusta.

Mais la peur se répandait en elle telle une tache d'encre.

— Il semblerait que mon père ait possédé des titres d'une compagnie minière qui a beaucoup prospéré.

Son notaire avait fait disparaître toute trace de cet investissement dans l'espoir de se l'approprier.

— Je vois... Vous n'êtes donc plus aussi pauvre que vous pensiez l'être.

Il sourit, de toute évidence soulagé, et l'étreinte de sa main s'affermit légèrement.

— Apparemment pas. Les titres valaient plus d'un million de livres l'an passé. Sans doute encore plus aujourd'hui.

Augusta faillit en avaler sa langue.

— C'est une... très belle somme.

— En effet, dit-il, plus calmement qu'on ne s'y serait attendu d'un homme qui vient d'apprendre une telle nouvelle. Je suis venu vous libérer de nos fiançailles.

Il ne voulait plus l'épouser. Et pourquoi l'aurait-il voulu ? Pour lui, il n'avait jamais été question que de se procurer une fortune. Son cœur se serra dans sa poitrine. « Il faut que nous arrêtions. Nous aurons tout le temps une fois que nous serons mariés. » Il avait tenté de la repousser. C'était elle qui avait insisté. Si elle ne regrettait pas un seul instant de cette nuit-là, penser que ces moments n'avaient peut-être pas signifié autant pour lui que pour elle lui était douloureux.

— Augusta ?

Elle se leva et s'approcha de la cheminée. Elle dut se forcer pour articuler :

— C'est plutôt inattendu.

Elle espéra s'être exprimée d'un ton léger et détaché. S'il désirait être délivré d'elle, elle ne voulait pas qu'il se sente coupable.

Elle perçut un froissement d'étoffe quand il se leva et l'air parut s'épaissir autour d'elle quand il s'approcha. Elle ferma les yeux pour savourer la chaleur de son corps le long de son dos – ou peut-être était-ce son imagination, car il ne la touchait pas.

— Je ne voulais pas dire qu'il *faut* annuler nos fiançailles ; uniquement que nous le pouvons désormais... si vous le souhaitez.

Lui offrait-il le choix ? Était-il en train de dire qu'il voulait quand même de ce mariage ? L'espoir resurgit en elle, avant d'être broyé par la déclaration qui suivit.

— Il va de soi qu'en cas de besoin, je vous épouserais.

— En cas de besoin ?

Il posa la main sur son bras.

— Si la nuit que nous avons passée ensemble devait avoir des conséquences.

Sa voix était douce et tendre. L'étau qui lui étreignait le cœur se resserra douloureusement.

— J'aurais dû prendre des précautions, mais j'étais trop certain de l'avenir, semble-t-il.

Ce qu'il lui disait, c'était qu'il se comporterait honorablement s'il s'avérait qu'elle était enceinte, pas qu'il la voulait pour épouse. Une nouvelle vague de tristesse la submergea quand elle réalisa qu'ils n'auraient jamais d'enfants. Les visages minuscules qui avaient commencé à prendre forme dans son imagination disparurent aussi vite qu'ils étaient apparus. C'était absurde d'être triste pour une chose dont elle n'avait pas voulu au début, pourtant elle l'était, parce qu'il s'avérait qu'elle l'avait bel et bien voulue sans même le savoir.

En réponse à la douce pression de sa main, elle se tourna vers lui. Elle s'attendait à découvrir une lueur de crainte ou d'appréhension dans son regard tandis qu'il attendait sa réponse. L'espoir qu'elle le soulage de ce fardeau. Or il n'y avait que de l'affection et de la chaleur. Sa gorge se serra de nouveau et elle secoua la tête.

— Non, ce ne sera pas nécessaire.

Son front se plissa.

— Vous êtes sûre ? Cela ne fait que quelques jours.

— Oui, tout à fait sûre, dit-elle en rougissant, gênée d'aborder un sujet aussi intime avec un homme.

— Ah, je comprends ! dit-il. Je suppose que c'est pour le mieux, ajouta-t-il après une brève hésitation.

« Pour le mieux. » Le poids qui pesait en elle chuta encore plus bas. *Pour le mieux,* c'était ce qu'on avait coutume de dire quand une perte n'était pas vraiment une perte. Il ne voulait pas de ce mariage. Ce qui ressortait de cette conversation, c'était qu'elle était en train de le perdre, et alors que c'était ce qu'elle avait voulu quelques jours plus tôt, elle n'en était plus certaine à présent. Elle se mentirait à elle-même si elle refusait d'admettre qu'elle ressentait un certain soulagement à l'idée de retrouver sa vie d'avant, pour autant elle pressentait que ce ne serait pas la vie qu'elle s'était préparée à abandonner. Il y aurait un vide, désormais.

— Oui, dit-elle en s'efforçant de maîtriser sa voix et en lui adressant ce qui était censé être un sourire. Je suppose qu'il n'y a plus besoin de bague de fiançailles.

Il la scruta comme s'il était capable de voir toutes les émotions qui la déchiraient intérieurement. C'était d'autant plus injuste qu'elle était quant à elle incapable de déchiffrer son expression.

— Non, murmura-t-il. Non, il n'y en a plus besoin, en effet.

— Que ressentez-vous à propos de cet héritage inattendu ? demanda-t-elle, soucieuse de faire avancer la conversation.

Elle aurait envie d'être seule pour y voir plus clair. Les choses n'étaient pas censées se passer ainsi et elle ne savait pas comment réagir.

Le regard d'Evan s'illumina.

— Je suis soulagé. Jusqu'à preuve du contraire, personne n'a envie d'un mariage arrangé. Et je suis heureux de pouvoir à nouveau subvenir aux besoins de ma famille.

Elle acquiesça, la gorge nouée. Il avait été contraint à ces fiançailles tout autant qu'elle. Il était donc naturel qu'il soit soulagé d'y échapper. Malgré l'affection qu'ils éprouvaient l'un pour l'autre, tout le monde savait qu'elle n'avait pas l'étoffe d'une duchesse.

— Et vous ? demanda-t-il en cherchant son regard.

Elle se força à afficher une expression sereine.

— Je suis heureuse pour vous.

C'était vrai. Elle se sentirait sans doute mieux le lendemain. Une fois que la morsure de la perte se serait atténuée, elle pourrait reprendre le cours de sa vie. C'était ce qu'elle avait voulu.

Son regard se fit intense quand il baissa légèrement la tête afin de croiser le sien.

— Et pour vous-même ?

La panique la submergea à l'idée qu'il se rende compte de ce qu'elle ressentait vraiment. Elle haussa les épaules et le gratifia d'un autre sourire crispé.

— Bien sûr. Ne plus avoir à éviter un chasseur de dot à chaque pas sera un changement bienvenu.

Il rit et lui caressa la joue, la prenant de court.

— Je peux vous embrasser encore une fois ?

Il approcha son visage du sien, lui laissant à peine le temps de souffler un « oui » avant que sa bouche recouvre la sienne. La douleur dans sa poitrine s'épanouit, l'amenant au bord des larmes. Elle refusa d'y céder pour ne pas gâcher la joie d'Evan. Elle alla même jusqu'à saisir les revers de sa redingote et l'embrassa avec plus d'ardeur dans l'espoir de lui dire silencieusement ce qu'elle ressentait.

Quand il s'écarta, ils étaient tous deux hors d'haleine, et Evan ne souriait plus. Ses paupières se fermèrent tandis qu'il appuyait son front contre le sien.

— Dites-moi que nous serons toujours amis.

Dites-moi que vous aurez toujours envie de moi.

Au lieu de prononcer ces mots à voix haute, elle chuchota :

— Toujours.

Il recula et l'enchantement cessa. Sa voix redevint aussi normale que son expression lorsqu'il annonça :

— Mon combat contre Wilkes aura lieu demain soir, au même endroit que la dernière fois. Vous devriez venir.

Elle tâcha d'étouffer la peur que ces mots suscitèrent, et échoua lamentablement. Plus rien ne l'autorisait pourtant à s'inquiéter pour lui.

— N'est-ce pas un endroit dangereux pour une dame ?

— Pas si vous êtes avec mes hommes.

— Quelqu'un pourrait me reconnaître.

— Sans doute. Souvenez-vous de ce qui s'est passé, quand quelqu'un vous a reconnue, la dernière fois, dit-il d'un ton taquin.

Elle aurait voulu rire pour lui faire plaisir, mais n'y parvint pas.

— Je vous en prie, soyez prudent. Wilkes ne m'inspire aucune confiance.

— Avec raison. Je serai prudent.

— Vous feriez mieux de partir avant le retour de mes parents, dit-elle à contrecœur. Ils risquent de prendre la nouvelle assez mal.

— Dans ce cas, je ferais mieux de rester pour la leur annoncer.

Cette perspective horrifia Augusta. Jamais elle ne serait assez forte pour affronter à la fois sa famille et Evan, alors qu'elle ne comprenait pas elle-même ce qu'elle ressentait.

— Non, je vous en prie, partez. Je préfère régler cela moi-même.

— Je ne vois pas pourquoi vous devriez affronter cela toute seule, répliqua-t-il.

— Je vous en prie, Evan. Ce sera plus simple, seule.

Il la dévisagea longuement, puis hocha la tête.

— Je comprends.

Il tendit la main, effleura sa lèvre inférieure du pouce, puis laissa retomber sa main et tourna les talons.

— Au revoir, Augusta, dit-il lorsqu'il atteignit la porte.

Elle sourit et réussit à agiter la main. Parler aurait été au-dessus de ses forces.

22

Je n'ai jamais voulu que votre cœur – s'il n'est plus là, vous n'avez rien de plus à offrir.

MARY WOLLSTONECRAFT

Persuader Max de l'emmener au combat n'avait pas été une mince affaire. Il avait refusé chaque fois qu'elle en avait parlé. Il avait fallu qu'elle l'approche, la cape que Camille lui avait donnée drapée sur les épaules, quand il fut l'heure de se mettre en route pour qu'il comprenne qu'elle était sérieuse. Ils étaient à présent dans l'entrepôt, attendant le début du combat, et son frère semblait en proie au doute. Ils ne s'étaient pas installés sur l'estrade, comme la dernière fois, car ils avaient jugé plus prudent de rester parmi la foule des ouvriers pour ne pas se faire remarquer. C'était une bonne chose que Max n'ait pas encore été officiellement introduit dans la haute société. Quant à Augusta, elle avait préféré garder sa capuche.

— Pourquoi sommes-nous là, déjà ? s'enquit son frère d'un ton bougon en parcourant la foule du regard.

Il avait joué des coudes pour qu'ils soient assez près du ring tout en restant près du mur. Il se dressait à présent entre elle et quiconque tenterait de l'approcher. Augusta trouvait qu'il était excessif, mais il n'avait rien voulu entendre.

— Parce que je veux le voir, répondit-elle. Tu pourrais au moins faire semblant d'être ici pour le match. Tu vas finir par attirer l'attention, à force de regarder autour de toi.

Max ricana.

— Tu es là pour voir celui qui a manqué à sa parole et rompu vos fiançailles ?

— Arrête. C'était un accord mutuel, et je te rappelle que je ne voulais pas l'épouser.

Il lui décocha un regard entendu. Elle avait un peu pleuré la nuit dernière, et ses yeux étaient légèrement rouges. N'importe qui pouvait s'en rendre compte. Elle s'empressa de reporter son attention sur le ring désert. Les larmes qu'elle n'avait pas pu retenir l'avaient finalement convaincue qu'elle tenait à Evan. Non. C'était plus fort que cela. Elle l'aimait et elle voulait un avenir avec lui. C'était pour cela qu'elle était venue. Pour affronter ses peurs et lui dire qu'elle l'aimait.

Pour être honnête, elle n'en était pas certaine quand il lui avait rendu visite. C'est plus tard, dans l'intimité de sa chambre, quand les larmes l'avaient submergée, que les choses étaient soudain devenues claires. Elle n'aurait pas souffert si elle ne l'avait pas aimé sincèrement. Elle avait détesté l'idée de renoncer à sa liberté pour l'épouser, mais l'idée de renoncer à lui était encore plus insupportable. Elle regrettait déjà ses caresses, ses baisers, sa vivacité d'esprit et cette façon qu'il avait de la regarder comme s'il voyait qui elle était vraiment et qui elle voulait être.

Elle regrettait surtout la vie qu'ils avaient projeté de mener ensemble. Après avoir ruminé toute la journée, elle était parvenue à la seule conclusion possible : elle voulait qu'il continue de la courtiser. Non, ce n'était pas l'entière vérité. Elle voulait qu'il annonce officiellement leurs fiançailles. Elle était prête à l'épouser comme prévu, mais s'il préférait, ils prendraient leur temps. À l'instant où elle avait pris cette décision, Augusta avait su que c'était la bonne. Quelque chose en elle s'était apaisé comme si le monde s'était soudain remis à tourner rond.

Elle le lui dirait après le combat. Le distraire avant ne serait pas judicieux. Elle n'avait rien dit de tout cela à Max, d'où sa mauvaise humeur. À vrai dire, il était tellement en colère contre Evan qu'apprendre sa décision n'aurait peut-être fait qu'accroître sa morosité. Augusta n'en avait parlé qu'à Violet, qui l'avait approuvée avec enthousiasme.

L'humeur de la foule changea brusquement. Elle devint plus bruyante et agitée. Les hommes chargés de garder le ring furent contraints de brandir leur bâton pour faire respecter la distance de sécurité autour des cordes. Max et elle se retrouvèrent pressés contre le mur, le corps de son frère lui évitant de se faire écraser. Il laissa échapper un juron et Augusta dut admettre que rester au milieu de la foule n'était sans doute pas une bonne idée. Ils auraient mieux fait de gagner l'estrade.

Pour autant, son cœur cognait dans sa poitrine et son sang bouillonnait dans ses veines. Elle allait bientôt le revoir ! Elle se hissa sur la pointe des pieds et un flot de joie l'envahit quand Evan approcha du ring. Les mêmes hommes que la dernière fois l'encadraient, à la différence près que ce soir, le comte de Leigh faisait partie de l'escorte. Il se pencha pour glisser quelques mots à l'oreille d'Evan, qui hocha la tête puis grimpa sur l'estrade.

Evan enjamba les cordes du ring et leva les poings, suscitant un rugissement approbateur de la foule.

Sa barbe lui assombrissait les joues et ses cheveux pommadés étaient coiffés en arrière, mais il n'en était pas moins le plus bel homme qu'elle ait jamais vu. Sa poitrine se gonfla de tendresse et d'affection. Evan balaya la foule du regard et elle espéra qu'il la verrait. C'était impossible, bien sûr, car il y avait trop de monde devant elle.

Cette fois, il était pieds nus. Peut-être s'agissait-il d'une condition préalable au combat. Son soupçon se confirma quand Wilkes pénétra sur le ring un instant plus tard, seulement vêtu d'un pantalon. Il avait toujours l'air aussi mauvais. Il ne tourna pas une fois les yeux vers la foule, réservant sa rage pour Evan.

La terreur lui noua les entrailles. Pourquoi n'avait-elle pas insisté davantage pour qu'Evan renonce à ce combat ? C'était d'autant plus inutile que ses problèmes financiers étaient résolus. Il était poussé par la fierté, elle le savait, affronter Wilkes semblait toutefois un prix exorbitant à payer.

Son cœur se serra quand Wilkes s'approcha d'Evan, sans se soucier du fait que l'officiel, qui énonçait probablement les règles du match, n'avait pas fini de parler. Il était furieux et assoiffé de sang, aussi le premier coup ne fut-il pas une surprise. Evan recula pour l'éviter et l'officiel pivota pour se glisser entre les cordes. La foule hua Wilkes, ce qui n'arrêta pas le colosse. Il porta un nouveau coup, atteignant Evan au menton. Augusta laissa échapper un cri comme si elle avait ressenti la douleur. Max lui jeta un coup d'œil, et reporta aussitôt son attention sur le match.

Elle regarda la suite, la main plaquée sur la bouche. Evan contre-attaqua, enchaînant furieusement les coups contre le torse de Wilkes, mais celui-ci semblait avoir quelque chose à prouver.

Il encaissa, riposta coup pour coup, forçant Evan à reculer jusqu'à ce qu'il se retrouve pratiquement contre les cordes. Ce fut un va-et-vient interminable, chacun recevant puis infligeant des coups.

Finalement, Wilkes commença à montrer des signes de fatigue. Son torse se soulevait rapidement et ses mouvements étaient plus lents. Pour compenser, il s'accroupit et porta un coup de tête dans l'estomac d'Evan. Le coup le fit tomber à la renverse et Wilkes se précipita sur lui, le poing levé.

— Non ! cria Augusta.

Elle tenta d'avancer, hélas, la foule était trop compacte, et elle ne voyait plus rien car les adversaires étaient à terre. Les hommes qui avaient escorté Evan se ruèrent vers le ring, mais n'y pénétrèrent apparemment pas.

— Reste ici ! ordonna Max avant de se frayer un chemin vers le ring.

Augusta, qui n'avait pas l'intention de rester à la traîne, s'insinua dans son sillage. La foule rugit de nouveau.

— Il s'est relevé ! lança Max par-dessus son épaule.

Et en effet, elle vit Evan qui souriait, le poing levé. La foule émit un autre rugissement d'encouragement. Wilkes se redressa en chancelant et tenta de porter un coup qui fut aisément paré. Quand Evan lui porta un uppercut au menton, le colosse s'écroula et, cette fois, ne se releva pas. L'officiel grimpa sur le ring et l'examina.

— Wilkes est vaincu ! annonça-t-il.

La foule applaudit. Evan bondit, boxant victorieusement l'air de ses poings. Plusieurs hommes accoururent pour aider Wilkes, encore groggy, à se relever. Ils l'aidèrent à quitter le ring et l'escortèrent jusqu'à une porte latérale. De nouveau capable de respirer, Augusta acclama Evan avec le public, et Max lui-même s'autorisa un sourire.

— Tu veux aller lui parler ? demanda-t-il en se penchant pour entendre sa réponse.

Elle allait dire oui lorsqu'un éclat rose attira son regard. Mme Laurent se dirigeait vers le ring, un grand sourire aux lèvres, les yeux rivés sur Evan. Elle avait dû arriver en même temps que lui, mais Augusta ne l'avait pas remarquée. Ils se retrouvèrent face à face, de part et d'autre des cordes. Evan glissa le bras autour de sa taille et se pencha pour lui parler. Elle rit, lui répondit, puis se hissa sur la pointe des pieds pour déposer un baiser sur ses lèvres. Les hommes qui les entouraient poussèrent des cris d'encouragement. La danseuse sourit, avant de plonger les doigts dans ses cheveux et d'approfondir leur baiser. Cela parut durer une éternité. Quand le baiser s'acheva enfin, Evan la contempla avec la même intensité qu'il avait réservée à Augusta. Du moins avait-elle cru que ce regard-là lui était réservé. À tort. Evan avait prétendu que Mme Laurent n'était qu'une amie, or les choses avaient apparemment changé depuis la veille. À moins qu'ils n'aient recommencé à se voir à son retour de Charrington Manor.

Nauséeuse, elle saisit le bras de Max.

— Non, dit-elle, je veux rentrer.

Son frère fronça les sourcils, puis reporta les yeux vers le ring.

— Qui est cette femme ?

— C'est sans importance. Je veux rentrer à la maison.

Il ouvrit la bouche, mais elle ajouta :

— Tout de suite.

Max jeta un dernier coup d'œil furieux vers le ring, puis prit la main de sa sœur pour la guider à travers la foule jusqu'au fiacre qui les attendait. Augusta se révéla incapable de dire un mot durant tout le trajet jusqu'à Mayfair. Découvrir qu'Evan était si vite passé à autre chose était trop douloureux. Moins d'une semaine s'était écoulée depuis qu'ils s'étaient unis charnellement, partageant l'expérience la plus stupéfiante que deux personnes puissent partager.

Quelle idée stupide ! Les hommes prennent sans arrêt des maîtresses sans que cela ait une quelconque signification à leurs yeux. Elle le savait, et pourtant elle avait cru qu'il y avait quelque chose de plus entre eux. Refoulant un haut-le-cœur, elle se tourna vers son frère.

— Quand repars-tu pour New York ? demanda-t-elle.

— Après-demain. Pourquoi cette question ?

— Je veux rentrer avec toi.

Elle ne voulait pas rester à Londres et risquer de le croiser.

— Félicitations, mon beau Fauve. C'était un sacré combat.

La voix de Gabrielle, avec sa légère pointe d'accent français, transperça le brouhaha.

Evan enroula le bras autour de sa taille et l'attira vers lui. Elle l'avait escorté depuis son tout premier combat, et les hommes dans le public semblaient l'adorer. Ils se montraient plus bruyants et pariaient plus gros dès qu'elle était présente.

— Surtout pour Wilkes, répondit-il.

Les acclamations s'étaient amplifiées quand il l'avait enlacée, et il n'entendit pas sa réponse. Elle se pencha et déposa un baiser sur ses lèvres. Cette marque d'affection n'avait rien d'inhabituel, après une victoire. Ce qui l'était, en revanche, ce fut la façon dont elle approfondit son baiser, sa langue lui caressant les lèvres pour l'inciter à les ouvrir. Cela faisait des années qu'ils n'étaient plus amants, mais il aurait pu lui céder si la façon dont elle l'avait regardé, une fraction de seconde avant que leurs lèvres se touchent, n'avait pas éveillé ses soupçons. Son regard était trop intense, trop lourd de sens. Il ne s'agissait pas de son espièglerie habituelle. Elle avait alors enfoui les doigts dans ses cheveux, comme Augusta le faisait, et ce baiser lui était soudain apparu comme une erreur. Trop intime et avec la mauvaise personne. Il avait placé son autre main sur sa taille et s'était écarté doucement. Ses yeux reflétaient une passion qu'il ne lui avait plus vue depuis qu'il avait déserté son lit.

Elle s'inclina et lui chuchota à l'oreille :

— Viens chez moi ce soir, Evan.

Si elle lui avait fait cette proposition après son précédent combat, il aurait accepté. S'ils avaient cessé d'être amants pour se lancer dans de nouvelles conquêtes, l'attirance demeurait. Elle était généreuse et audacieuse au lit et il ne conservait que de bons souvenirs du temps qu'ils avaient passé ensemble. Mais la tenir entre ses bras ne rimait plus à rien à présent. Si elle était belle et parfaite dans son genre, elle était trop mince là où ses mains attendaient les courbes d'Augusta, et trop grande quand son corps avait besoin de la sentir se blottir contre lui. Elle n'était pas Augusta.

C'était avec Augusta qu'il voulait rentrer. La laisser panser ses plaies et l'aider à prendre son bain. Il voulait passer le reste de la nuit avec elle, lui montrer toutes les façons dont ils pouvaient trouver du plaisir ensemble.

— Qu'est-il arrivé à Ware ? s'enquit-il.

Elle haussa une épaule et il surprit une lueur triste dans son regard.

— Je m'étais trompée sur son compte.

Il aurait pu lui dire que Ware n'était qu'un vaurien qui ne lui rendrait jamais son affection, mais il n'avait pas voulu gâcher le peu de bonheur qu'elle avait trouvé.

— Maintenant qu'il n'est plus là, on pourrait s'amuser un peu tous les deux.

Il lui caressa la joue pour adoucir son refus.

— Je suis désolé, Gabrielle, mais c'est Augusta que je veux.

Après leur conversation, la veille, Evan était déterminé à laisser Augusta reprendre le cours de sa vie. Il n'avait pas tenu vingt-quatre heures. Il la voulait dans sa vie et il avait l'intention de la conquérir.

— Il faut partir, dit Leigh en s'immobilisant à côté de Gabrielle. Les supporters de Wilkes peuvent arriver à tout moment.

Il avait raison. Mieux valait ne pas s'attarder à l'issue d'un combat public. Le quartier n'était pas sûr et des mécontents pouvaient rôder dans les parages dans l'espoir de récupérer l'argent qu'ils avaient perdu.

— Tu l'aimes, alors ? demanda Gabrielle.

Il haussa les épaules. Peut-être qu'il l'aimait. Oui, si le fait de vivre sans elle lui donnait l'impression qu'un grand vide s'était creusé en lui, il l'aimait.

— Viens avec nous au club pour fêter ma victoire, proposa-t-il.

Elle accepta et laissa Leigh l'escorter jusqu'à l'un des fiacres qui les attendaient à l'extérieur. Evan sauta par-dessus les cordes et rejoignit ses amis. Thorne lui donna une claque dans le dos pour le féliciter et lui lança une serviette. Alors qu'il s'essuyait le visage, Evan tourna les yeux vers l'estrade. Augusta n'était pas là. Il le savait parce qu'il l'avait cherchée du regard dès qu'il était entré dans l'entrepôt. Il ne put pourtant s'empêcher de vérifier une dernière fois, au cas où il l'aurait manquée. C'était idiot, mais il avait espéré qu'elle viendrait. La déception lui laissait un goût amer.

— La foule commence à s'agiter, dit Thorne en désignant la porte du menton.

Evan jeta un ultime regard sur l'estrade avant de le suivre. Ses bottes l'attendaient dans le fiacre, avec sa chemise et sa veste. Il prendrait un bain dans sa chambre au club avant de se joindre à ses amis. Il n'avait pas le cœur à la fête, en vérité. Il aurait dû être au comble de la joie quand Wilkes était tombé, et il l'avait été, quoique fugacement.

Le vide qui l'habitait depuis qu'il était sorti de la vie d'Augusta se faisait sentir plus que jamais. Elle lui manquait.

Lui rendre sa liberté avait été la chose à faire, pour autant, sa noblesse n'allait pas plus loin. Il voulait qu'elle lui appartienne. Leur dernier baiser avait été éloquent. Elle en avait eu autant envie que lui et la tristesse dans son regard quand il était parti était authentique.

Il était un duc qui n'avait nul besoin d'une épouse, et qui pourtant en voulait une. Il rit, attirant l'attention de Leigh, et grimpa dans le fiacre. Ses côtes se ressentaient des coups de Wilkes, mais il ignora la douleur.

— Wilkes t'aurait-il cogné un peu trop fort ? demanda Leigh.

Evan ne put s'empêcher de sourire.

— Je vais demander à Augusta de m'épouser.

Leigh eut un rire sans joie et jeta un coup d'œil à son frère, qui montait à son tour dans le fiacre.

— Je crois que nous allons devoir le faire examiner par un médecin.

Thorne sourit tout en s'installant en face d'eux.

— Ce garçon me semble jouir de toutes ses facultés mentales. Il a hérité d'une fortune et il s'apprête à signer un contrat avec Crenshaw en guise d'assurance.

— Cela n'a rien à voir avec le contrat. C'est elle que je veux.

Leigh le regarda comme s'il était fou, et Thorne arqua un sourcil.

— Voilà des paroles que je n'aurais jamais cru entendre dans ta bouche.

Evan non plus, mais elles n'en étaient pas moins vraies. Les heures passées loin d'Augusta lui avaient confirmé à quel point sa vie était vide avant elle. Il avait le club, ses amis, et désormais les fonds pour venir en aide à ses fermiers, et tout cela demeurerait, même sans elle. Mais il préférerait tellement l'avoir avec lui. Elle apportait dans son univers une lumière sans laquelle il ne voulait plus vivre. Il refusait d'envisager la possibilité qu'elle puisse bel et bien le rejeter.

23

Y a-t-il plus important pour deux âmes, que de sentir qu'elles sont unies pour la vie ?

George Eliot

— Que diable faites-vous là ?

Surpris, Evan et Leigh, qui se tenaient dans le hall de la résidence des Crenshaw, levèrent les yeux. La ravissante Violet Crenshaw dévalait l'escalier, fondant sur eux tel un ange vengeur. Reginald s'inclina avec raideur et battit en retraite dans le couloir, comme s'il savait ce qui était sur le point d'arriver.

— Tu peux te vanter d'avoir réussi, murmura Leigh avec flegme.

— Réussi quoi ? demanda Evan.

Leigh se contenta d'esquisser un sourire, absorbé qu'il était par la contemplation de Violet qui se précipitait vers eux dans un bouillonnement de soie crème et marine. Quand Leigh avait suggéré de l'accompagner, Evan avait trouvé cela étrange, il était cependant trop préoccupé pour se lancer dans une discussion à ce sujet. Il comprenait les raisons de Leigh à présent. Son ami était là pour Violet.

— Je suis venu voir Augusta, dit-il à la jeune fille. Reginald m'a dit, une fois de plus, qu'elle n'était pas là.

Lorsque Evan s'était présenté la veille, contusionné et la tête encore douloureuse des libations de la veille, on lui avait appris que toute la famille Crenshaw serait absente jusqu'au soir. Voyant là un répit, il avait regagné ses appartements. Il en avait profité pour répéter le discours qui lui permettrait de conquérir Augusta. Elle avait de l'affection pour lui, mais il savait qu'il lui faudrait batailler pour qu'elle renonce à sa liberté.

Violet s'arrêta devant eux et étrécit les yeux.

— Elle n'est pas à la maison pour *vous*, ni aujourd'hui, ni demain, ni l'année prochaine. Peu m'importe que vous soyez duc, vous n'êtes pas le bienvenu ici. Dehors ! ordonna-t-elle en pointant le doigt vers la porte.

Evan sentit un filet de sueur froide ruisseler le long de son échine. Quelque chose n'allait pas. Et cela dépassait le sujet de leurs fiançailles.

— Vous êtes en colère contre moi parce que j'ai rendu sa liberté à Augusta ?

Elle le dévisagea, comme Leigh lorsqu'il lui avait annoncé qu'il voulait épouser Augusta pour elle-même et non pour son argent.

— Je suis en colère contre vous parce que vous êtes l'être le plus vil, le plus arrogant et le plus insensible que j'aie jamais eu le déplaisir de connaître. Oubliez que vous avez connu ma sœur et sortez de cette maison.

— Je vois que je n'ai pas besoin de m'étendre sur les vertus de Rothschild, déclara Leigh d'un ton vaguement amusé. Vous les avez brillamment résumées.

— Et vous ? répliqua Violet, dirigeant son courroux sur le comte. Que faites-vous ici ?

— J'aime les feux d'artifice, répondit Leigh avec un grand sourire.

Violet le fusilla d'un œil si furieux que Leigh aurait dû être foudroyé sur place.

— Veuillez quitter les lieux immédiatement, ordonna-t-elle, les joues rouges de colère.

— Vous devriez peut-être écouter d'abord ce qu'il a à dire, la défia Leigh.

Violet ouvrit la bouche, sans doute pour faire savoir à Leigh en termes choisis ce qu'elle pensait de lui, aussi Evan jugea-t-il préférable de s'interposer entre eux.

— Attendez.

Il s'agissait forcément d'autre chose. Evan avait beau savoir que sa requête risquait de lui valoir des coups, il ne partirait pas tant qu'il n'aurait pas compris de quoi il retournait.

— Je vous en prie, il faut que je lui parle. Est-elle vraiment absente ?

Violet se contenta de le gratifier d'un regard noir comme si elle avait l'intention de le jeter personnellement dehors. Il se précipita vers l'escalier.

— Augusta ! Descendez, je vous en prie !

Violet le rejoignit et le tira par le bras.

— Elle n'est pas là. Qu'est-ce que cela peut vous faire, de toute façon ? Vous avez votre danseuse et Dieu sait combien d'autres femmes qui vous attendent à votre club !

— Gabrielle ? Que diable vient-elle faire dans cette histoire ? demanda Evan en lui faisant face, vaguement conscient que Leigh s'était appuyé contre le mur pour profiter du spectacle.

— Vous autres, aristocrates, avec vos maîtresses, lâcha-t-elle en levant les yeux au ciel. Augusta mérite mieux qu'un homme qui préfère être avec sa maîtresse plutôt qu'avec elle.

— Gabrielle n'est pas ma maîtresse. D'où vous vient cette idée ? Augusta et moi en avons déjà parlé.

Un coup d'œil vers l'escalier lui confirma qu'Augusta n'était toujours pas apparue. Il eut soudain l'affreux pressentiment qu'elle n'était pas dans cette maison. Il fallait toutefois qu'il en ait le cœur net. Il s'élança dans l'escalier, puis s'arrêta brusquement, frappé par un soupçon affreux. Quelqu'un lui avait-il parlé de la scène qui avait eu lieu entre Gabrielle et lui à l'issue du combat ? Un tas de gens l'avait vu l'embrasser, mais qui aurait eu intérêt à le rapporter à Augusta ? Son frère était-il venu ?

— Très bien. *Maîtresse* est peut-être un peu excessif pour quelqu'un qui ne partage votre lit qu'occasionnellement.

Quelqu'un avait été témoin de ce baiser. Il redescendit les quelques marches et se planta devant Violet.

— Celui qui a vu Gabrielle avec moi à l'issue du combat s'est mépris, et je n'apprécie pas qu'on se mêle de ma relation avec Augusta.

— C'est Augusta elle-même qui vous a vus, idiot ! Elle avait demandé à Max de l'accompagner. Vous avez embrassé cette femme sous ses yeux. Vous ne pouvez vous en prendre qu'à vous-même.

Evan sentit sa tête se vider de son sang et dut s'accrocher à la rampe pour garder l'équilibre. Il était aussi sonné que s'il avait reçu un direct en pleine figure.

— Augusta était là ?

Il ne réalisa qu'il avait parlé à voix haute que lorsque Violet lui répondit :

— Oui, et elle vous a vu l'embrasser. Elle est partie parce qu'elle voulait…

Elle s'interrompit abruptement.
— Quoi ? Qu'est-ce qu'elle voulait ? Dites-le-moi, Violet. Où est-elle allée ?
Elle secoua la tête en reculant.
— Je ne vous dirai rien.
Il l'aurait volontiers secouée pour l'obliger à parler, pourtant il réussit à poser calmement les mains sur ses épaules.
— Je vous en prie. Je suis venu parce que je l'aime. Je veux l'épouser.
Elle ouvrit la bouche, sans doute pour réfuter cette déclaration, mais il enchaîna :
— C'est vrai que Gabrielle m'a embrassé. Nous avons été amants, il y a quelques années. Elle m'a aussi proposé de passer la soirée chez elle après le combat. J'ai refusé. Demandez à Leigh, ajouta-t-il, la voyant incrédule. Il était là et il a tout vu. Il était aussi au club avec moi, ensuite. Il sait que je n'ai pas couché avec elle.
— C'est vrai, déclara Leigh de sa voix traînante en s'écartant du mur pour rejoindre son ami. Gabrielle avait d'autres engagements. Evan a dormi seul, et je doute que le diable lui-même sache pourquoi.
Violet fronça les sourcils, et pour la première fois, son masque de fureur commença à se craqueler.
— Pourquoi devrais-je vous croire ?
Leigh sourit sans que son sourire parvienne jusqu'à ses yeux.
— Vous feriez mieux de ne jamais me croire, mademoiselle Crenshaw.
C'était un avertissement lourd de sous-entendus, mais Evan n'avait pas le temps d'en analyser les raisons.
— J'aime Augusta, déclara-t-il, ramenant l'attention de Violet sur lui.

— C'est pour cela que vous êtes venu hier ? demanda-t-elle en croisant les bras.

— Oui, j'étais venu lui dire que je voulais l'épouser.

Les épaules de la jeune fille se détendirent légèrement.

— Elle est allée voir votre combat parce qu'elle voulait vous dire qu'elle avait toujours de l'affection pour vous. Je crois qu'elle voulait vous inciter à reprendre votre cour.

Evan rit et l'attira dans ses bras. Il l'étreignit si fort qu'elle se débattit pour se libérer, avant de lui adresser un regard furieux.

— Pardonnez-moi, murmura-t-il. Où est-elle allée ? Il faut que je lui parle. Je ne supporte pas qu'elle puisse croire que je lui ai préféré une autre femme.

Violet pâlit et jeta un coup d'œil nerveux vers la porte.

— Elle est partie avec Max… en Amérique.

Evan mit un moment à comprendre.

En Amérique. À New York. *De l'autre côté de ce fichu océan !*

— Par tous les démons de l'enfer, lâcha Leigh.

— Aujourd'hui ? demanda Evan.

Violet acquiesça.

— Ils sont partis pour Liverpool ce matin, et leur bateau appareille demain.

Evan ne put que la regarder, incrédule. Augusta partait. Elle allait regagner New York, persuadée qu'il ne voulait pas d'elle.

— Quel bateau ? Quelle heure ?

— Vous n'y serez jamais.

— Je dois essayer.

Et s'il n'arrivait pas à temps, il la suivrait.

— Attendez un instant.

Violet se rua dans le salon et revint, une feuille de papier à la main.

— Voici leur itinéraire. Y a-t-il quelque chose que je puisse faire ?

— Je file directement à la gare. Envoyez un message à mon club pour demander à Stewart de m'apporter ma malle, lança-t-il en emboîtant le pas à Leigh, avant de se retourner. Merci, Violet.

— Ne me le faites pas regretter, répliqua-t-elle.

Il secoua la tête et s'empressa de dévaler les marches du perron pour rejoindre sa voiture.

— Une fois à la gare, je peux adresser un télégramme au bateau pour qu'on lui délivre un message, proposa Leigh.

— Merci, dit Evan.

Il appuya la tête contre le dossier de la banquette et ferma les yeux en sentant venir un début de migraine.

Il était certain qu'un télégramme ne suffirait pas à retenir Augusta – pas si elle était persuadée qu'il avait choisi Gabrielle. S'il arrivait avant le départ du bateau, il passerait le restant de ses jours à s'assurer qu'elle ne regrette pas de l'avoir choisi.

Il souleva une paupière.

— Violet ne semble guère t'apprécier, dit-il à son ami. Elle t'intéresse toujours ?

Leigh eut un petit sourire suffisant.

— N'en déplaise à ta très récente vision du mariage, dans notre monde, l'affection n'est pas strictement requise pour une telle alliance. Tu le sais aussi bien que moi.

Malgré son anxiété, Evan réussit à rire.

— Mon pauvre ami, tu ne sais pas dans quoi tu t'embarques !

Augusta s'agrippa au montant du lit quand le bateau tangua. Il émit un grondement suivi d'un grognement comme il s'écartait du quai. Un rapide coup d'œil à la pendule vissée à la table de chevet lui apprit qu'il partait à l'heure. Depuis que Mary et elle s'étaient dépêchées de faire ses malles, elle avait perdu toute notion du temps.

— Je crois que nous partons, Mary. Dépêchez-vous de monter sur le pont. Je ne voudrais pas que vous manquiez cela.

La femme de chambre tourna les yeux vers le hublot. Le mouvement lent et régulier donnait l'impression que c'était le quai et les gens qui agitaient la main qui étaient en train de s'éloigner.

— Vous êtes sûre, mademoiselle ?

— Oui, je ne tiens pas à assister au départ, mais il n'y a pas de raison que vous en soyez privée.

Lorsque Max était venu un peu plus tôt pour l'inviter à monter sur le pont, elle avait refusé. Jeter un ultime regard à l'endroit qui avait bouleversé sa vie était bien la dernière chose dont elle avait envie. Plus vite ils le laisseraient derrière eux, mieux ce serait.

— Je n'aurai besoin de vous que pour m'habiller avant le dîner.

— Bien, mademoiselle, répondit la bonne, qui quitta la chambre si vite que la porte ne se referma pas complètement derrière elle.

Des voix s'élevèrent dans le corridor, comme si trois ou quatre personnes parlaient en même temps. Après plusieurs nuits quasiment sans sommeil, Augusta était fatiguée. Elle avait été de mauvaise humeur toute la matinée et ne tenait pas à être dérangée par des voisins bruyants. Elle referma la porte et la verrouilla.

La cabine était petite et bien agencée, avec son mobilier de bois sombre et ses tissus vert émeraude rehaussés d'or. Elle regarda le lit avec envie, mais décida de travailler un peu à son bureau. Son père avait été tellement fâché en apprenant son départ qu'il lui avait confié une petite malle de rapports assommants, à lire intégralement et à commenter. Elle aurait dû être heureuse qu'il ne l'ait pas privée de son poste aux Aciéries Crenshaw, or elle ne l'était pas. Elle était même malheureuse comme une pierre. Et elle avait le cœur brisé.

Elle venait à peine de s'asseoir quand on frappa à la porte de communication de la cabine voisine de la sienne. Pas celle de Max, celle qui se trouvait de l'autre côté. Elle choisit de ne pas répondre et prit le premier dossier de la pile. Sa vision se troubla quand elle commença à lire. Son père avait peut-être eu raison en déclarant que s'empresser de rentrer à la maison était une erreur. Peut-être aurait-elle dû ignorer Evan et affronter la bonne société.

On frappa de nouveau, avec plus d'insistance cette fois.

— Pour l'amour du ciel ! grommela-t-elle.

Elle se leva et s'approcha de la porte de communication.

— Oui ? dit-elle.

Un nouveau coup lui répondit.

Irritée, elle déverrouilla la porte et l'ouvrit rageusement.

— Votre comport…

Les mots moururent sur ses lèvres.

Evan se tenait devant elle. Les cheveux en bataille, il donnait l'impression d'avoir oublié de se raser, en plus de porter les vêtements de la veille. L'espace d'un instant, elle fut trop stupéfaite pour réagir. Son cœur cogna violemment dans sa poitrine et ce fut comme si son corps revenait soudain à la vie. Il n'était plus question de grisaille ni de tristesse, juste d'Evan. La joie intense qui courut dans ses veines l'effraya. Comment pouvait-elle être à ce point disposée à lui pardonner ? Au lieu de répondre à cette question par elle-même, elle lui claqua la porte au nez.

— Augusta.

Le pêne ne s'était pas engagé dans la serrure si bien que le battant se rouvrit aussitôt. Evan entra dans sa cabine et referma la porte derrière lui. La pièce était à peine assez grande pour faire plus de dix pas dans chaque direction. Une fois qu'il entra, elle parut diminuer de moitié.

— Que faites-vous là ? s'écria-t-elle.

Elle jeta un coup d'œil affolé vers le hublot et constata qu'ils s'étaient déjà éloignés du quai. Trop pour qu'il le rejoigne à la nage si elle parvenait à l'emmener sur le pont et à le faire basculer par-dessus bord.

— Je suis venu vous parler.

— Me parler ? Vous venez de monter à bord d'un transatlantique pour New York !

Avait-il prévu de lui parler, puis que le bateau regagne le quai pour lui permettre de descendre ? *Non !* Elle comprit soudain. Il avait obligé le couple qui occupait la cabine voisine de la sienne à la lui céder, d'où les bruits de voix qu'elle avait entendus dans le couloir.

— Vous avez forcé ce pauvre couple à emménager dans une autre cabine ?

— Qu'aurais-je pu faire d'autre ? rétorqua-t-il avec un grand sourire. Du reste, ils sont loin d'être à plaindre vu la somme que je leur ai donnée pour qu'ils acceptent une cabine de seconde classe.

— Et vous vous demandez pourquoi vous avez des problèmes financiers ? demanda-t-elle en croisant les bras.

Il rit.

— Seigneur, Augusta, vous m'avez tellement manqué !

— Taisez-vous. Je ne vous ai pas vraiment manqué puisque vous aviez Mme Laurent pour me remplacer.

— Je sais que vous l'avez vue m'embrasser, mais j'ai repoussé ses avances.

— Mensonge. J'ai vu de quelle façon vous la regardiez.

Son cœur se serra au souvenir de ce regard. Pourquoi cela lui faisait-il toujours aussi mal ?

Il secoua la tête et s'approcha lentement d'elle, tel un animal acculé. Tant mieux. Il lui avait fait atrocement mal ; elle voulait qu'il ait peur.

— Je ne sais pas ce que vous pensez avoir vu. Elle m'a embrassé et m'a proposé de passer la nuit avec elle. Je lui ai dit que c'était vous que je voulais. Ni plus ni moins.

Il la dévisageait avec une telle sincérité qu'elle eut envie de le croire – sauf qu'elle n'arrivait pas à oublier la façon qu'il avait eue de l'embrasser.

— Je n'ai pas fait tout ce chemin pour vous raconter des mensonges, poursuivit-il. Quand vous avez accepté que nous mettions fin à nos fiançailles, j'ai cru que vous étiez soulagée. De mon côté, j'ai cru pouvoir retrouver ma vie d'homme dénué de responsabilités. Mais je ne suis plus cet homme-là. C'est vous que je veux, Augusta. Je veux la vie que nous avions projetée. Chaque moment que j'ai passé loin de vous, je n'ai fait que penser à vous, à vous désirer, à vous aimer.

Augusta recula, redoutant de croire ce qu'il disait parce que cela ressemblait trop à ce qu'elle avait envie d'entendre.

Il continua d'avancer jusqu'à ce qu'elle soit obligée de s'arrêter, son dos ayant heurté l'un des montants du lit.

— Essayez-vous de me fuir ?

Sa voix était trop douce, trop tendre, trop intime. Il ne la touchait pas, mais il était si près qu'elle voyait son torse se soulever et s'abaisser au rythme de son souffle.

C'était presque trop, tout à coup.

— Non... Je... Comment m'avez-vous trouvée ?

— Violet. Elle m'a tout dit. Après m'avoir traité de tous les noms.

Augusta ne put s'empêcher de sourire en imaginant sa sœur l'injurier.

— Vous avez réussi à la séduire apparemment.

— C'est vous, que je veux séduire, répondit-il en plongeant son regard dans le sien. Je veux vous épouser, Augusta.

— Pourquoi ne me l'avez-vous pas dit quand vous êtes venu me parler de vos actions minières ?

— Parce que je craignais que vous ne soyez trop heureuse de retrouver votre liberté, avoua-t-il, et cela lui serra le cœur. Si vous m'aviez dit à ce moment-là que vous souhaitiez que je continue de vous courtiser, j'aurais accepté. Je pensais que vous rendre votre liberté était ce que vous désiriez. J'ai cru bien faire.

Il prit une boucle qui retombait sur son oreille et tira doucement dessus, lui arrachant un frisson de plaisir.

— J'ai bien fait, ajouta-t-il. Avez-vous apprécié votre liberté ?

Son souffle tiède lui caressa les lèvres. Des lèvres qui rêvaient de l'embrasser. Son regard était tendre, et cependant teinté d'inquiétude.

— Je l'ai trouvée cauchemardesque, admit-elle en secouant la tête.

Il la gratifia d'un lent sourire.

— Alors, le choix vous revient. Dieu sait que je vous veux, mais si vous ne voulez pas de moi, je promets de faire de mon mieux pour vous laisser en paix jusqu'à la fin de la traversée.

Elle l'embrassa, ravalant le sanglot qui avait réussi à se frayer un chemin dans sa poitrine.

— Bien sûr que je vous veux.

Lui encadrant le visage de ses mains, elle plaqua sa bouche sur la sienne, pressée de le goûter.

Il l'écrasa contre son torse et quand ils furent tous deux incapables de respirer, il enfouit son visage dans sa chevelure.

— Merci mon Dieu, murmura-t-il encore et encore.

Il plongea finalement la main dans la poche intérieure de son manteau et en tira une petite bourse de velours. S'écartant juste assez pour ménager un espace entre eux, il fit glisser son contenu au creux de sa main. Une bague. Une bague de fiançailles ? Il la prit entre ses doigts pour qu'elle la voie. Un énorme rubis serti d'or et de diamants.

— Elle appartenait à ma grand-mère maternelle, expliqua-t-il. Je l'ai choisie parce qu'elle me rappelle le collier de rubis que vous portiez avec cette robe écarlate.

Il croisa brièvement son regard.

— Je crois que c'est là que j'ai su que je vous aimais, parce que j'ai imaginé l'instant où je vous offrirais cette bague assortie à votre parure.

— Elle est magnifique.

— Si vous préférez un autre bijou, vous n'aurez qu'à choisir, bien sûr. Une fois que nous serons à New York…

Elle le fit taire d'un baiser.

— Je l'adore, souffla-t-elle. Passez-la-moi.

Sa main tremblait quand elle la lui tendit.

Il glissa la bague à son doigt, et Augusta eut l'impression que c'était là sa place.

— Marions-nous dès que nous atteindrons New York, proposa-t-il. Je ne pourrai pas attendre plus longtemps.

— Nous n'aurons pas le choix si mon frère s'en mêle. Il n'appréciera pas que j'aie l'intention de passer toutes les nuits de cette traversée dans votre lit.

Il poussa un cri de triomphe, la souleva dans ses bras et la fit tourner jusqu'à ce qu'ils n'en puissent plus de rire. Ils se laissèrent tomber sur le lit et il se hissa au-dessus d'elle.

— Je vous aime, Augusta Crenshaw.

Elle vit dans son regard un avenir tellement plus rempli que celui qu'elle n'aurait osé imaginer.

— Je n'aurais jamais pensé dire cela un jour, mais je vous aime, monsieur le duc de Rothschild, marquis de Langston, comte de Haverford, vicomt…

Ses paroles s'achevèrent sur un glapissement quand il se mit à la chatouiller, juste avant que sa bouche recouvre la sienne.

Remerciements

Il faut beaucoup de gens pour qu'une idée devienne un livre. Ceux que je vais citer ne représentent qu'une petite partie de tous ceux qui m'ont aidée à créer celui-ci et à qui je voue une reconnaissance éternelle.

Mon merveilleux agent, Nicole Resciniti, pour avoir cru en cette idée depuis le début, même quand je n'y croyais pas. Merci, pour vos encouragements.

Mon incroyable éditrice, Sarah Blumenstock, qui a aimé cette histoire avant même de l'avoir terminée et a pris le risque de parier sur moi. Merci !

Laurie Benson, pour m'avoir parlé de Consuelo Vanderbilt, et m'avoir inspiré ce roman. Sans vous, je serais peut-être restée au Moyen Âge.

Tara Wyatt, pour avoir lu ce livre et tous les autres que j'ai écrits, et surtout pour toutes les séances de réflexion. Vous êtes étonnante.

Jenni Fletcher, pour sa relecture au peigne fin.

Mes « Unlaced ladies » – Catherine Tinley, Elisabeth Hobbes, Janice Preston, Lara Temple, Nicole Locke, et Virginia Heath (et aussi Laurie et Jenni !) pour avoir été toujours présentes avec la somme de leurs connaissances, leur soutien et leur complicité virtuelle.

Nathan et Erin, pour nos samedis matin.

Lisa Kleypas, Judith McNaught, Susan Johnson, LaVyrle Spencer, Johanna Lindsey, Julie Garwood, et toutes celles qui m'ont inspirée.

Et tout particulièrement à Joe, Livie, Alex, et mes parents, pour m'avoir supportée et soutenue. Je vous aime tous !

AVENTURES & PASSIONS

3 novembre

Lisa Kleypas

Les Ravenel - Un charme diabolique

Inédit

Lady Merritt dirige seule la compagnie maritime de son défunt mari. Un jour, la jeune veuve se voit contrainte de régler un litige épineux avec un client écossais qui possède une distillerie de whisky. La voilà en présence de Keir MacRae, un frustre sans manière, qui entend bien régler l'affaire à son bénéfice. Or, entre la délicate lady et le goujat, l'attraction est immédiate. Cependant, des événements étranges viennent jeter le trouble sur leur passion et font peser de lourdes menaces sur la vie de Keir.

✦

Lorraine Heath

Les Pembrook - Juste un baiser...

Inédit

Lady Anne Hayworth vient d'apprendre que son fiancé a été tué durant la guerre de Crimée et décide de se rendre sur les lieux. Ce voyage périlleux nécessite la protection d'un homme sûr. Aussi, décide-t-elle de faire appel au sulfureux lord Tristan Easton pour l'escorter, moyennant une belle somme d'argent. Mais Tristan exige une autre forme de dédommagement qu'Anne, choquée, refuse catégoriquement. Or, faute de trouver un autre capitaine, la jeune fille doit se résoudre à accepter son offre, sans oser s'avouer que le regard bleu du beau marin a enflammé son cœur.

Mia Vincy

Longhope Abbey - Les défis d'Arabella

Inédit

Pour échapper au mariage avec un homme qu'elle méprise et qui l'effraie, Arabella Larke imagine de fausses fiançailles avec Guy Roth, marquis de Hardbury, une connaissance lointaine. Contraint à l'exil pour fuir un père tyrannique et dépravé, celui-ci refuse à quiconque le droit de diriger sa vie et n'a pas l'intention de jouer la comédie pour les beaux yeux d'Arabella. Que faire ? Déterminée et pleine d'audace, la jeune femme frappe, une nuit, à la porte du marquis qui, désarmé par sa beauté, se laisse entraîner dans un jeu bien dangereux...

✦

Kathleen E. Woodiwiss

Cendres dans le vent

1863. La Nouvelle-Orléans est aux mains des Nordistes. Alaina, ardente beauté sudiste, vient y chercher refuge après le massacre de sa famille. Ses dix-sept ans lui permettent de se faire passer pour un jeune garçon, et c'est sous le nom de Al qu'elle est sauvée par un médecin yankee, Cole Latimer. Bien que tout la porte à le haïr, elle se sent troublée par cet homme courageux, qui ne voit en elle qu'un gamin frondeur. Puis, une nuit, Cole découvre la vraie Alaina, créature de rêve qui lui révèlera le véritable amour et hantera longtemps ses rêves.

Kinley MacGregor

Les aventuriers des mers - Pirate de mon cœur

Jack Rhys a la réputation d'être le plus féroce pirate des Caraïbes. Pourtant, quand il n'est pas sur les mers, le capitaine sait se conduire en véritable gentleman dans le grand monde. Décidé à se venger du cruel amiral lord Wellingford, il kidnappe Lorelei Duprée, la jeune fiancée de Justin Wellingford, le fils de son ennemi. D'abord épouvantée par la dureté du regard bleu acier de son ravisseur, Lorelei ne tarde pas à s'éprendre de son geôlier d'autant, qu'à y regarder de plus près, il n'est pas aussi féroce qu'il veut le laisser paraître...

✦

Johanna Lindsey

Les Malory - Lord Anthony

Pour échapper à son cousin qui veut l'épouser pour la spoiler de sa fortune, Roslynn quitte l'Écosse et se réfugie à Londres. À l'occasion d'un bal, elle rencontre Anthony Malory dont les conquêtes ne se comptent plus. La jeune femme est fascinée par son charme. Malheureusement, il fait partie de ces hommes contre lesquels on l'a mise en garde : les séducteurs. À fuir à tout prix ! D'ailleurs, c'est d'un mari dont elle a besoin, pas d'un amant. C'est bien dommage ! Pourtant, sans le savoir, cette rencontre vient de sceller le destin de Roslynn...

Regency

3 novembre

Mary Balogh

La dernière valse

Inédit

Veuve depuis plus d'un an, Christina, comtesse de Wanstead, mène une vie retirée avec ses deux filles dans son domaine de Thornwood Hall, lorsqu'elle apprend l'arrivée de Gérard Percy, le nouveau comte, pour les fêtes de fin d'année. La jeune femme redoute cette visite, d'autant que le maître des lieux a décidé d'accueillir de nombreux amis, afin de redonner au domaine le faste d'autrefois. Mais ce que redoute surtout Christina, c'est de revoir Gérard qu'elle a éconduit dix ans auparavant. Si les retrouvailles sont glaciales, l'esprit de Noël qui flotte bientôt sur Thornwood Hall pourrait bien faire des miracles...

✦

Manda Collins

Petit guide du crime à l'usage des ladies

Inédit

Jeune veuve indépendante, lady Katherine Bascomb dirige *La Gazette de Londres*, à la grande indignation des bien-pensants qui s'offusquent qu'une dame soit exposée à la vulgarité. Sa rubrique criminelle l'amène à enquêter sur une série de meurtres et, ce faisant, elle s'attire les foudres de l'inspecteur Andrew Eversham qui la somme de ne pas se mêler de ses affaires. Têtue, Kate refuse de se laisser intimider. Le jour où elle découvre un nouveau cadavre, Eversham est bien obligé d'accepter la collaboration de cette enquiquineuse. C'est ainsi qu'entre disputes et baisers, ils tenteront ensemble d'élucider cette étrange affaire.

Sélection

3 novembre

Tracy Brogan

De tout nos cœurs

Delaney Masterson, célèbre vedette de la télé-réalité, fuit la douce Californie pour le glacial Michigan : la diffusion d'une sex-tape lui a infligé une terrible humiliation médiatique. Elle est pourtant tout sauf l'écervelée que dépeignent les paparazzis et veut se faire oublier, dans la bicoque de Bell Harbor qu'elle vient de louer à une certaine Donna Beckett. Dans ce refuge idéal elle attend que cesse l'agitation des journalistes. Jusqu'au jour où… elle découvre un homme nu dans sa douche ! Qui est ce Grant Connely qui prétend être le propriétaire des lieux ? Visiblement un grossier personnage avec lequel Delaney n'envisage pas du tout de passer le reste de sa vie...

✦

Lisa Kleypas

Noël à Friday Harbor

« Cher Père Noël, cette année, je veux juste une chose : une maman »… Lorsqu'il découvre le message de sa nièce Holly, Mark Nolan est profondément désemparé. Célibataire dans l'âme, il a dû composer avec le quotidien de cette petite fille fragile, qui a perdu la parole à la mort de sa mère et dont il est désormais le tuteur. Mark donnerait tout pour consoler sa nièce et lui offrir la douceur d'un foyer. Dans l'espoir de la réconforter, il décide de l'emmener dans une merveilleuse boutique de jouets à Friday Harbor. Ce dont Mark ne se doute pas c'est qu'en ouvrant la porte de l'échoppe, ils vont entrer dans un univers plein de féérie, où règne une jolie rousse, Maggie !

Molly Cannon

Cette petite chose étrange qu'on appelle l'amour

Etta Green doit quitter quelques jours son restaurant de Chicago pour assister aux obsèques de sa grand-mère à Everson, Texas. Là elle retrouve sa sœur Belle, aussi évaporée qu'Etta est pragmatique. Quelle n'est pas leur surprise d'apprendre que mamie Hazel avait entrepris de transformer la maison familiale en Bed & Breakfast et que, pour rembourser Donnie Joe, son associé, il faut lancer l'affaire au plus vite… C'est le moment que choisit Belle pour prendre la poudre d'escampette en laissant sa fille aux bons soins de sa tante. Et voilà Etta en charge de la petite et contrainte de composer avec ce Donnie Joe qui lui tape sur les nerfs !

✦

Ruby Jefferson

Un hiver nommé désir

Alors qu'Amy se rend en Virginie pour un reportage, le GPS de sa voiture l'abandonne au milieu de nulle part, avec un pneu crevé. Perdu dans les monts Allegheny, sans réseau ni roue de secours, elle s'alarme, d'autant que la neige et le froid s'invitent aux réjouissances. La jeune journaliste commence à perdre espoir lorsque les phares d'une voiture surgissent dans la nuit. Elle est sauvée ! Mais, au moment où une grande ombre noire s'approche, elle panique. Et si elle avait affaire à un psychopathe ?

13297

Composition
FACOMPO

Achevé d'imprimer en Italie
par GRAFICA VENETA
le 6 septembre 2021

Dépôt légal : octobre 2021
EAN 9782290360170
OTP L21EPSN002386N001

ÉDITIONS J'AI LU
87, quai Panhard-et-Levassor, 75013 Paris

Diffusion France et étranger : Flammarion